眞《ま》晝《ひる》の海への旅

Kunio tsUji

辻邦生

P+D BOOKS
小学館

目次

埴谷雄高氏に

Dies ist mein Morgen, mein Tag hebt an:
herauf nun, herauf, du großer Mittag!
——《ALSO SPRACH ZARATHUSTRA》——

これがわたしの朝だ。わたしの日がはじまるのだ。
さあ、のぼれ、のぼってこい、おまえ、大いなる眞晝よ。

第一章　帆と波と風の対話

Mais, ô mon cœur, entends le chant des matelots!

——Mallarmé,《**Brise marine**》——

裁判長殿、ならびに陪審員の皆さん。

このたびブリガンティン型帆船〈大いなる眞晝《グローセル・ミッターク》〉号で起った事件に関する陳述の機会を与えて下さったことをまず心から感謝いたしたいと存じます。裁判長はこの件について単なる事件の経過だけではなく、事件の本質を示すすべての関連的事実までも陳述するよう示唆されました。私は当法廷が〈大いなる眞晝《グローセル・ミッターク》〉号事件の意味を重視せられ、その心理的側面にまで関心を払っておられるのを見て、深い敬意を表するものであります。

と申しますのも、本事件が世間に報道されましたとき以来、つねにセンセーショナルな醜聞の要素を強調されていたきらいがあるからであります。たしかに表面的に見ますと、本事件は、無軌道な青年男女が生命《いのち》知らずの冒険と道徳的に頽廃《たいはい》した雑居生活に突きすすんだ結果に生れたものと言われても、反論の余地がありません。私も事件に巻きこまれた（あえてそう言わせて頂きますが、これは決して本陳述を自己弁明のレヴェルに引き下げようと意図しているのでないことを信じていただきたく存じます）当事者の一人として、このような結果を招来したことに衷心から遺憾の意を表するものであります。

しかし同時に、私は、本件が犯罪的な計画性によって構成されたという主張には同じ難いのであります。

たしかに〈大いなる眞晝《グローセル・ミッターク》〉号事件は私たちが自己の能力の限界を誤算した結果であったかもしれません。しかし能力の限界に挑むことによって人間が進歩してきた以上、私はそのこと自体を咎《とが》める気にはどうしてもならないのであります。裁判長ならびに陪審員各位も、私の陳述が進むにつれ、なぜ私がこんなことを申し立てているのか、了解していただけると存じます。私は自己弁明のために本件の内面的側面まで語ろうというのではなく、この事件の意味を真に理解しなければ、その犯罪性（もしそれがあるとすればの話でありますが）まで曖昧《あいまい》のままに終らせるだろうと思うゆえに、私は詳細な陳述をしようと考えたのであります。たしかにそのことは私自身の弁護につながるかもしれません。しかし現在、私に必要なのは私が精神的に自己救済できるかどうかであります。私は本陳述によって私自身が何を考え何をしたのか、もう一度、自らの眼で確認したいのであります。

先に行われた水夫マルセルの陳述に私が船長ベルナール・ノエと特殊な関係にあり、それが私を本件の中心人物にしていたとありましたが、これは極めて漠然とした指摘で、事件と私の関係も、事件そのものも説明しておりません。事の順序として私は船長ベルナール・ノエとどのような関係にあったか、さらに私がなぜ〈大いなる眞書《グローセル・ミツタ－ク》〉号に乗り組むようになったか、からお話したいと思います。

すでに他の証人からも述べられましたように、ベルナール・ノエは優れた伎倆《ぎりょう》を持つ帆船操縦者でありました。私はパリに学生として滞在しておりましたとき、ベルナールと知り合ったのであります。

当時ベルナールは何か東洋的な思考に関心を抱いていたように見えました。彼が私に近づいたのも、私が日本人であったことと無関係ではありますまい。むしろ私が日本人であるゆえに、彼は積極的に私と交際し、私を彼の家――これはフランス中部にありました――に連れていったり、またブルターニュ海岸で一緒にヨットを走らせたりしたのでしょう。私は故国にいたころからヨットが唯一の趣味だったのであります。

その頃のベルナールは、どちらかと言えば、詩人肌の、物思いに沈むような気質の青年でした。体格も瘦《や》せて、ひょろりとしていましたし、ヨットなどを帆走させていても、いかにも身体《からだ》を鍛えるためにそうしているといった感じがしたものでした。

彼がフランスを離れ、どこかインドかパキスタンに行ったという噂《うわさ》を聞いたのは、私がまだパリにいる頃でした。あまり他人の行状を気にしないあの都市《まち》のことですから、その後ベルナールの噂はほとんど聞きませんでしたが、一、二度、彼がヒマラヤの奥で苦行をしているというまことしやかな風聞を耳にしたことがあります。その真偽は確かではありませんし、私が彼に訊《たず》ねたときにも肯定も否定もしませんでしたが、ただ、久々にパリで彼に会ったとき、私は、それがかつてのベルナール・ノエであろうか、と思わず眼を疑ったほどでした。

それは、彼が髯面《ひげづら》になっていたとか、浅黒く日焼けしたとか、華奢《きやしや》な身体つきが逞《たくま》しいがっしりした肉体に変っていたとかいう外面の変化ではなく（それだけでも異様なことでしたが）、何か説明のできない内面の変化が起ったにちがいない、と思わせるようなものでした。もし一人の肉体のなかに別の人格が生れることが可能だとしたら、ベルナール・ノエの場合がそれでした。彼は以前のように詩人の話をしたり、好きな詩句を口ずさんだり、ネルヴァルの一冊を持って森の奥をさまよったりしなくなりました。彼はもとはずいぶん服装にも気を遣い、何気なく着ているスエードの上着などがサン・トノレの高級品であることも珍しくありませんでした。それが、昔と違って、フランシスコ派の修道士の着るような暗褐色の長衣をまとい、質素な帯をしめていました。もちろんそれだって、おしゃれといいえばいえなくもありませんが、彼は日夜それ以外のものは身につけず、最後には肘《ひじ》などにもつぎが当っていたのでした。

しかし彼の喋《しゃべ》り方、挙措、態度といったものの変化に較べたら、まだ、これらの変化は説明がつくような気がします。私の記憶にあるベルナールは、非常に多弁な、明晰《めいせき》な喋り方をする学生でした。大地主で、かつ企業にも成功した父親の影響で、早くから古典にも親しみ、小説なども広く読んでいました。私と会った頃、彼が、スペインの神秘思想を研究するのだ、と言うのを聞いたことがあります。一種の秀才型で、興味の対象も広く、なんでも器用にこなす才能を持っていました。

そんなベルナールが、パリで再会したとき、何とも重苦しい、言い澱《よど》みの多い、はっきりしない喋り方をするようになっていたのです。話のあいだに「えー」とか「むー」とかいう無意味な音を入れ、一所懸命に何かを言おうとするのですが、適当な言葉が見つからず、もがいている、という印象を受けました。

弁舌の爽やかな白面の美青年が、髯だらけの、武骨な、喋るたびに眼を白黒させてもがいている、得体の知れぬ人物に変ったということは、たしかに私を驚かしました。以前のベルナール・ノエは何もかもよく理解し、適切な判断を下せる、均衡のとれた、育ちのいい青年でしたが、長い東方への旅から戻ったベルナールは、何もかもわからなくなった、悩ましそうな眼をした、初老の求道者に変っていたのでした。初老というのは、ベルナールの場合、酷な言い方ですが、彼が日によって三十歳に見えるかと思うと、六十すぎの老人に見えることからも、それはごく自然な印象だったような気がするのです。

「君、いけないよ。そんなに断定しては。そうなんだよ……たしか……そうなのだ（えーむ）この世はわからない。何事も謎《なぞ》なんだ。謎だよ。だから、判断しちゃいけない。ぼくらは探し求めるんだ。何かをさ。（えーむ）そうしたら、いつか、きっとわかる日がくるんだ。人間が何であり、地上の生とはどんな意味があったか、それがわかるまで、何ごとも断定しちゃいけない。（えーむ）そうなんだ、断定してはいけない……」

私が彼と再会したとき、彼がそう言うのを聞き、私は奇異の思いに打たれました。ベルナールは何かを知っていたり、判断したり、意見を持っていたりするのを恐れてでもいるような様子に見えました。彼はよく長いこと自分の前の虚空にじっと見入っていることがありました。実際はただ放心していただけなのかもしれません。しかしそう言い切れない精神の集中が眼のなかに感じられました。彼は、私などには不可視の何かを、じっと見つめていたのかもしれません。あるいは、何か言葉にならぬ厖大《ぼうだい》なものを直覚していて、それを言葉にしようと、空《むな》しい努力をつづけていたのかもしれません。ともかくパリに戻ってきたベルナールは、悩ましげに眼を見開いていた晩年のヴェルレーヌによく似ていました。彼は道のまん中に突っ立ち、何か喋ろうとして、しきりに口を開き、結局、言葉を見つけられず、また、重い思考を抱えながら歩きだすのでした。

ベルナールのこうした変り方が私たちの交友関係にもおのずと異なった形を持ちこんだのは当然ですが、といって私たちの友情が冷ややかになったわけではありません。むしろ、ある意味では、前より、私たちは親密になったと言ったほうがよかったかもしれません。それは、ベルナールが私に何もかも委《ゆだ》ねようとする態度によって強められました。彼は深夜だろうと早朝だろうと、私の部屋を訪ねてきては、彼が思い悩んでいる未知の事柄について喋ったり、呻《うめ》いたり、手を振ったりするのでした。そうした態度のなかに、私は、彼が自分や、自分に対する意識や、自分と他人を分ける意識などを切りすてようとしている様子を感じました。ある日、ベルナールと道を歩いていると、乞食の老人が彼のほうに手を差し出しました。彼はポケットをさぐり、小銭を総ざらいして乞食に与えました。それからしばらく歩いてくると、彼はたまたま突っ込んだ上着のポケットに十フラン札が一枚残っているのに気がつきました。

「しまった」彼は叫びました。「こいつがあったのを忘れていた。ちょっと戻って渡してくるから（えーむ）しばらく待っていてくれ給え」

私はそのときのベルナールの取り乱したような様子に忘れがたい印象を受けました。彼はその地方で有数の素封家の息子とは思えないような簡素な生活をしていたのであります。

彼がインドかパキスタンから戻った後、なおヨットをつづけていたかどうか、詳しくは知りませんが、少くとも私はかつてのように一緒に帆走したことはありません。北欧のレースや英仏海峡横断レースで優勝の経験のあるベルナールが、好きなヨットをそう簡単に見棄てるとは思いませんが、彼の生き方の変化とともに、帆走の機会が少くなったのは事実だったと思います。

　私はそれから間もなくパリを離れ、故国に帰りました。ベルナールから時どき便りがありましたが、そこにも彼が海に親しんでいたことは書いてなかったように記憶いたします。当然、私は次第にヨットマンとしてのベルナールの面影を忘れると同時に、奇妙な探求者、神秘的求道者としての彼の姿を思い描くことが多くなりました。

　私がこうした経緯《いきさつ》について申しあげるのは、ベルナールから帆船〈大いなる眞晝《グローセル・ミッターク》〉号による世界一周の大航海を計画した旨の手紙を受けとったとき、果してそれをヨットマンとしての面から考えるべきか、それとも神秘的な求道者の空想的計画と見なすべきか、判断がつかなかったからであります。

　いずれ私の知るかぎり詳しくお話いたしますが、ベルナールの周辺には、昔から、不思議と人々を魅了する雰囲気《ふんいき》が漂っておりました。これは彼が神秘的に変貌する以前から彼に備わっていた説明しがたい特質でした。しかし私にそれ以上に不思議に思えたのは、ベルナールが幼少時から一緒に育てられたフランソワ・ルクーが同じような崇拝者をまわりに集めていたということであります。現在この二人ともすでにこの世におらず、当法廷で証言できない以上、この二人の奇妙な類似について一言触れておくほうが、〈大いなる眞畫《グローセル・ミッターク》〉号の周航計画を理解するうえに、何かと便利であると思うのであります。

私がフランソワに会ったのは森に囲まれたベルナールの故郷の家に連れられたときでした。フランソワの父はノエ家の執事を務めており、ノエ家の広大な所有地のまん中にある十八世紀の城館と付属の二、三の建物（酪農工場として使用されておりました）の管理に当っておりました。フランソワがベルナールと幼少時を共に送ったというのは、主としてベルナールが復活祭や夏の休暇を故郷で過すときの、遊び友達としてだったのです。

私はベルナールの部屋でこの二人の幼少期のアルバムを見せて貰いましたが、ベルナールが眉をしかめ、生真面目な表情をしているのに対し、フランソワは大抵は愉しそうに笑顔を見せていたように思います。幼少期の写真にも、すでにフランソワは顔立ちの整った利口そうな子供に写っておりましたが、私が会ったとき（彼もパリで学生生活を送っていたのです）フランソワは明るい青い眼をした実に好ましい顔の青年でした。フィディアスがモデルに選んだアテネの若者はこんなでもあったろうかと思うような、端正な、高貴な様子をしておりました。

それに較べると、ベルナールは時どき髪をくしゃくしゃにし、腫《は》れぼったい眼をしていて、何かに気をとられたように放心していました。たしかアルバムのなかでもベルナールのほうが無造作な服装をしていましたが、フランソワはつねに晴着を着て写っていました。おそらくフランソワの母親が、ノエ家のアルバムに残る自分の息子の姿を、そうした名誉にふさわしい服装で飾らせようとしたのかもしれません。後になってベルナールが神秘的なものに暗い情熱を向けるようになると、フランソワは気遣わしげな様子で、つねに彼に付き添うようにしていたのであります。

学部も違い、住む場所も違ったのに、二人はまるで見えない紐《ひも》で結ばれているように、いつも一緒にいるような印象を与えました。ベルナールがヨットに熱中したとき、当然そこにフランソワの姿が見られたのでした。二人は兄弟とも友人とも違った不思議な組合せでした。それは一人の人間をむりやり二つに分けたような、そんな感じを私に味わわせました。二人は単にうまく気が合っているというのではなく、まるで人と影とが離れられないような具合に一体だったのであります。

私はよく考えたものですが、これはベルナールがフランソワに合わせたのか、それともフランソワがベルナールと一つになろうとしたのか、どちらだったのでしょうか。二人とも個性のつよい、自分を曲げぬ性格であったことを思うと、この二人の結びつきは私などには理解できかねるものを持っていたのでした。ただフランソワの印象を率直に言えば、あくまでベルナールという鋳型から打ち出された金貨という感じがしました。フランソワはベルナールの真似をしていたのでしょうか。それとも二人がながいこと一緒にいたためにどちらからともなく似ていったのでしょうか――このことを考えると、私は、よくフランソワがごく平静な表情で「すべては空しく、すべては解りきっているんだよ」と言っていたのを思いだすのであります。

「そんなことを言うと、人間はもう何もやる気がなくなるんじゃないのかい?」

私はいつかフランソワにそう訊《き》いたことがあります。彼は明るい青い眼を眩《まぶ》しく顰《しか》めるように細めながら答えました。

「いや、そんなことはない。すべてが解りすべてが納得された以上、人間にはすべてが許されているんだよ。ただふつうの人間にはそれができないだけなんだ。しかし真にすべてが解った人間は、同時にすべてをなしうる勇気と能力を手に入れるんだ。そういう人間は、焼けた火箸《ひばし》を握ることもできるんだ。顔色一つ変えないでね」

私はこうした言葉に青春特有の反抗的な響きを感じましたが、同時にどこかにベルナールに対して必死で逆らおうとする彼の身ぶりをも感じたのであります。

ベルナールが帆船による世界周航を計画したとき、フランソワ・ルクーが当初からそれに加わっていたかどうか、正確にはわかりませんが、以上の事情を考慮に入れてみると、二人は共同で船の買入れやら艤装《ぎそう》やら乗組員《クルー》の選択やらをやったのではないでしょうか。しかし実際問題としてその辺のところは私には十分にわかりかねるのであります。本事件に何か曖昧な部分があるとしたら、まさにその点であろうと思われます。

ベルナールからの手紙で、私は、この周航計画が彼にとって極めて真剣なものであり、それまでの彼の思索や生活の総決算になるものであることはわかったのであります。たしかにこの件についても何度か私は手紙を貰いました。彼は「地上のものは未知なのだ。ぼくらは敬虔《けいけん》になるべきだ。物象《もの》の前で膝《ひざ》を屈しなければならぬ」という意味のことを繰り返して書いていました。むろん航海に関する具体的な計画についても触れており、なお幾つか彼が考えたプログラムも示されていたのです。たとえば彼はケープ・タウンをまわり、印度洋を航行したのち、東南アジアに入ったら、そこで何とか私に参加してもらえまいか、と書いてきたりしたのであります。

これは本件に関してかなり重要なことでありますが、ベルナール・ノエの当初の計画では、〈大いなる眞晝《グローセル・ミッターク》〉号は日本へ寄港する予定はなかったのであります。その証拠に、彼の最初の手紙では、私がシンガポールまで飛行機で行くことを要請しております。彼はシンガポールから北太平洋へ北上する意図はなく、オーストラリアをまわってシドニーまで南下し、そこから偏西風帯である南緯四十度線へ突入し、一挙にケープ・ホーンへ向う計画だったのであります。つまり本事件の起った南太平洋の航路は当初は計画外のものであり、それはいわばシンガポール以後の偶発事が、次々と運命的な必然となって生みだしていった結果にほかならないのであります。

もっともそれ以前から〈大いなる眞書《グローセル・ミッターク》〉号に奇妙な風聞が纏《まつ》わりついていたのは事実です。これはまだ誰からも証言されておりませんので、あえて発言いたしますが、ベルナールがこの世界周航の計画を発表すると間もなく、パリとロンドンの大衆夕刊紙がこれを大きく取りあげ、この航海は人間の拘禁状態における男女の心理や性的関係の変化を記録する実験的漂流である、と書きたてたのでした。

この新聞記事がかなりセンセーショナルだったため、そんな計画には参加できないと言って乗組みを断った女性がいたとか聞いています。さすが男のほうには不参加を申し出た者はなかったようですが、もし本当にベルナールの意図が新聞に暴露されたごときものであるなら、なぜはじめからそれを仲間《クルー》に言わなかったのか、という不満の表明はあったのでした。

しかしこの新聞の記事に最も憤慨し、最も迷惑を蒙《こうむ》ったのは当のベルナールではなかったでしょうか。彼の意図はとくに明確な言葉で言われるようなものではありませんが、少くとも、男女の拘禁状態の心理的実験など考えてもいなかったのです。たしかに帆船で航海し、その狭い船中に若い男女を乗せれば、日常生活と異なる何らかの変化が生れるだろうというのが世間一般の人々の見解であります。

ベルナールが腹を立てたのは、心理的実験ということではなく、世間一般の誤解の上に乗ろうとしたこの種の新聞記事の書き方に対してだったと思います。

しかし考えようによれば、ベルナールの意図に何か判然としないところがあり、帆船による世界周航という風変りな計画を十分に説明し切れなかった以上、この種の誤解が入りこんできたのも仕方がなかったかもしれません。皮肉なことには、ベルナールや乗組員《クルー》たち、それに帆船そのものまで写真入りで大衆週刊誌にも取りあげられた結果、かえって一般から参加志望者の手紙が殺到したということであります。これはベルナールから私が直接聞いた話でありますし、当時の新聞雑誌類がこの事実を十分に裏づけてくれると信じております。

いまでも不思議なのは、なぜベルナールがそれに抗議して、徹底的に航海の意図や計画を明瞭に表明しなかったか、という点です。当時のインターヴィユを読んでみてもベルナールの言葉にはヴェールを掛けたような感じがあります。彼はただしきりと「地上の未知なるものを求めるのだ」と言うだけなのです。「性の領域も未知なものではないか」という記者の質問にもベルナールは「その通りです」と答えているだけなのです。だが、なぜ最も誤解を受けやすいこの点を、もっとはっきり説明しておかなかったのでしょうか。また彼がブリガンティン型帆船につけた〈大いなる眞書《グローセル・ミッターク》〉号という名称が何となくいわくありげに見え、無軌道な若者たちが既成道徳に反抗するようなポーズを示すものと受けとられたのも事実だったと思います。

ともあれ、〈大いなる眞書《グローセル・ミッターク》〉号の周航計画に対するこうした故意に歪《ゆが》められた情報がどこから出たのか、どんな具合のデータをもとに人々がそれを納得したのか、ついに分らずじまいに終りました。

果してこの誤報が本事件と関係があるのかないのか私には決定する根拠がありません。ただ私が申しあげたいのは、ベルナール・ノエが受けた非難のうち、南太平洋の航路を選んだこと、また既成道徳の否認に青年男女を誘いこんだこと、という二点については、まったく理由のないものだということです。それは彼がやむを得ず蒙った災難のごときものであります。それさえなければ彼は帆船を無事ケープ・ホーンに向け、マゼラン海峡を越えていたのかもしれないのです。

ちょうど七月半ばのことでしたが、私がシンガポールへ飛び立とうとしている矢先、彼からの電報を受けとりました。それによると、シンガポールに入港する前、香港《ホンコン》国籍の中国船と接触し、船体がかなり損傷したので進路を変更して、日本まで行きたいと言うのでした。彼は私に日本で待機して、船体修理に必要な手続きをとっていてほしいと言ってきたのです。その後、手紙で破損状況を詳しく書いてきましたが、どうやらキール付近に漏水《リーク》があるらしく、これから先、相当の荒天を予想しなければならぬ四十度線——俗に吼《ほ》える四十度線といわれる偏西風帯に入るのは、かなり危険であると判断したようでした。

しかし私としてはベルナールのような人物が日本を訪ねてくれ、日本のヨット界の人々とも交歓できるとすれば、これ以上の機会はないと思えたのでした。それにこんどの世界一周計画は別に時間を競うレースではありません。むしろさまざまな国に寄り、さまざまな海域の気候、風系、潮流などを体験するほうが本来の目的に添うように思えたのです。

私はすぐ彼の船に、一切の手筈を整えておくから日本まで無事航海してほしい旨の無電を送りました。それからほぼ四十日の間、私は毎日海図《チャート》を眺めて暮しました。よほど途中まで船で出迎えようかと思ったりしました。

季節的に八月は南西季節風の吹く最後のチャンスです。このあと、秋に入ると、風は逆に北東季節風に変ります。ベルナールはそのことも計算に入れていたのかもしれません。船は私の予測より五日ほど早く東京湾に入りました。税関、検疫その他の手続きが終ってドックに入ったのは九月はじめのある日曜でした。私のヨット仲間の一人が勤めている船舶会社が〈大いなる眞晝《グローセル・ミッターク》〉号の修理を引きうけてくれたのです。

私は〈大いなる眞晝《グローセル・ミッターク》〉号の近接を報《し》らせる無電を受けると、友人たちと湾外までヨットを走らせたのであります。三浦半島沖を進んでくる帆船を見たとき、ベルナールが一切を投げうってこの船に自分の生涯をかけようと決心した気持がわかりました。〈大いなる眞晝《グローセル・ミッターク》〉号は純白の反りの美しい船体に二本のマストを艤装し、首を高くそらせて泳ぐ白鳥のような静かな気品のある帆船でした。船首三角帆《ジブ》と主帆《メインスル》だけを張っていましたが、東南風をうけて、帆は大きく脹《ふく》らんでいました。帆船特有の滑るような動き方でゆっくりと波を分けて進んできたのです。私は船首《ステム》に立っているベルナール・ノエの赤銅《しやくどう》色に焼けた髯面に両手を振りました。舷側にも帆檣《マスト》にも乗組員《クルー》たちが手を振り、大声をあげていました。東京湾に近づくと、船は機走にうつり、約三時間後に繋留《けいりゆう》点に到着いたしました。海錨《シーアンカー》が投げられ、パイロットがスクリューの大きな渦を巻きおこしながら、帆船から離れてゆきました。

この見事な帆船〈大いなる眞晝《グローセル・ミッターク》〉号がドックに入ってわかったことですが、外から見てさして異常もなさそうだった船体は、実は三カ月の修理を要する、船底《ボトム》部分の破損を抱えていたのでした。これは、シンガポールでの応急修理のあと、東支那海の風浪にもまれて、相当の漏水《リーク》が見られ、自動ポンプをたえず作動させなければならなかったという事実からみて、ベルナールには予測されていたことに思われます。しかしベルナールにとって痛手だったのは日本滞在の長期化のため、十五人の乗組員《クルー》のうち何人かが帆船をおり、飛行機で故国へ帰ったということです。その代りに、私は別として、もう一人、イギリス人が乗り組むことになったのであります。

ところで、私は本事件と最も関係あるこのイギリス人オスカー・ターナーについて少し先廻りしてお話しておいたほうがいいように思います。私は彼がどのような経緯でベルナールを知り、帆船に乗りこむようなことになったのか、はじめまったく知りませんでした。私はある日

〈大いなる眞書《グローセル・ミッタークˊ》〉号の修理の進捗《しんちょく》状況を見にドックを訪ねたとき、そこでベルナールから「君と同じくここから乗り組むことになったターナー君だ」と言って紹介されたのです。

ターナーは年の頃は三十二、三、瘦せた中背の人物で、淡い栗色の髪を無造作に額の上に垂らし、潤んで幾らか突出した灰色の眼はひどく驚いたような表情に見え、短い口髭《くちひげ》をはやし、首に赤い絹のハンケチを巻いていました。先端の反った鼻のせいか、いつも手にしている革の鞭《むち》(これは何のために持っていたのか最後までわからずじまいでした)のせいか、ターナーにはどこかとぼけた、人をくった、したたかな様子がありました。

「世界は一つの原理によって動いている。それはね、〈殺《や》られる前に殺れ〉ってことですよ」

彼は腕を組み、よくそう言っていました。決して相手の言葉に反対することはなく、といって、完全に同意するというわけでもなく、「ふむ、ふむ、なるほど」と言うだけでした。しかしそこには、相手の心のうちを測っているような感じがなくもなかったのです。ただ、思わぬときに、飄々《ひょうひょう》としたその風体にふさわしい冗談を飛ばすことがありました。それは彼がいかにもイギリス人だなと思わせるようなユーモアのことが多かったのです。

私は〈大いなる眞書《グローセル・ミッターク》〉号の乗組員《クルー》よりも一足さきに知り合ったターナーと親しくなったのは当然でしたし、そのため事件の真相をかなり早く知ることにもなったのです。しかしこれはいずれ陳述が進みましてから申しあげたいと存じます。

ともあれ、三カ月の日本滞在のあいだ、ベルナールとフランソワは九州や北海道まで旅行をしていました。他の乗組員《クルー》も旅行や研究や交歓パーティで時間を送っていたようです。四人の水夫たちはほとんど船に残されて雑用を片付けていました。このときの不満も後になって事件と結びついていたことはすでにマルセルの証言でも明らかであります。

私はと申しますと、この三カ月のあいだ、時間さえあれば、ドック入りをしていたこの中型帆船を訪ねたのでした。理由はよくわかりません。ただ〈大いなる眞晝《グローセル・ミッターク》〉号の甲板に立ったり、ハッチをあけたり、船室《キャビン》のなかを覗《のぞ》いたり、渠底《きよてい》を歩いたりするだけで私の心は一種の幸福感を覚えたのです。これは船好きの方々ならおわかりいただけると存じますが、船に魅了された人間は、船に接触しているだけで身体が恍惚《こうこつ》感に痺《しび》れたようになるものです。私が毎日ヨットハーバーで自分の艇《ふね》のガラスを磨いたり、帆索《シート》の点検をしたり、甲板や船体を拭いたりするのも同じ欲求からで、何も艇を綺麗《きれい》にしようという意図からではないのです。

しかし〈大いなる眞晝《グローセル・ミッターク》〉号の場合は、ヨットの手入れなどとは較べものになりません。何といいますか、私は胸の下の辺りが痺れてくるような感じになるのでした。その感じをうまく言えませんが、「これこそ本当の船なんだ」という強い実感が、電流のように、何度も何度も身体のなかを走りぬけてゆく、とでも言いましょうか。

私が最初に知り合ったのは、ターナーをのぞくと、水夫のマルセル、ギイ、アンドレ、アランの四人でした。このうちの三人は証人として喚問されておりますから、裁判長も陪審員の皆さんも彼らの性格を理解されていると思いますが、水夫たちのうち、マルセルが最も頭もよく、それだけに理屈もよくこねました。私は、彼が薄灰色の眼を細く見ひらき、面皰《にきび》のある顔をそむけるようにして、低い声でぼそぼそ不満を訴えるのをよく聞いたものであります。

ギイは肥った、眠そうな顔をした、無口な若者で、腕に錨《いかり》の刺青《いれずみ》をしております。そしてこんどの航海が終ったら、その横に彼の恋人の名前を彫るのだと言っていました。いつも腹がへっていて、司厨《しちゅう》係のサトヤム老人から残飯をわけて貰っていました。しかしなかなかの怪力で揚索《ハリヤード》を引くときなど、彼は二人分の働きをしたものでした。

アンドレはアルジェリア人との混血と言われていて、事実、縮れ毛と浅黒い滑らかな肌と黒い無邪気な眼を持っていました。アンドレが船医のクルツの同性愛の対象になっていたことは確かだと思いますが、これは後になって陳述いたしたいと思います。

四番目のアランは身体も小さく、最年少だったので、水夫たちから鼠と綽名《あだな》されていました。頭を五分刈にして、肩を丸め、狭い額に皺《しわ》を寄せる癖がありました。彼は何かというと、船を呪《のろ》い、自分を水夫にした親たちに悪態をついていました。彼が甲板磨きなどしている様子はいかにも辛そうでしたが、とくにフランソワはそんなことを容赦する男ではありませんから、仕事を次々と命じます。そのたびにアランは文字通り鼠のように走りまわるほかなかったのです。

この四人は〈大いなる眞晝《グローセル・ミッターク》〉号の雑用のために雇われた水夫でしたから、乗組員《クルー》とは別の生活をし、別の食事を与えられていました。フランソワの考えでは乗組員《クルー》はいわば帆船に迎えた客であり、水夫は使用人であると割り切れていたのでしょう。彼は私たちが水夫と接触することもあまり好みませんでした。

さて、私が何度か帆船を訪れるあいだに、ベルナールは私に今度の航路についてのアドヴァイスを求めました。私たちが航海を再開する初冬には、太平洋側の風向は大体北東ないし北西に変ります。北に上がれば上がるほど西風が吹く度合いが強くなり、南下すれば東からの風が多く吹きます。ですからベルナールが考えるように、オセアニアを通って南緯四十度に向うとすれば、まず西風に乗って北緯二十五度から二十度あたりまで南下し、そこからマーシャル群島、フェニクス諸島を経て、タヒチとクック諸島の間をぬけ、四十度線を越えるという航路が考えられます。しかしここで問題なのは北緯二十度を越えて赤道に向うと、この時期の風はおおむね東風が強く、赤道無風帯があり、さらにそこから三十度線までは南東貿易風帯で、いわばずっと逆風《アドヴァース》で進まなければならないことになります。

思い切って、もう一度シドニーまで南下し、そこからニュージーランドの北部を経て四十度線に入るか、それとも西風に乗って北太平洋を北米まで達し、アメリカ沿岸を南下するか、あるいはハワイ諸島までゆき、そこから南米海岸に接近するか、いずれかです。

しかしどの航路も圧倒的に偏東風の優勢な地帯を控えています。たとえばハワイ諸島からケープ・ホーンまでゆくとしたら、風に逆らって進むほかなく、この季節の風力は相当強いので、下手をすれば太平洋を西に押し戻されることもありうるのであります。

私たちの問題は何とか西風を捉《とら》えることです。太平洋全域が大雑把《おおざっぱ》に言って東風が強い以上、できるだけ早く南下して、南緯四十度線の偏西風帯に入るほかありません。南米の最南端のケープ・ホーンを越えなければ大西洋に入れないのですから、とりあえずこのホーン岬《みさき》こそが当面の目的地になるわけでした。

私たち帆走者に共通して言えるのは、この風力と風向に対して古代人に似た敏感さと敬虔な気持を抱いているという点であります。私は、古代地図の上に、跳ねあがる大魚や、三叉《みつまた》の鉾《ほこ》を持つポセイドンや、袋を抱えた風神が描いてあるのを見ると、それは想像的な映像を図示したのではなく、彼らが日々生活のなかで実感するものの姿を、なまなましく表現しているのだということが、痛いようにわかるのでした。

一度、広い海上で凪《なぎ》に会ったことのあるヨットマンなら、まるで死んだように垂れさがる帆《セール》や、波一つ立たぬ鏡のような海面を、どんな絶望の気持で眺めたか、容易に思いだせると思います。ヨットマンにとって凪こそはこの世の終りです。それは動きの停止、生命の喪失以外の何ものでもありません。

しかしそのとき、海面が突然縮緬《ちりめん》のような波を刻みだし、帆《セール》がかすかに動きます。それは死んだとばかり思っていた者が、奇蹟《きせき》的に息を吹きかえすのにも似ています。こうして再び風が吹きだすとき、その風が何か肉体を備えた巨大な生きものに感じられるのは当然のことと言えましょう。それは遠い島へ、みどりの木々へ、泉や木の実のある土地へ、私たちを運んでくれる、眼に見えない、逞《たくま》しい大男のような存在なのです。

私は小さなヨットを操作するときにも、この風の肉体をはっきり感じました。風には逞しい荒々しい肉体もあれば、香《かぐ》わしい柔和な肉体もあります。私は時おりそうした風に性的衝動に似た疼《うず》きを感じることがあります。それは風という見えない肉体への激しい愛着といっていいものです。

私はほとんど信仰を持たぬ非宗教的人間ですが、海上を荒れすさぶ烈風を見ると、しばしば神の怒りという言葉を思わずにいられません。それは単に比喩《ひゆ》的な意味ではなく、まかり間違えば奈落へ沈まなければならぬ恐怖を伴って、私の胸に迫る実感なのであります。

私たちは海図《チャート》を睨《にら》みながら、まるで生きた巨人を相手に相談ずくで話をつけてでもいるかのように航路を選定したのは、こうした実感が生きていたからでした。

もちろんベルナールは、外洋航海に専門知識をもつフランソワ・ルクーと打合わせをつづけていたことも事実で、私はよくフランソワが引いた航路についてベルナールから質問を受けたものでした。

私はベルナールが偏西風帯に入るつもりなら、シドニーまで南下するのが最適の航路だと思っていましたが、フランソワ・ルクーはこの時期の颶風《ぐふう》の発生を指摘して、その計画には反対しました。颶風とは熱帯に生じる低気圧で、大体南緯五度から十度ぐらいに生れ、南へ向う暴風雨となります。ニューギニア東部、ソロモン海域からサモア、クック諸島、タヒチにかけてが危険区域で、最も多く発生するのが、ちょうど私たちがこの海域に入る一月、二月なのです。

ベルナールは四十度線を越した偏西風帯も暴風に等しい天候であることを強調し、そのために日本に寄港して徹底的な修理をしたのだ、と言っても、フランソワは自説を撤回しようとはしませんでした。

「颶風に出会う確率は五十パーセントだ。しかしこの五十パーセントを頼みにして、ぼくらはそれを敢てすべきではないんだ。それは神頼みと同じく人間をいやしくする。不確実なものを人間は眼をつぶって摑《つか》むようなことをすべきじゃないんだ。ぼくは颶風がこわいんじゃない。百パーセント颶風がくるというんなら、ぼくは出かける。しかし五十パーセントを頼みにする心がある以上、ぼくらはそれを避けてゆくべきだ。サモア、トンガ、フィジーはまさしくこの五十パーセントの危険海域だ。だからタヒチの東に出なければ完全な安全圏とは言えないんだ。ぼくはむしろハワイの南方をぬけて、西経百五十度あたりを南下すべきだと主張するね」

「しかしハワイから南下すれば、すぐ北赤道海流にぶつかるし、南東貿易風帯がそのあとに控えている。あの赤道直下の二千浬《マイル》を風待ちや逆風《アドヴァース》に喘《あえ》いでゆくのは反対だな」

ベルナール・ノエは金褐色の髯面を顰めるようにして言いました。

「それは、ベルナール、間違いだよ」フランソワは柔和な眼を伏せるようにして反対しました。

「だって、タヒチからイースター島まで――つまり西経百五十度から百十度まで南東貿易風が吹きつづけるのは六月から八月までだ。いまなら西北風のチャンスだって摑めるはずだよ」

私たちは航路選定のためずいぶんと論議し、私のほかに、南太平洋の帆走に詳しいヨットクラブのメンバーにも意見を仰ぎましたが、フランソワ・ルクーの奇妙な主張はいっこうに折れようとしなかったのです。とどのつまり〈大いなる眞晝《グローセル・ミッターク》〉号はハワイ航路の南を帆走し、西経百六十度を北緯十度で横切ることになりました。これは横浜から南米のバルパライソに向けて走る航路とほぼ重なるものと見てよかったでしょう。

もっとも私はこの航路決定の際、ベルナールがフランソワに一切を委ねているような印象を受け、以前のことと較べて奇異な思いを抱きました。それは一種茫洋《ぼうよう》としたベルナールの態度から当然考えられるべきことだったかもしれません。もちろんベルナールが無関心であるとか、責任を回避しているとか言うのではありません。ただ私は、ベルナールがすべてを受けいれようと、まるで部族の長老のように寛大になっているのに驚いていたのでした。

ここで問題なのはフランソワ・ルクーのこの決定に対して異論をとなえる人々がいたということでした。つまり帆船は東に向って進むことに決定したのでありますが、それに対して、どうしても船長ベルナール・ノエの主張するように南下して、オーストラリア東岸かニュージーランドへ出るという意見に固執する人々がいたということであります。

これを単純化して言えば、まず東にゆき、次に南にゆくか、それとも最初に南下し、その後東進するか、二様の意見の対立ということになりましょう。

しかしフランソワの意見は、その動機はどうであれ、南太平洋の大暴風雨を回避するという安全第一の行き方でしたから、迷信深い水夫のギイ、アンドレ、アランはじめ、後にしばしば問題になるナタリーなども、熱烈なフランソワ党でした。水夫たちの迷信深さというのはとても信じ難いほどで、マルセルのような頭のいい水夫でさえ船中ではジンは絶対に口にしないのです。それは必ず暴風雨《しけ》を呼ぶというジンクスがあるからなのです。肥っちょのギイなどは朝のうち虹《にじ》が出たというだけで仮病をつかって休むという始末でしたから、彼らの迷信深さを笑う前に、陸上の人間にはわからぬ海の恐怖について考えてみたほうがいいかもしれません。

とまれ、帆船〈大いなる眞晝《グローセル・ミッターク》〉号が水に浮んだのは十二月初旬のことでした。船底《ボトム》を見せてドックのなかに入っていたときにも、このブリガンティン型帆船はさながら模型のように端正に見えましたが、海面に浮んだときの静かな気高さはまた格別でした。ドックですっかり船底《ボトム》の付着物を取りのぞき、新たにペンキの塗りかえをしたのですから、風浪に汚れて東京湾に入ってきたときとは見違えるほどの鮮明な白さでした。

さすが船長ベルナールも副船長フランソワも感慨深げに〈大いなる眞晝《グローセル・ミッターク》〉号が水のなかに滑りだすのを見守っておりました。もっとも大型船の並ぶ東京港で見ますと、〈大いなる眞晝《グローセル・ミッターク》〉号はいかにも中型帆船らしく華奢で優美に見えました。排水量は百噸《トン》、全長二十六米《メートル》、主檣《メインマスト》の高さ二十一米ですから、近海漁業に出る大型漁船とほぼ同じ位の大きさです。しかしもともと地中海周航客船として使われていた船だけあって、内部はなかなか豪華で、いずれ詳しく説明申しあげますけれども、動く小ホテルといっても決して言い過ぎではありませんでした。

腕のいい司厨係のサトヤム——浅黒い、小柄な、痩せた、皺《しわ》だらけの老人で、眼窩《がんか》や頬などは肉が削《そ》げ、短く刈った白髪が頭蓋を乏しく覆っているといった印象を受けましたが、黒い円《つぶら》な眼はいきいき輝き、動作もきびきびして、熱帯では彼が暑い船底《ボトム》にいても一番元気でした。「わたしはヨガをやっておりますので、贅肉《ぜいにく》がつきません」と老人は言っていました。彼はインド出身の、腕のいい料理人でした——この老人がマルセルやギイを指揮してトラックで運ばれてくる野菜や肉類を船底《ボトム》の大冷蔵室に積みこんでいました。それは私たちの部屋《キャビン》のある中甲板からハッチを細い垂直階段で下りた場所で、肉類だけは別に大きな冷凍室にしまいこまれていました。

反対側の扉は船尾《スターン》部分につづく機関室で、機走用ディーゼルが発電のために作動する音が聞えていました。

私はこの船底《ボトム》に張った固い床板《プレート》を踏みながら、ひどく充実した、頼もしい気持を感じたことを憶《おぼ》えています。そこはそれこそ十五畳にも足らぬ、陰気な、船首《ステム》側に冷蔵室の扉、船尾《スターン》側に機関室の扉があるだけの、ロープやバケツや甲板洗滌《せんじょうよう》用ブラシの倉庫を兼ねた船底《ボトム》であるにもかかわらず、人間が生きるための、最小限の必要物が、過不足なく揃《そろ》っている感じなのでした。船腹《ウエール》の曲面のため斜めになった船底《ボトム》内壁は、防腐用に灰色のペンキが厚くべっとりと塗ってあるだけで、リベットの頭や鉄板の接合部や大小の配管などは何の装飾の覆いもなく、むき出しになっているのです。それがまたいかにも質実で頼りになる感じでした。

私が船底《ボトム》をうろうろしているとき、ハッチからサトヤム老人がおりてきました。私は挨拶をし、船底《ボトム》の実用一点ばりのこの空間に感じた私の印象を話しました。

「おっしゃるとおりです」老人は籠のキャベツを冷蔵室のなかに運びながら言いました。「しかし本当は、物象《もの》の美しさは使う人じゃないと分らないのです。道具が手馴れ、手に馴染《なじ》んでくるとき、道具の美しさが本当に分るものです。船でもそうじゃないでしょうか?」

私は、浅黒い、皺だらけの老人が、キャベツを冷蔵室の棚に並べながら、こんなことを言うのを聞いて、彼の洞察力に驚きました。普通の人なら興味も何も感じないどころか、醜いとすら思うはずの船倉《ホールド》に、私が心を魅されるのは、まさしくそれが私と一体になって大海原を走る船の一部だったためであるのに気がついたからでした。その後、航海のあいだ、ふだんなら気もつかずに通りすぎるような船の些細《ささい》な道具――キャプスタンや索止《クリート》めや海錨《シーアンカー》や信号探照燈など――が、まるでそういう形の芸術品ででもあるかのように、私の胸を感動でぎゅっと締めつけたのも同じ理由からでした。私はいまも帆綱《シート》に風の鳴っている甲板のことを思いますと、それだけで胸が躍るのであります。

しかしそうした心の動きを見通しているサトヤムの黒い、小さな、子供っぽい眼は、何と不思議な魅力を湛《たた》えていたことでしょう。私は航海の間じゅう、彼と話すのが好きでしたし、彼もまた私に好意を示してくれたのです。

船の出航が近づくにつれて、乗組仲間《クルー》が一人二人と帰ってきました。彼らの部屋《キャビン》は中甲板の、緑と白の大理石模様のリノリューム敷きの廊下を挟《はさ》んで、左右に六つずつ並んでいました。いずれも個室で、向き合っており、ベッドが壁に作りつけてありました。

廊下を船尾《スターン》に向った突当りが談話室兼食堂でした。図書やレコード類、チェス盤、トランプなどが備え付けてあるのもここでした。円い舷窓《スカットル》が並ぶ明るい清潔な部屋で、茶色の柔かい革張り安楽椅子《ソファ》が真鍮《しんちゅう》の金具で床に固定されておりました。

廊下を船首《ステム》に向って進むと、ちょうど機関室の階上《うえ》あたりが司厨室、その反対側が浴室と便所、そして船首《ステム》につくられた二つの部屋《キャビン》にそれぞれ水夫四人と司厨係のベッドがありました。

私は、つぎつぎに船に戻ってきた仲間《クルー》に会い、手を握りました。むろん一度に十人ほどの人に会ったのですから、はじめは名前と顔が一致しませんでした。それでも最初に会った黒人のジョン・ケインなどは忘れ難い印象を残しました。

彼は肩からズックの袋をベッドの上に投げだすと、私の手を握り、強く上下にゆすぶりました。「やあ、よろしく」彼はどこか熱烈な態度で笑いました。「ぼくらは兄弟ですよ、この船というおふくろさんの胸に抱かれたね。君はきっと失望しまいと思いますよ。ここにはね、実に多くの約束があるんです。約束ですよ、いいですか。それは未来のものです。しかしぼくらはそれを待っているんです。ぼくらはそれをただ待ちつづければいいんです。それがこの航海ですよ。ぼくはね、時どきどこか約束の土地へ航海しているような気持になるんですよ」

黒人ジョン・ケインは額のでた、利口そうな顔立ちでしたが、白眼に血走った色の目立つ眼には、陰気な、狂信的な気配が漂っていました。彼には柔和なものと暗い激情とが、一つになっていたように思います。たとえば甲板作業で帆索《シート》を引いたり、帆桁《ヤード》をまわしたり、展帆の揚索《ハリヤード》を引いたりするときなど、大声で掛け声をかけ、叫び声をあげるのは彼でした。そのくせ月の夜など、上甲板で感傷的な歌をうたっているのもケインだったのです。

そのほかの乗組仲間《クルー》のうち、文化人類学をやっているモニク・ファビアンとはパリ以来の顔見知りでした。彼女はベルナールと同じ地方の古い貴族の出身だということで、ベルナールを取りまく仲間のなかでも別格の感じを持っていました。私は彼女の優しい知的な雰囲気が好きで、ベルナールの家でもよく話したことがありました。

船医のペーター・クルツ、数学者のエリー・フランク、タイ女性のスウォン・スワナ、アメリカ人のナタリー・ワイズ、イタリア人のマリア・カザローネなどはいずれも船で初めて知り合った仲間《クルー》でした。

彼らに共通していた点として、ヨットの経験者であったこと、何らかの意味でベルナールに惹《ひ》かれていたこと、こんどの航海に何かを強く期待していたこと、などが挙げられましょうか。当初、私はその一人一人の性格をはっきり摑めなかったものの、こうした共通の気分は容易に感じることができたのです。

さて、こうして一同の顔が揃うと、出港前の訓練が開始されました。私もヨットの帆《セール》や索具《リギン》の扱いには慣れていたものの、共同でやる横帆《スクエア・セール》の展帆、畳帆作業や、主帆《メインスル》の共同操作ははじめてでした。ターナーなどは操帆作業そのものに未経験でしたから、フランソワ・ルクーに怒鳴られながら、帆桁《ヤード》の上を文字通り右往左往していました。

女性たちも甲板作業に加わりましたが、天候の突発的な異変で操帆する以外は、展帆、畳帆の重労働はもっぱら男の乗組仲間《クルー》が当りました。その代り日々の帆縫い《セールメーキング》、天測、速度測定、見張り《ルックアウト》は彼女たちの仕事でした。船には電波航法装置《ロラン》も無線方位測定機もマリングラフも備えられていたのですが、ベルナールはあくまで六分儀《セクスタント》による天測やハンドログによる速度測定を日課の一つにしていました。つまり彼はできるだけ自然と密着し、風力とか天体とか潮流とか人力とかを航法の基本にしようとしたのです。

「こんな考えはばかげているかもしれない（えーむ）。しかし機械文明の外に生きることがこの航海の目的でもあるんだ」ベルナールは私に言ったものでした。「ぼくらヨットマンは風がどんなものか知っている。風の生命を知っているといっていい。（えーむ）それはぼくらが風に頼って生きているからだ。風に頼らなくなってから――船が風で動かず、風車が電力に変ってから、もう人間は風のことなんか忘れてしまった。雨のことだって、星のことだって、（えーむ）人間は忘れているんだ。文明という巨大な箱をつくって、その中にもぐりこみ、自然を拒んでいるんだ。しかしぼくらは風を帆《セール》にはらんでいるとき、（えーむ）ぼくらは自然の意志によって生かされているのを感じる。ぼくらは自然の力に従って、（えーむ）生という一個の軌跡を描いているのを感じる。ぼくは時どき鳥が大空を飛ぶのを見て、その飛翔《ひしょう》の軌跡の美しさに息をのむことがある。なぜ鳥はあんなに見事な線を描いて飛ぶことができるんだろう、ぼくはそう何度か自問した。しかしぼくは、（えーむ）自分が風の意志に従って生きているとき、（えーむ）自分の生の軌跡は鳥のそれと同じだろうと思えるんだ。しかし文明の箱のなかに入っていては、こんなことは起らない。そこでは人間は醜く脹《ふく》れあがり、（えーむ）傲慢《ごうまん》になり、自分の意志で思いのままに生きていると思っている。勝手に生きられると思っている。だが、（えーむ）人間はその代償に鳥のような自由と安定した動きを失ったんだ。生の美しい軌跡を失っているんだ」

これは午前の研究討議の際にも何度か主題に取りあげられた問題でした。私の印象では、この問題に関するかぎり、乗組仲間《クルー》のなかでとくに異論をたてる者はなかったと思います。少くとも帆船そのものが、いわばこうした文明の潮流に逆らった反時代的なものですから、それに乗り組もうと決めた以上、程度の差こそあれ、どこかでベルナール・ノエの意見に共感していたのだろうと思います。

出港を予定された日には、何人かの新聞記者とカメラマンがきました。一般の帆船マニアの人々も岸壁まで〈大いなる眞書《グローセル・ミツターク》〉号を見送りにきていました。

湾を出るまでは展帆せず、機走することにしていましたので、カメラマンと帆船マニアのためにだけ総帆掛けの作業にかかり、私たちは主檣《メインマスト》や前檣《フオアマスト》にのぼったり、船首三角帆《ジブ》の揚索《ハリヤード》を引いたりしました。

正午、私たちは解纜《かいらん》しました。パイロットに誘導されて、大小の船の間をぬけてゆきました。船橋《ブリッジ》でフランソワ・ルクーが舵輪《ステヤリング・ホイール》を握り、船長ベルナールがそのそばに立っていました。

私は人々が旅立ちの興奮を表情に刻んでいるのに気がつきました。それはまた三カ月の思わぬ滞在がようやく終ったという安堵《あんど》の表情でもあったように思います。

裁判長殿、ならびに陪審員の皆さん。

私はここで皆さんに私の置かれた立場の特異な点に注意していただきたいと存じます。と申しますのは、私は、ターナーを別とすると、この大航海に途中から参加した唯一の人間であります。なるほど船長ベルナールも、フランソワも、モニク・ファビアンも私の知合いではありましたが、本航海に関するかぎり、私はまったくの新参で、そこで生じたさまざまな人間関係を理解するには、なお相当の時日を要したのであります。

それに私はなぜオスカー・ターナーが日本に滞在していたのか、なぜ、〈大いなる眞晝《グローセル・ミッターク》〉号が日本に寄港したのを知ったのか、まったく推測できませんでした。しかし船に乗ってみて驚いたことに、ベルナールやフランソワだけではなく、大航海をすでに六カ月もつづけてきた乗組仲間《クルー》全員が彼と顔見知りだったのであります。

一度など私はたまたま中甲板におりてゆくと、ターナーが誰か女と薄暗がりのなかに立っていて、ひそひそ話しこんでいるのを見て驚いたことがあります。それは決して昨日今日知り合った男が女を口説いている調子ではなかったのです。そのとき私はそれをとくに深く考えませんでした。たしかに軽い疑問は心の表面をかすめましたが、それにこだわる前に、それは忘れられてしまったのです。

ともあれ出発の日のノートには次のように書かれているのであります。

久々の外洋航海で朝から胸が高鳴っている。エンジン停止。パイロットが離れる。総帆を張る。二班にわかれ、主檣《メインマスト》と前檣《フオアマスト》の揚索《ハリヤード》にとりかかる。前檣《フオアマスト》は横帆《スクエア・セール》なので習熟したエリー・フランクと黒人のケインがフットロープを伝って下から順々に横帆畳綱《バントライン》をはずしてゆく。夜店の手品で、何もないはずの手のひらからいきなりハンケチなどが湧《わ》きだすように出てくることがある。帆《セール》も同じで、帆桁《ヤード》からゆらゆらと白く手品のように湧きだし、帆索《シート》に引かれて大きく青空に脹らむ。前檣《フオアマスト》の最上帆《ロイヤル》、第二帆《アパーゲルンスル》、第三帆《ロワーゲルンスル》、第四帆《アパートップスル》、第五帆《ロワートップスル》が張られ、主檣《メインマスト》の主帆《メインスル》と主檣三角帆《ガフ・トップスル》が展帆される。船首三角帆《ジブ》はアウター・ジブだけ。主檣《メインマスト》の吹流し《バンドロール》が北西からの風を示している。当初の目標は東経百五十度、北緯三十二度の地点だから、船は追手《クオーター》で走っていることになる。横帆《スクエア・セール》の帆桁《ヤード》はいっせいにやや左舷開きとなり、主帆《メインスル》が大きな、しなやかな、官能的なカーヴを描いて青空を鮮かな白で切りとっている。帆《セール》が風にごうごうと音をたてる。

前甲板でモニク・ファビアンと数学者のエリー・フランクが早速予備的な天測を開始している。スウォン・スワナがナタリー・ワイズに砂時計を持たせてハンドログで速力を測定している。

大島が右舷に青く見え、黒ずんだ波が騒ぎはじめる。船はやや右に傾斜《ヒール》し、ピッチング開始。おそらく黒潮を横切りはじめたのであろう。

ぼくは上甲板に立ち、風が帆綱《シート》に鳴る音を聞いている。幸福感が身体じゅうに満ちてくる。日常生活はすでに波の彼方《かなた》に消え、ぼくを待ちうけるのは、波と風と南国の太陽だ。それに単独帆走のときの、胸のあたりが冷たく黒ずんでくるような孤独感も恐怖もない。相当の暴風雨にも耐えられる中型帆船に、帆走専門家を何人か揃えた大航海だからだろう。

午後おそく、風が北へまわり、横帆《スクエア・セール》が二十度ほど開かれた状態で帆走をつづける。ぼくは部屋にいることができない。上甲板に出て、波しぶきをあげながら、ゆっくり船首《ステム》を上下させる船に眺め入る。太平洋が冬の海らしく黒ずんだ青さで拡がる。北風の走る空に凍ったような雲が銀白色に光っている。それはまだ日本の冬の雲だった。葉を落した銀杏《いちょう》や欅《けやき》のうえに、木枯しに吹かれて浮んでいる冷たく光った雲——その雲がまだ海のうえに点々と浮んでいるのだ。

その瞬間、不意に郷愁に似た寂しさが胸のなかを走りぬけるのを感じる。ぼくを目がけてオホーツク海から吹きおろしてくる身を切るような凍った風。力強く潮の香りに満ちた、透明に光る風。鞭のように帆《セール》を打ち、支索《スティ》を震わし悲鳴のような声をあげる風。

夜にむかって海が湧《わ》きたっている。主檣《メインマスト》の主檣三角帆《ガフ・トップスル》と主帆《メインスル》を畳帆。四人の水夫がこれに当る。夜の前半の当直は船医のクルッ。後半は黒人のケイン。明朝はぼくだ。

夜、食事は、すばらしくうまいパテ・ド・カンパーニュとブルギニョン。船倉《ホールド》の葡萄酒は波にもまれて味が駄目だというが、必ずしもそうは思えない。サトヤムの細かい心遣いを感じる。食事時にめいめい自己紹介。スウォン・スワナはタイ王族の出だそうである。道理で、不思議に優雅で気品があると思った。線の細い、しゃくれた、浅黒い顔は、東洋の夢幻の美しさというべきか。しなやかな身体。優美な腕の動き。頬と口もとに浮ぶ微笑は何か甘い香りを放つ花弁を連想させる。

食事後、ベルナールが呼びにくる。彼の個室《キャビン》はぼくらより少し広く、ベッドの反対側の壁に事務机と椅子が固定してある。机は、食堂のテーブルと同じく縁が高くなっている。ベッドの並びに頑丈な戸棚があり、その上段に何本かウイスキーの類が並んでいる。ベルナールはコニャックをあけるが、航海が再開された最初の夜にしては妙に暗い考えこんだ表情をしている。理由を訊いたが、別に変りはないという。船の修理で気を使っていたのかもしれない。

夜十時、就寝。久々で船の動揺を全身で感じている。風の音と、舷側にぶつかる波の、ずどん、ずどんという重い音。時どき船体がみしみしと軋《きし》る。誰かがもう寝言を言っている。

裁判長殿、ならびに陪審員の皆さん。

ただいま私が読みました日記からおわかりのように、私は〈大いなる眞晝《グローセル・ミッターク》〉号が湾を出たとき、単純な帆船の乗組員《クルー》と同じく、ただ自分の前に拡がる太平洋を前に、心を躍らせていただけなのであります。私は展帆や畳帆のたびに上甲板で帆索《シート》をひき、転桁索《ブレース》をまわし、帆桁《ヤード》にのぼり、フットロープの粗い感触が足の裏に喰いこむのを、心ゆくまで味わっていたのであります。一度風を受けると、帆船は、人形遣いに操られる人形のように生気を取り戻すのです。青空にゆっくり主檣《メインマスト》をゆらし、白い帆《セール》を大きく脹《ふく》らませ、ごうごうと唸《うな》りながら、青い海原を快走する帆船は、どう考えても現代の童話としか見えません。たしかにかつては帆船が大海原を横切る唯一の手段だったわけですが、高速艇《てい》が出現し、二十ノットをこえて走る汽船が精密計測器を装備して大洋を渡ってゆく現在、帆船は、そうした現実の要求のない場所でしか意味がないのです。それは帆船の美を愛《め》でる人とか、帆走に熱中する人とか、太古的な自然を味わう人とか、にとってのみ、意味があるので、いずれも日常生活からはみだしているのであります。したがって帆船を本気で走らせ、まったく危険がないではない航海をつづけるのは、いわば日常生活の外に出た場所に、もう一つの現実が存在しているのと同じことになるのでありす。まかり間違えば生命を落す（本事件はまさにそれでしたが）ような現実の事柄でありながら、どこか童話めいた、お伽話《とぎばなし》めいたところがあったのはそのためだと思います。それはちょうど舞台のうえで役者たちが真剣にドラマを演じている場合とそっくりだといえましょう。彼らは一心に自分たちの役割を演じ、それを生きるのですが、しかしそれはあくまで現実のなかに嵌《は》めこまれた劇という非現実の世界にすぎないのであります。

私ははじめ船のなかに感じられたある一種の非現実的な解らなさ——あたかもゲームを見ていて、ルールの一つを知らないばかりに、どこかゲームの遣りとりに空白な欠如があるといった感じ——は、実は、帆船の持つこの非現代的な、童話的性格に由来するのだと信じていたのであります。

いまから思うと、事件はすでに始まっておりましたし、南太平洋という舞台こそ偶然にえらばれたものの、着々とその大詰に向って事件はすすんでいたのでした。

たとえば私が日記にあるように日々の帆船の雑務に熱中し、時どき眼をあげて、青黒い太平洋が大きくうねるのを見ていますと、ベルナールが悩ましい惑乱したような灰青色の眼を見開き、私に近づいてきたことがありました。

「まさか（えーむ）」彼は吃《ども》りながら言いました。「君のところにこんどの航海に異論を挟《はさ》むやつが来やしないだろうね？」

「何だってそんなやつがいるんだい？」私は愉快そうに言いました。「だって、この船には誰も無理強いして乗せられたやつはいないんだし、この前の自己紹介のときだって、みんな、君を尊敬していたじゃないか。つまり君の理想に共感したからこそ君を中心に、新しい人間関係の社会を——ほんの小さな社会だがね——つくろうっていうんじゃないか。ぼくは思うんだが、やはりこれは物と人間、人間と人間の新しい関係を見出す旅になりそうだよ。それは君の言っているとおりだ」

「そうだ（えーむ）」ベルナールは強いて自分を落着かせるように言いました。「きっとぼくが間違っているのかもしれない。ぼくは自分で鵞鳥《がちょう》と思っていたものが鶏に見えたのかもしれない。だが、（えーむ）それでも鵞鳥はやはり鵞鳥なんだ」

私はこのベルナールの言葉や態度に、奇妙な不安を感じたことは事実でした。「なぜ彼がこんなことを言ったのだろうか？　こんなことを言わなければならないほど、航海に異論を唱えているやつがいるのだろうか？　もしそんなやつがいるのなら、そいつはなぜ東京で船からおりなかったんだろう？」私はそう思いました。そしてベルナールがこんなことを処理できないのはなぜだろうかと考えたのです。

私が帆船のなかで人々にそれとなく注意をするようになったのはそれからです。もっともそれだって随分と気まぐれなもので、本心では、ベルナールの理想である新しい人間関係をつくりあげてゆこうと思っていたのでした。

私が知っているなかでベルナールに最も共感を寄せ、むしろ熱烈なベルナール信者だったのは数学者のエリー・フランクでした。

エリーは最初から「君の星座は何だい？」と言って、私の生年月日、時間などを知ろうとしたほど星占いに熱中していました。

「数学者の君が、なんでこんな神秘めかした占星術に凝っているんだい？」

私は面長な、どこかおとなしい緬羊《めんよう》を思わせるエリー・フランクの顔を見つめました。

「いや、それとこれは何の矛盾もないんだ」彼は睫毛《まつげ》のながい温厚な茶褐色の眼をぱちぱちさせて言いました。「ぼくはその人の外貌や印象より星占いを信じるんだ。なぜってそこには単なる現象として現われている以上のことが書かれているからさ。数学だって、君、神秘の上に成りたっているんだ。これほど、現象のでたらめ、不実、裏切りを軽蔑《けいべつ》して、秩序の高みに達したものはない。ね、君、これをどう思う？」

エリーは鉛筆を出すと、船橋《ブリッジ》の壁に、落書きのように、次のような数字を書きました。

16	3	2	13
5	10	11	8
9	6	7	12
4	15	14	1

「君はデューラーの有名な版画で『メランコリア』っていうのを知っているかい？」エリーは

数字を書きながら訊《たず》ねました。「これはね、その『メランコリア』の背景の壁に書かれている数字なんだ。言うまでもなく魔方陣さ。縦に加えても、横に加えても、斜めに加えても答えは同じ三十四さ。あの『メランコリア』にはね、大天使がひとり、机に向って頬杖《ほおづえ》をつき、何かしきりと考えている。背景には魔方陣のほかに砂時計や天秤《てんびん》や時を告げる鐘などが描かれているんだ」

「なるほどね」私は感心しながら数字を加えてみて、その結果が同じであるのに驚きました。

「なんでこんな具合にうまくゆくんだろう。たしかにこれは魔法だな」

「もっと簡単なのはこんなのもある」

エリーはその隣りに次のような数字を書きました。

2 7 6
9 5 1
4 3 8

「一から九まで並べると、こういう順になった瞬間、すべては調和するんだ」エリーはぼんやりした表情で数字を見ながら言いました。「つまりこの宇宙には、こうした調和の一瞬があるんだ。君はまさかと言うかもしれない。しかし一、二、三、四、五……を並べて、縦からも横からも斜めからも加えて同じ数になる、と言ったって、はじめは誰も信じやしないだろう。しかしこうしてそれが書かれてみると、なるほどと思う。不思議だなと感心する。この宇宙だって同じなんだ。海もある。空もある。風も唸《うな》る。夜になれば星も光り、月も出る。陸には大都会や町々村々が無数にあり、そこに無数の人間が住んでいる。それぞれが勝手に生き、勝手に考えている。その全体はおそるべき混乱にしか見えない。秩序もへったくれもないみたいだ。だがね」エリーは息をついて私を見ました。「それは外面的な印象にすぎないんだ。なぜって、君は一、二、三、四、五……を見たとき、それがこんな調和を示すとは思わなかったろうからだ。一、二、三、四、五……はただ任意に並んでいるにすぎない。だが、調和した姿をちゃんと持っている。それは縦に足しても十五、横に足しても十五、斜めに足しても十五の形でね。この方陣は不動の真理、不動の秩序なんだ。宇宙にもそれと同じ不動の秩序がある。永遠の真理がある。それが星たちなんだ」

私は思わずエリーの緬羊に似た温厚な顔を見つめました。睫毛は緬羊そっくりにぱちぱち動きました。

「君が星占いを信じるのはそんなわけなのか？」

私は思わずそう言いました。

「星占いというと何となく胡散臭《うさん》い。だが君だってこの真っ暗な大海原を覆う星たちを見たら、その整然とした秩序に驚かないだろうか?」

「そりゃ、ぼくだって人並みの感受性はあるからね」私は言いました。「暗い海のなかで見る星空はちょうど空いっぱいに地図を拡げたようなものだ。聖なる秩序のおかげで、ぼくらは航路を正確につかめるからね」

「いや、単にそれだけのものじゃない」エリーは肩をすくめて言いました。「なぜ星たちはあのように永遠に調和を保って存在しているか、君は考えるべきだよ。惑星はまるで神秘な数字の符合より、はるかに神秘に一定の周期で動いているんだ。早くなりも遅くなりもしない。だが、なぜこんな神秘な調和をとげたんだろう? 宇宙ってやつは」

エリー・フランクは大きくうねる青黒い波を見つめました。私たちは船橋《ブリッジ》の風下側に立っていましたので、風は感じませんでしたが、帆《セール》は固い物体のようにまるく脹れあがり、風音をごうごうと鳴らしていました。

「だが、宇宙が魔方陣どころではない整合と調和を示していることは疑えないんだ。人間は勝手に動いていると思い、世界はめちゃくちゃだと信じている。しかし本当はそうじゃないんだ。一木一草にいたるまで、すべては整然たる秩序のなかに配置されているんだ。森の奥で蜘蛛《くも》が巣をかけるんだって、木の葉が一枚滝のうえに散りかかるんだって、すべてこの調和的な秩序のなかに書きこまれた必然のすじ道なのだ」

「じゃ、ぼくが船に乗りこんだのも、ここでこうして君と話しているのも、予《あらかじ》めつくられた秩序に則《のつと》っているというわけなんだね?」

「それはそうさ。その他に何が考えられるのだい?」

「では、もう一つ訊くけれど、君の考え方でいうと、人間には自由がないことになりはしないかい?」

「人間の自由?」エリーは茶褐色の眼を大きく見開いて言いました。「そりゃ人間の側から見ればあるようにも思えようがね。しかし宇宙の秩序を透視した眼には、秩序の網目のとおり動いているにすぎないんだ。人間はそのようにしか行動できない。人間の一切は宇宙の秩序のなかで決っているんだ」

「これはたまげた決定論だね」私は思わず叫びました。「いったい君はどこでそんな考え方を手に入れたんだい?」

「むろんベルナールさ」エリーは落着いた表情で言いました。当然すぎることをなぜ訊くんだ、という調子が言葉のなかに露骨に現われていたのです。「ベルナールがヒマラヤから戻ってきたとき、彼は全身に宇宙の秩序を浸して帰ってきたのだ」

私はエリーの言葉を聞いたときの驚きをまだはっきり憶えております。たしかにベルナールはインドかパキスタンか、その辺りから戻ってきたとき、性格が一変していたのですが、その原因が、こうした神秘的な決定論への帰依からだったとは意外でした。

そう言えば以前ベルナールが私に、故郷の中部フランスの森林の奥にある城館の話をしてくれたことがありました。彼の家からその城館にゆくには森のなかを流れるほの暗い川を遡《さかのぼ》ってゆかなければなりませんが、その川は冷たく澄んでいて、川底の緑の藻《も》の揺れるのがはっきり見え、水面には睡蓮《すいれん》が浮んでいたということです。ベルナールはその森の城館で一人の若い娘に会い、それ以来、その川の流れる方向が彼の人生の方向になったのだ、と言ったのでした。

「君はその娘に近《ち》づこうとしたのかい？」

そのとき私は訊ねました。

「いや、そんなことは（えーむ）必要ないんだ」ベルナールは頭をふり、大きく眼を見開いて言いました。「ぼくは彼女の姿を見てから、間もなく（えーむ）近くの小都市で開かれたダンス・パーティで彼女に出会った。ぼくは絶対に（えーむ）会うと信じていた。それで彼女に会ったんだ」

「なるほど。それからどうしたんだい？　ダンスでも申し込んだのかい？」

「ああ、一緒に踊った。しかし（えーむ）それだけだった。森の城館まで車で送ったが、それもそれきりだった。しかしぼくには彼女が将来ぼくの伴侶《はんりよ》になるのは明白だった。彼女の眼の色も（えーむ）そのことを語っていた。そんなとき、言葉のようないい加減な曖昧《あいまい》な手段なんて（えーむ）使えるわけないじゃないか」

私がベルナールの言葉のなかに奇妙な響きを感じたことは事実でしたが、それをあえて口にするには、彼はそのことを余りに強く信じているように感じられたのです。ただこのことなどもエリーの話と考え合わせてみると、どこか脈絡がないとは言いきれなかったのです。

このことをさらに確実に私に暗示したのは手に鞭《むち》を持って船の甲板を歩きまわっているオスカー・ターナーでした。彼についてはすでにお話してありましたように、したたかで、同時に飄々《ひょうひょう》とした人物で、私たちの言うことを、どこまで本気で信じているか、ちょっとわかり兼ねるところがあったのです。

「さ、どうですかな。ふむ、ふむ、話としては面白い。しかしこの世のことは、〈殺られる前に殺れ〉ですよ。ね、そうでしょう？　この世では背中を相手に向けてはいけないんですよ」

彼は口癖のようにそう言っていたものでした。その彼が、主檣《メインマスト》の吹流し《バンドロール》が突然方向を変え、フランソワ・ルクーが「逆帆《アバック》になるぞ。帆桁《ヤード》をまわせ。主帆《メインスル》は縮帆《リーフ》するんだ」と船首《ステム》で怒鳴っているとき、私の傍《かたわ》らにきて、「フランソワをどう思います？　ベルナールを無視して、この船を帆走させている。これじゃ乗組仲間《クルー》だって、何のために乗ったのか、訳がわかりませんや」と早口に言ったのでした。

私は帆索《シート》を引いて、その端をキャプスタンに巻きつけながら、「しかしフランソワはベルナールの意向を受けついでいる副船長だし航海士じゃありませんか。風が落ちたからって何も一々ベルナールが指揮をとることはないと思いますがね」と言いました。私は寒風のなかで汗ばむほど走りまわり、綱《ロープ》を引き、それを索止め《クリート》に巻きつけ、帆《セール》がばたつくと、すぐ帆檣《マスト》に駆け上りましたが、ターナーは眉を眩《まぶ》しげに顰《しか》め、赤茶けた口髭《くちひげ》をこすり、右手で軽く拍子をつけるように鞭を動かしているだけでした。

私が汗を拭って上甲板に戻ってくると、なお辺りを見まわしてから「ぼくは君とはちょっと別の考えだね。ここではベルナールは一切船を指揮しないんだ」と言いました。

「そうかな」私はターナーが帆船にまったく経験がないのを知っていましたから、別に腹も立てずに言いました。「ベルナールは大局から航海全体を指揮しているんだと思うがな。だって航海そのものを考えたのも彼だし、この〈大いなる眞晝《グローセル・ミッターク》〉号を買ったのも彼なんだから」

「いや、それは外見的にそう言えるだけなんだ」ターナーは鞭を風のなかに差し出しました。鞭は風を切ってかすかな音をたてていました。「君はベルナールのあの謙遜ぶりを知っているだろう? 彼は何も自分から言いだそうとはしない。そうだ。何も言おうとはしないんだよ。だって、彼は、地上のものを恐れているんだからね。彼は地上に未知なものがまだ無限にあるゆえに、僅かばかりの知識で思い上がるまい、と考えているんだ。彼が、人類は思い上がり《ヒュブリス》の罪で滅びるだろう、と言っていたのを何度か聞かなかったかい？」

「それは昔からのベルナールの持論だからね」私は船がゆっくり舳先《ステム》を上下させながら波を白く蹴《け》ってゆくのを胸のすく思いで見ておりました。「とくにインドだかパキスタンから戻ってきてからは、それが極端になったように思うがね」

「そうだ、インドから戻ってからね」彼はポケットをさぐり、煙草に火をつけて一口吸うと、煙を風のなかに吐きだしました。風は煙を引きちぎるように攫《さら》ってゆきました。「ベルナールは彼の一切を投げ棄てようと思ったのさ。自分の過去も現在も未来も——つまり自分の全生活をさ」

「ベルナールが？　彼の生活を？」私は驚いてターナーの灰色の潤んだぎょろ眼を見つめました。「ぼくはそんなふうには聞かなかったな。いったい自分の生活を棄てるとはどういうことだい？」

「無一物になることさ」ターナーは眼を細め、口髭を突き出すようにして、口笛を吹く恰好をしましたが、口笛は吹きませんでした。帆船の上では口笛はタブーにされていたからです。

「ベルナールが遺産のすべてを叩《はた》いてこの帆船を買ったのもそのためだ」

「君はいったいどこでそんな知識を仕込んできたのだい？」私は風の音、波の音を聞きながら言いました。「君はよほど前からベルナールと知り合っていたんだね。いつ頃だい？　君がべルナールと会ったのは……」

「いつだったかな」ターナーは眉を顰め、口を突き出して言いました。「だいぶ昔のことだな。ずっと昔の……。ありゃ創世記の頃だったかな」

「なるほどノエ（ノア）と知り合えるのはそんな頃だな」私はターナーのややグロテスクな冗談に声を合わせて笑いました。「しかしそれにしても君はベルナールの特別扱いの友人だね。どうもそう思うしかないね」

「そんなことはない」ターナーは灰色の潤んだぎょろ眼で私を見て、強い口調で言いました。「それだけは確かだ。ぼくは前からベルナールを知っていた。しかしそれだけだ。それだけだけれど、彼が無一物を標榜《ひょうぼう》して何も敢てしようとしないことは知っているんだ。そこが肝要な点さ。そこにフランソワが乗じているんだ。フランソワはベルナールの無一物主義を利用しているんだ。これは事実さ。ぼくは何でもまともに信じない質《たち》の人間だがね、フランソワがベルナールの自己放棄につけこんでいることは、疑っちゃいないんだ」

「なるほど、フランソワもベルナールのそうした態度は知っているわけだね？」私が訊ねました。

「知っているどころか……フランソワはそれをそそのかしさえしているんだ。やつはベルナールを精神的に裸にしておいて、脱いだものをごっそり頂戴しようというわけだ」

「フランソワのことはともかくとして……」と私は思わず潮風のなかに息をつきました。私の眼の前を飛び魚の群が高々と飛びあがり、波頭を越えてゆきました。「ベルナールが無一物になろうとしているのは本当かもしれないな」

「本当だとも。だから彼は地上のものは未知だなどと言いだすんだ。彼は既知のものを一切棄て去ろうとしているんだ。だが、ベルナールの動機は尊重されなければならないよ。なぜって、この大航海にしたって、ぼく流に解釈すれば、彼の無一物主義のがむしゃらな実践なんだし、君だって、ぼくだって、それに一枚加わっているんだからね。どんなことがあってもベルナールの無一物主義を守らなければならないんだ。まして、君、フランソワなどにベルナールを利用させてはいかんのだ」

「そりゃ、いかんね」私は飛び魚が大きな波を二つも三つも越えて飛ぶのを眼で追っていました。「ベルナールを守らなければね」

「それで安心したよ。ぼくは、フランソワが船長になりたがっているように見えるんでね」

「まさか。それは邪推さ」

「そうあってほしいね。ぼくは何ごともまともには信じないがね、しかし願わしいことは実現したほうがいい。君はそう思わないか?」

ターナーは革の鞭で自分の膝の横を軽く拍子をつけて打ちながら、私から離れていったのですが、実を言うと、私が、本事件の端緒となるごときものを予感したのは、このときだったのであります。

私は船橋《ブリッジ》にのぼり、当直の黒人ケインが舵輪《ステヤリング・ホイール》を両手で握り、計器類を気にしながら、いくらか充血した眼で前方を睨《にら》んでいるのを見ても、何となく気持が晴れませんでした。まさかとは思いましたが、フランソワ・ルクーがベルナールに対して越権的な存在になっているかどうか、私は不安だったのです。すると不意にケインが前方に眼をやりながら、「あまりターナーと話さんほうがいいぜ」と言いました。私たちが上甲板で話し込んでいたのを、操舵甲板《ステヤリング・ブリッジ》から見ていたのでしょう。

「なぜだい?」私はわざととぼけて訊ねました。「だってターナーはベルナールの古い友達というじゃないか。もっともぼくがパリにいた頃は全然知らなかったけれどもね」

「あれは害虫さ」黒人のケインは吐きだすように言いました。「古い新しいの問題じゃないのさ。あれは害虫さ。それだけさ。害虫には近寄らぬことだ」

私は時どき船体を軋《きし》らせて波をわけてゆく〈大いなる眞晝《グローセル・ミッターク》〉号の船足が妙に重苦しいものに思えることがありました。私はそのときになって、はじめて、ヨーロッパから東洋までの長い長い航海がすでにあったこと、日本での思わぬ滞在が何らかのいらいらした気持を彼らに与えているに違いないこと、新参のターナーが、私が想像しているより、乗組仲間《クルー》と顔見知りであること、などに気づいていったのでした。もちろん事件が終ってみますと、それでさえ、ほんの一部の限られた知識に過ぎなかったのでありましたが……。

私は、それでも早朝の甲板磨きや、露を濃く含んだような潮風に吹かれての朝食や、灰暗色の雲が羊の群のように海上を覆う冬の暗澹《あんたん》とした夜明けの当直などは、他の人はいざ知らず、私自身にとっては、やはり大航海時代の船乗りが感じたような、高揚した、ヒロイックな思いを呼びおこすものだったのです。私は帆綱《シート》に鳴る風の唸りを痺《しび》れるような幸福感のなかで聞いたものでした。それは陸で聞くどのような物音よりも、私の心に滲《し》みこんでくる痛切な音でした。私はうまく文学的な表現はできませんが、それは帆綱《シート》や、主帆《メインスル》や、キャプスタンのかげや、ハッチの角などで音の高低が異なるのです。そこにごうごうと鳴る大きな主旋律はあるのですが、それに包まれたこうした角々の小さな笛の叫びは、その傍らに佇《たたず》む人の耳もとだけに囁《ささや》く宇宙の神秘な言葉のように思われるのでした。

東京湾を出て東南東に航路をとったわけですが、季節的に北、ないし北西の風が多かったので、当初の三日ほどは航海は順調で、この分だと、思ったより早くハワイ諸島の南を通過するかもしれない、などと、海図《チャート》を見ながら思ったりしたものでした。

私は本事件に最も密接に関係する人物について陳述を急ぎましたために、乗組仲間《クルー》の女性たちの肖像を描くのが後廻しになりましたが、私が必要と思われる以上に今後彼女たちに言及することがあるとしましたら、それは、ある意味で、彼女たちこそが本事件の中心部分を占めていた、と言えなくもないからであります。船長ベルナール・ノエも、副船長フランソワ・ルクーも、数学者で星占い信者エリー・フランクも、黒人ケインも、風来坊然としたターナーも、いわば女性たちのまわりを廻っていた惑星に過ぎなかったのではないか、と思われることが多いからであります。

裁判長殿、ならびに陪審員の皆さん。

私は自分の陳述があまりに事件内容の関連事項とかけはなれているのではないかと危惧していることを、ここで告白したいと存じます。しかし冒頭で申しあげましたように、本事件の実体は形に現われた結果だけではなく、そうした言葉、行動、出来事の底に拡がっている夢想や、感情や、思念や、衝動の渦なのであります。私の陳述の焦点と申しましょうか、方向と申しましょうか、それはひたすらかかる事件の全体を描きだすことにあるのであります。

さて、前にちょっと触れましたが、タイ王族の出であるスウォン・スワナはおよそ考えられる限り優美な細っそりした女性でした。単に身体恰好や、物静かな挙措や、微笑を浮べて話すその話し方が優しく典雅であるというだけではなく、彼女の考えや感じ方まで繊細で、柔和で、信じ易かったのであります。

船に乗って間もなく、私はハンドログの綱《ロープ》を巻きあげるのを手伝いながら（風の唸り、波の音、そして絶えず揺れる甲板を思い出して下さるようにお願い致します）スウォン・スワナにこう訊ねました。

「あなたのように優美で淑《しと》やかな女《ひと》が、なぜこんな荒くれ男たちの乗る帆船に乗ったりしたんです？」

「私ね、実を言うと、世界じゅうの人が見たかったんです」スウォンはほほ笑みながら言いました。「だって、この世界はすべて神さまがお作りになったんですもの。それに、私ね、まるで文化使節になったみたいに、飛行機で大都会から大都会へ飛び歩いて、そんなふうに世界を見たいとは思いませんの。どちらかというと、昔ふうに、ゆっくりと、風のまにまに流されながら、島から島、陸から陸へさまよう、そんな旅がしてみたかったんです。私ね、王室の人間のくせに、裸足《はだし》で育ったんですの。私の乳母のプイがね、裸足じゃないと、大地から、生きる精霊が入ってこられないって信じていたからなんです。でも、いま思うと、プイの言うのは正しかったんです。地面を石で固め、そのうえ靴をはいているんですもの、大地の恵みに満ちた力が人間に伝わらなくなったのは当然ですわ」

私は彼女がてきぱきと綱《ロープ》を巻き、船尾の物入れのなかにしまいこむのを手伝いました。

「ベルナールも同じようなことを言っているね」

私は船尾《スターン》の手すり《ハンドレール》につかまって、スウォン・スワナのしなやかな黒髪が風に吹かれるのを見ていました。

「そりゃそうですわ」スウォンはやさしく笑いました。「だって、私はベルナールからこうしたことを教わったんですもの。私はベルナールのおかげでこの世を見る眼を与えてもらったんですわ。私は子供の頃から青いペンキを塗ったような明るいバンコクの空や、ドリアンの匂いを運んでくる風や、流れに映る白い雲の姿がたまらなく好きでした。でも、私はそれを黙っていました。だって、私はベルナールに会うまで、それが大したことに見えず、ちょっと風変りな好みなんだ、と思っていました。ところが、ベルナールと知り合って、二こと三こと話すうち、ベルナールは立ちあがり、『君はすばらしい能力《ちから》を持っている。君は地上のめくるめく豊《ほう》饒《じょう》さを感知できる人なんだ』と叫んだんですの。それから現代はいかにそれと反対のことになっているか、あれこれ例を引いて話してくれました。それで、私が『きっと裸足で育ったせいです』って言いますと、ベルナールは飛び上がって『それなんだ、秘密はそれなんだ』と叫びました。そしてすぐ自分のはいている靴を取ると、それを地面に叩きつけました。私が自分の育てられ方や、育てた乳母や、自分の感じ方などに自負を持てるようになったのはそのときだったと思います。私は、生れつきの好みを、こんどはベルナールの眼を通して、値打ちのあるものだ、と見られるようになったんですもの。ベルナールは私の恩人のようなものですわ」

私はこの話を聞いたとき、果して二人のうちのどちらから帆船に乗る話が持ち出されたのか、わからなくなるように感じました。ひょっとしたら、それはスウォンが自分から申し出たことであったかもしれません。

ナタリーの場合は、私は間違いなく彼女がベルナールに頼んで船に乗ったに違いないと確信しております。それは彼女が死ぬほど退屈していたのがわかったからなのです。二日目だったか、三日目の晩、私が甲板で荒涼とした暗い海の上に銀色に光る月を眺めていると、誰か近づいた気配なので、見ると、それはナタリー・ワイズでした。そのとき私たちはこんな会話を交しました。

「おや、ナタリー、君も月を見ようっていうのかい？」

「月？　まさか。私、今夜、身体が火照《ほて》って眠れないのよ」

「しかしそんな恰好で夜風に当ると風邪をひくぜ」

「いいのよ。私には何があったって」

「ばかに捨て鉢なことを言うんだね」

「そうじゃないけれど、私ね、自分から脱け出したいのよ。何かこうぱーっとしたことがあればいいと思っているのよ。暴風が来るとか、海賊船や大鯨《おおくじら》に会うとか……」

「君は意外にロマンティックなんだな」

「ロマンティック？　なるほどそう言えないこともないわね。でも、そんなことでもなければ、私、退屈で、生きてゆかれそうにないわ」

「そうかな？　ぼくはそう思えないけど」

「退屈だわ。私には砂漠と同じだと思うわ。私は渇いているのよ。わからない？　あなただって水ぐらい飲みたいって思うはずよ」

ナタリーの部屋《キャビン》は（いつもドアが半開きのままなのでよく見えるのですが）ひどく雑然としていて、下着がベッドに脱いだままだったり、歯ブラシが窓枠の上に置いてあったり、推理小説が枕もとに乱雑に積みあげてあったりしたのです。彼女は金髪の愛くるしい美人でしたが、ひどく投げやりな、ぐったり疲れた、手足のもげかけた人形のような印象を与えました。「ね、あなた、退屈してない？」それが彼女の口癖でした。

私があの大航海のあいだ、よく話したわりに、性格が理解できなかったのはマリア・カザローネでした。彼女はイタリア女らしい浅黒い魅惑的な肌と、黒い澄んだ理智的な眼をした、彫りの深い顔立ちの、古代的な憂愁感を漂わせた女性でした。いつも考え深そうな広い額が風に吹かれた髪から露《あらわ》になっておりました。

私は彼女がターナーと親しかったのが意外でした。いつか私が中甲板の薄暗い電燈の下で見かけたターナーと話していた女は、彼女であったかもしれません。

残りの一人、モニク・ファビアンについては追い追い本陣述の進むにつれて触れる機会が多いと思いますので、一ことだけ申しあげますが、私は彼女とパリではじめて会ったとき、バンベルグの大聖堂の「教会《エクレシア》」の勝利の象徴である女人像を思い出したのでした。それは叡智《えいち》と慎《つつま》しさと敬虔と愛が、波打つ髪に囲まれた静かな表情に見事に刻みだされた彫刻ですが、モニク・ファビアンはそれのモデルだと言ってもおかしくないほど、よく似ておりました。

ところで、本法廷の皆さんは、私の陳述の背景につねに風の唸り、波の音、揺れる甲板を思い描いていただきたいのであります。私がこれから進めてゆく陳述は、内容そのものと同時に、それを包んでいる風の唸り、波の音、揺れる甲板を感じることによって、本来の姿をとるのではないか、と考えるからであります。

さて、帆船〈大いなる眞晝《グローセル・ミッターク》〉号は四日目あたりから逆風《アドヴァース》をくらい、同時に荒天に見舞われはじめました。私たちは転桁索《ブレース》を引き、帆桁《ヤード》を一杯開き《クロース・ホールド》にしたり、第二帆《アパーゲルンスル》、第三帆《ロワーゲルンスル》を下したり、船首三角帆《ジブ》の開きを変えたりして走りまわりました。こんなとき、私たち帆走愛好者はいわば全身で風や波と対話しているような気持になるものです。前檣《フォアマスト》の上にのぼり、激しく上下する水平線の遠くに連なる雲を見ていると、腹の底から、何ものかに対して挑戦したいような勇気と生き甲斐が湧いてくるのです。

大海原を航海したことのない人々は、見渡す限り水平線に囲まれているときの一種の孤独感と無限感を容易には想像できまいと思います。そこにあるのは絶えずうねる青く黒ずんだ波です。その波は、どんなに静かな日にも、十米《メートル》、二十米の厖大《ぼうだい》な水の脹らみとなって、高く、ゆっくりと盛りあがり、やがて厖大な脹らみのままに、静かに沈下してゆくのです。その巨大なうねりの上にも無数の波が刻まれ、盛り上がったり、崩れたり、のめったり、騒いだり、ぶつかり合ったり、低くなったりしているのです。

風がごうごう帆《セール》に鳴る日、そうした波頭は白く砕け、砕けた波は、霧のように、波の峰の上を横ざまに吹き飛ばされてゆきます。そんな中を飛び魚が、まるで礫《つぶて》を投げたように、次々と飛んでゆくのでした。

私は用事がないのに何時間も甲板から舳先《ステム》が掻《か》き分けてゆく波の動きを見ていたものです。舳先《ステム》に分けられた白い波は、まるで繊細なレースを拡げるように、青い滑らかな波の上に、音をたてて溢《あふ》れだしてゆくのです。それは同じ海の水には違いないのですが、どう見ても白と青の、別々のものが、そこで戯れ合っているとしか思えません。白い波は猟犬のように素早く青い波の上を走りぬけようとします。すると青い波は、そうはさせまいと、別の波を盛りあげて、白い波の泡立つ拡がりを押えにかかるのでした。

最初の騒ぎが起ったのは、五日目か六日目の荒天つづきの夜のことでした。例の中甲板の船尾部《スターン》の食堂で、食後のコーヒーを飲んでいるとき、数学者のエリー・フランクが星占いの話をはじめ、フランソワ・ルクーがそれをいまいましげな口調で遮《さえぎ》ったのです。

「まるで、君は……」とエリーはむっとして緬羊のような長い顔をフランソワに向けて言いました。「まるで、君は、ぼくが言う予言を恐れているみたいだね」

「予言を恐れる?」こちらは冷ややかに答えました。「予言がこわかったら、こんな航海に乗りだせると思うかね? 地上に不幸が起ったからと言って、そいつを天空の彼方《かなた》の存在《もの》の責任にすれば、たしかに具合はいいかもしれないが、ぼくらの生き方から、それだけ工夫も発明も努力も失われてゆくんだ。そんなものを振りまわされてはたまらない。だいいち君のような学問に携わる人間が理性の力を否認するのが不思議だな」

「いや、君が理性にすがりつこうというのが、この予言の力を恐れている証拠さ」エリーはフランソワの冷静な態度に苛立《いらだ》ちながら、顔を上気させて言いました。「だが、君が否定しようが恐れようが、星の運行は確実に人間の宿命を支配しているんだ」

「君はそういう考えを振りまくことによって、容易にデマゴギーの準備ができるわけだ」フランソワはからかうような冷たい微笑を片頰に刻んで言いました。「ぼくが言いたいのは、君がでたらめを言って廻ることじゃない。そんなことが笑うべきもの、滑稽なものであることは、冷静な人間なら、誰だって見わけがつく。しかし君のように、本題に入る前に神秘的な気分を振りまくこと——こいつは危険だ。誰だって半信半疑の気持になるからな。諸君もエリーの数理的神秘主義を信用しかかっているんじゃないのかな?」

フランソワはポケットからパイプをとりだすと、それに煙草をつめながら、食堂に集まって、二人の口論を黙って見ていた私たちのほうに眼をあげました。食堂にいますと、風の唸りや帆綱《シート》の音は聞えませんが、そのかわり、船首《ステム》にぶつかる波が、重い砂袋でも叩きつけているように、どすん、どすんと音をたてているのでした。風をクォーターで受けているために船のピッチングが大きく、私たちは片手でコーヒーのカップをおさえ、ゆっくりと沈み、また上昇してゆく船の動揺に身をまかせておりました。

私は黒人のケインが可笑《おか》しそうにくっくっと笑って下を向いているのを、何か奇妙なものを見るように眺めておりました。それは、見方によれば、フランソワ・ルクーの言葉を馬鹿にしているようにも思えましたが、それはどうやら、私たちが——少くとも私が——まんまとエリー・フランクの数理的神秘主義に一杯喰わされたことを笑っているらしかったのです。ケインの態度には妙にフランソワの意を迎えるようなところがあり、その笑い方には卑屈な感じがなくもありませんでした。

「他の人々と君はどんな関係があるんだ?」エリー・フランクはむっとした表情を隠そうとせずに言いました。「よしんばそれを信じる人がいたって君には何の関係もありはしないさ」

「しかしわが乗組仲間《クルー》がありもしないことを信じたり、わけのわからん煽動《せんどう》に乗ったりされたら、たまらんからな」フランソワの言葉は冷たく、投げやりな調子で言われました。しかし私には、それが明らかにエリーを挑発するように仕組まれた言葉であることが、ここまできたとき、納得できたのです。

「だが、何のために、誰にむけて、こんな挑発をしているのだろう？　誰をおこらせようとしているのだろう？　フランソワの腹は本当はどこにあるのだろう？」

私はその瞬間、そう自問したのでした。それほど、彼は露骨にエリーの自尊心を傷《きずつ》け、エリーを怒らせようとしていましたが、それが決してエリーその人や、彼の星占いが目的でないらしいのは、食堂の空気から容易に察知できたのです。

「ぼくらは心配ご無用さ」口を挾んだのはオスカー・ターナーでした。彼はコーヒーを飲み、口髭の先を指で撫《な》でながら、一切を冗談としてしか受けとっていないことを強調するように言いました。「君は、ぼくらよりは、エリーが言いたがっていること——まさに言いだそうとしていることに興味があるのさ。つまり君はそいつを先に延ばさせようとしているんだ。君は、エリーの言葉をはぐらかそうとしているんだ。エリー君、そうじゃないですかね？」

エリー・フランクはターナーの言葉をどう受けとっていいかわからず、緬羊のような従順な濃い睫毛をぱちぱちさせました。

「ぼくが何に興味を持っているというんだね？　ターナー君？」フランソワはいくらか蒼《あお》ざめた、固い表情に見えました。「蠟《ろう》人形のようだわ」と誰か、マリアかモニクかが私の後で囁くのが聞えました。

「それはぼくが言うよりエリー君に言わせたほうがいいんじゃないかな」ターナーは口笛を吹くように赤茶けた口髭を前へ突きだして言いました。「エリー君、君はさっき何を言うつもりだったんだい？」

「さっきって？」エリー・フランクは狐につままれたような顔をして訊ねました。「ぼくが星占いの話をしたことかい？」

「いや、君は何か話そうとしていた。それを話させないために、フランソワは君を邪魔したんだ」

「冗談も休み休み言うもんだ」フランソワは冷たく言いました。「エリーだって、お前さんの当てずっぽうにはたまげているぜ」

「何とでも言うさ」ターナーは潤んだ灰色の眼を大きく見開きました。「エリー君、さっき君は何か言いたがっていたね。星の運行がすべてを決めるといってさ。君は何か予言しようと思っていた。そうじゃないかい？」

「そうだ……」エリーは驚いたようにターナーを眺めました。「ぼくは……。いや、そうじゃない。ぼくは何も……。なんだって君はそんなことを……。いや、本当だ、ぼくは何も言うことなんかありゃしないんだ」

「いいかい、エリー」フランソワが冷たく言いました。「ターナーはぼくらを心理分析にかけているんだ。もっともこいつは船医《ドクター》クルツの専門だがね。だが、そんなことはこの際問題じゃない。やられているのはぼくらなんだからね」

「心理分析とはうまい逃げ口上を考えついたものだな。いっそのこと、心理的拷問《ごうもん》とでも言ってみても悪くない」

ターナーは立ちあがり、革の鞭の先で軽く左の手のひらを打ちながら食堂を行ったり来たりしはじめました。

「ぼくはそれほどお前さんの手腕を買っているわけじゃない」フランソワが言いました。「ぼくたちを心理的拷問にかけるなどと思い上がられちゃ困るからな」

黒人のケインが下を向いて可笑しそうにくっくっと笑いました。

私はケインがターナーのことを害虫と言ったのを思いだし、彼がさっきから笑っているのはターナーを牽制《けんせい》するためであることがわかったのです。「だが、なんだってケインはフランソワの肩を持っているんだろう?」

私はふとそんな思いに捉われました。そのとき「なぜこんな謎々《なぞなぞ》を言い合って時間をつぶしているの?」と、ナタリーが青い眼を物憂そうに二人に向けながら言いました。「フランソワもターナーさんもおやめなさいよ。せっかくの楽しい夜が台なしになるわ。それも、さっぱり訳のわからないことを言い合ってさ」

　すると、そのとき、突然、私の背後で誰かがかん高い声で笑いだしました。

「ばかを言わないでよ、ナタリー」

　それはマリア・カザローネでした。彼女はまるでヒステリー女のように身体をよじって笑うので、私は、思わずぎょっとしたほどです。

「ナタリーの猫っかぶりも相当ね」マリア・カザローネはつづけて言いました。「結構うまく大事な人をかばうこと。猫をかぶるのはいいけれど、泥棒猫みたいな真似はやめるのね」

「何ですって？」ナタリーは立ちあがると、両手をぶるぶる震わせて叫びました。「私が誰かをかばっている？　面白いわ、それは誰なの？　言えるんなら言ってごらんなさい？　どう？　言える？」

　するとマリア・カザローネの顔はみるみる蒼ざめました。血管の青く見えている顳顬《こめかみ》がひくひく動くのが見えました。その顔は拷問の苦痛を耐えている人のようでした。しかし彼女は一ことも言葉を発しませんでした。ナタリーの嘲笑《ちようしよう》に対しても何も言おうとはしなかったのです。

「もうこんな騒ぎは（えーむ）いい加減に打ち切ろうじゃないか」ベルナールが最後に言いました。「もっとも君たちが（えーむ）あくまで論じたいというんなら、夜明けまでつづけたって構やしないがね」

「いや、ベルナール、もう沢山だよ。みんな今朝から風が変るので疲れているんだ」フランソワ・ルクーは立ち上がると片手を振って食堂を出てゆきました。終始沈黙していたモニクやスウォン・スワナも目立たぬように姿を消しました。マリア・カザローネはナタリーのほうへ一瞥《べつ》を投げると、身を翻して、食堂を飛び出してゆきました。

私はまるで筋書きの混乱した人形芝居の舞台を見ているような気持になりました。しかしベルナールは金色の髯のなかで何か独りごとをつぶやいていましたし、ターナーは鞭の先を左手で握りながら行ったり来たりしていましたし、黒人のケインは挑むような凄い眼つきでターナーの姿を見ていましたので、私は、つんぼ桟敷《さじき》に置かれたままただ黙っているほかなかったのです。波のぶつかる音、船の動揺、船体の軋る気味の悪い音が急に私の意識のなかに蘇《よみがえ》ってきました。私は隅にいたエリーのそばにゆき、声をひそめて「君は本当に何かを予言しようとしていたのか」と訊ねました。

「ともかく甲板に出て風に当ろうじゃないか」

エリーの言葉に、私たちは前後してハッチを上がり、甲板に出ました。昨日、一昨日あたり、西北風が吹きつづけていたせいか、船は東経百五十五度をこえた地点で、だいぶ南へ流されていて、北緯三十度に近く、夜風の寒気はずっと耐えやすくなっていました。船橋《ブリッジ》では船医《ドクター》クルツが当直に立っているはずでしたが、むろん暗い船首《ステム》からは見えません。星がところどころにしか見えないのは雲が空を覆っているためでした。夜のあいだ、風向が急変することがあるので、船首三角帆《ジブ》と主檣《メインマスト》の補助三角帆《ステースル》、および前檣《フオアマスト》の第五帆《ロワートツプスル》だけで走っていました。舷燈《サイドライト》の投げる光の輪のなかに、それでも、舷側《げんそく》を走ってゆくうねりが、白い泡をきらきら真珠粒のように弾かせながら、素早く過ぎてゆくのが見えました。北北西の風が支索《ステイ》にかん高い音をたてていました。船はゆっくり前後に揺れつづけました。

「ぼくは別に予言したいと思ったわけじゃないんだ」船首《ステム》までくるとエリー・フランクは暗い海に眼をそそいで言いました。夜の海は荒涼とした、空虚な、生物の死に絶えた国のような、物凄い感じが漂っていますが、その夜はなぜかことさらそんな気がしたことを憶えております。

「何か考えてはいたんだね？」

私はエリーと並んで手すり《ハンドレール》に凭《もた》れながら言いました。声が風に引きさかれるようでした。

「ああ、あることをね」

「それを言うことはみんなにいい影響を与えないのかい？」

「いや、そうは思えないがね」

「じゃ、なぜフランソワは君にそれを言わせまいと思ったんだろう？」

「あいつは、ぼくが何を言うか、見当がついたからじゃないだろうか？」

「というと、それはフランソワには具合のわるいことなのか？」

「さあな。そこまではぼくにはわからんし、それにやつがこのことを不都合だと思うんなら、なぜそうなのか、理由がわからない」

「いったいそれは何なんだい?」

風が耳もとでごうごう鳴っていました。時おり舷側から吹きあげてくる水しぶきが、風に乗って私たちのところまで飛び散ってきました。黒々とした重い液体のように荒れ騒ぐ波は、暗闇のなかで、不気味にのた打ちつづけていました。

私は、エリーがあまり黙りこくっているので、私の言葉が聞えなかったのだと思いました。そこで私はもう一度大声で同じ言葉を繰りかえしました。

「ああ」彼は私のほうに顔をむけましたが、暗くて表情はわかりません。「ぼくはあることを考えていた……あること……つまり結婚のことをね」

「結婚……?」

私は驚いて訊きかえしました。

「ああ、結婚のことをだ」

「君のか? 君の結婚のことか?」

「いや、ぼくのじゃない。いや、そんなことは……むしろ……とんでもないことかもしれないな……誰か……」

エリーは頭のなかを横切る想念を整理しようとするかのように、ひどく澱《よど》みがちに、切れぎれの言葉を口にしました。

「君はともかく誰かの結婚について話そうと思っていたんだね?」私が言いました。「そしてそれがフランソワをおこらせたわけだ」

「なぜだろう?」

「いや、君が『なぜ』と訊くまえに、その結婚は誰のなのか、教えるべきだよ」

「それはベルナールのさ」

「ベルナールの……?」

「そうだ。船長ベルナールの結婚さ」

「そいつが星占いに出ているのか?」

「そうなんだ。二人が結婚しないと、ベルナールは死の影を背負うことになる」

「なぜそれを言わなかったのだ?」

「あの空気のなかでは言えるわけないじゃないか」

「だが、フランソワはそのことを知っていたのかね?」

「どうか、わからんね。少くともぼくは彼には話していない」

「誰か他に話したのか?」

「いや……ああ、ちょっと昨夜マリアに言った。結婚のことだけだが……」

「マリア・カザローネにか……だが、彼女はこのことには黙っていたな。ナタリーと喧嘩《けんか》をしたくせに……」

「本気で聞いていなかったかもしれない。話が話だからね」

「空想談と思ったのかな」

「というより、話が結婚となると、彼女は別のことを考えていたのかもしれない」

「というと？」私は急に人間関係の系統図がはっきりしてくるような気持で訊ねました。

「つまりマリアは結婚したがっているんだ……あの妙な……気取った口髭の男とさ」

「ほほう」私は思わず声をあげました。「マリア・カザローネはターナーと結婚したがっているのか……？」

「こいつは間違いないいね」

エリーの声が風のなかに流れてゆき、ふと私は暗い中甲板でターナーと話していた女のことを思いだしました。

私は波の音が舷側を重く打つのを聞きながら、ターナーとマリア、マリアとナタリー、ターナーとフランソワ、フランソワとエリーという特別な組合わせを考えてみました。私がつんぼ桟敷に置かれていたのは当然だったわけで、このうち、どの一つの組合わせも正確に理解できずにいたからです。いま、マリアがターナーと結婚したがっているという情報を耳にしただけで、私にとっては、謎めいた人間関係がかなり明瞭になってくるような気がしました。二人がよしんばそんなに親しい間柄なら、エリーが、マリアに洩らしたことは当然ターナーに伝わると考えていいわけだ。とすれば、その夜、エリーが言おうと思ったこと――ベルナールの結婚のこと――はターナーに知られていたにちがいないし、ターナーがエリーの肩を持ってフランソワに反対したのは、彼がそれを知っていたからではなかったのか――私はそんなふうに考えました。

私はそのことをエリー・フランクに言いました。そしてこう訊ねました。

「君は、ターナーがこのことを知っていると、あのとき、直感したんじゃないのかい?」

「あのときって?」エリーがぼんやりした声で訊きました。

「あのときって、つまりターナーが君の考えを言わせようとしたときさ。君は言葉をぼかして、何も言わなかったじゃないか」

「ああ」エリーは曖昧に答えました。

「ターナーは君にそれを言わせようとしていた。フランソワが腹を立てるのを待っているかのようにね」

私は、ターナーがフランソワの悪口を言っていたことを思いだしました。フランソワは果してターナーの言うようにベルナールの無一物主義をいいことに、彼を無視しようとしていたのでしょうか？　いや、それよりも、フランソワはベルナールの結婚のことをエリーが言いだすと思っていたのでしょうか。もしそうならどうしてそのことを知ったのでしょう？　ひょっとしたらマリア・カザローネはフランソワとも何らかの関係があるのだろうか――私にそんな奇妙な、不道徳な推測が浮んだのはそのときでした。もちろん私はすぐそれを打ち消しましたが、このことは後まで忘れられずに残っていました。

その夜、私はエリーに、ベルナールの結婚の相手は星占いによると誰なのか、と訊ねました。しかし彼は、それはいまはまだ話したくないのだ、と言うのです。そこで私が、その相手はこの船に乗っている女性か、と追いかけて訊ねると、それは君の推測にまかせる、と答えるだけなのです。そのうち私たちは黙りこみ、やがて潮風にべとついた身体をシャワー室に運んだのでした。

私はその夜おぼろげながら、船長ベルナール・ノエを挾んで副船長のフランソワ・ルクーとオスカー・ターナーが激しく対立し反撥し合っている、ということを確認できたのでした。そしてフランソワ側には彼に心服しているらしい黒人ケインがいましたし、ターナー側にはマリア・カザローネがいるというわけでした。ケインがターナーのことを害虫だと言ったのは当然でした。私はケインとターナーと両側からそれぞれの陣営に加わるよう誘いこまれていたことをそのとき気付いたわけです。

「だが、こうした対立があったとして、なぜフランソワは、ベルナールの結婚に触れまいとしたのだろう？　もちろん彼がエリーの予言を知っているとしてのことだが……」

私はそんなことをあれこれ考えながらベッドにもぐりこみました。船体は波にもまれ、絶えずみしみしと鳴りつづけ、どこかに漏水《リーク》があるんじゃないか、と心配になるほどでした。波が時どき、どしん、どしん、と固いもののようにぶつかっていました。

翌朝、上甲板に出ると、四人の水夫がすでに前檣《フオアマスト》の第三帆《ロワーゲルンスル》と第四帆《アパートツプスル》を展帆していました。風が夜明けに北から東へまわって、まったくの逆風《アドヴアース》になり、帆《セール》を左舷一杯に開いてクロース・ホールドで切りあげていたのでした。羅針盤《コンパス》をのぞくと、進路はほぼ南に向っているのです。

空には雲が浮んでいましたが、よく晴れていて、海の色も深い紺青色《こんじよう》に見えました。涼しい湿った風が爽やかに甲板を吹きぬけていました。夜のあいだに畳んだ帆《セール》も、帆綱《シート》も、支索《ステイ》も、手すり《ハンドレール》も、甲板の床板も、すべて露に濡れたように、独特の、塩分の濃い、しっとりとした湿りを帯びているのでした。

風の唸り――波の音――船体の上下動――それは私たちの身体に染みこんだようなものでした。

私が第二帆《アパーゲルンスル》に上り、フットロープを踏んで括帆索《ガスケット》をはずし、重く湿気でこわばったカンヴァス・セールを解帆していると、風上側にターナーが帆桁《ヤード》にしがみついていました。

「無理しないほうがいいぜ」

私は大声で叫びました。しかし声は風に流されているらしく、ターナーはしきりと聞えないという身ぶりをしました。

私たちはフットロープを伝って帆桁《ヤード》を横匐《よこば》いし前檣《フオアマスト》に辿《たど》り着くと、思わず肩を叩き合いました。下を見ると、〈大いなる眞晝《グローセル・ミッターク》〉号は青い広大な海原の上を斜めに傾きながら走る小さな船にすぎず、思わず眼がまわるような気がしました。私の身体が海の上に突き出され、空中に浮んでいるように感じられたからでした。

前檣《フオアマスト》を下りたとき、ターナーは「今日は南に向っているので、帆《セール》の張り甲斐がある」というようなことを口のなかで言いました。

「君は南の航路を望んでいたのかい？」

私はそう訊ねました。

「ああ、ぼくはベルナールと同意見だ。フランソワの言うような颶風《ぐふう》がオーストラリア東海岸を襲うわけがない。この航路を選んだのは、ただベルナールに異論を立てて、自分が船を指揮したいためなんだ」

灰色の潤んだ出眼のためか、反った鼻のためか、それとも口髭のせいか、ターナーの態度には、飄々《ひょうひょう》とした、冗談めかしたところがありました。

「君はフランソワが嫌いなのかい？」

私が訊ねました。

「ぼくが？」ターナーは驚いたような表情をしました。「そんな理由《わけ》があるはずがないよ」

「だって、いまも君はフランソワに反対だし、昨夜だって……」

「それとこれとは別さ。航路の件は事実を単に指摘しているにすぎないんだ」

「昨夜のことは？」私はターナーの潤んだ灰色の眼が飛びだしているのを見つめながら訊きました。「君は、エリーが何を言おうとしていたか、確かに知っていたね？」

「うむ……」風でターナーの言葉が消されました。

「何を君は知っていたんだい？」私は質問を繰りかえしました。

「何もぼくから言わせることはないじゃないか」ターナーは反った鼻を上に向けるようにして、冗談めかして言いました。「君こそ昨夜のうちにエリーから一切を聞いたんだろう？」

ターナーは私がエリーと甲板に出てゆくのを見て、大体のことは推測していたらしいのです。

「ああ、君の言うとおり、ぼくはエリーから話を聞いた。しかし君にはどうしてそれがわかっていたんだい？」

ターナーは短く笑いました。「ぼくはね、ベルナールに関しては何から何まで知っているんだ。ぼくはベルナールの無一物主義を成功させるために、できるだけのことをしようと思っているのさ」

「なるほど。すると、君の考えによれば、フランソワはそれに反対しているということになるね？」

「自明のことさ。フランソワはベルナールに取って替りたいのだ」

「しかしあの二人は同じ女の乳を飲んで育った、乳兄弟なんだぜ。フランソワの母はベルナールの乳母だったんだからね」

「確かなことの少い世の中で、これは最も確からしいことじゃないかね？　つまりさ」ターナーが船尾《スターン》からのベルナールの号令で転桁索《ブレース》に取りつきながら言いました。「外見はまったく同じでありながら、一方が他方より劣る場合、劣った方が優れた方を憎む、ということはね」

　私も転桁索《ブレース》を摑《つか》み、帆桁《ヤード》を二十度ほど廻したので、ターナーの言葉は途切れ途切れに聞えたにすぎません。もちろん黒人ケインの言い草ではありませんが、私はターナーの言うことを何から何まで信じたわけではないのです。しかしそれにしてもターナーの言葉には、奇妙に当のその人の姿をくっきり描きだすような力があるのでした。ベルナールとフランソワのことでも、そう言われてみると、いかにも二人の関係は、表面の仲のよさの裏に、隠微な緊張をかくしているようにも思えました。

前に申しあげましたように、ベルナール・ノエの家は指折りの大地主で企業家としても成功しておりました。フランソワはそこの家令の子供であり、その母親はベルナールの乳母をしていました。小学校、高等中学《リセ》は別々でしたが、二人はつねに同じように育ち、同じように教育されました。二人とも鋭い頭脳の持ち主でしたし、とくにベルナールは音楽や絵画にも秀でていました。それに彼は生れつき端正で優しい人柄でしたから、フランソワを真に兄弟のように見なしていました。私がパリで知り合った頃、フランソワは熱烈といっていい位、ベルナールに心服していました。私たちはフランソワのことを「ベルナール親衛隊」といってからかったりしたほどです。

乳兄弟ということもあったのでしょうが、この二人には奇妙に似たところがありました。服装や住居の趣味も似ていましたし、読書とか音楽などの好みもほとんどそっくりで、一方が他方の影響を受けていることは明瞭でした。しかしベルナールの人柄があたたかで親しみ深いとしたら、フランソワの端正さのなかには、意志、冷静、正確、などが際立っていました。言ってみれば、似たような姿を、一方は柔かい太いコンテで描き、他方は硬い細い鉛筆で描いたような相違があったのでした。

しかし私はこの二人がターナーの言うような意味で反撥し合っているとは思えませんでした。もっともベルナールがインドかパキスタンかの旅から戻ったあと、性格も何もかも一変した結果、この二人のあいだに何らかの変化が生れたということはあり得る、とは思いました。

　私はこの事件の中心にベルナールとフランソワがほぼ相似形の神童であったということ、しかもそれがある一時期に、突然、別個の形に分れたこと、を、つねに考えたいと思うのであります。

　というのは、たとえば黒人ケインなどは元々ベルナールと知り合い、それからベルナールの神秘的な考えに疎遠感を覚えて、フランソワに心酔してゆく、といった経過をとった例もあるからであります。

　航海の途中、私がなぜそんなにフランソワを高く買っているのか、とケインに訊ねますと、彼は、私の顔を憐《あわれ》むように見て言ったものです。

「君にはわからんかな？　フランソワのなかには人間の未来形が現われているんだ。彼はあらゆる学芸に精通している。いまどき、万能の人間《ウオーモ・ウニヴエルサーレ》なんて不可能だと君は言うかもしれない。だが、見給え、フランソワはそれを果しつつあるのだ。彼の自在な語学力を見給え。彼は日本語も習得中だしね。タイ語と中国語ならスウォンと会話ができるほどだ。彼は法科を出たくせに小説を書いている。これが去年ジュリアールから出版されたことは君も知ってのとおりだ。帆船だって馬術だって彼は一流の腕を持っている。しかも彼はそれを楽々とやってのけているのだ。ぼくはそれに敬意を払っている」

「しかしそのフランソワはベルナールに一目置いているんじゃないかね？」

「ベルナールも大した人物だ。それは認める。ある意味ではフランソワ以上だろう。しかし自分のそういう才能に、彼は、ある日、恐れを抱いたんだ」

「なぜだい？」

「なぜって、能力が無限に高まれば、人間から離れてゆくからさ」

「しかしぼくだったら、能力が高まることを喜ぶとしても、恐れることはないと思うね」

「それは、君が高い塔に上る恐怖を知らないからなんだ」ケインは私が自分をベルナールに較べたことが我慢できないとでも言うように強い口調で言いました。「火《ひ》の見櫓《みやぐら》程度の高さなら誰だって眼をまわすことはない。しかし途方もない高い塔に上ったら、誰だって、その高さに眼がくらむものだ。ベルナールがインドにいってから後、急に無為の人間になったのはそのせいさ。彼はこれ以上高く上るのが恐くなったんだ。しかしフランソワは違う。彼はいまなおこの高みを上っている。彼はこの航海をすら高みに上る手だてと考えているんだ。航海のすべてを彼は自分の意志に従えようとしている。彼は一瞬も偶然のままに任せようとはしないんだ。ちょうど芸術家が作品の端々まで自分の美意識で統御するように、ね」

フランソワに対する黒人ケインの言葉は、ある程度〈大いなる眞書《グローセル・ミッターク》〉号に乗っていた人々の気持を代表していました。ベルナールが髯のなかから曖昧な、しかし暗示力に満ちた言葉を吐くとき、その包括的な、堂々とした単純な真実は乗組仲間《クルー》の気持を捉えて放さなかったのです。しかしフランソワの明快な、歯切れのいい、鋭い言葉は、もっと直接的に彼らの心に迫っていたようでした。私は航海のあいだに、次第に、フランソワがどのような影響力を仲間《クルー》に与えていたか、理解していったのですが、それはいずれ順を追って陳述してゆきたいと思います。

ともあれ、私はターナーが言った言葉――フランソワがひそかにベルナールを憎んでいる、と言った言葉が気になりました。もちろんターナーの言葉をそのまま受けとる積りはありませんでしたが、それが矢じりのように心に刺さっていたのは事実でした。

ですから、私がベルナールの結婚のことを考えていると、いつか、意識のなかにフランソワが入りこんでくるのです。そしてその揚句、ひょっとしたら、昨夜フランソワがエリーの言葉を封じようとしたのは（むろんターナーの表現を借りて言えばですが）この結婚に対して何か彼がこだわりを感じているためではないのか、と私は考えてしまうのです。私はあのとぼけたターナーの言葉などには影響を受けまいと思うのですが、ついつい、それが私の想像力を動かしていて、そこから自由になれないのを感じたのです。私は、この問題は、できるだけ当人にあたって話す以外は何も信用しまい、と決意しました。

しかし私はそれを一人一人にあたって確かめることができませんでした。というのは、その翌日だったか、翌々日だったか（日記を見れば正確な日付がわかります）、のちに私がターナー・クーデタと呼んだ小事件が起ったからです。

それが故意から起ったのか、偶然そうなったのか、いまとなっては調べようがありませんが、そのきっかけはごく何でもないことから始まったのでした。

その日の風は前日と同じように真東から吹きつづけ、風力五で、逆風《アドヴァース》を切りあがってゆくのも相当の労力が要りました。船は夜のあいだにもかなり南へ流されておりましたが、夜明けとともに帆《セール》を張ったとき、さらに南へ向うほかありませんでした。

それでもその日は風向の変化待ちということで進路こそ南に向けられていましたが、主檣《メインマスト》の主帆《メインスル》と船首三角帆《ジブ》と前檣《フオアマスト》の第四帆《アパートップスル》、第五帆《ロワートップスル》、補助三角帆《ステースル》で走っておりました。午後になっても風は相変らず東から吹きつけ、波は左舷から、舷側を乗りこえようと、透明な緑のガラス状の壁となって、盛りあがってくるのでした。砕けた波頭が白く泡を吹いて、渦をまいて次の波に巻きこまれてゆきます。船の動揺もひどくなり、第一船首三角帆《フライング・ジブ》、第二船首三角帆《アウター・ジブ》、主帆《メインスル》が畳帆されました。船はいわば裸になって、波に漂っている感じでした。

夕方になって、私たちは船を方向転換《タッキング》するように言われました。左舷から風を受けながら、左へ左へと風上に向って船をまわし、風と真っこうから向き合ったところで、帆《セール》を一斉に右舷開きに反転させ、こんどは右舷から風を受けて進もうというわけです。つまり南へ進んでいたものがUターンして北に針路を変更しようというのでした。

帆船の操法でも、この方向転換《タッキング》はかなり困難な技術の一つでした。帆《セール》の反転の時機を誤ったり、不揃《ふぞろ》いだったりすると、帆《セール》は容易に逆帆《アバック》になり、元の方向に押し戻されることがあるからでした。

私たちは総員で転桁索《ブレース》を引き、号令一下、帆桁《ヤード》を反対側へまわさなければなりません。私を呼びにきたのは水夫のアランでした。

「なんでいまごろ方向転換《タッキング》なんかするんだね？」

私はベッドの上に半身を起こし、読みさしの本を伏せると訊ねました。

「さあね」アランは狭い額に皺《しわ》を寄せて答えました。「フランソワさんの命令ですからね、そっちに訊いて下さいよ」

甲板に出てみると、風は強く、檣《マスト》や支索《ステイ》にごうごうと鳴りつづけていて、足を踏んばっていないと、蹌《よろ》けてしまいそうでした。風が分厚い重い圧力となって、はっきり感じることができました。

エリーもターナーも船医のクルツも私と同様、方向転換《タッキング》をこんな強風の際にするのには反対でした。女性たちも、ブリガンティン型帆船では方向転換《タッキング》の失敗率が高いという理由で、もう少し風がおさまるのを待ってはどうか、という意見でした。

私たちの叫びは風に消されて、議論がいっこうに嚙《か》み合わず、誰も部署につかぬまま、ただわいわい言っているのでした。暮れ方の海は、曇り日のせいか、ひどく憂鬱に見え、巨大なうねりが、山のように盛りあがっては、また沈んでゆきます。砕ける白い波頭を風が吹きちぎり、飛沫《しぶき》となった泡が、うねりの斜面に、音をたてて、叩きつけられていました。

とうとうフランソワは私たちに食堂に集まるように命じました。ベルナールは舳先《ステム》に立って、灰色の雲が海のうえに垂れているのをじっと見ていました。

「このまま南進をつづければ二十五度線をこえ、ますます東風が強くなる」フランソワは、私たちが食堂に集まると、そう叫びました。「このままでは船はますます南西に流される。今夜あたりから北へ向わないと北東貿易風帯に入ってしまうんだ。ぼくが方向転換《タツキング》しようと決めたのはそのためなんだ」

「でも、この風じゃ少し無理だと思うわ」帆走経験者らしくナタリーが言いました。「一晩や二晩南に走ったってすぐ順風《クオーター》を摑まえられるわよ」

「しかし貿易風帯に入ると、まず一定して北東風だ。要するに、そうなったら、チャンスはないんだ。ぼくらは一路、北赤道海流に突っ込んで、南太平洋を西に流されることになる。そして間もなく颶風圏のなかに巻きこまれる」

「そいつはどうかな」ターナーは舷窓《スカツトル》を背に壁に凭れて立ったまま、革の鞭の先を握ったり放したりしていました。「颶風が集中して発生するのはまさしく現シーズンだ。しかし颶風の発生や接近や方向は前もってラジオで聴取できるはずじゃないか。颶風を避ける方法はいくらでもある」

「ターナー君、いい加減なことを言って貰っては困るな」フランソワは端正な冷たい顔をターナーのほうに向けて言いました。「この船は機動船じゃないんだぜ。なるほどディーゼルは備えているが、それをあてにすべきではない。こいつが風を頼りの帆船だってことを思いだしてほしいね。颶風の発生をラジオで情報聴取しても、そのときはおそらく船は広大な熱帯低気圧圏のなかに巻きこまれているんだ。そこから敏速に離脱するなんてわけにはゆかないんだ。まして電波をキャッチしにくい海域にまぎれこもうものなら、首根っこを摑まえて貰うために、のこのこ出かけてゆくようなものだ。なるほど〈大いなる眞晝《グローセル・ミッターク》〉号は安定のいいブリガンティン型だが、しかし颶風のなかでは相当の損害を蒙《こうむ》るし、艤装《ぎそう》の補充はもうこれ以上は不可能な状態なんだ。そりゃ君らは勝手に議論するがいい。しかしこの船の保守に関してはぼくが責任を負っていることを忘れないでほしい」

「それはよく憶えておこう」ターナーは鞭をベルトの下に挿《さ》しこむと言いました。「しかし太平洋のまん中を北にいったり南にいったりして所詮《しょせん》はハワイ航路と同じ軌跡を追ってゆくなら、なぜ北太平洋の西風を捉える航路を選ばなかったのだ？　君の選んだこのバルパライソゆきの航路はそれこそ機動船には最短コースに当るかもしれないが、帆船には不適当な航路じゃないのか？　君がそうじゃないと言い張っても、現に、偏東風の圏内に入りこんでいるのだから、どうしようもない。これから北へ向っても、これ以上、偏東風を避けるわけにはゆかない。まさか君はアリューシャンの偏西風帯までのぼろうというわけじゃあるまい？　あんな霧のなかを、風のまにまに、幽霊船さながらに流されるなんてのは、真っ平ごめんだね」

「北東貿易風帯はこれから南に拡がることを君だって知っているはずだ。二十五度から北は偏東風が強いといっても、西風のチャンスは三対一なんだ。帆船の航法としては、このジグザグは常道だ。日付変更線まではこの航法で進むことをぼくは命令する」

　フランソワは冷静な表情で食堂に集まった人々を見まわしました。彼の突っ撥《ば》ねるような口調のために、食堂のなかは一瞬しんとしました。波の音が重い、身体に響いてくる震動となって聞えていました。食堂の床が沈んだり、浮びあがったりして、夜に入って波がいっそう高くなったことを思わせました。

「君はベルナールを措《お》いて、そんなことを言えるのかい？」ターナーが潤んだ灰色の眼をぎょろつかせ、フランソワとベルナールとを半々に見ながら言いました。「ぼくは、君らがどんな根拠に基づいてこのばかばかしい航路を選んだのか、知りたいとは思わないが、しかしこれからますます偏東風圏に入って、太平洋を北へいったり南にいったりして時間を空費するのは反対だ。これは、ぼくははっきり言うが、認めがたいのだ。ぼくが航路決定の相談にあずかっていれば、そのときも、はっきりそう言ったろう。ぼくはベルナールの考えのように日々を永遠として受けいれるということにも賛成だし、波や風を神の描く風景画として愉しむことにも同意する。ぼくらの航海が現代文明の速度や功利性や疎外に対する反抗であり、戦いである、ということも知っている。しかしそれだからといって、ただ颶風圏を回避するというばかげた理由から、こんな大洋のまん中をさ迷いつづけるのは意味ないと思う。ぼくらの体力も消耗するし、水夫たちだってその勤務は容易じゃないだろう。たしかに航海は冒険だ。まして反現代的な帆船の遠洋航海など、単なる遊びと見られたって仕方がない。しかし遊びであり、冒険だからといって、ただ単調無益な航海をつづけていいという理由はないのだ。このまま寄港もせずあと十日も太平洋をさ迷って見給え。ぼくらはともかくとして水夫マルセルたちは参ってしまう。ぼくに言わせれば、ベルナールの考えのように一日一日を永遠と見なすとしても、その一日が空虚な一日であれば、永遠なんて感じられぬはずだ。すくなくとも空虚であることを気付いた人間は永遠なんて望めないんだ。ベルナール、君はフランソワにこんなことを許すなんて、どこか誤算があるんじゃないのか? 遊びだから、無益なエネルギーを発散させていいというんなら、それはまったくの誤りだ。ともかくぼくはいまこそ、君の決断を望みたいんだ」

私たちはただ波が激しく舷側にぶつかるのを聞いていました。ナタリーだかスウォンだかが深い溜息をつくのに私は気がつきました。フランソワは端正な冷たい顔をじっとベルナールのほうに向けていました。彼は無意識だと思いますが、菫《すみれ》いろのチョッキについたリボン型の胸飾りを指先でいじっておりました。ベルナールは髯だらけの顔を正面にむけ、半ば口をあけ、雷にでも打たれたような表情をしていました。それはターナーが彼の意見を求めたことに対する意外の念の表明であったかもしれません。あるいはまた彼は、ターナーやフランソワの論争が、彼の考えている帆船航海の理想と別次元のものに転落していると感じていたのかもしれません。彼の金褐色の髯のなかの呆然とした表情は、そのことに対する絶望、ないし諦《あきら》めだったのでしょうか。

正直のところ、私はベルナールがどんな結論を出すか、見ものだ、と思ったのです。食堂のなかが重苦しい沈黙に閉され、波の音だけが聞え、時おり船体が軋《きし》むのでしたが、ベルナールは空に眼を開き、じっとして、そのまま身動き一つしなかったのです。私は黒人のケインが白い歯をむき出し、苛立つような身ぶりで、フランソワに何か合図しているのに気付きました。しかしフランソワはそれを無視していました。本当に彼はそれに気が付かなかったのかもしれません。

「私が決定する？」しばらくしてベルナールがしわがれた声で、ほとんど独りごとのように話しはじめました。「なんで私が決定する必要があるんだ？　だって、君たちすべてが決定機関であり、ぼくらは自由にそれに参加しているのだから」

彼は、私たちを、夢から醒《さ》めた人のように眺めまわしましたが、果して本当に夢から醒めていたのかどうか、私にはよくわかりませんでした。

「ぼくはフランソワを（えーむ）弁護するわけじゃないが」ベルナールは「えーむ」という声を話のあいだに挿入しながら話しました。「ターナーの論点で、フランソワが颶風をおそれて、それで現在の航路を選んだ、という箇所は（えーむ）事実に相違しているので訂正しておきたいと思う。フランソワがそれをおそれたとすれば、ぼくもそれをおそれたことになる。だが（えーむ）ぼくはおそれなかったし、フランソワもおそれなかった。万一海で死んでもフランソワもぼくもそれを満足に思うことは同じなのだ。フランソワが颶風を避けようとしたのは（えーむ）そういう危険を心に思い描いて、それに一喜一憂する心的状態を、卑しいと感じたからだ。そしてぼくが（えーむ）フランソワに同意したのは、ぼく自身、そうしたことを卑しいと感じたからだ。危険が必ず来るとき（えーむ）ぼくらは全身でこれと戦う覚悟を決める。この心情は気高い。しかし危険の来襲が五分五分のとき、心は決して全的に戦う決意に燃えない。いや、どうかすると（えーむ）何とか、それから逃れられまいか、とひそかに願うものなのだ。問題は、この無意識的な怯懦《きようだ》にある。フランソワはそれをぼくらから取り去ることは容易でないと思っている。といって（えーむ）その卑しさを存続させるような条件のなかにぼくらを置くべきではない、と、そう考えた。別の言い方をすれば（えーむ）それは別個の条件

（えーむ）危険率何分というごとき条件と関係のない条件——のもとに身を置くことに他ならない。ぼくらがこの航路を選んだのは（えーむ）そのためなのだ……」

「それなら……」ターナーはベルナールの説明が終るとすぐ言いました。「全的な覚悟をふるいおこすことができれば、こんな愚かしい航路をすてて、もっとも現在の風向と海面状況にぴったりした航路を選びなおすことができるわけじゃないかね？」

私はそのとき食堂の重苦しい沈黙のなかでターナーの言葉に同感してゆく心の傾きを感じていました。それはむろん私ひとりの気持の動きではありましたが、しかし船が一方に傾くのに似た気持の傾きが、じわじわと、ターナーの意見を支持するほうに動いてゆくのを、気配として、感じられたのも事実でした。

私たちは前よりもいっそう強い期待からベルナールの言葉を待っていました。ベルナールは金褐色の髯面を真正面に向けたまま、またしばらく口を半ば開け、驚いたように眼を大きく見開いていました。船が前後に揺れ、食堂が深く沈んでゆくと思うと、こんどは弾力のある浮上力に乗って、ゆっくりと、重々しく上昇してゆくのでした。私にはベルナールの姿が波のまにまに漂う海神の彫像のように見えました。

「ぼくは……（えーむ）」ベルナールはようやく口を開きました。「ぼくはある童話を話したい。これは（えーむ）むかし、ぼくが聞いて、そのまま人には話さなかった童話なんだ。それは興味なくはないお話なんだ（えーむ）。どうか、そんなに騒がないでくれたまえ」ベルナールはそう言いましたが、私たちは誰一人として声を出したわけではなかったのです。「どうか、ずっとむかしの遠い国の物語と思ってほしいんだ。菩提樹《ぼだいじゅ》の葉かげの濃い、泉の清らかな、ある王都の物語だと思ってほしいんだ。そこに一人の王と、一人の乞食の老人が住んでいた。ある噂によると（えーむ）この二人は瓜《うり》二つであった、ということだし、別の噂によると、本当はこの二人は兄弟だった、ということだ。しかしながら（えーむ）この二人は同じ王都に住みながら、死の直前まで出会うことがなかった。一度、王は、乞食が大そう智恵のある人物だと聞いて、わざわざ会いに出かけたことがあったが（えーむ）とうとうそのときは乞食の姿を訪ねあてられなかった。それから何年かたって（えーむ）何十年だったかもしれないけれど、王は病いに冒され、侍医たちの手当も、珍貴な薬の効能も、いっこうに王の病気を食いとめることができなかった。王は死が迫るのを感じると、例の乞食にぜひ一度会いたいと思った。王は、この智恵に富んだ人物だという老乞食が、死についてどう考えているか（えーむ）訊ねてみたいと思ったのだ」

私たちは、まじまじとベルナールの金褐色の髯面を眺めました。私にはなぜ彼が唐突に（私はそう感じました）こんな妙な物語を話しだしたのか、見当がつきませんでした。しかし顔をうつむけたフランソワも、鋭い眼でじっとベルナールのほうを見つめる船医《ドクター》クルツも、赤茶の口髭をこすっているターナーも、ナタリーはじめ女性たちも、ひどく熱心にその話に聞き入っている気配でした。

「しかし（えーむ）家来たちが探しあてたとき、老乞食のほうにもすでに死が近づいていたんだ。王は乞食を王宮に運ぶように命じた。そして二人は王宮の一室に枕を並べて横になっていた。王は（えーむ）乞食に侍医たちの調合する薬を与えようと思った。しかし乞食はそれを拒んだ。そして王宮の庭園の池に咲いている睡蓮の花を（えーむ）見させてほしいと願った。王は乞食を王宮の階《きざはし》に運ばせ、美しく咲きほこる睡蓮の花を見せた。池の水は空の青を映していて（えーむ）まるで花々は空中を漂うように見えたというのだ。王は乞食に訊ねた。『死が明日に迫っているお前は、なぜ、そんなつまらぬ睡蓮などを見るのだ？　わたしだって元気であり、いつまでも生きられると思ったとき、睡蓮の花も美しいと思った。空も月も女たちもすべて美しかった。だが、死がわたしに取りついてからは、この世は灰色に変った。暗澹とした姿にしか見えぬ。美しさとは、ただ生命に溢れ、いつまでも生きられると思うときにのみ、現われるものだ。それなのに、お前はどうして死を前にして睡蓮が美しいと思えるのか』これに対して（えーむ）老乞食は言った。『ああ、王よ、美しさだけが死を恐しいものに思わせぬものでございます。真に美しさに魅惑され、魂の底まで甘美な思いに包まれた者は、死ですら、それを壊すことはできないのでございます』間もなく（えーむ）二人は時を同じうして死んだ。

ところが、王の死骸の口から香《かぐ》わしい花が咲いたが、乞食の身体はみるみる腐肉となって悪臭を放ったと（えーむ）そう物語作者は記しているんだ……」

私は誰かが（もちろん女性の一人でした）「すばらしいお話だわ」と囁くように言うのを聞きました。また重苦しい息を吐く音も耳にしました。しかしそれっきり誰一人として声を出す者がいませんでした。さすがのターナーまで何と言ったらいいのか、わかりかねたのか、赤茶の口髭を右手でこすっているだけでした。

どのくらい時間がたったでしょうか。私の感じでは、ひどく長い時間が流れたような気がしましたが、実際はほんの一、二分しか過ぎなかったのでしょう。

そのとき、突然、うつむいて話を聞いていたフランソワが、椅子から立ちあがると、食卓をよけ、ソファの一つに坐っていたベルナールの前まで歩いてゆきました。

ベルナールはベルナールで、フランソワが彼の前に立つと、あたかもそれを予期していたかのように、ゆっくりと、腰をあげ、金褐色の髯面をフランソワの前に突き出しました。フランソワの顔色はシーツのように真っ蒼《さお》でした。

その瞬間――私には信じられぬことが起ったのでした。

フランソワがいきなりベルナールの頰を擲《なぐ》りつけたのです。

ベルナールのがっしりした身体がよろよろと崩れ、辛うじて踏みこたえました。真っ赤になったベルナールの髯に囲まれた頬のあたりに、私は、フランソワの平手打ちにした指のあとが、まるで、そこに指の形を焼きつけでもしたかのように、白く、くっきりと残っていたのを、いまも鮮かに憶えております。

私はターナーがフランソワに躍りかかるのを見ました。そのターナーの身体をめがけて黒人のケインがキャプスタンに使う太い棒を振りあげていました。私は自分で何をしていたのか、わかりませんが、船医のクルツとエリー・フランクと三人で黒人ケインから棒を奪い、ターナーとフランソワを引きはなしました。

ナタリーやモニクたちがどうしていたのか記憶にありません。しかし風の唸り、波の音、船の動揺のなかで、その一夜、私たちはこの突発事件を解決するために走りまわっていたのは事実でした。と申しますのは、例の水夫たち――マルセル、ギイ、アンドレ、アランの四人が、持ち場を投げ出して、どこか倉庫か、天井かに隠れてしまったからでした。

第二章　航路を南へとれ

And we sail on, away, afar,
Without a course, without a star,
But, by the instinct of sweet music driven;
——Shelley.《**Song of Asia**》——

裁判長殿、ならびに陪審員の皆さん。

ブリガンティン型帆船〈大いなる眞畫《グローセル・ミッターク》〉号が東京湾を出帆してから七日目か八日目、東経百五十五度、北緯三十度を越えたあたりに差しかかった際、船内で起った奇妙な出来事について、私は、その後の一連の事件と結びつけながら、あれこれ考えつづけたのを憶《おぼ》えております。

問題は、船長ベルナールの物語はいったいどんな意味を持っていたのか、そして副船長フランソワはなぜ突然、理由もなく（私にはそう思えました）乳兄弟であり、無二の親友であるべルナールに平手打ちを加えたのか、という二点にありました。

たしかにその夜、私たちは急に姿を隠した四人の少年水夫を捜すやら、激昂《げっこう》した黒人ケインとターナーをなだめるやら、強風のなかで畳帆するやら、それこそ船じゅうがひっくり返るような騒ぎに巻きこまれましたが、そんなことより、やはりベルナールの物語やフランソワの憤激の真意のほうが遙かに強く私の心にのしかかっていたのであります。

私は事件の一切が終った現在も、ベルナールの意図が決して遊び半分、見てくれ半分の遊戯的な航海であったと思っておりません。このことは陳述の冒頭から繰り返しておりますが、ベルナールの周航計画には、時代離れのした、真剣な、息苦しいような雰囲気が漂っていたのであります。

フランソワがベルナールの頰を平手打ちした直後、ベルナールがそうした侮辱に耐え、幾分蒼ざめた顔はしていたものの、冷静な口調で「フランソワ、ぼくは君のことを怒りはしない。まさしく君の言うとおり、すべては許されているんだからね」と言ったとき、私は、こうした諍《いさか》いまで、何か二人の間の、考え方の激しい鍔競合《つばぜりあ》いではないかと思ったほどでした。もちろんそう考えたのはターナーの意見に影響を受けていたのかもしれません。しかし私は、この二人の対立のなかに、日常の諍いとは違った空気を直覚していたのです。事実、二人はしばらくの間、じっと互いを見つめ合い、そこに突っ立ったままでした。それからしばらくして（私にはかなり長い時間に思われましたが、おそらく一分と経っていなかったでしょう）フランソワの顔はみるみる蒼ざめてゆき、今にもその場に倒れるのではないか、と見えたほどでした。

次の瞬間、彼はくるりとベルナールに背を向け、食堂の入口から出てゆきました。私の眼には、フランソワは駆けてでもその場を逃げだしたかったのに、辛うじてそれを押え、ゆっくり歩いていた、というふうに見えました。平手打ちを加えたのは彼のほうなのに、まるで彼が打ちのめされたような印象を与えたのであります。

いったいフランソワはベルナールの寛大な態度に自分の逆上を恥じたのでしょうか。いや、あんなに冷静な、意志的なフランソワが逆上するなんてことがあるでしょうか——こうした問題は、実はその後、ターナーや数学者のエリー・フランクとよく話し合った事柄だったのであります。

もちろん二人の見解はまったく異なっておりました。たとえばターナーは灰色のぎょろ眼をあちこちに動かしながら、どうとでも取れるような調子で言いました。

「ありゃね、フランソワの奴の芝居なんだ。奴はあんな派手なことをやって、ぼくらの注意を惹《ひ》こうとしたんだ。ひょっとしたら、ぼくらをからかおうと思ったのかもしれない」

「なんだって、そんなことをする必要があるんだろう？　フランソワに心酔している奴だって、一人、二人じゃないのに」

「いや、フランソワの奴、自分がベルナールそっくりだと思っていた。ベルナールを越えたと思っていた。ところが、物の見事に自惚《うぬぼ》れの鼻をへし折られたのだ。奴としちゃ、平手打ちでも喰わせて退散する以外に仕方がないじゃないか」

私は重ねて、なぜフランソワが王と乞食の物語で自惚れの鼻をへし折られたのかと訊きましたが、ターナーは赤茶の口髭《くちひげ》をこすって、黙って、とぼけた表情をしておりました。

エリー・フランクはターナーとはまったく別の見解で、フランソワがベルナールを擲《なぐ》ったのは、船長ベルナールを試すためだ、と言うのでした。

「君も知っているようにフランソワはぼくの考えに反対している。彼は宇宙の調和的秩序を信じないんだ。彼は人間の意志が自由にすべてを決めると思いこんでいる。だが、ベルナールはぼくの考えに完全に賛成している。船長ベルナールはこの宇宙はすべて予定調和のなかにあると信じている。彼は〈した〉ことは〈された〉ことだ、と信じているのだ。フランソワは、自分の自由な行為として平手打ちを加えた。だが、それは、ただその描かれた星座の運行どおり、彼が振舞ったにすぎないのを、突然、理解したのだ。フランソワが蒼白《そうはく》になったのはそのためなんだ。彼はあの瞬間、自分の考えが坐礁《ざしょう》したのに気付いたんだ」

私はむろんどちらの意見も参考までに聞いておいたのですが、二人ともが、ベルナールとフランソワの対立を自明のことと考えているのが私の興味を惹きました。私はパリにいた頃の二人しか知らなかったのですから、こうしたターナーやエリーの比較の仕方には、ちょっと意外な気持もしたのであります。

ともあれ、フランソワが引きあげ、ターナーと黒人のケインが宥《なだ》められ、それぞれ部屋《キャビン》に戻ると、私たちは――エリーや船医《ドクター》クルツや女性たちは――差し当って帆船を停止させ、一晩、洋上に漂い、その上で今後の航路を検討しようということになったのであります。

私たちは少年水夫四人を呼びにゆきましたが、船首中甲板の彼らの小部屋《キャビン》にも、上甲板の当直室にも見当らないのです。司厨《しちゅう》係のサトヤム老人も彼らがどこに行ったのか、まるで気がつかなかった、と、驚いたような表情で言うのでした。

私は正直のところ四人が高波に呑まれたのではないかと思い、ぎくっとしたことを憶えております。ナタリーなどもそう思ったらしく、エリーにそんなことを話しましたが、彼は頭を振って言いました。

「いや、四人が四人とも揃って波に攫《さら》われるなんてことは考えられないよ。暴風雨のさなかならともかく、いくら波が高いといったって、せいぜい五米《メートル》程度のものだ。これは四人が故意にどこかへ隠れたと見たほうがいいようだ」

彼は温厚な茶褐色の眼で私たちを見廻しました。

「でも、私たちはあの子たちのいそうなところは、すべて捜したわけでしょう?」

マリア・カザローネが彫りの深い、浅黒い顔をエリーのほうにむけ、困惑したように眉をしかめました。

「だから、どこかわからない場所に隠れたに違いないんだ」

エリーが面長な、おとなしい緬羊《めんよう》のような顔を突き出して言いました。

「それじゃ、まるで隠れんぼ《キャシュ・キャシュ》じゃありませんか？」

「そう、隠れんぼ《キャシュ・キャシュ》をやっているんだと思うね」

「どうしてなの？　選《よ》りに選っていちばん水夫たちの手が要るときに、なぜ隠れんぼ《キャシュ・キャシュ》をする必要があるの？」ナタリーの声でした。

「まさに彼らの手が要るときだからさ。つまり、彼らは、ぼくたちを困らそうとして隠れたんだ」

「困らす？」マリアが驚いたように叫びました。「なんだって私たちを困らさなければならないの？」

「さ、そいつはわからない」エリー・フランクは睫毛《まつげ》の濃い温厚な眼を神経質にしばたたきました。「ともかく彼らを捜しだすことだ。そのうえで理由を訊いたほうが早道だ」

私たちは手わけして、船首《ステム》の倉庫《ホールド》から船底《ボトム》の大冷蔵室のなかまで捜しましたが、驚いたことには四人の姿はどこにも見当らないのです。魔法にかけられて消えてしまったか、高波に攫われたか、とにかくそうとでも思うほか仕方がなかったのです。

私たちはふたたび食堂に集まると、ともかく私たちだけで畳帆し、海錨《シーアンカー》を下そうということになりました。幸い、夜の航海は船首三角帆《ジブ》と前檣《フォアマスト》の第四帆《アパートップスル》と第五帆《ロワートップスル》、それに主檣《メインマスト》の補助三角帆《ステースル》だけで帆走していましたので、船医《ドクター》クルッとエリー・フランクと私の三人で大汗をかきながら順々に畳帆してゆきました。主帆《メインスル》を降すとき、逆風《アドヴァース》をくらって、まるで巨大な蝶のように帆《セール》が暴れだし、私たちは帆索《シート》を固定するやら、支索《バング》を曳《ひ》くやらで、一時は身体《からだ》に生命綱《ライフライン》でも巻こうかと思ったほどでした。海は真っ暗で、ただ不気味に荒れ騒ぐばかり。風は夜中に近づくと、ますます吹き募ってゆくようでした。

私たちは舷燈《サイドライト》を舷側《げんそく》に掛け、クルッを操舵甲板《ステヤリング・ブリッジ》に残して、食堂に集まりました。モニクが私たちの処置を一応船長ベルナールに伝えにゆき、残った者で、もう一度、水夫たちを捜すことになりました。

「これ以上もう無駄だと思うわ」ナタリーは波しぶきを浴びたのか、濡れた金髪を掻きあげながら、ぐったりした身体を、椅子の背に凭せかけて言いました。「あの子たちは波に攫われたのよ。一緒に甲板でお喋りでもしているところに、大波の一撃をくらったんだと思うわ」

「そうかもしれない。だが、それにしては一人ぐらい残りそうなものだ。そこが変なんだ。もう一度捜してみるんだ」

「機関室の天井まで捜したのよ。船には、もう身体を隠す場所なんてありはしないわ」

「どうだろう？」エリーは私のほうを見ました。「ポーの理論じゃないが、いちばん見付け難い場所は人目につくところだ。こんなところは、と思って、わざわざ調べてみようとしないからね。そんな盲点のようなところがどこかにありはしないだろうか？」

私たちは黙って、船室《キャビン》のあちこちを心に思い描いてみました。ベルナールやフランソワの個室《キャビン》はすべてモニクとスウォン・スワナが調べてありました。ナタリーの言うように船底《ボトム》の機関室の天井も調べたのですから、隠れる場所なぞあるわけがないのです。

結局、女性たちは個室《キャビン》に引きとってもらい、私とエリーだけで、これが最後と、甲板のあちこちを懐中電燈《トーチ》で照らしながら捜しました。万一と思って、前檣《フォアマスト》や主檣《メインマスト》の上まで電燈《トーチ》を向けてみたのです。東からの風が船の前方から吹いていました。海錨《シーアンカー》を投げたので、いつか、船首《ステム》が風に立ったのでしょう。転桁索《ブレース》や支索《ステイ》がひゅうひゅう鳴りつづけ、合羽《かっぱ》を着た私たちの上に波がしぶきとなって降りかかりました。

「これじゃ、彼らだって、そう長く甲板に頑張るわけにゆかないぜ」エリーは懐中電燈《トーチ》の光の輪をなお未練がましく動かしながら叫びました。「もう一度、振り出しに戻ってみよう」

私たちは船のなかを消去法式に一つ一つ当りなおしてゆきました。そのとき、突然、エリー・フランクは「あ、わかったぞ」と叫ぶと、いきなり私の手を執り、個室《キャビン》の並ぶ中甲板の廊下を船首《ステム》に向って走り、司厨室の手前のハッチに足をかけました。

「奴さんたち、うまいところに隠れやがった。これじゃ気がつかないのは当り前だ」

彼はそう言いながら垂直階段を船底《ボトム》に降りてゆきました。もちろん私もすぐ後につづきました。

前に説明したと思いますが、垂直階段を降りたところは、十五畳ほどの倉庫《ホールド》になっていて、船首《ステム》側に大冷蔵室へ入る扉があり、船尾《スターン》側に機関室がつづいておりました。

「ここは何度も調べたんだが」私は腕を組んで立っているエリーに言いました。「機関室はそれこそ天井や機械の裏側まで見てまわったたし、それに冷蔵室は長く入っているわけにはゆかないんだ」

エリーはしばらく黙っていました。むきだしの、曲面になった船底《ボトム》内壁に、どすん、どすんという波の音が響いていました。

「いや、奴らはこの倉庫《ホールド》にいるんだよ」エリーは口もとを軽くへの字に曲げました。

私は思わず彼の視線の向けられた場所を眺めました。倉庫《ホールド》の隅は、リベットの頭や配管などがごたごた通っている灰色の塗料を塗った鉄板の内壁に、ロープの巻いたのや、甲板洗滌用《せんじょうよう》ブラシや、箒《ほうき》や、救命具が積みあげてあり、その他、畳んで重ねられた帆《セール》、じゃがいも袋、罐《かん》詰《づめ》の木箱、罐入りビールやジュース、コカコーラの木箱がぎっしり並んでおりました。

「ここにいる？」

私はエリーをもう一度見ました。

「これだ」

彼はコカコーラの木箱が積んである傍《かたわ》らに、同じように幾段にも積んであるじゃがいも袋を指しました。彼は箒を手に取ると、その柄で袋の一つを軽く突きました。何とも驚いたことには、袋はごそごそ動いたのです。エリーはこうして上にあったじゃがいも袋をつぎつぎにつつきました。どれもこれも、同じように動くのです。

「さっきから何度もじゃがいも袋は見ていたのに」私は思わず唸《うな》りました。「外から見たらただじゃがいもが入っているとしか見えなかったんだ」

エリーが袋の紐《ひも》を解くと、肥っちょのギイ、面皰《にきび》のあるマルセル、鼠のアラン、浅黒い肌のアンドレの順で、四人の水夫が顔を出しました。

裁判長ならびに陪審員の各位はなぜこんなばかげた事件の経過を、私が、本法廷のごとき重要な場所で陳述するのか、不審に思われるかもしれません。しかしフランソワが副船長をやめ、航路が東から南に決定したのは、この奇妙な隠れんぼ《キャシュ・キャシュ》が介在したからなのであります。

翌日早々、私が甲板に出ると、前夜の不気味な闇と風の咆哮《ほうこう》が嘘のような、静かな夜明けの海が横たわっていました。冷たい、潮の香りを含んだ、軽々とした風が、重く濡れた甲板の床板や、塗料を厚く塗った索具《リギン》の上を吹いていました。

海は黒ずんだ紺青《こんじょう》で、無数の波の向うに、夜明けの空が高積雲の群を拡げていました。私たち帆走者は漁師と同じようにすぐ雲の状態から天候を予測する習慣がありますが、その朝も西のほうに乱雲が暗灰色に水平線を閉しているのを見て、私たちを包む高気圧圏に前線が突っこんでいるな、と思ったのであります。

当直は夜のうちにターナーに替っていて、私の姿を見ると、「よく眠れたかね?」と何もなかったように話しかけてきました。海錨《シーアンカー》を下したままの〈大いなる眞晝《グローセル・ミッターク》〉号は波のまにまに揺れて、舷側にひたひたぶつかる静かな波音が聞えていました。

私は前夜の水夫たちのことを話しました。彼はすでにエリー・フランクからそのことを聞いたと言いました。そして、午前中、すぐ全員会議を開いて、水夫の怠業行為《サボタージュ》の責任を追及するつもりだ、と、何か考えるような表情で付け加えました。淡い栗色の髪が額の上に垂れ、潤んで幾分突き出た灰色のぎょろ眼は、遠く、水平線のほうに向けられていたのであります。

暗紫色の雲が徐々に透明な白さを増し、やがて赤く色づきはじめると、間もなくあたりの雲を金色に染めて太陽が上りました。海が急に明るくなり、黒ずんだ紺青から、鯖《さば》の背のような明るい青に変ってゆきました。

船長ベルナールは髪をくしゃくしゃにし、腫《は》れぼったい、緑がかった灰青色の眼で、日の出を見ていました。モニク・ファビアンもスウォン・スワナも舷側に立っていました。しかし朝の挨拶を交すほか、誰もが口を噤《つぐ》み、特別な日の出を見るような具合に、太陽が輝かしく上ってくるほうへ顔を向けていたのでした。

すでに全員が昨夜の水夫の事件を知っていました。それに、ベルナールとフランソワの確執も何らかの形で解決しなければならないことを、一人一人が、はっきり感じていました。私などは、なぜあんな出来事が起ったのか、その原因を、むしろ説明して貰いたい気持でした。

朝食後、船尾《スターン》の談話室兼食堂で全員会議が開かれました。もちろん四人の水夫もサトヤム老人も加わりました。議長にエリー・フランクが選ばれました。

朝食のとき初めて顔を見せたフランソワ・ルクーは、明らかに一晩眠っていなかった様子をしていました。端正な横顔は、いつもより冷たく、こわばっているように見えたのです。

これに対してベルナールのほうは、金褐色の髯のなかで、何か言いかけて途中で言葉が急に出なくなった人のような表情をしておりました。彼の緑がかって見える灰青色の眼は、ひどく取り乱したような色を浮べておりました。

「会議を始めるに先立って」とエリー・フランクは面長な、緬羊を思わせる温厚な顔を前へ突き出して言いました。「私たちの航海の途中で、このような討議をしなければならなくなった事態に対し、遺憾の意を表したいと思います。私たちは、航海を計画しそれに参加した当初の気持に戻り、早急に、混乱を収拾する必要があります。どうか、討議の際は、個人的な非難や誹謗《ひぼう》は慎しんでほしいと思います。私たちはまず事実を明らかにし、それに対処する新しい方針を立てるのが目的だからです」

「何も混乱なんかありゃしないぜ」

黒人ケインがいまいましそうに言いました。

「混乱と言ったのが、私の主観的な判断だったら、この言葉は撤回します」

エリー・フランクは濃い睫毛を神経質にぱちぱち動かしました。

「悠長無意味な異議を議長は一々取りあげる必要はないんだ」

ターナーがとぼけたような調子で言いました。本気で言ったのか、冗談で言ったのか、何とも判断しかねるような言い方でした。

私は、黒人ケインが両手の拳《こぶし》をぶるぶる震わし、物凄い眼でターナーを睨《にら》んでいたのをいまもはっきり憶えています。白眼がいつもより血走った色に見えました。

「昨夜の出来事は夕方の方向転換《タッキング》するか、しないか、の議論から始まったと見ていいと思いますが、どうですか？」

エリー・フランクはターナーもケインも無視して、そう言いました。

「その通りだ」私が言いました。「はじめは強風だったので、夕方の方向転換《タッキング》はやめたほうがいい、という意見が出たんだ。それに対してフランソワが方向転換《タツキング》を早くするように主張した。意見がわかれたのはそのときだと思う」

「そのとおりだわ」ナタリーが言いました。「私もフランソワの意見に反対したわ」

「フランソワは南進する船を北へ廻そうという意見だった。でないと、このまま北東貿易風帯に入ってしまうから、というのがその理由だ」

エリーが濃い睫毛をしばたたいて慎重に言いました。

「そのとおりさ。このまま進めば、東進はますます困難になる。ただ南東へ向って、頭から熱帯颶風《ぐふう》圏に突っこむほかないんだ」

フランソワが前の日の主張を繰りかえしました。

「そんな議論を蒸しかえせば」とターナーが革の鞭《むち》で左手の掌を軽く打ちながら言いました。

「昨夜と同じような経過になる。ベルナールは航路を選びなおすのに同意してくれた。そこから始めるべきだ」

「おい、おい、何を寝呆《ねぼ》けているんだ?」黒人ケインが血走った眼でターナーの短く反った鼻を睨みました。「ベルナールが航路の変更などに同意するわけがない。航路はすでに決定しているんだからな」

「さあ、どうかね?」ターナーは、とぼけていると同時に、抜け目のない、したたかな態度でケインの言葉を皮肉りました。「航路が決ったままだったら、昨夜のような騒ぎにはならなかったんじゃないかね？」

「静かにしてくれ給え」エリーが叫びました。「互いに非難をぶつけ合うのはやめるんだ。ターナー君の言うように、航路の変更が問題になった。この決定をベルナールに求めた。ベルナールはその決定権がぼくら全体にあると言った。ここまではこのとおりではないだろうか？」

「そのとおりだ」私たちは口々に賛成しました。

「問題はそれから後だ」エリーは深く息を吸ってからつづけました。「ベルナールはフランソワとともに現在の航路を決定した理由を説明した。それに対してターナー君が航路決定の根拠が薄弱だとして、航路選択の再考をベルナールに促した。そうではないだろうか？」

「そうだ」私たちは口のなかでつぶやいたり、頭でうなずいたりしました。

「そしてそのあと、ベルナールが王と乞食の奇妙な物語をした。それからフランソワが……」

エリー・フランクはちょっと言い澱《よど》んでからつづけました。「いきなりベルナールを擲った。そこで一切が……いま問題になっていたことが、中断されたんだ」

誰も異論を挾《はさ》みませんでした。船体が揺れているのが微《かす》かに感じられる程度で、海が凪《な》いだままなのがわかりました。

「で、ぼくらは、もう一度、航路変更の検討をつづけるべきだと思う。だが、その前に三つだけ片付けておく問題がある。一つはベルナールがなぜあんな物語をしたのか、説明すること。二つはフランソワはなぜベルナールに平手打ちを加えたか、弁明すること。三つは、昨夜、ここにいるマルセルたちが仕事を放棄して一時間ほどじゃがいも袋の中に隠れていた。この怠業行為《サボタージュ》の責任を明らかにすること……」

エリーが、じゃがいも袋と言ったとき、誰かがくすっと笑った以外、私たちは物音一つたてず、彼のほうを見ていました。

「ベルナール、まず君から一応説明してくれ給え、なぜあんな物語をしたんだい？」

「ぼくがあの話をしようと思ったのは……」ベルナールは金褐色の髯のなかで、驚いたように眼を見開き、口を開いたり閉じたりしましたが、しばらく「えーむ」とか「あーむ」とかいう声しか洩れませんでした。「あのときは（えーむ）それを話すのが何よりぴったりしていた……そうなんだ、どんな説明より……」

「あの物語はどういう寓意《ぐうい》があるんだい？」

私は好奇心を押えきれず、そう口を挟《さしはさ》みました。ターナーやエリーの推測が当るか、外れるかの興味もあったのです。

「寓意？」ベルナールは惑乱したような眼をあたりにさ迷わせながら、言葉を求めるように半ば口を開け、そのまましばらく「えーむ」「あーむ」と唸っていました。「あれには寓意なんてないんだ。そういう物語なんだ。あれはぼくの好きな物語で、それで、ぼくは話す気になったんだ」

「しかしなぜあのとき――選択が迫られたときに話をはじめたんだね？　あれは、もっと後廻しにしたって構わなかったんじゃないのかい？」

「それは、もちろんいつだって構わない。しかしあのときは、話したかった。いちばんぴったりした物語だと思ったからね……」

「なぜそう思ったのか、その辺のことを説明してほしいんだ」

私は重ねて訊《たず》ねました。そのとき突然、フランソワが澄んだ明るい青い眼をあげ、幾らか緊張した表情で言いました。

「それはベルナールには言えまい。むしろぼくが説明したほうがいいだろう。そうすれば、ぼくがなぜあんな野蛮なことをしたか、同時に釈明することができるからね」

「いや、それは順序が逆だ」エリーが即座に反対しました。「まずベルナールに喋ってもらいたいんだ」

「フランソワが喋ったほうが、いっそう明瞭になるさ」黒人ケインが食いつきそうな顔でエリー・フランクの言葉を打ち返しました。

「ぼくは議長だ。議長の名でベルナールに発言してもらう」

「ぼくは（えーむ）その物語が好きだったんだ」ベルナールは金褐色の髯のなかで、眼を大きく開きながら言いました。「それは寓意じゃない。話そのものが美しいからだ。二人の人物は浄福に憧れている。だが、二人の生き方はまったく違う。ぼくは（えーむ）航路選択を、どちらを取るにせよ、同じ浄福に憧れているのだと（えーむ）言いたかったのだと思う。だが、よくわからない。（えーむ）そこのところははっきりしない。ともかくぼくはその物語が美しく思えたし、（えーむ）あそこで話せば、何かこう、ぼくら全体の気持が和むのではないか、と思えたんだ」

「だが、君は」フランソワがベルナールの言葉を横取りするようにして言いました。「おそらくあの物語をわざわざ変えて話した。そうじゃないかね？」

「変えて話す？」エリーが濃い睫毛をせわしげにしばたたきました。「何で君はそんなことが言えるんだ？」

「それは、その話をぼくは前にベルナールから聞いているからさ。そのときは物語は違っていた。王は死んで屍体《したい》は腐ったが、乞食の屍体からは花が咲いたんだ」

「物語としてはそのほうがすっきりしているわ」ナタリーがぐったりした物憂そうな青い眼をフランソワに向けました。「そのほうが教訓的だし、落ちがきいているわ」

「いや、それじゃ平凡すぎはしませんかな？」ターナーは赤茶けた口髭をこすって言いました。

「ぼくが感心したのは、あの終りの部分だな。栄華を極めた王の口から花が咲き、零落した老人は腐肉となった……」

「ああ、どうか、ぼくの意図に誤りがあったら許してくれ給え」ベルナールが叫びました。

「ぼくは（えーむ）フランソワの言うように、その部分を、もとの物語から変えたんだ。しかし（えーむ）ぼくはこの世の結末を皮肉に見ようとして変更したんじゃない。むしろその逆なんだ。二人の境遇の全く異なる人物が、同じ浄福を求めるが、（えーむ）この世の条件に依存しているうちはどちらも浄福には達しないことを示したかったんだ。（えーむ）完全に死んだ後、現世的な相違はさらに顕著なのに――栄華を極めた王の屍体から花が咲くとは、そのことを表わしているんだ――実は（えーむ）そうした現世的な事柄は真の浄福には無縁なんだ。問題は、現世の差異に引っかかっている人間には、真の浄福はわからない（えーむ）という点にある。王は死んでも花で飾られ、老乞食は死後もなお腐肉として差別されている、と考えるのは（えーむ）この地上の物的条件に執着していることを示しているんだ。真に無一物に帰った二人にとって、もはやそんなことは問題じゃない。（えーむ）ぼくらも、この物語の結末で、それを現世の皮肉とは感じないで、むしろそれはそれで美しいと思えたとき、無一物の心境に達していると（えーむ）思えるんだ」

「いや、ベルナール、君の考え方は間違っている」フランソワは青く澄んだ眼をあげました。

「君は王の恐怖のほうに真実を感じたからこそ、王の口から花を咲かせたのではないのかね？　君は現世の差異から無関心になれと言っている。だが、果してそうだろうか？　死後の姿が二人の浄福と無関係だというこの物語の結末は、地上の生の持つ積極的な意味を奪って、〈死後の生〉〈あの世〉の意味を強調することにならないかね？」

「フランソワ、勝手に発言しないでほしいね」エリー・フランクは温厚な、間のびした口調で言いました。「君はむしろ昨夜の暴力に対して釈明すべきだと思うな」

「ぼくはすでにベルナールに赦《ゆる》されているんだ」フランソワは冷たい表情で言いました。「ぼくらには、すべてが許されているんだ、とね」

「ああ、フランソワ、そっちには道がつづいていないのに」

悲しげな、囁《ささや》くような声が私の背後で聞えました。それはモニク・ファビアンの声でした。彼女は眉と眉のあいだに皺《しわ》を刻み、何か苦痛を堪えるような表情をしていたのです。しかし誰もそれには気づきませんでした。

「ベルナールは君を赦した。しかしぼくらは君の行為の動機を知る権利はある」

エリー・フランクは面長な顔を突き出し、ふだんに似ず、厳しい口調で言いました。

「ベルナール、君もそう思うかい？」フランソワ・ルクーは端正な顔を船長のほうに向けました。「君がそう思うなら、ぼくは話すよ」

「どうか（えーむ）ぼくのために話してくれ給え。きっと（えーむ）ぼくに到らぬ点があったのだろうから」

「いや、到る到らぬの問題じゃない。ぼくは君の裏切りを感じた。ただそう感じた。それでぼくは憤激したんだ」

「君が憤激するかね？」ターナーはからかうような調子で言いました。「君は計算ずくで平手打ちをくわせたと思うね」

「どうなりと勝手に想像すればいい」フランソワは冷たく突っ撥《ぱ》ねました。「ともかくぼくはベルナールの裏切りを感じた。それだけだ。それで思わずかっとなったんだ」

「でも、それだけじゃ何もわからないわ」ナタリーが肘《ひじ》掛《か》け椅子に金髪を凭せかけ、ぐったりした身振りで身体を動かしながら言いました。「ね、フランソワ、もっと説明してみてよ」

「すでに、さっきベルナール自身が言っていたじゃないか。彼は無一物主義を棄てたんだ。ベルナールが一切を放棄すると言っていたのは、それによって〈この世〉を豊饒な、目くらむものにするためだったんだ。ぼくらは――少くともぼくは、それに深く共鳴した。そのために、この大航海にも乗りだしたんだ。ところが、ベルナールは物語のなかで〈この世〉の持つ積極的な意味を取りのぞいてしまったのだ。〈この世〉から離脱するのは、本当はそれによって〈この世〉の真の豊饒さを取り戻すためなのだ。それなのにベルナールは〈この世〉を離脱し、

〈この世〉に背を向け、そのまま無責任にも、どこか遠い〈死の国〉へ旅立つことを目論《もくろ》んでいる。ベルナール、君はいつ君の無一物主義をそんな弱々しいものに変質させてしまったのだ？　ぼくはそのことを怒ったんだ」

「ベルナール、何か答えてくれ給え」エリー・フランクは金褐色の髯面で突っ立っていたベルナールのほうに向きました。「これはぼくらにとっても大事な問題だからね」

「ぼくは（えーむ）以前からの考えを変えたことはないよ」ベルナールは両手を拡げ、肩をすくめました。「フランソワがそう考えたって構わないが、（えーむ）ぼくは〈死の国〉へ旅立とうと考えたことはないよ。ぼくは依然（えーむ）一切を棄てること、無の中に自分を保つことを主張する。だが、それはフランソワが言ったように、その結果〈この世〉が恩寵《おんちょう》的な美しさに満ちて（えーむ）現われてくるからだ。だが、この恩寵的な美しさ、豊饒さは、すでに（えーむ）物的なものを越えているんだ。いわゆる〈この世〉を越えているんだよ。ぼくが〈この世〉を無視するのは〈死の国〉のためじゃなくって〈この世〉の内部に在る秩序を透視するためなんだ」

「ベルナールとフランソワの意見の食違いは別の機会に論じて貰うとして」エリーは議長らしく私たちを眺めまわして言いました。「第三の議題――マルセルたち水夫の怠業《サボタージュ》行為に入ることにするよ。マルセル、君はなんでじゃがいも袋の中に隠れたりしたんだね？」

エリー・フランクは、広間の隅でさっきから、私たちの議論をうんざりしながら聞いていた四人の水夫のほうを向いて、そう訊ねました。マルセルは、当法廷でこの事件について何ら触れておりませんが、この日の決定に重要な発言をしたのであります。つまり彼は、じゃがいも袋の中に隠れたのはフランソワの人使いが荒く、就業契約の条件をはるかに越えた労働を強要しているからだ、と言ったのです。

実は、私はマルセルの言葉を聞いていて、ちょっと不自然な気持がしたのです。というのは、マルセルにせよギイにせよ水夫四人はいずれもひどく暴風雨《しけ》を恐れていて、フランソワが颶風圏をはずした航路を選んだということについて、彼に感謝もし、信頼も寄せていたことは確かだったからであります。

私は面皰《にきび》のある、薄灰色の眼をしたマルセルからフランソワに心服しているらしい言葉を聞いていたので、一瞬、マルセルが誰かに強要されるか、買収されるかして、こんな発言をしたのではないか、と思ったくらいでした。

しかしそれは明確な証拠のあることではないので、黙っていました。

「君らはなぜ船長に不服を訴えなかったのだ?」

エリーは厳しく問いつめました。

「そりゃ、ベルナールさんは耳を貸してくれますがね」マルセルは横を向き、ふて腐れたように口を尖《とが》らせて言いました。「結局、それを決定するのはフランソワさんでしょう。だとしたら、ただ言ったって無駄ですよ。俺たち、怠業行為《サボタージュ》をする権利がありますからね、それを使ったまでですよ」

他の三人も次々にマルセルの言葉に右へならえしました。彼らがマルセルの言うなりになっていたのは明らかでした。アランは狭い額に皺を寄せ、おどおどと部屋の中を見まわしていました。彼はエリーに何か訊かれると、一々びくっとして飛び上がりそうにしていたのです。「船長ベルナール、この問題をどう取り扱うべきかな?」エリー・フランクは困ったような顔をしました。「昨夜の畳帆作業も怠業のためひどい目に会ったんだよ。ここまで追いつめる必要はなかったんじゃないかね?」

女性の全員も、労働契約を無視して水夫をこき使ったとしたのなら、責任はこちら側にあるという意見でした。

私はマルセルが上眼遣いにターナーのほうを盗み見るのに気づきましたが、ターナーは横を向いて知らん顔をしていました。いったい彼らはどういう関係があるのだろう——そんなことを考えているうち、いきなりターナーが立ちあがり、手に革の鞭を持ちながら、「マルセルたちを減俸処分か、謹慎処分か、にするのだったら、同時に、フランソワにも責任をとって貰う必要があるんじゃないかね。じゃないと、処分が一方的になってしまう」と言ったのでした。

裁判長殿、ならびに陪審員の皆さん。

私がながながと述べて参りましたこの出来事——後にターナー・クーデタと呼んだ事件の核心は、実は、このターナーの言葉——この、フランソワ・ルクーに責任をとらせる言葉にあったのであります。もちろんターナーに反対する意見はありました。黒人ケインやマリア・カザローネはフランソワの味方をしましたが、ターナーは実に激しくフランソワを攻撃しました。そして全員会議である以上、その副船長の地位に残るかどうか、票決で決めるべきだ、と主張したのです。

いまになって冷静に考えてみますと、この事件は最初から妙に仕組まれたところがありました。よく考えてみれば、私と同じように東京から乗り組んだターナーが、なぜあのように発言し、あのように仲間《クルー》に影響を与え得たのか、たしかに変でした。しかしそのとき私はそこまで考えてみることはしませんでした。

それはともあれ、私たちはターナーの主張どおりフランソワ・ルクーの副船長の解任を票決しようということになり、賛成五、反対三、白票二で、これを決定してしまったのであります。

票決は、フランソワには権利がありませんので、残りの十人の乗組仲間《クルー》で行ったのですが、私は、実を言うと、白票を投じたのであります。もし私と、もう一つの白票がフランソワの解任に反対すれば、少くともフランソワの副船長解任は食いとめることができたでしょうし、そうすれば航路変更はしないですんだかもしれません。

　本法廷でこのような仮定的言辞を弄《ろう》するのが滑稽なことはよくわかっているのでありますが、もしあのとき航路変更をしていなかったら、その後の悲劇はおそらく惹き起されずに済んだろうと思うにつけ、私は自分の躊《ため》らいを赦せない気持になるのであります。

　副船長は、フランソワに替って、船医《ドクター》クルツが選ばれました。彼は外洋航海の経験者で、電波航法装置《ロラン》や無線方位測定機を用いて天測による現在位置の修正を行うのは彼の役目だったのです。すでに裁判長も陪審員の皆さんも気付かれたことと思いますが、本陳述のなかに、船医《ドクター》クルツの存在はほとんど現われておりません。彼は私たち仲間《クルー》と酒を飲み、トランプをし、チェスを戦わしますが、決して自分から目立とうとしない人物でした。私も、実は、彼が副船長に選ばれるまで、仲間《クルー》の背後にいつも身を隠している人という印象を受けておりました。

　ペーター・クルツは年は二十八、九だったと思います。白っぽい金髪で、眉毛は薄く、ざらざらと荒れた顔をしていました。がっしりした額の下の、皺に囲まれた奥深い眼は、黒ずんだ青で、鼻梁《びりょう》の平らな、押しつぶされたような厚味のある鼻と、頬に深く刻まれた皺、それに四角い意志的な顎《あご》は、船医《ドクター》クルツに、融通のきかぬ、重苦しい、馴染みにくい印象を与えました。私は航海のあいだ彼が笑ったり冗談を言ったりしたのをほとんど記憶しておりません。彼が誠実な、骨惜しみをしない人間だったことは間違いありませんが、どこか鈍重な、冷たい機械のようなところがあり、無口で、几帳面でした。

医師としての腕は無類だと信じられておりました。船医室で彼はたえず医学書を読み、ノートをとり、何か観察記録のようなものを書きつづけておりました。

ある日、私は船医《ドクター》クルッに何を記録しているのか、と訊ねたことがあります。

「ぼくは人間の拘禁状態を観察しているんだ」彼は顎で机の上のノート綴りを指して言いました。「大部分は刑務所の囚人たちと面接したり、アンケートをとったりして集めたものだが、極地探険隊に加わってそれを記録したこともある。こんどの航海はぼくの趣味なんだが、しかし多少商売気が出て、一人一人の生活はなるべく詳細に書いておこうと思っているんだ」

「拘禁状態っていうと、何か特殊な反応が起るわけなのかい？」

「まあ、ケースによりけりだがね。反応にも短期的なものと長期的なものがある。拘禁状態の条件により異なる」

「ぼくらの船も、つまりは拘禁状態ってわけだね」

「もちろん立派な拘禁状態だ。はじめは自由意志でそこに入ったから、いわゆる拘禁性が生れてこない。しかし一週間たち、二週間たつと、次第に拘禁性が顕著になり、焦燥感、抑圧心理、暴発、被害妄想《もうそう》、幻聴などが現われてくる。したがって人間関係も日常社会におけるような理性的な枠に仕切られることが少くなる。突然の虚脱《アパシー》が現われ、また逆に、過度の愛憎が生れ、情動性のなかにたえず埋没しようとする。性行動に対する抑止機能が低下し、一定集団が拘禁されると雑婚性が現われる」

「君はそんな眼でぼくらを見ているのかい?」

私は不気味なものを見るような気持で訊ねました。

「いや、ここではぼくも乗組仲間《クルー》の一員だ。ぼくは何より帆走を楽しんでいる。ベルナールの無一物主義を実現したいと思っているんだ」

船医《ドクター》クルツは重苦しい、融通のきかぬような口調でそう言いましたが、私には、机の上に分厚く綴られた観察記録が気になったのです。私は甲板にぼんやり立って沖を見ているときにも、背後に、船医《ドクター》クルツの黒ずんだ青い眼が、奥深い眼窩《がんか》の底から、じっとこちらを窺《うかが》っているような気がしたものでした。

このクルツが副船長に選出され、すぐ次の議題として航路変更の検討が持ちだされたのです。もちろん南方航路を主張したのはターナーでした。それは前夜彼が言ったことを繰り返しただけですが、フランソワを解任したあとだったので、ほとんど論議する前に決っていたようなものだったのであります。

船長ベルナールは金褐色の髯面を私たちのほうに向け、大きく眼を開き、「そう決定したのなら(えーむ)決定に従わなければならない。ペーター、君が今後の航海を指揮してくれ給え」と言いました。

すでに時間は真昼に近く、太陽は南にまわっていました。風が北東から南西に向って吹いており、船は海錨《シーアンカー》を下したまま風下のほうに流されていました。

クルツの号令の下に、まず船首《ステム》を百八十度転回し、総帆を展《ひろ》げて、一気に風を背負って走ろうというのでした。私たちは主檣《メインマスト》の主帆《メインスル》と主檣三角帆《ガフ・トップスル》を張り、帆桁《ヤード》を右舷一杯に開きました。白い帆《セール》は脹《ふく》らみ、いままで二本の檣《マスト》がただ墓標のように揺れていた〈大いなる眞晝《グローセル・ミッターク》〉号は、突然、羽を拡げた海鳥のように息を吹きかえしました。水平線に雲があったものの、朝のうちの積雲の群は拭い去られて、青い中部太平洋の空に、かなり強烈な太陽が照りつけておりました。空の青さを映して、紺青の海は、明るい透明感を増し、軽快に走りぬける若駒のような波が、白く波頭を砕きながら南へ向って動きつづけておりました。

〈大いなる眞晝《グローセル・ミッターク》〉号の白い船体は、生きた身体のように青い波を蹴《け》り、泡立つ渦を舷側に押しやりながら、方向転換《ウエアリング》に入りました。フランソワは副船長を解任されましたが、彼が船内で果す役割は重要でしたから、舵輪《ステヤリング・ホイール》は彼の受持でした。彼はクルツの号令で左へ一杯に舵《ラダー》を切っていました。私たちは主帆《メインスル》と主檣三角帆《ガフ・トップスル》の横檣《ブーム》を、号令一下、左から右へ急転回できるように、左右両舷に別れて、支索《バング》を全身で引きしぼっていたのです。船は左へ左へと廻り、それに応じて風は右舷に廻りこんでゆきます。私たちは横檣《ブーム》の帆索《シート》と支索《バング》を伸ばし、順走《フリー》でしばらく南西に帆走してから、一挙に、帆桁《ヤード》を左舷に開きました。帆船は一瞬左右に揺れ、南西から南へと廻りこみ、大きく脹らんだ主帆《メインスル》と主檣三角帆《ガフ・トップスル》は白く鮮かに右舷の上空に弧を切りぬきました。私たちは支索止め《ビレイピン》に綱《ロープ》を巻きつけると、前檣《フオアマスト》の揚索《ハリヤード》に取りつきました。左舷にターナーと私、右舷に黒人ケインとエリー・フランクがロープを摑《つか》み、四人の水夫が横帆《スクエア・セール》の帆桁《ヤード》のフットロープを踏んで括帆索《ガスケット》をゆるめてゆきます。クルツの号令が飛び、私たちは掛け声とともに揚索《ハリヤード》を引きます。第四帆《アパートツプスル》がみるみる展帆され、白く脹らみました。

第四帆《アパートツプスル》から最上帆《ロイヤル》まで横帆《スクエア・セール》が展帆されると、帆桁《ヤード》が右へ追風《クオーター》に調整され、〈大いなる眞晝《グローセル・ミッターク》〉号は軽く傾斜《ヒール》しました。船首《ステム》の搔き分ける波しぶきが、高々と飛沫《ひまつ》をあげ、霧となって甲板を走り、私たちは久々で帆走の喜びに胸を締めつけられるのを感じました。

船は南南西に向っていましたから、真昼の太陽を目ざして走りはじめた感じでした。めずらしくターナーが前甲板のキャプスタンに足をかけて、前方の青い水平線を眺めながら「これでやっと辛気臭い航海とおさらばだな。見ろ、間もなく南太平洋の紺碧《こんぺき》の波が俺たちを迎えるんだぜ」と言いました。

横帆《スクエア・セール》が風を受けてごうごうと鳴り、支索《シート》が風を切って笛のような音を立てていました。私たちは主檣《メインマスト》と前檣《フオアマスト》の間の補助三角帆《ステースル》も次々に展げてゆきました。船の傾斜《ヒール》はほとんどなく、船足はいままでの航海で最高だったでしょう。舷側を走る白い泡立つ波が、見る見る後へ遠ざかり、青い水面の下で細かい気泡の渦となって白く湧《わ》き返っていました。

フランソワの握る舵輪《ステヤリング・ホイール》にも相当強い圧力がかかっているはずでした。彼は操舵甲板《ステヤリング・ブリッジ》に突っ立って、じっと前方に青く澄んだ眼をそそいでいました。彼は、副船長解任などは本当はどうでもいいような顔をして帆走に熱中していました。東から南へ航路が変更されたのですから、彼とて、不服なことが多かったと思いますが、その後、一度も、彼自身の不満をぶちまけたこともなく、いい加減な態度をとることもなかったのはさすがでした。

女性たちはそれぞれ受持の六分儀《セクスタント》による天測やハンドログの速度測定にかかり、モニク・ファビアンは海図《チャート》の記入をしていました。

昼食は、前夜からのごたごたの直後でしたが、追風《クオーター》に乗った帆走のせいで、ふだんよりはしゃいだ楽しい食事になりました。

午後、私が当直で、舵輪《ステヤリング・ホイール》を握り、指定の南南西の方位に船を向けていました。操舵甲板《ステヤリング・ブリッジ》から見ると、傾斜《ヒール》した前甲板が青い波を鋭く削《そ》ぎとりながら疾走しているような感じがしました。明日にも船は北東貿易風帯に入るはずです。そこではターナーの主張するように、天候は安定し、風向もつねに北、あるいは北東から吹きつづけ、風力四または五という帆船にとって理想的な条件が揃うわけですから、こうして中部太平洋を南進しはじめると、すべてが好転してゆくような気になったのも当然でした。緯度が下るにつれて、赤道が近づくので、次第に気温もあがり、直射日光はだんだんと真夏の光を思わせる眩しい強烈な輝きを帯びてきました。北太平洋は曇り空と霧の下で黒ずみ、荒涼として、呻《うめ》きに似た音を立てて波が騒いでいましたが、船が南に向けて進むにつれて、日一日と、波が青く、ねばりを持ち、流動するガラスのような透明感が加わってきました。巨大な白いくらげが海面の下を列になって流れてゆくようなとき、二米ほどの深さまで青緑の光が滑らかな明るい縞になって揺れているのが見えるのでした。

航路変更の際、船長ベルナールはターナーとクルツの意見を入れて、南緯四十度線に突入する前にニューギニアのジャヤプラか、あるいはアラフラ海に廻ってポートモレスビーに寄港することを決めていました。〈大いなる眞晝《グローセル・ミッターク》〉号の航海は無寄港の世界周航ではないので、その点は仲間《クルー》から反対が出ませんでした。問題の颶風《ぐふう》については、ニューギニアに寄港中、十分な長期予報を聴取していれば、回避しうるはずだというターナーの意見が採択されたのです。黒人ケインなどはフランソワの見解に肩を持って、こうした採決は魂の卑しさの証明だと言って反対しましたが、ターナーは逆に、万一の危険を覚悟することは、たとえそれに遭遇せぬように願う気持があったとしても、決して卑怯《ひきょう》な心情ではないと言い張りました。私たちはターナーの意見に荷担したのであります。

北東貿易風帯とはよく名付けたものだと思います。北緯二十五度を越えて南下すると、天候はいっそう安定し、風はつねに北東から南西に吹いておりました。私たちはほぼ東経百五十五度あたりまで進んでいましたので、ニューギニアを目ざすとなれば、この貿易風帯を一路南下すればよく、風は追風《クオーター》で受けることになるのでした。

私が経験した全航海のなかで、このニューギニアまでの航海ほど楽しいものはありませんでした。〈大いなる眞晝《グローセル・ミッターク》〉号は連日総帆を白く青空に脹らませ、軽く傾斜《ヒール》しながら、碧青の波を蹴って進みました。太平洋は一日一日と南洋の海らしい明るい碧緑を濃くしてゆきました。

夜明けの風はひんやりと湿り、薄闇のなかから立ち騒ぎながら生れてくる海は、何か海神の無数の子供たちがふざけ合い、からかい合っているような、陽気な賑《にぎ》やかさを感じさせました。水平線は赤く輝き、紫の雲が横に長く連なり、最後の星たちが、透明な青の滲《にじ》みでてくる空から消えてゆきます。夜のあいだの風の変化にそなえて、船首三角帆《ジブ》、補助三角帆《ステースル》、主檣三角帆《ガフ・トップスル》、横帆《スクエア・セール》のほとんどは畳帆するので、起床して最初に取りかかるのは、これらの展帆作業です。

甲板の板目も、手すり《ハンドレール》も、キャプスタンも、綱《ロープ》や索具《リギン》も、すべて夜のあいだに、しっとり濡れていて、ねばっこい水の薄膜で覆ったような感じがしました。私たちは海水を汲《く》んで、マルセルたちと一緒になって甲板磨きをやり、横帆《スクエア・セール》の帆桁《ヤード》にのぼり、フットロープを裸足《はだし》で踏みしめながら、帆《セール》を縛ってある括帆索《ガスケット》を一つ一つはずしてゆくのです。

そんなとき水平線の端から、真っ赤に熔《と》けた金のような光が、一すじ、暗い波頭をきらきら輝かせながら、私たちの眼を射ぬくのでした。私たちは朝ごとに上る太陽なのに、そうした日の出の一瞬、なぜか解帆作業の手を休めて、思わず赤い太陽が輝きのぼってくる姿を、息をのんで見つめたものでした。

平凡な比喩《ひゆ》ですが、私たちには、太陽が海の向うから姿を見せることが、何か信じられぬ荘厳な奇蹟《きせき》のように思えたのです。都会にいたら日常自明のことでしかない日の出が、この海の上では、様々な形で拡がる暗紫色の雲を透明な夜明けの銀色に変えてゆく、眼に快い、大がかりな天地創造のドラマのように見えたのでした。

夜の闇が刻々に追い払われてゆくこと、空に澄んだ甘美な青さが拡がり、星が白く光を失ってゆくこと、波が喊声《かんせい》をあげ、黒ずんだ波がみるみる青い鮮かな明るみを加えてゆくこと、潮の重さをしっとり含んだ風が急に爽やかな軽さを取り戻し、展げた帆《セール》に大きな脹らみを与えること――こうしたことは、朝な朝なに私たちが味わうことだったのに、味わう度ごとに、新鮮な、いきいきした、痺《しび》れるような喜びを感じさせるのでした。

私たちから日常生活の付属物を取りさって、海や風や太陽や雲とじかに接触することは、ベルナールが久しく考えていたように、特別な生の感覚を私たちのなかに呼び起しました。私は――私だけではなかったのですが――新聞・雑誌もなく、満員電車もなく、お喋りする喫茶店も飲み屋もなく、会社も学校もないこうした状態を、どんなに深々と抱きしめたか、ご想像いただけると思います。私たちはいわば日常の身の廻りのものを剝《は》ぎとられ、古代人のように自然に直面していました。ですから私が見た太陽、肌にふれた潮風、耳に聞いた帆《セール》の唸りは、都会での日常生活という〈文明の箱〉のなかに閉じこもっていたときに感受した自然ではなかったのです。

私は、船が南に近づくにつれて、乗組仲間《クルー》が半裸になって甲板で作業をする姿を見ると、彼らもまた、この自然を全身で味わっていることが痛いようにわかるのでした。

たとえば海の表情など、私たちは毎日見ていたわけで、うんざりしてもよかったのですが、さすがベルナールに共感して帆船に乗りこんだヨットマンの集まりだけあって、海に飽きたと言った者は一人もいませんでした。それどころか、私たちは、海という存在が、いかにも神秘な、理解を越えたものに見えてくるのを屢々《しばしば》感じました。なぜ波はこう刻々と表情を変えて盛り上がり、うねり、白く波頭を砕き、悶《もだ》え、沈んでゆくのか――なぜこんな永久運動をするのか――こうした自明なものに対する疑問は、いままで驚きも何もなく眺めていたものを、改めて新鮮な感嘆の思いで見るときに生れるものでした。

連日、快晴で、風は一定しておりました。昔、西ないし南を向けて航海した船乗りたちはこの貿易風帯をどんなに神の恵みとして有難く感じたことか、と、早い船足を見るたびに思ったものでした。

例の事件があったにも拘《かかわ》らず、快適な帆走が日々つづいていたので、乗組仲間《クルー》の表情は和んでいましたし、仲間同士のトラブルなども起りませんでした。黒人ケインもこの時期には快活で、操帆作業なども気軽にやってのけていました。

朝風のなかで檣《マスト》にのぼり、船の揺れを全身に感じながら、海上に突きだされたような帆桁《ヤード》の上で行う展帆作業から、昼食時の賑やかなお喋り、午後の帆走中の様々な訓練、日没が黄金色に雲を染めるなかで行われる畳帆作業まで、一日が快い興奮と、休暇の日々に感じる寛《くつろ》いだ陽気さに満ちておりました。私は誇張なしにそう申しあげることができます。ニューギニアまでの日々は、ベルナールの意図する、自然に帰依した無一物の生活がほぼ完全に行われていたわけで、私は、舷側で風に吹かれながら、ベルナールとそんな話をしたことを憶えています。

「君がそう思ってくれて嬉しいよ」ベルナールは金褐色の髯面を青い海の遠くへ向けながら言いました。「ぼくらは（えーむ）驚くべきものに囲まれていながら、その前に跪拝《きはい》することを忘れている。ゾロアスター教徒が太陽の前で跪拝し、アッシリア人が月の神を信仰したように、ぼくらも万物の驚異の前で跪拝するようにならなければならないのだ。そのためには（えーむ）この自然のすばらしさを全身で痛いように感じる必要がある。太陽の輝かしさ、不思議な力、頼もしい抱擁力を痛切に感じた人間なら、太陽を跪拝しないではいられないはずだ。跪拝の必要を感じない人間に跪拝を強いても無意味なのだ。だから（えーむ）まず自然の存在がぼくらのなかに、痺れるような喜びを呼びおこさせることが必要なんだ。ただ眼の前に雲がある、海があるというのじゃない。（えーむ）雲があること、海があることで、ぼくらの心が明るく脹れあがる。歓喜の思いが溢れてくる。嬉しくてたまらなくなる。思わず万才を叫んでしまう――そういう気持にすることが必要なんだ」

「ぼくもそれはわかる」と私はベルナールと並んで沖を見て言いました。「少くとも仲間《クルー》全員は今の瞬間、この熱い太陽や、青い海のうねりや、帆《セール》を鳴らす風に、何か恍惚とした陶酔を味わっているんじゃないだろうか。ぼくはいま生命が歓喜しているのを感じる。ぼくの力強い心臓も、潮風をいっぱいに吸いこんでいる二葉の肺も、熱い太陽に焦げている皮膚も毛孔も汗腺《かんせん》も、爽やかにリズムを打って巡っている血の流れも、声があったら、きっと喊声をあげて、今の状態を喜ぶだろうと思うんだ。ぼくの身体は太陽の灼熱《しやくねつ》と、海の弾力ある動きと、強烈な潮風が要るんだ。帆綱《シート》を引くとき、揚索《ハリヤード》を引きあげるとき、帆桁《ヤード》に片腕をかけて畳帆するとき、ぼくは、身体が力を使い、筋肉が隆起し、手足の神経を素早く駆けめぐるものがあるのを、どんなにうっとりした快さで感じているか、君にわかって貰えたらと思うよ。ベルナール、人間の身体ってのは、こうして使われるようにできているんだ。使えば使うほど、身体じゅうの器官がまるで楽器のように快い音色で鳴りだすのを感じるんだ。汗を潮風に吹かれながら高い帆桁《ヤード》の上で一休みするとき、ぼくは宇宙と身体とが一つになって、何とも言えぬ陶酔のなかに溶けてゆくような感じになる。身体が銀製の笛になって鳴り響いているような気になるんだ」

私は眼の前に海豚《いるか》の群が滑稽な姿態で波から躍りあがっては、また波にもぐってゆくのを見ていました。彼らはこの奇妙な跳躍をつづけながら、〈大いなる眞晝《グローセル・ミッターク》〉号と並んで泳いでいたのでした。

「ぼくは（えーむ）君のほうが他の乗組仲間《クルー》より真に自然の魅惑を感じていると思うよ」ベルナールは私の言葉を注意深く聞いてから、しばらくして言いました。「もちろん比較できる問題ではないけれど、自然の甘美な肌ざわりを、本当に味わったのは東洋の魂だった。（えーむ）ぼくは西欧の精神を否認するんじゃない。だが、それが東洋の魂とめぐり合い、それと真の婚姻を果してはじめて（えーむ）人類の浄福が可能になる。それには自然のこの果実のような甘い味わいを、人間の生活の根底に据えることだ。太陽の熱の快さを——風のしなやかな肌ざわりを——空の青さの痺れるような美しさを（えーむ）それこそ神々の美酒のように飲みほすんだ。木々の緑を——草地の明るさを——物の影を——人々の声を——忍び寄る夜を——ランプの光を——日々の食卓を（えーむ）激しい愛の対象のように心を歓喜に疼《うず》かせて見つめるんだ。ところが、そんないいものを人間は与えられていながら、それが持つ果実のような味わいを、しみじみ味わうことがないんだ、この人間て奴は。そしていつも自分たちには何も与えられていないと言って不平を鳴らす。退屈だ、空虚だ、不幸だ、と言いつづける。どこか他処《よそ》にいいことがあるんじゃないかときょろきょろする。自動車を乗りまわす。テレビにかじりつく。せわしい旅行をする。人を訪ねてみる。情事を企んでみる。一攫《かく》千金を計画する。だがね（えーむ）そんなことをすればするほど、退屈は深まり、空虚さは増してくる。ぼくはパリでも東京でも（えーむ）例のかさかさした肌の、快楽をむさぼろうと足掻《あが》いている、黄色く疲れた顔の人間を何人となく見てきた。いや、むしろ自然が与えるこの豊かな恵みに歓喜している、すがすがしい顔をした人を見つけることのほうが難しかった。そうなんだ、ぼくが期待していた日本でもだ。あんな美しい自然の恵みに敏感な感受性を示した日本で、なぜ満足できなかったんだろうと（えーむ）ぼくは自問した。そしてぼくは世界がこの恐しい反自然の、自然虐殺の〈文明の箱〉のなかに閉じこもろうとしているのを知ったんだよ。人類は自然を虐殺して〈文明の箱〉（えーむ）〈人工の箱〉のなかに住もうとする。だが、その瞬間、人間は、自然の豊かな恵みに歓喜することを忘れる。空の青さはただ青いのであって、別に変ったことじゃない。風が吹いたって、雨が降ったって、そんなものがあることさえ気がつかない。傘をさすか、車に乗るかして、せかせかと仕事場めがけて突進する。〈文明の箱〉のなかじゃ、太陽も青空も花々も風も雲も雨も死滅しているんだ。ぼくは（えーむ）文明が齎《もたら》した不幸のなかで、日々のこの歓喜を失ったことほど、陰惨なものはないと思うんだ。どんな貧しい路地にも青空はあり、木々の緑のかげは落ちる。ところが、ものを持たぬ者は不幸だと〈文明の箱〉の住人は教える。（えーむ）ものを持たぬのが不幸じゃない。人間は無一物であっても、すでに目くらむような恵みが与えられている。不幸なのは、その事実に目隠しされていることだ。（えーむ）ぼくはそれを東洋にいるあいだに学んだんだ。無一物であること――それをぼくは彼地の導師に学んだ。ものを持つ持たぬは人間の幸福には関係はない――そう教えた導師の言葉はぼくの眼を開いた。ぼくは所有しちゃいけないのだ。（えーむ）すべてを棄てる――それが浄福への第一歩なんだ。ぼくはある瓢簞《ひょうたん》の葉の下でね、すべてを棄てることができるようになった。ぼくがものを持つんじゃなくて、自然がぼくを持っているという感じ――ぼくは零だった。（えーむ）無だった。ぼくは空気みたいなものだった。だが、その瓢簞の棚の多い村で、すべてを棄てられたと思ったとき（えーむ）身体が軽くなったような感じがした。大地にすべてを託したような安心感が深くぼくを包んできたんだ。いまも憶えている。暑い日だった。水田のあいだの道を牛がゆっくり歩いていた。空は真っ青で、木々の葉は黒ずんだような緑だった。誰も急ぐ者はなかった。機械と呼べるものは何一つなかった。ただ太陽がじりじり照りつけていた。真昼だった。そのときぼくにはわかったんだよ……」

「何がわかったんだい？」私は金褐色の髯面のなかで、口を半ば開いたままのベルナールを見て言いました。

「つまり（えーむ）人間は薄暮れに飛ぶ梟《ふくろう》だったが、それじゃいけないってことをね」

「何ならいいと思ったんだい？」

「それは、君、もう言う必要はないじゃないか。〈眞晝《まひる》を高く飛翔《ひしょう》する鷲《わし》〉だよ。人間は〈眞晝〉のなかに高らかに生きる鷲でなければならないんだ。（えーむ）薄汚い一切の所有から離れ去ってね……」

ベルナールが、所有の放棄に思い到った村がインドかパキスタンのどこかであったことは確かでしたが、それが現実にどこであるのか、彼は最後まで私に言いませんでした。それに、ベルナールが私に語ったことは、主として彼の関心を惹《ひ》いていた思索に関したことだけで、生活の細々したこと――たとえばどこで誰にあったか、どの位の期間どこで何をしたか、という事柄には、まるで触れようとしなかったのであります。

たまたまある夕方、司厨係のサトヤム老人と話をしていたとき、ベルナールがターナーとこのインド放浪時代に知り合ったのだと聞いて、私がひどく驚いたのは、実はその種のことを全く知らなかったためでした。

「そいつは初耳だな」私は浅黒い、小柄な老人に言いました。「ターナーが東京から乗船したのに、仲間《クルー》と親しいのはなぜだろうと思っていたんだ。それじゃフランソワとも早くから知り合っていたわけだね？」

「ええ、ベルナール様がターナーさんをパリに連れてこられたんです」老人は、窪《くぼ》んだ、黒い、理智的な眼《まな》ざしを、じっと日没のほうに向けていました。老人と話していたとき、南太平洋の壮大な夕焼けがまさに始まろうとしていました。赤、橙、薄紅、鮭赤色《サーモンピンク》の淡い雲が、金色の枠《わく》に囲まれて、葡萄酒色に染った広大な海の上に、遠い壮麗な別世界のように拡がっているのでした。

「もちろんあんたもベルナールを知っていたんだね？」

「私がベルナール様を導師のところへご案内したんです」

「ターナーとはいつ頃知り合ったんだい？」

「向うへ行かれてから間もなくのことでした」

「ターナーは何をしていたんだろう？」

「私も詳しくは存じません」老人の言葉には妙に曖昧な調子がありましたが、私は別にそのときはそれほど気にしませんでした。「人の噂では、何でも珍しい動物だか何だか、そんなものを狩猟していたということです」

「じゃ、ベルナールのように学生でも求道者でもなかったんだね？」

「ええ、あの方はヘルメットに半袖シャツ、革の半ズボンという植民地ふうの服装で、いつも肩から大きな緑のブリキ箱を掛けていました」

「妙なものを持っていたんだね」

「それだけはいつも肩に掛けていました」

「なんでベルナールはターナーと知り合ったのか、知っているかい？」

「これも噂ですから、真偽のほどはわかりませんが」サトヤム老人はちょっと口を噤《つぐ》み、一瞬、言ったものかどうか、迷うような表情をしました。「噂が噂ですので、他言していただきたくないのですが……実は……ターナーさんがある人を殺した……それも友人かガイドか、そういう親しい人を殺したという噂が流れていたのです。もちろん警察でもあの人を捜していました。ベルナール様はターナーさんを匿《かくま》って、ずっと一緒に生活なさり、国外に出るときにも、いろいろ工作をなさいました」

「ターナーが人を殺した？」私は老人の言葉が信じられませんでした。しばらく私は声が出せなかったのです。

「ベルナールはまさかそれには関係していないんだろうね？」やっとそれだけ訊ねました。

「もちろんです。ベルナール様は潔白です」

「フランソワはそのことを知っているの？」

「さあ、ご存じないのではないでしょうか」

「ベルナールは話さなかったの？」

「そうだと思います」

「あんたは誰かに話した？」

「いいえ、あなた様が初めてでございます」

私はしばらく夕焼けが色褪《あ》せて、菫《すみれ》色の雲の群に変ってゆくのを眺めていました。黄金色に輝いた西空はくすんだ樺《かば》色に変っていて、金星が白く煌《きら》めき出していたのであります。

裁判長殿、ならびに陪審員の皆さん。

私がサトヤム老人の言葉にどれほど驚いたか、ご想像いただきたいと思います。

私もターナーがふつうの人間でないことぐらいはわかっていました。彼が猛獣狩りの専門家だと言っても、密林の奥地の探検家だと言っても、私はさして驚くことはなかったでしょう。ターナーの妙なふてぶてしさ、人を食った態度、とぼけた口調は、何か激しい仕事をやっていた人間の孤独感、行動力、自制心の現われと見られなくはないからです。しかしターナーが親しい間柄の人間を殺しているということ、そしてベルナールがそれを是認するばかりか、その当人を助けていること——これは私にはどうにも理解できかねることだったのであります。

私はサトヤム老人の口の堅さを信じていましたので、この噂が拡がることはありえまいと思いましたが、それとは別に、ベルナールとターナーの関係が、フランソワを副船長から追放した事件にどう影響していたのか、私の興味を惹きました。

実を言いますと、私が後に起る忌わしい出来事をふと予感したのはそのときでした——もっとも予感といってもそれほど明確な形で事件を想像したわけではなく、ちらと不吉な感じがした程度のものだったのですけれども。

ともかく私はサトヤム老人の話を聞いているうち、それまで私に訳のわからなかったことは、実際には、こうした隠された事実が働いていたためではなかったか、と考え始めたのであります。私は単に好奇心から乗組仲間《クルー》の人間関係を知りたいと思ったわけではなく、あくまでベルナールの願う無一物主義——彼の言葉で言う〈眞晝の鷲の飛翔〉——を実現するための航海を、自分なりに十分理解する必要があると思ったからです。

もちろん私は船内の人事調査をはじめたわけではなく、さりげない食後の話などに、それまでより余計に注意を向けていたにすぎません。話題がそうした問題に触れているときは、私はかなり積極的にいろいろのことを訊ねたのは事実です。

そんななかで私が最もよく話し合ったのは、どういうわけか、数学者で星占いに凝っているエリー・フランクでした。彼は、妙な神秘主義をのぞくと、一番温厚で、親切でした。気取りも虚栄心もなく、ベルナールを尊敬する点でも極めて素朴で、本気で彼の考えなり哲学なりに心酔している様子でした。

彼は話すとき、濃い睫毛《まつげ》をしばたたき、面長の顔を前に突き出すようにしました。

あるとき、私は彼が、ベルナールが誰かと結婚しないと不吉な星まわりになると言っていたことを思いだし、その話題を蒸し返してみました。

「ぼくは前に、ベルナールが東洋から帰ってきた頃、故郷の森の奥にある城館に住んでいるという若い娘の話を聞いたことがあるんだ」白く脹らんだ横帆《スクエア・セール》のかげで私は沖の眩しい雲を眺めながらエリーに言いました。「ぼくは例によってネルヴァルばりの夢物語だと思っていたんだが、君の話によると、それはどうやらそうではないらしいね。エリー、君はベルナールの相手が誰だか、知っているんじゃないのか?」

「はっきりしないが、大体の見当はつく。年齢とか、性格とか、身体の大きさとか、社会的な身分とか、そんなことはわかるんだ」

「それでいて、それが誰だかわからないのかね?」

「予言というのは、君、一種の象徴主義なんだぜ。ものの形がそっくり現われるなんてことはないんだよ」

「ぼくはパリでその城館の若い娘がモニク・ファビアンだという噂を聞いたことがある。その真偽はどうなんだね?」私はパリの仲間がそんなことを喋っていたのを思い出して訊いてみました。

「もっともあの頃、モニクはいつもベルナールと一緒にいたから、そんなふうに思われたのかもしれないが……」

「それはぼくも知っているがね」エリーは緬羊《めんよう》のような長い顔を前へ突き出しました。睫毛の濃い茶褐色の眼が左右に離れてついていたので、緬羊に似た感じを与えていたのかもしれません。「予言に出ている女がモニクかどうかわからない。いや、そうだとしたら、二人は何とか結びつくはずだよ」

「それが宇宙の予定調和に書きこまれているのかね?」

「そう考えてもいいね」

「モニクの星を占ってみれば、よりはっきり結果が出やしないかね?」

「モニクは許してくれないんだ」

「大事なことなのにね」

「君と同じく彼女も星占いを信じないのさ」

「ぼくが信じないって、どうしてわかるんだね?」

「前にそう言ったし、いまだって、君の訊き方は野次馬的だからな」

「野次馬的か。なるほどな」

私はエリーと話しているうち、彼はベルナールとモニクの関係を知っているのではないか、という気持になりました。おそらく神秘主義のためか、その他の理由かで、わざと、それをぼかしているのではないか——そんな感じがしたのでした。

私は前にターナーが誰か女と話しこんでいたのを見たと申しました。それは、ぐったりした姿態をしている金髪のナタリーか、あるいは浅黒い肌のマリアか、どちらかであろうと思っていたのですが、フランソワとターナーが激しい口調でやり合った例の夜、ナタリーの言葉にマリア・カザローネが腹を立て、ヒステリー女のように食ってかかったのを見てから、ターナーと関係があるのはこの浅黒い魅惑的な肌をしたイタリア女のほうではないか、という考えを強めたのでした。

しかしあの夜のフランソワとターナーの口論を思いだしてみると、一概に、肌の浅黒いマリア・カザローネがターナーと結びついているとは言えぬ、と思い当ったのであります。たしかにあの晩、ターナーとフランソワはエリーの予言をめぐって激しい言葉をぶつけ合っていたのでした。ナタリーはその二人の口論をやめさせようとして言葉を挟みました。マリア・カザローネが怒ったのはナタリーのこうした行為に対してです。彼女はナタリーに「結構うまく大事な人をかばうこと。猫をかぶるのはいいけれど、泥棒猫みたいな真似はやめるのね」と言ったのです。私はその上擦った声をはっきり憶えております。

ところで私は、ナタリーがかばった大事な人とは、最初、ターナーとばかり思いこんでおりました。ですから、ナタリーとマリアがこの鼻の先の反った、灰色のぎょろ眼のイギリス人のことで鞘当《さやあ》てをしたのだ、と、そんなふうに思っていたのです。

しかし、船のなかの、何とも曖昧な人間関係を考えてみると、このときナタリーがかばった「大事な人」とはフランソワであったのかもしれません。もしそうだとすると、マリア・カザローネはフランソワのほうを愛している、ということになりはしまいか――私はそんなふうに考えました。

そこで、それとなくこの四人――ターナーとフランソワ、ナタリーとマリアを注意して見ておりました。もちろんモニク・ファビアンはベルナールに対してどんな態度をとっているか、をも、私は丹念に観察しました。ちょうど船医《ドクター》クルツの役どころを私が奪った恰好となったのであります。

それはすでに北緯二十度を越え、南鳥島をとっくに過ぎていて、マリアナ群島が見えるか見えないかという頃の、ある夜のことでした。

夜といっても、南洋の海らしく、無数のプランクトンが光の淡い帯になって舷側を流れ、空気は青いびろうどのような艶《つや》を帯びていました。甲板に立つと、夜風は爽やかでしたが、個室《キャビン》は蒸し暑く、寝苦しい夜がありました。水平線に間もなく南十字星が見えてくるだろうと話し合っていました。南国の星は漆黒の夜空の奥に無数の輝きを鏤《ちりば》めておりまして、その一つ一つが柔かな豊かな光量を持っているように見えました。北太平洋の暗い厳しい孤独な星空に較べますと、南洋の夜は賑やかで、官能的で、甘美な味わいがありました。

私はその夜、夜明けまでの当直で、羅針盤《コンパス》を百七十度の方向に保つよう、舵輪《ステヤリング・ホイール》を握っておりました。船医《ドクター》クルツが昼のあいだ、海図《チャート》の上に幾つも線を引き、天測を修正した現在位置を確認し、それによって航行方位を決めてゆきます。私たちはその方位に向けて夜の航海をつづけるのでした。

操舵甲板《ステヤリング・ブリッジ》の計器類は青白い光に照らされ、羅針盤《コンパス》も蛍光《けいこう》塗料でぼんやり白く光っておりました。航行中は所定の航海燈《ナビゲーションライト》と舷燈《サイドライト》のほか、船は真っ暗のまま進みます。当直はたえず他船の航行に注意するとともに、燈台その他の信号燈を確認する必要があるわけで、月明りの夜など、波が金箔《きんぱく》を敷いたように煌《きら》めきますが、しかし視界が狭いのは同じです。貿易風帯に入ってからは、突発的な風向の変化は少いので、主檣《メインマスト》の主帆《メインスル》と主檣三角帆《ガフ・トップスル》は張ったまま走りました。

私は暗い甲板に何人か涼をとって散歩している気配を感じましたが、そのうち、深夜になって、夜の海の奇妙な孤独感が襲ってきました。それは南国の青味を帯びた艶やかな闇でも同じことでした。暗い波は太古さながらに荒れ、舷側の近くで誰か三叉《みつまた》の鉾《ほこ》を手にした、丸坊主の大男が、呻《うめ》いたり、もがいたりしているような気配でした。

私は壮麗な星空の下の暗い海を、すかすようにして眺めました。他船の航海燈《ナビゲーションライト》でも発見すれば、すぐ汽笛を鳴らせるようにしてありました。

夜光時計は真夜中を示していました。私の当直はまだ四時間残っております。しかしこの四時間は、私には、ほとんど永遠の時間に感じられたのでした。さすがにもう甲板には私のほか誰もおりません。私は夜明けまで、舵輪《ステヤリング・ホイール》を握りながら、ベルナールたちの人間関係などを考えようと思いました。

そのとき、不意に、誰かが私の肩に触りました。私はちょっと放心していたときだったので、飛び上がりそうにびっくりしました。

「お邪魔じゃない？」モニク・ファビアンの声でした。「少しも眠れないし、前甲板はプランクトンで光って気味がわるいのよ」

舳先《ステム》から飛沫《しぶき》になって甲板に降りそそぐ海水が光ることがあるのでした。

「邪魔どころではありません。太平洋のまん中だし、定期航路からははずれています。ま、ぼけぼけした漁船が浮んでいることはありますが、そんなのにぶつかるなんて、天文学的に低い確率ですよ。実のところ、ぼくは夜明けまで、何を考えて過そうか、と、目下思案していたんです」

モニクは薄いナイトガウンを着て、煙草を出して、ライターで火をつけました。赤い焔《ほのお》のなかで、バンベルグの「教会《エクレシア》」の勝利の擬人像に似たモニクの広い額と優しい眼ざしが、一瞬、明るく浮び上がって消えました。

「で、何を考えようとなさったの？」

モニクは煙を吐きながら、傍《かたわ》らの繋柱《ボラード》の上に軽く腰を下して言いました。

「あなたのことを考えようと思ったんです」

「あなたでも、定石どおりのことを仰《おつしや》るのね。なんだか、陳腐すぎて、すぐ感激が湧いてこないわ」

「ひどいな」私は笑いました。「ぼくはご機嫌をとるつもりで言ったんじゃありませんよ。ただ事実を言ったまでです。噂をすれば影、と言うけれど、思っただけでも影、なんてことがあるのかもしれない」

「テレパシーか何かね？」

「これはエリーの領分だけれど」

「じゃ、私、あなたの仰ったことを信じるわ」

「そりゃ当然ですよ」

「私の何について考えて下さろうとなさったの？」

「あなたの本心について……」

「本心って、何に対しての？」

「もちろんベルナールに対してのですよ」

モニクの息が一瞬止まったのを感じました。それから深く息が吸われてゆきました。

「ぼくは実はエリーから、ベルナールは結婚すべきだ、でないと、不吉な運命が待っているという話を聞かされました。そのときすぐあなたのことを考えたんです。なぜって、パリにいた頃、あなたはいつもベルナールと一緒でしたからね」

「でも、それは結婚などと何の関係もないことだったわ」

「ええ、それはぼくも知っています。しかし誰だったかが、ベルナールがまるで無関心なので、あなたがお冠だと言っているのを聞いたことがあります」

「昔のことね、もしあったとしても」

「あったんですか？　そういうことが」

モニク・ファビアンは煙草を消し、それを暗い海に投げすてました。夜風が操舵甲板《ステヤリング・ブリッジ》から煙の匂いを一瞬にして吹き払っていきました。

「むかし故郷にいた頃、そんなことがあったような気がするわ」

「故郷っていうと？」

「P＊＊市のそばよ」

「つまりベルナールの屋敷の近くですね」

「森一つ隔てているけれど……」

私は、ベルナールが話した森の奥の城館の少女の物語をモニクに繰り返しました。彼女は黙りこくって聞いていました。

話し終っても、しばらくは暗闇のなかで黙っていました。それから低い声で笑いました。

「ずいぶんお伽話《とぎばなし》につくったものね。たしかに舞踏会もあったり、夏に川で舟遊びをしたりしたわ。でも、十二、三の男の子と女の子が互いに愛し合ったって、それが一体何になるというの？　私たちの関係はそんなものだったのよ」

「しかしベルナールはただそれだけに終らせなかったと思うけれど。だって二人とも、その後ずっとつき合っているわけでしょう？　もし子供の恋だったら、ベルナールはあなたとつき合っているかしら？」

「それから十年以上になるのに、私は、一度も、ベルナールから特別な感情を示されなかったわ」

「ベルナールの考え方から推せば、彼は、たとえあなたを愛していても、それを口にすることはないと思いますがね」

「私を愛している？」

「ええ」

「そんなこと、あり得ないわ」

モニク・ファビアンは激しい口調で私の言葉を否認しました。何か必死になって、そういう考えを認めまいとしているような、喘ぐような調子でした。

「どうしてそうはっきり断定なさるんです？」

私は驚いて言いました。

「あなたはベルナールのことをよく知らないのよ。あの人だって愛することがあるでしょう。でも、相手は私じゃないわ。私は昔から顔馴染みの古い友達の一人よ。あまり古過ぎて、一々相手のことを考えないで、それでいて結構お互いに満足している、そんな間柄なのよ」

「しかしぼくが一緒だった頃、彼には恋人なんて一人もいませんでしたよ。喋るのはいつもその城館の少女のことだけでした」

「嘘だわ、そんなこと」モニクは煙草を銜《くわ》えると、苛々《いらいら》した調子でライターの火をつけました。彼女の眉と眉のあいだに深い皺《しわ》が刻まれていたのを、その一瞬の火で、私は見ました。まるで苦痛に歪《ゆが》められているような顔でした。

「そんなこと、あり得ないわ。私、誓ってもいいわ」

モニクは煙草の煙を吐くと、そう言いました。

「いや、ぼくは嘘など言っていませんがね」私は私で、言い張りました。「いまでもベルナールは城館の若い娘のことを話しますよ」

「それは思い出を美化しているのよ。もともとそんなお伽話のようなことはなかったんですもの」

「しかしベルナールが誰かを愛しているとしたら、間違いなくその女のひとでしょうね」

「嘘よ。それは嘘だわ。だって、ベルナールは東洋から帰ってきたとき、スウォン・スワナと一緒だったのよ。そしてその後ずっと一緒だった。ベルナールはスウォンを尊敬していたわ。いいえ、崇拝しているといっていいくらいだわ。私ね、フランソワから、あの人がスウォンの革のサンダルに口づけしたと聞いたとき、もうすべてが終ったと思ったのよ」

「すべてが終った？」

「ええ。私ね、その頃は、まだ、あなたが仰ったように、ベルナールがひょっとしたら私を愛しているんじゃないかって思うことがあったのよ。私もベルナールが好きだったし、お互いに一緒にいるときは、すばらしくうまくいっていたし……」

「いまだって、そうだと思うけれど」

「それなら、スウォンのことはどう考えればいいの？」

モニク・ファビアンの声が震えていたので、私はちょっと驚きました。

「それはぼくにはわからないな」

「それなら、私の言うことを信じて頂戴。ベルナールはスウォン・スワナを愛しているの。そして私はもうベルナールを愛していない。昔の物語はもうすっかり終ったのよ」

「じゃ、あなたはもう誰も愛していないわけだ」

「そうよ。誰も愛しちゃいないわ」

なぜか、モニクは挑むような口調で言いました。

「それなら、ぼくがあなたに――いや、君に、特別な気持を打ち明けても、まだすごく脈があるってわけね？」

「大いにあるわ」モニクは急にはしゃいだ調子になりました。その突然の変化が気になったことを私はその後もよく思いだしました。

「じゃ、夜明けまで君のことを考えて、ここに突っ立っていられる。物凄い希望でいっぱいになってね」

モニクはおかしそうに笑いました。それからしばらくパリの頃の共通の思い出などを話し、私たちは何度か笑いました。私はその夜、モニク・ファビアンに急に親密な感情を覚えましたし、彼女のほうも、前より屢々《しばしば》私と話すことを好むようになりました。食事のとき、私たちはいつも一緒の食卓で向い合っていましたし、夜、よく舷側で風に吹かれて長い間話しました。

裁判長殿、ならびに陪審員の皆さん。

私は、正直に申しあげて、このとき、モニク・ファビアンがかなり好きでしたし、ひょっとしたら、愛していたのではないか、と思うことがあります。

しかしそうした自分の心情に捉《とら》われていたために、その頃彼女が味わっていた苦しみは何一つ理解できなかったのであります。私は一度、モニクの身体《からだ》に触れようとし、それを拒まれたことがあります。それはずっと後になって、船がニューギニアに入ってからのことでしたが、そのときのモニクの顔に刻まれた表情ほど、私の胸を打ったものはありません。私たちはその瞬間、互いに愛し合っていたのは事実でした。そのときの状況では私たちが肉体的に触れ合っても何ら不自然なことはありませんでした。モニク・ファビアンも同じ気持だったと思います。それなのに、彼女は、突然、戒律を思いだした修道女のように、身体をこわばらすと、私の胸を押しのけました。彼女の歪んだ顔は、苦しみというより悲しみを表わしていました。眼には涙が溢《あふ》れていました。

「ごめんなさい」彼女は胸元を掻き合わせて言いました。「私ね、それはできないのよ」

私はモニクが私をじらしたり、からかったりしているとは思えませんでした。彼女の顔には、そんなことを思うには、あまりにも深い悲しみが現われていたからでした。

しかし私はそのときになっても、何が彼女を苦しめていたのか、理解できませんでした。彼女が私を拒んだのも若い女たち特有の敏感さと恐れと気まぐれからだと思っていたにすぎません。

今になればわかります。モニク・ファビアンは涙を流す以外に、あの場合、何もできなかったのです。

しかしそうした事柄は、いずれ先になって然るべき箇所で陳述したほうが妥当なように思います。

私とモニクが急速に親しくなったのを、一種の共感的な眼で見てくれたのがターナーだったということとは、当時、私にはなかなか理解できないことでした。一緒に前檣《フオアマスト》に上って括帆索《ガスケット》をはずしたり、重い帆《セール》を畳んだりしているとき、風に声を流されながら、彼は、モニクとの間はどんな具合だ、などと、よく訊《き》いたものでした。

ところで、そのターナーは果してナタリーを愛しているのか、マリア・カザローネを愛しているのか、どちらだろう、というのが、その当時の私の関心の的でした。ターナーが話していた女性——肩に手をかけ抱くようにしていた女性は、この二人のうち、どちらかです。モニクではあり得ませんし、スウォンである可能性もほとんどありません。

しかしそうだとすると、フランソワの存在をどう考えるべきでしょう? 「大事な人」がもしフランソワであるとすれば、ナタリーもマリア・カザローネもフランソワを愛していることになり、彼女たちとターナーが結びつきません。ただこの四人の関係は、私が注意していたにも拘らず、たとえば食事時の並び方とか、甲板での挙措とかからは、まったく見当がつきませんでした。昼食事にナタリーはぐったりした腕をターナーの肩にかけていたかと思うと、夜の食卓ではフランソワと並び、食後も一緒にトランプなどをしているといった始末でした。これはマリア・カザローネについても同じように言えることでした。

航路を南に変更してからすでに十日が過ぎ、時おり水平線に島影を望むことがありました。副船長クルツは海図《チャート》と照合して一々それを前甲板で私たちに大声で報告しました。マリアナ群島に属する珊瑚礁《さんごしょう》が低く黒ずんでのびていて、白く砕けた波が青い布を飾るレースのように沖へ拡がってゆくのを、私たちは、息を呑んで眺めていました。熱帯の海を私ははじめて眺めたので、胸のあたりが締めつけられるような気持を味わいました。私がそれまで経験した外洋といえば八丈島レースの際に走った南方の海だけでした。むろんそのときはそのときで、荒々しい波や、濃い潮風や、海の色の変化などにヨット帆走の喜びを何度も噛《か》みしめたものでしたが、〈大いなる眞晝《グローセル・ミッターク》〉号の舳先《ステム》にしぶく熱帯の海は、それとは別の、鷹揚《おうよう》な、明るい、怠惰な優しさを持っておりました。沖に珊瑚礁がのびているのでしょうか、白い波が泡立ちながら、紺《こん》青《じょう》の海の向うへ、一すじ長くのびてゆくのを眺め、乏しい椰子《やし》の木が強い太陽に照らされ、斜めに高々と繋っているのを見ていると、文明に疲れた人々が、この南の島へ来て、原始の甘美な怠惰のなかで、波の音、風の訪れを楽しんだであろうことが、自分のことのようによくわかるのでした。

朝夕、凪《なぎ》がくることがあり、それまで張りのある白い弧をくっきり青空に描いていた帆《セール》が一斉にぐったり垂れさがり、船は明らかに北赤道海流に乗って西へ流されてゆくのでした。そんなとき、海の色はまるでブルーブラックのインクを流しこんだようで、その色の濃さを見ていると、手を入れたら染りそうな気がしました。

数学者のエリーやターナーは船尾《スターン》で釣り糸を流し、時どき金髪のナタリーがそれに加わりました。彼女は一度鮫《さめ》を釣りあげたことがあるとかで、父親譲りという腕を私たちに見せたがっていたのでした。

私たちが航路変更をした地点からニューギニアのポートモレスビーまで、あたかも誂《あつら》えたような北東貿易風が吹いていたため、フランソワの選んだ航路が逆風《アドヴァース》の連続だったことを思うと、帆走は比較にならぬほど快適でした。北緯十五度をこえると、日射しは熱帯の強烈さを帯びはじめ、青い海に砕ける波頭の白さも一段と鮮かに眼に滲《し》みました。

波から波へ鳥のように飛んでゆく飛び魚の群は、終日、左右の舷側から見られました。どうか、この法廷での陳述のなかに事件と直接関係のない私の見聞やら感想やらを挿入することを許していただきたいと思います。冒頭でも申しあげましたように、事件を構成しているのが、こうした日々の細部であり、私たちの心に映じた刻々の映像の群であることが次第に明らかになりましょうし、事件そのものをただ陳述してみても、この内部に長々と横たわる真実にはなかなか到達しえないと思われるのであります。

追風《クオーター》で走りつづけた〈大いなる眞書《グローセル・ミッターク》〉号が北緯十度をこえると、すでに私たちの生活は海賊船さながらに上半身裸で、ナタリーもマリア・カザローネもモニクも半袖シャツに短いキュロットを着けていました。黒人ケインが笑ったように、私たちは日焼けで浅黒くなり、髪の色が違わなければ、人種の見当もつかなくなりました。

カロリン群島に入ると、風がやや偏東になり、時に逆風《アドヴアース》に変ることがありました。ベルナールはたえずシドニーやマニラ、香港《ホンコン》からの短波放送に注意しているようでした。フランソワが回避しようという颶風《ぐふう》発生圏に近づいていたからでした。

何度も見慣れた熱帯の壮麗な夕焼けを、カロリン群島近海に入ってから、実に屢々《しばしば》眺めました。ふだんは暮れ方の釣りに熱中して、自然現象に関心を示さないナタリーまで、呆然とした表情で天を血の色に染める赤々とした海の夕焼けに見入っておりました。

今でも忘れられないのは、そうした夕焼けの美しいある夕方、ナタリーが流し釣りで大きな鮪《まぐろ》を釣りあげたことでした。彼女の竿《さお》はほとんどU字状に彎曲《わんきょく》し、その先が激しく動くのが見られました。

たまたまエリー・フランクとスウォンが船尾《スターン》近くに立っておりましたので、二人はナタリーの叫びを聞いて、彼女の竿を押えに走り寄りました。しかし二人ともこんな魚を釣りあげた経験はありませんでした。波の下で暴れまわる、得体の知れぬ魚の力に驚いた二人は、ただ竿を必死で引こうとしたのです。もしフランソワが甲板にいなかったら、ナタリーの釣り自慢も依然として食卓の話だけにすぎなかったかもしれません。彼は三人で竿にしがみついているのを見ると、船尾《スターン》に走って「糸を流せ、糸を流せ」と叫びました。そしてナタリーから竿を受けとると、リールを開き、釣り糸を繰りだせるだけ繰りだし、波の下の巨大な魚と一騎打ちを始めたのでした。話を聞いて四人の少年水夫たちまで中甲板から駆け上がってきました。

私たちは、三十分ほどリールを巻いたり伸ばしたりして魚の疲労を待ち、徐々に手もとに獲物を引きつけてゆくフランソワの手腕に感心していました。

「このぶんじゃ鯨《くじら》が釣れたのかもしれんぜ」

黒人ケインがフランソワの傍らで大きな網を拡げていました。ナタリーもその端を握って、息をつめた表情で、フランソワの繰る糸の先を見ていました。

糸は波を切って進み、時おり、上になり下になりしましたが、着実に巻き上げられていきました。

魚の黒ずんだ背が波間に見えだしたとき、鯨でこそありませんでしたが、私たちは、初めて見るその見事な姿に思わず歓声をあげました。それは実に巨大な鮪で、釣りあげてからフランソワと黒人ケインとが、頭をボートのオールで何度も擲《なぐ》らなければなりませんでした。

獲物はサトヤム老人の手で処理され、輪切りにされた胴は、いずれも冷凍室のなかに運ばれました。老人の話では、何日か日数を置いたほうが肉がしまってきて、味がよくなるというのでした。

もっとも鮪が釣れて一番喜んだのは私自身だったかもしれません。その日の夕食の話題は、もっぱらこの巨大な魚とナタリーの腕前に集中し、私は鮪のうまさを誇張して話しました。

「でも、フランソワがいなかったら、釣り落していたわ」

金髪のナタリーはぐったりと椅子に凭れかかって言いました。ナタリーとしては実感だったに違いありません。

「君の釣った鮫と較べるとどうだね？」

エリーがからかって言いました。

「鮫を釣ったのは父なのよ。私は一緒に竿を引っぱっていたけれど」

「とにかく、あんたが釣りあげたことには間違いないよ」

黒人ケインが言いました。

「フランソワのおかげよ。フランソワがいなかったら、糸を切られていたわ」

「あるいは、魚の顎《あご》だけが針に残っていたかだね」

船医《ドクター》クルツが口を挾《はさ》みました。珍しくベルナールが「えーむ、あーむ」と言いながら、魚が波の上に躍りあがった瞬間のフランソワの糸捌《いとさば》きの見事さを賞めました。モニクは、まるでへミングウェイの小説を読んでいるみたいだった、と言いました。スウォン・スワナは、竿を引いたとき、あまり力がかかっていたので、まさか魚がそんな力を持っているとは思えなかったと、話しました。

「じゃ何がかかったと思ったんだい？」

エリーがおかしそうに訊《たず》ねました。

「よくわからないけれど、何か、大蛸《おおだこ》のようなお化けじゃないかと……」

「つまり海坊主がかかったというわけだ」

エリーが笑って言いました。

「海坊主なんているのかしら？」

ナタリーが青い、とけるような眼でフランソワを眺めました。

「そりゃ、エリーに訊かなくちゃ、わからないよ」フランソワは肩をすくめました。「海の化けものの専門家はエリーだからね」

それからひとしきり古代航海術の話や、古代地図の話、オスロにあるヴァイキング博物館の話などに花が咲きました。話の中心はフランソワとナタリーでした。二人とも大魚を釣りあげた興奮がなお快く身体を痺れさせていたのでしょう。とくにナタリーははしゃいで、次から次へとおかしな話をして私たちを笑わせました。

それはこの大航海のなかでも、とくに楽しい、賑やかな晩でした。あと赤道祭の晩が記憶に残りますが、ふだんの夜で、おそくまで話が弾んだのは、そのときが一番だったでしょう。ただ私に気がかりだったのは、ナタリー・ワイズが陽気になればなるほど、浅黒い魅惑的な肌のマリア・カザローネが黙りこくっていったということでした。私はそれに早くから気付いていたのですが、最後に、彼女が頭痛を口実に個室《キャビン》に引きあげていったのを見て、これはひょっとすると、ナタリーに対する反撥からではなかったか、と思ったものでした。

私には、前々から、この二人の間の妙な反撥、ぎくしゃくした遣りとりが気になっていたのですが、それは単なる杞憂《きゆう》ではなく、どうやら否み難い事実として存在しているように思えるのでした。

その晩私が気づいたもう一つのことは、灰色のぎょろ眼をむきだして話の中心になるターナーが、意外と静かだったことでした。彼もまた、フランソワと対立する立場にいた以上、フランソワが人気を独占しているとき、何となくその場の雰囲気《ふんいき》に馴染めなかったのかもしれません。それにしても、それほどターナーの側でこだわるのは変だな、と、私はその夜思ったことを憶えております。

このことと関連して、今も忘れられないのは、その次の日だったか、あるいはもっと後になってからだったか、マリア・カザローネがフランソワに擬似餌《ぎじえ》で流し釣りする遣り方を教わっているのを見たことです。そのとき私は、反射的に、マリア・カザローネは釣りのようなものでもナタリーの向うを張るつもりなのだろうか、と思ったのでした。そしてそれがひどくばかげた、大人げないことのように見えたことを憶えているのであります。

マリア・カザローネの釣りの腕前が、ナタリーに較べてどの程度であったか、私には詳しくわかりません。私は海が好きなくせに、釣りについてはほとんど関心がありませんでした。ですから、マリアが鰹《かつお》などを釣りあげてはしゃいでいるとき、釣りとはそんな嬉しいものなんだな、と思うほかなかったのです。私はそうした際、マリア・カザローネのそばにフランソワがいたことを見落していました。あとになるまで、私はそのことには気づかずにおりました。彼女はナタリーに対抗するために釣りに熱中したのではなく、フランソワと一緒にいられるように、その手段として釣りを選んだにすぎなかったのです。このことがわかったのは、いま申しましたように、ずっと後になってからのことでした。つまりナタリー、マリア・カザローネ、ターナー、フランソワの四人の関係で、私の眼に確かだと見えたのは、マリアがフランソワに夢中になっているらしい、ということでした。これは、その眼になってみると、痛ましいほど、はっきり見てとれる事実なのでした。

例のエリーの予言の問題でターナーとフランソワが口論した晩、ナタリーに対してマリア・カザローネが怒ったのは、彼女がフランソワをかばうように思えたからでした。マリアはナタリーに強い嫉妬を感じていたことが、後になると、自然と私に納得できたのです。

私はそんなとき、自分の予感が当ったのを感じたのです。マリア・カザローネはフランソワを愛している——いや、夢中になって惚《ほ》れている。私はそう思ったのを憶えております。では、ターナーはどういう関係にあるのだろうか、と、私は、別種の関心が呼びおこされるのを感じました。マリアがフランソワのことでナタリーを嫉妬しているとすれば、ナタリーとフランソワの関係は存在しても、そこにターナーの果す役割はあり得まい、というのが常識的な見方でした。私もはじめマリア・カザローネとフランソワとを結びつけて見るようになったとき、ターナーは、マリアともナタリーとも特別な関係は持たないのだ、と考えるようになったのです。

しかしそうなると、ターナーが親しげに話していたのは誰か、という問題がわからなくなります。浅黒い肌のマリア・カザローネがその相手ではなかったか、という当初の推測は、彼女自身がフランソワをめぐってナタリーを嫉妬していたことによって否定されたのです。

この時期に数学者のエリーが、屢々「ターナーの奴、何をあんなにいらいらしているのかな」と言ったことを憶えております。私はいらいらしているという印象は受けませんでしたが、落着きなくそわそわ歩きまわっていることは感じました。例の革の鞭を持って、それで自分の足を軽く叩きながら、甲板をあちこち歩きまわっていたのであります。しきりと独りごとを言いましたし、何か考えている様子にも見えました。灰色の潤んだぎょろ眼を不安そうに動かし、短く反った鼻を指先でこすりながら、甲板のまん中に立ちどまり、「うむ」とか「いや」とか短く言って、また歩きだすのでした。

私は、そういうターナーの姿を見ながら、サトヤム老人の言った、ターナーが東洋で親しい人間を殺しているということは本当なのだろうか、と考えました。

同時に、このとぼけた、人を食ったような話し方をする男は、ベルナールと会う前、何をしていたのか、ということも、私の関心を惹《ひ》いたのであります。おそらく彼が殺人を犯したとすれば、それは彼の仕事に関係がある出来事に違いないと思えたからでした。たとえば猛獣狩りに出かけて、誤って知人なりガイドなりを射撃するということもあり得ます。獲物分配とか、支払のもつれから故意に相手を殺すことだって考えられます。私はそのためベルナールから何とかしてターナーとの関係やら、その仕事やらを訊きだそうと思ったのであります。

この辺の事情に関してベルナールが注意深く何も喋ろうとしなかった、ということは、ふだんの放心したような、困惑したような態度からみると、意外な感じを与えました。もちろんベルナールは本能的にそうしていたのでしょうが、意地のわるい人だったら、何か巧みな芝居で東洋風の導師を気取っていたと見たかもしれません。ベルナールの口のかたさはなかなか大したものでした。

そんなふうにして青いカロリン群島海域を南下していた頃、ちょっとした出来事がもちあがりました。それには多少私が関係していたので、幾らか詳しく陳述させて頂きたいと思います。

航路変更以来、表面的にはおさまっているように見えたフランソワ・ルクーとターナーとの対立は、次第にニューギニアが近くなって、どの港に到着するかで、また露となったのでした。ターナーはアラフラ海に廻りこんで、ニューギニアの南部のポートモレスビーに着けたいというのに対して、フランソワは北部中央にあるジャヤブラに着港すべきだと主張するのでした。フランソワの意見では、ジャヤブラに寄港して、必要な生活物資と水を補給すれば、あとただちにソロモン海域をぬけ、珊瑚海を南下してシドニーに向うべきだというのでした。

フランソワは、ニューギニア東端のルイジエード列島のあいだを帆走して、わざわざ裏側のポートモレスビーに廻りこむ必要はない、と言い張りました。

「あの小さな島の一つ一つで、風向が変るんだぜ。その操帆だってきりきり舞いさせられるうえに、潮の流れの早いトルレス海峡に向って、岬や無数の暗礁を乗り切ってゆくなんて、とてもぼくには付き合いきれないな。いったいターナー君、君はなんでそんなにポートモレスビーに固執するんだね？　理由さえはっきりすれば、ぼくだってむろん譲歩しないではないがね」

「理由はいろいろあるが、ポートモレスビーにはぜひ訪ねたい人間もいるし、見せたい個人コレクションもあるんだ。四日ほどの廻り道にはなるが、それだけ帆走する意味がある。ジャヤブラなんてほんの漁港町さ。ニューギニアの原住民生活の資料は全部ポートモレスビーにある。どうせ寄港するなら、ぼくらはそれに価いするだけのものに触れたいじゃないか」

「私も文化人類学の学徒としてターナーさんに賛成だわ」ごく素直な調子でモニクが言いました。「島めぐりは確かに大変だけれど、〈大いなる眞晝《グローセル・ミツターク》〉号がそれを乗り切れないとは思えないし、もし寄港するなら、できるだけ、その風土や住民の風俗などを知るのも私たちの目的の一つだし……」

「ぼくもモニクの意見と同じだ」エリーが濃い睫毛《まつげ》をしばたたきながらベルナールのほうを見ました。

「また票決で決めたほうがいい」

票決の結果、私たちはふたたびフランソワの提案を退けて、ターナーの航路を支持したのでした。

しかしこの場合も、フランソワはさしてこの票決に感情的な反応は示しませんでした。彼としては、船長ベルナールの友人の立場から、自分の見解を述べるのは当然の義務だし、それを採る採らぬは彼の権限外だと割り切っている様子をしていました。もともとフランソワ・ルクーには冷たい、意志的な表情が感じられたのですが、それが、こういう際にはとくにはっきり表われたように思います。

ただ私としては、パリ以来の友人として、フランソワ・ルクーの帆走経験は十分に信頼しうるものと思われましたし、故意にターナーの行き方に反対しているのなら知りませんが、そうでなければ、その主張には信憑《しんぴょう》するに足る理由があるに違いありません。そんな気持から、私はフランソワになるべく声をかけるようにしていたのであります。

私たちが通過してゆく海域には実に美しい緑の島々が点在しておりました。水平線の向うに、厚い柔かな絨毯《じゅうたん》で覆われたような島が平坦に横たわっていたり、ほとんど大陸の一部かと思われるような広大な拡がりを持ち、遠くまで彎曲する入江を幾つも抱えた島が、いつまでも舷側の向うにつづいていたりしました。そうかと思うと、赤々と夕焼ける空を背景に、黒い影絵になった島があったり、裸の岩の上に僅かに椰子が葉を繁らす孤島が望まれることがありました。海図《チャート》は南太平洋北西部の精密な部分図を用い、日出日没と正午の天測のほか、船医《ドクター》クルツが電波航法装置《ロラン》によってたえず現在位置の確認をつづけました。私たちは水平線に島影が見えはじめますと、思わず声をあげ、舷側にかじりついて、近づいてくる島の木々の緑を食い入るように眺めるのです。双眼鏡で見ると、浜まで迫った森を背景にして原住民の小屋が並んでいることがありました。そんなとき私たちはそうした島民の小屋や、屋根や、高床にかけた梯子《はしご》や、家畜や、海岸から沖を見ている子供などを、孔があくほど見つめました。それはまるで長いこと故郷の新聞を見なかった人が、むさぼるようにそれを読むような感じに似ていました。私たちは小屋や子供や家畜などをむさぼるように見つめたのです。そしてそうした食い入るような自分の視線に気付くと、反射的に、ずいぶん長く陸地を見ていなかったことに私たちは思いあたるのでした。

しかし私たちは島に近づくことは避けなければなりません。最大の理由は、島が風上に入ると、急に風が廻って、島に吹き寄せられることがあり、下手をすると、浅瀬や暗礁の危険に晒《さら》されないとも限らなかったからです。船医《ドクター》クルッは実に丹念に海図《チャート》の水深を調べ、ニューギニア東端のルイジエード列島に舳先《ステム》をむけていました。

赤道直下の太陽が甲板をじりじり焦がし、裸足《はだし》で歩くことは不可能でした。手すり《ハンドレール》やキャプスタンや索具《リギン》の厚く塗ったペンキは、押すと、指紋のあとが残りました。水平線は白く暑熱に霞《かす》む日が多く、雲は眩《まぶ》しくて眼をあけて見ることができないほどでした。濃い青い波が大きく荘重にうねって、その波のきらきら光る壁の奥は、透明な滑らかな緑青色に澄んでいて、日の光がそこまで射しこんでいるのがわかりました。

午後、沖に点々と黒ずんだ雲が浮び、雲の下が灰色の細長い幕で閉されていました。風が急に変り、私たちはベルナールの叫びを聞きながら、帆綱《シート》を解きに走るのでした。

船がそうした雲に追いつかれると、帆《セール》は一斉にばたつき、私たちは気が違ったように船首三角帆《ジブ》や補助三角帆《ステースル》を畳むのです。しかしそのすべてを畳帆できぬうちに、もう大粒の雨が一つ二つと降りだし、雨脚が急調子になったかと思う間もなく、滝のような雨が船を包みこんでくるのでした。

船尾甲板にカンヴァスの日除けが張られたのは、北緯二十五度を越えた頃ですが、そこにテーブルや寝椅子を持ちだして日中を過すのが仲間《クルー》の習慣になっていました。

船乗り《ヨットマン》というのは、孤独な海のなかにいるためか、いつか強い連帯感を互いに感じるものですが、同時にまた、人間だけではなく、船そのもの――帆《セール》とか帆綱《シート》とか甲板の木目とか索具《リギン》とかハッチとか――に強い愛着を抱くのです。私は単純に「船乗り《ヨットマン》は船が好きなんだ」というふうに言っております。それは学者が古ぼけた辞引きや、革装の書物や、静かな書斎が好きであり、登山家がピッケルや底の厚い登山靴やザイルや山巓《さんてん》の灰色の岩が好きであるように、要するにそれらが〈好き〉なのであります。私は風に吹かれながら檣《マスト》に三角帆《バミューダ》を揚げたり、横檣支索《ブームシート》を操りながら舵《ラダー》を動かしたりするのが、何よりも好きなのであります。

これには理屈はぬきの、不動の事実といった趣があります。わが友ベルナールは無一物主義から宇宙の目くらむ豊かさを見出してゆきましたが、私はベルナールの見方に影響を受けながら、そこにこの本来的な〈好き〉という心の動きを加えて考えてみたいと思ったのであります。船乗り《ヨットマン》は帆《セール》を展げたり畳んだりして甲板の上を駆けまわり、檣《マスト》にかじりつくのが〈好き〉なのであり、それだからこそ、帆綱《シート》や甲板の木目やハッチの重い手ざわりが、何の理由もなく、船乗り《ヨットマン》に嬉しい気持を与えるのです。

「好きこそ物の上手」という諺《ことわざ》がありますが、私は「好きこそ浄福の第一歩」と言いたいのでありまます。会社でちょっとしたトラブルがあったり、嫌なことに出会ったりすると、私はヨットハーバーによく出かけました。私は繋留索《ムアリング・ロープ》を引きながら、岸壁にひたひた音を立てる波に揺れているヨットを見ると、心が熱い痺れるような情感に浸されてくるのを感じます。会社でのトラブルや、嫌な思いが心の外に押し出され、なぜそんなものにかかずらわっていたのか、と、かえって不思議な気持がしてくるのでした。私はヨットに飛び乗り、そこに腰をおろして潮の匂いや、帆綱《シート》の手ざわりや、波の揺曳《ようえい》感を楽しんでいると「もうこれでいい、何も要らない」という、強烈な幸福感が、不意に私を衝きあげてくるのを感じました。私は思わず甲板の木目や、船室《キャビン》の板壁や、手すり《ハンドレール》や、索具《リギン》を手で盲人のように撫《な》でまわしながら「お前たちが好きなんだ。どうしようもなく好きなんだ」と声を出して言うのでした。

私の心は幸福で高鳴っておりました。本当に私は船のほかに何も要らないという痛いような感じに貫かれておりました。

裁判長殿、ならびに陪審員の皆さん。

私がこのような横道にそれた陳述を致しますのも、実は、赤道直下の紺青の海を航海しているとき、フランソワ・ルクーとこうした話題について語り合ったからであります。フランソワはつねに冷ややかな態度を崩すことのなかった、端正な、感じのいい青年でありましたが、心の底では、ベルナールに劣らぬ激しい情念の持ち主だったのではないかと思うのであります。彼がベルナールに感じていた愛憎が人一倍激しかったのもその証拠ですし、帆船が〈好き〉だったこともフランソワの本心を示すものと言えるような気がします。

彼は〈好き〉が人間を幸福にしてくれるのだという私の考えに賛成していました。

「たしかに〈好き〉というのは世界を狭くする。一つのことに集中するのだからね。しかしその一つのことが、ぼくたちを護ってくれる。〈好き〉なことがなく、やたらに世界を広くすれば、退屈によって罰せられることになる。見てみ給え、現代文明は退屈を発明したんだ。現代は様式をつくる力を持たない。それは〈好き〉がないからなんだ。様式とは〈好き〉がどうしようもなく一つの形に執着するから生れたものであり、その意味では〈好き〉の存在証明なのさ。そいつが幸福の約束だというのには全く賛成だな」

フランソワ・ルクーは微風にばたつくカンヴァスの日除けの下で、寝椅子に腰かけながら、そう言いました。私はフランソワがパリの頃と少しも変っていないのを見て嬉しく思いました。

「君は本当にあの頃と同じだね」私は言いました。「君は着実だし、正確だった。そのくせ、ぼくらを驚かすような激しいことを平気でやってのけた。君はそういう人なんだね」

「いや、ぼくは、実はそういう野蛮な、激情的な自分が好きじゃないんだ。そういう自分と戦っている。しかし屢々そいつにしてやられるんだ」フランソワは青い透明な眼をしかめて、沖のほうを眺めました。眉のあたりに一種苦しみに似た表情が走りました。

「君が柔道をやっていたのも、そのためなのかい？」

私は彼の考えを別の方向にむけようとしてそう言いました。彼の眼が明るく輝きました。

「あれは、ぼくの情熱の的だったな」彼は笑って言いました。「ずいぶん熱心に通ったものね」

私たちはそれからしばらく柔道の話をつづけました。その頃、モンパルナスに小さな道場があって、その狭い稽古場でフランソワが乱取りをやっているのを私も見たことがあります。赤帯、黒帯だけではなく、橙、紫、栗色などさまざまな級を示す帯をしめた男女の選手が熱心に稽古をしていました。正面の壁には額に入った嘉納治五郎《かのうじごろう》の書と写真が飾ってありました。道場から一歩外に出ると、歪んだ石だたみのモンパルナスの裏町なのに、道場の気分は、講道館とそっくりでした。

ターナーはいつ頃から私たちのそばに来ていたのでしょうか。私がフランソワに訊かれるまま、合気道のある型を彼に見せようとしていたとき、ターナーが私たちの話に口を挟んだのでした。実は、そのとき彼がそばにいたのに私は気がついたのです。

「ローマの警察で柔道を採用しているというが、そいつは実用的なものなのかね？」

ターナーは例によって灰色の潤み出た眼をとぼけたように動かして言いました。

「もともと柔道は精神を鍛える手段なんだ」私は言いました。「実用化するのは邪道だろう」

「しかしそれは弱さの口実にもなるな」

ターナーがからかうように言いました。私はいささかむっとした気持を感じました。

「強い弱いは各人の腕さ」私が言いました。「柔道全体について言われちゃ迷惑だ」

「君らはどうなんだい?」ターナーはしつこく訊ねました。

「ぼくは二段で、フランソワは初段だ。両方とも黒帯なんだ」

「つまり神権保持者というわけかい?」ターナーは短い反った鼻を上に向け、赤茶の口髭《くちひげ》をこすりました。

「それはどういう意味だ?」フランソワは冷ややかな表情のままターナーのほうに顔をむけました。「君のご自慢のボクシングを披露したいのなら、ぼくはいつでも相手になるがね」

「そりゃ面白い。お手合わせいただけるんなら、願ってもない幸せだ」ターナーは鞭の先で額に垂れた髪をかき上げました。「日が弱くなってきたから、後甲板で試合をするのはどうだね?」

「よかろう」フランソワは無表情に答えました。

しかし私は、そのときになって、ターナーがフランソワを挑発するために、私たちの話に嘴《くちばし》を突っこんできたのを理解したのです。彼はフランソワの影響力をこの際徹底的に叩きつぶそうと考えていたのかもしれません。すでに二度にわたる票決の結果、フランソワは半数の仲間《クルー》の支持を失っていることが明らかになっていました。彼はそれをもっと極端な形で仲間《クルー》全体に印象づけようと考えていたのでしょうか。

私はターナーの真意がその時点ではまるで見当がつきませんでした。もちろん後になってみれば、ターナーにはターナーで、フランソワ・ルクーに挑む十分の理由はあったのですが、しかし私だけではなく、乗組仲間《クルー》の大半が、この試合を航路変更以来の二人の対立の結果だと考えたのは当然でした。事実そういう要素も強かったのです。

私は本法廷で二人の試合の細部を縷々《るる》と述べる必要は認めません。簡単に事実の結果だけをお話し申しあげます。

まず船長ベルナールに二人は試合の許可を求めました。それから船尾甲板で日除けをはずして試合をすることにしました。試合は仲間《クルー》全員の前で行われました。ターナーは拳闘用のグローヴをはめましたし、フランソワは柔道着を着こみました。もちろん彼は黒帯を締めていました。

勝負はなかなか決りませんでした。互いに相手の出方を待っているように見えました。しかし十分ほど睨《にら》み合ってからターナーがフランソワの顔面を二度ほど擲りつけました。私たちは彼がそのまま一挙に押しまくるかと思いました。しかし三度目の右腕の一撃をフランソワは巧みにはずし、その腕を内へ巻きこんで、身を沈めると、腰を入れました。一瞬の早業でした。ターナーの身体は半回転し、頭から甲板の上に崩れ落ちたのです。しかし瞬間の出来事で、私以外には、誰にもフランソワが何をしたのかわかりませんでした。

この出来事は、全航海中、最も子供じみた、ばかばかしい緊張と反撥の原因となったものでした。たしかに力と力を競うなどということは——しかもそこに何らかの怒りやら憎しみやらが加わっている以上——分別のある人間のやることではありません。しかしこうした馬鹿げた勝ち負けが、乗組《クルー》仲間という、特定の価値観の下に結合した親密な小社会のなかでも意外と大きな影響力を持ったことは奇妙でした。たとえば魅惑的な肌をした、彫りの深いマリア・カザローネなどは、嘆息とも叫びともつかぬ声をあげたのです。

水夫マルセル、ギイ、アンドレ、アランの四人もこの試合を見ておりましたが、彼らがフランソワを尊敬する仕方ときたら、見ていて吹きだしたくなるほどでした。彼らはフランソワの一挙手一投足にびくびくしておりました。

船長ベルナールは金褐色の髯のなかで口を半ばあけ、「フランソワの腕はまだ確かだ」とつぶやいていましたし、数学者のエリーは睫毛の濃い茶褐色の眼を大きくあけて二人をまじまじと見較べていました。優しいスウォン・スワナは両手を胸の上に抱くようにして、悲しそうな表情で首を振っていました。金髪のナタリーは身体を猫のように動かしながら、なぜターナーの身体があんなに高く投げ飛ばされたのか、と、無表情な船医《ドクター》クルッに訊ねていました。しかしそうした仲間《クルー》の反応よりも私に忘れ難かったのはモニク・ファビアンの挙措でした。彼女は、フランソワがターナーの身体を投げるとき、両手を顔に当て、そのまま、勝負が決ってからも顔をあげなかったのであります。

黒人ケインはちょうど操舵当直だったので、この試合をじっくり見ていなかったのですが、あとになって、何度も試合の様子を私に話させるのでした。私が身ぶりでフランソワの型を真似てターナーを投げるところにくると、彼は、自分がターナーになるから、一つ投げてみてくれないか、などと言ったりしました。彼がフランソワに心酔していたのはよく知っておりましたけれど、これほどとは思いませんでした。ケインは私の話を聞くとき、白眼が赤く充血し、その利口そうな、額の広い顔に、何とも言えぬ嬉しそうな微笑が浮ぶのでした。

だが、それにしても、なぜターナーはわざわざ拳闘グローヴをつけてまで、フランソワを叩きのめそうとしたのでしょうか。彼が航路変更や寄港地選択でフランソワに異論を唱え、反対するというのは、私にも納得できました。副船長解任に私は白票を投じましたけれど、フランソワにも幾らか独断と偏狭な態度が見られた以上、それは仕方がなかったと思われました。しかし拳闘グローヴで彼を叩きのめそうというのは、いくらなんでも行き過ぎではないのか——私はそう思いました。

もしそうする理由があるなら、何なのか、と私は何度となくターナーの姿を見かけるようなとき自問したものです。そしてそこに、ひょっとしたら東洋での事件が絡んでいやしまいか、と想像しました。たとえばベルナールとフランソワの間柄からみて、当然二人の間では何もかも話されていたはずだし、もしそうなら、東洋で行われたターナーの犯罪はフランソワに知られていたかもしれぬ――ターナーにとって、それは目ざわりな眼の上のたん瘤《こぶ》でなかったとは言い切れぬ――彼が事ごとにつけてフランソワに突っかかるのはそのためではなかったろうか――などと、例によって、夜、当直にあたり、舵輪《ステヤリング・ホイール》を握るようなとき、こうした推測をあれこれ頭のなかで組み立てては崩していたのであります。

　赤道に近づいたのは航路を変更してから二十日後、東京を出港してからほぼ一月ほど経った頃でした。〈大いなる眞書《グローセル・ミツタータク》〉号は大西洋で一度、印度洋で一度、赤道を通過していましたので、こんどが三度目になるのでしたが、水夫たちが愉しみにしているし、多少縁起かつぎもあって、大々的に仮装舞踏会をやることに決めました。ターナーなどはあまり乗り気ではなかったのですが、何ごとにつけ、ターナーに反対する黒人ケインは赤道祭の委員を買って出て、南太平洋のロマンスに敬意を表するのだと息まいておりました。

　私たちは日除けの下でめいめいが紙を切りぬいたり、色を塗ったり、糊《のり》で紙を貼《は》り合わせたりしました。余分の布地がないうえ、針仕事などできる人間はいませんでしたので、紙で仮装をつくろうというわけでした。女性の乗組仲間《クルー》のなかには、自分のイヴニングに何か工夫を加えている者もいたらしく、個室《キャビン》のなかでごそごそやっておりました。

頭の上で、終日、日除けがぱたぱた風に鳴り、甲板を海の風が吹きぬけていました。日除けの上で、北東風にむかって引きしぼった主檣《メインマスト》の主帆《メインスル》が、大きく脹《ふく》れあがり、青空を白く眩しく切りぬいていました。総帆を張った前檣《フオアマスト》の横帆《スクエア・セール》は一斉に左舷を開き、船をわずかに傾斜《ヒール》させていました。船首三角帆《ジブ》も総帆を張り、ちょうど若駒が風に鬣《たてがみ》をなびかせているような感じでした。

それは毎日見慣れている姿でしたけれど、船尾《スターン》から、あるいは船首《ステム》から、何気なくその全体に眼がゆくたびに、胸のあたりが痛くなるような快い痺れを感じたのです。波を分け、船首《ステム》をゆっくり上下しながら、風の唸《うな》りに包まれてゆくブリガンティン型帆船〈大いなる眞晝《グローセル・ミッターク》〉号は、気高い天馬を想像させました。翼は高く整然と左右に連ね、巨大な主帆《メインスル》は帆桁《ヤード》を波の上に長く伸ばしているのでした。

赤道の空は濃いペンキを塗ったような青でした。海の色はやや黒ずんだ青でしたが北の海の暗鬱な黒ずみ方ではなく、熱帯の島の濃いみどり、花々の濃い赤と対《つい》になる、強烈な濃い青なのでした。その濃い青い波の上に、舳先《ステム》の砕く波が白く泡立ち、きらきらと銀の粒になって転がってゆくのでした。波の下に巻きこまれた白い泡は、淡いブルーの煙のようになって渦を巻き、舷側にそって後へ走り、やがて広い海原にいつまでもつづく航跡となって残されました。私はこの単調な波の動きさえ、来る日も来る日も眺めながら、少しも飽きることがありませんでした。船の傾斜《ヒール》によって泡立ち方も異なり、波の高さがまた別種の渦巻をつくりますが、そうした日々の海の動きも私の心をそそったのであります。

黒人ケインは乗船当時から私に親近感を示していたのですが、フランソワとターナーの試合以来、いっそう信頼を深めていたようでありました。ぼんやり沖の雲を見ている私に、彼は仮装衣裳《いしょう》をつくりながら、柔道のことを根ほり葉ほり訊ねるのでした。日本では誰でも柔道をやるのか、とか、有段者は何人ぐらいいるのか、とか、得意な技は何なのか、などと訊ねたのでありります。私が適当な答えをすると、彼は白い歯を出して笑い、パリに帰ったらぜひ柔道をやるよ、と、何度も同じことを繰りかえしたのでした。のちに、あのような事件を彼が惹き起したために、本法廷でも、ケインの印象はよくないように見受けますが、しかし彼は激情的な発作に駆られ易い性癖をのぞくと、極めて気のいい、親切な人物だったのであります。

私はそうした話のあいだに、こちらからはターナーのこと、フランソワのことを訊ねてみたのです。ターナーについては、私がすでに知っていること——つまりベルナールと東洋で知り合ったこと、ベルナールがターナーを高く買っていること、パリに戻ってからも一緒にいて、彼ケインも会っていたこと、など——を確認したにすぎませんでした。ケインはターナーが東洋で――これもインドかパキスタンか、はっきりしないのですが――何らかの犯罪に関係しているということは知らないようでした。私はちょっと鎌をかけてみたのですが、彼からは何も知り得ないとわかったのであります。

フランソワについては私は二、三の興味ある事実を知ることができました。その一つは、彼はパリにいる頃、突然、人と喧嘩《けんか》したり、急に部屋に閉じこもって何日も出てこなかったりしたことがあったという話です。彼は青い透きとおった眼をした端正な顔立ちをしていましたが、どこか冷たく暗い感じもありました。私の印象では、フランソワは自分を抑えることのできる人物でした。その彼が喧嘩をしたり、人間嫌いになったりするなどということは、私には考えられませんでした。もちろんそれはベルナールが東洋から帰ったあとのことでしたから、そのことと関連がないとは言いきれません。彼のなかには、平手打ちに典型的に見られるように、時おり、物凄《ものすご》い勢いで噴火する激情がかくされているようでした。

「なぜだか知らないが、フランソワはあの頃から、急に謎めいた人間になってしまったような気がするんだ。ベルナールは曖昧模糊《あいまいもこ》とした人間に変っちまったし、フランソワは妙に暗いところのある人間になっちまった。あの頃はパリも妙な時期だったからな」

黒人ケインはそう言いましたが、私は、それをターナーの事件と関係させて考えたいような気がしました。フランソワはベルナールとターナーの奇怪な結びつきを知って、そのため、急に秘密を知った暗い人物となったのではあるまいか、と考えたのであります。そう考えると、ターナーとフランソワの反目に理由が立つように見えたからであります。

裁判長殿、ならびに陪審員の皆さん。

私がこんなことを考えながら、中甲板の個室《キャビン》で横になり、船底《ボトム》に当る波の音を聞いていたのは、前にも申しましたように、単なる好奇心からではありません。私には、予感というか、憂慮というか、一種不安な思いが、二人の対立やベルナールの態度のなかに感じられたのでありますす。不幸にして、その予感は正しかったのでありますけれども、できることなら、私は、彼らのあいだの実情を知って、馬鹿馬鹿しい緊張関係や誤解や敵意を取りのぞきたい、と思ったのです。それはエリーにもケインにも船医《ドクター》クルツにもできないことでした。私はベルナールとの友情を思うと、この航海を成功させるためにも、そうした隠れた役廻りを引き受けなければならぬ、と、ひそかに決めていたのであります。

黒人ケインがフランソワについて話してくれたことのなかで、もう一つ興味を惹いたのは、彼が「人間にはすべてが許されている」という考え方を表明するようになったのは、やはり同じくベルナールが東洋から戻ってきた頃である、ということでした。いずれ、このことについては、フランソワと徹底して議論することになるのですが、この時点では、私はまだ、彼がなぜそうした極端な考えを支持しているのか、見当がつかなかったのであります。私はベルナールと夕方、赤々と雲を染める壮麗な熱帯の夕焼けを舷側から眺めながら、あれこれ話をする折に、彼の哲学と同時に、フランソワの考えにも触れることがあったのであります。

「彼は精神的な潔癖さを（えーむ）持っているのだ」とベルナールは説明しました。「ぼくは子供のときからフランソワを知っている。彼は慎ましく育てられた。彼の部屋《キャビン》を見るとわかるが、何から何まできちんと片付いている。いつも清々《すがすが》しい感じがする。（えーむ）それと同じことがフランソワの精神にも言えるのだ。彼は精神のなかに異物が混入するのに我慢できない。（えーむ）然るべき形でそれを同化しないでは、道徳的な屈辱を感じるのだ。しかし精神的異物はたえずまぎれ込んでくるし、実際に、それを排除することも、同化することもできぬ状態がつづくことが多い。彼が『すべては許される』と言うのは、それに耐えられなくなったからに違いないのだ」

「もしそうだとすれば、それは誘惑が多いからという理由で、それに抵抗もせず、道徳的な基準を投げうって、誘惑に巻きこまれることと同じじゃないかね」私はそう訊ねました。

「いや、そうじゃない」ベルナールは金褐色の髯面を夕焼けのほうに向けて言いました。「フランソワは（えーむ）精神的な品位を問題にする。精神的な秩序が美しくつくられていなければならないんだ。昔、ぼくとよく遊んだとき、泉水の水で濡れたり、山で泥だらけになったりすると（えーむ）彼はすぐ洋服を着替えにいった。母親がそう言い付けるんじゃなくて、フランソワ自身が汚い恰好に我慢できなかったんだ。（えーむ）道徳的な異物が混入すると、彼の秩序はたえず乱される。均衡をとるまで秩序は恢復《かいふく》しない。フランソワは洋服を替えるように、すぐ秩序を恢復したかったのだろう。だが（えーむ）こちらはそう簡単にはゆかない。そこで彼は、一切の精神的、道徳的異物を、もはや異物とは見なすまい、と決心したのだ。そうすれば、フランソワの精神的秩序はつねに平衡を保ち（えーむ）つねに整えられている」

「しかしそれは本来の秩序を否認することじゃないかね」私は何となく不気味な気持を感じて言いました。「何もかも許して平然となりうるとは、結局は無秩序を認めるということじゃないか」

「フランソワはどんな手段であれ、彼の心の秩序が均衡を保ち、美しくあればいいんだ。彼はそうせずには一刻もいられないんだ。（えーむ）ぼくの無一物主義だって、何もかも許すんだよ。何もかも棄てるんだから。だから（えーむ）ぼくは殺人者の前にだって、頭をさげるのだ。それは、存在のすばらしい出現には違いないのだ。すべてを棄てさった人間には、存在のすべてが生命の現われなんだ。生命の現われは賛美されなければならないんだ。（えーむ）生命の現われの最高の形が〈眞晝の太陽〉なんだよ」

私はベルナールが「殺人者の前にも頭を下げる」と言ったとき、反射的に、ちらっとターナーのことを考えたことを告白いたします。私とて、ベルナールの人柄や考えに大いに影響をうけている人間であります。彼が無一物主義というとき、それが決して口先ばかりでないのは、よく知っておりました。帆船のなかでも、彼の一挙一動は無一物主義の実践であったと言えたのです。

しかし善も悪も美も醜も一切が生命の現われとして肯定されるという考えには、感覚的に馴染めないものがありました。私はそれを一種の気味のわるさと感じたことを憶えております。むろん真の浄福が一切を放棄するところに生れるのであれば、ベルナールがそれを徹底せざるを得なかった事情は、私にもよくわかります。ただ私は「すべてを放棄する」と「すべてが許される」とは、何と奇妙に似た双生児のような思想か、と思ったのであります。しかしそれはまた何と微妙に違った内容だったことでしょう。ベルナールとフランソワの関係は彼らの考え方にも端的に表われていたと言うことができたのであります。

赤道通過の細かい時刻を船医《ドクター》クルツが報告しましたが、それとは関係なく、赤道を通過する日の正午、食堂でサトヤム老人のつくる正餐《せいさん》をとり、甲板から赤葡萄酒を海神に捧げるために海にそそぎました。

その日の午後は順風《フリー》で進み、帆《セール》が一挙に開かれ、舳先《ステム》が白く波を嚙んでいました。紺青の赤道直下の海が、鷹揚《おうよう》に、明るくうねっていました。鷗《かもめ》が群れて航跡の上に舞っていたのは島が近い証拠でした。

仮装舞踏会はその夜八時から行われることになっておりました。まだ夕焼けの名残りが水平線に残り、星の燦《きら》めきだす空は爽やかな官能的な青みを湛《たた》えておりました。私は黒い仮面に三角帽という簡単な道具立てで、紙の服は赤と白のだんだらでした。

「そりゃ、何のつもりだい？」食堂で会ったエリー・フランクが訊ねました。「アンダルシアの郵便配達かね？」

「なあに、メドラノの道化さ」

私はそう言いましたが、当のエリーだって何なのか、まったくもってはっきりしないのです。黄色の仮面と、同じ黄色のでこでこ凹凸のある兜《かぶと》のようなものをかぶり、肩も胴も厚いボール紙の鎧《よろい》でした。

「これでもアキレスのつもりさ」

エリーの言葉に私は思わずふきだしました。一人一人胸の上に意図したものの名前でも書いておかないと、全くグロテスクな厚紙をごわごわ着た怪物の集まりにすぎなくなりそうでした。黒人ケインは赤いターバンに赤い仮面、白いだぶだぶの（もっとも紙ですからがさがさ音をたてるのですが）僧服じみたものを着けていました。

「何だい、これぁ？」フランソワが訊ねました。

「赤頭巾さ」ケインはにこりともせずに言いました。

「誰に食われたいと思ってるんだね？」

エリーが黄金の鎧をごわごわ動かしながら言いました。私たちは腹をかかえて笑いました。

私が感心したのはターナーで、彼は緑色の騎兵帽を巧みにつくり、黒い服に（これは本物の服です）金モールの肋骨《ろっこつ》をつけ、肩章もついておりました。レンズに糸をつけ、それを胸のポケットから出して、モノクルの代りに眼に嵌めるのでした。

「これは、何様のお出でですかな？」

ごわごわの鎧のアキレスが訊ねました。

「ウロンスキイ伯爵です」

ターナーが短い反った鼻を上に向け、モノクルを掛け、私たちのほうをきょろきょろと眺め廻しました。私たちは笑い崩れましたが、同時にモニクやスウォン・スワナは思わず立ち上がって拍手しました。金髪のナタリーなどは涙が出るほど笑いこけていました。

ベルナールはインドの象使い、医師《ドクター》クルツがアラビアの酋長《しゅうちょう》、フランソワがニューヨークの交通巡査（これもシンボリックな衣裳でしたが、感じが出ていて、皆を笑わせました）と、いずれも工夫をしていましたが、それに較べると、女性たちは、衣裳が美しかった割には、奇抜な思いつきはありませんでした。

食堂のテーブル、ソファを取りのぞき、ケインの工夫した金銀のテープ飾りを天井から下げて、それでも舞踏会らしい気分が満ちていました。音楽係はやはりケインが買って出てくれました。

舞踏会のあいだ、船は海錨《シーアンカー》をおろし、水夫マルセルとギイが当直にあたっていました。帆《セール》を畳んで暗い海に漂う〈大いなる眞晝《グローセル・ミッターク》〉号は、いかにも時代離れのした、南米あたりの富豪のダンス・パーティのように見えましたが、もちろんよく見れば、衣裳は即製の紙とボール紙、食堂の飾りとてすべて単なる見かけだけのものにすぎません。私がエリーにそう言うと、

「いや、いまの時代は、外見《シャイン》だけが問題なんだ。いまは外見《シャイン》の時代、様式《シュティル》の時代なんだ」

と、むしろこうした故意の見かけに意味があるような答え方をしました。

しかし実際にダンス・パーティがはじまると、もうそんな紙のごわごわした衣裳をつけているわけにゆきませんので、それぞれシンボリックな紙の冠だけで御免こうむることになって、私たちは自由に動きまわりました。

私は最初、モニク・ファビアンと踊りました。パリにいた頃、何度か踊ったことがありましたので、四年ぶりのことだったでしょうか。それに、私は彼女が好きでしたから、柔かい彼女の肩にふれるたびに快い疼《うず》くような感じを味わいました。

「一番最初に踊ったときのことを憶えている?」

私はモニクに訊きました。

「何回か踊ったことは憶えているけれど、どれが一番はじめだったか、記憶にないわ」

「それはね、夏に、遊覧船《バトームシュ》の上でやるダンス・パーティがあるね、そのときだった。ぼくはベルナールに誘われていって、そこで君に会ったんだよ。たしかあれはヨット・クラブの同好者のパーティだったと思う。フランソワもきていたからね」

「そのパーティははっきり憶えているわ。みんなでゴーゴーを踊ったりして……」

「みんな、かなりおそくまで飲んでいたしね」

「ロバンソンに踊りにいったことも憶えている?」

「もちろん憶えているとも。あれはベルナールが東洋にゆく前だったね」

「ええ、そうよ」モニクの声が気のせいか、急に小さくなったように思われました。「ベルナールは東洋から戻ってくると、もうダンスをしなくなったから。私もこんなパーティで踊るのは船に乗ってからよ。これで三度目だから」

「じゃ、また、昔の気持を取り戻したのかもしれないね」

「昔のようにはならないわ。人間てそういうふうにできているのよ。形は同じでも、内実がまったく違っているってこともあるし……」

「ばかに悲観的なんだね。昔、昔っていうけれど、正直言って、ぼくらは、むしろ未来のほうに、より多く顔をむけていなければならない年齢だよ」

「それはそうね。本当にそうよ」

「新しいものをつくるためにこの航海に参加したわけだしね」

「ベルナールの可能性を信じなければいけないわね」

「ベルナールの可能性？」

私はこの奇妙な言葉を繰りかえしました。しかしモニクは、頰に笑いのような表情を刻んだだけで、何も言いませんでした。私がそれを重ねて訊こうとしたとき、音楽が終りました。

「この前の赤道祭のときより、気分は上々だ」

黒人ケインが張りきってレコードを変えました。

私はモニクの手を上から軽く握ると「じゃ、あとで」と言いました。新しい音楽はブルースでした。私はごく自然に、スウォン・スワナの立っているほうへ近づきました。

「すばらしい衣裳ですね」

私はまるで腕の中へとけてくるようなスウォンのしなやかな身体を抱きながら、そう言いました。睡蓮の花のような、高貴な淡紅色の絹の衣裳は、もちろん仮装などではなく、彼女が王宮に着てゆくときの王族の正装なのでした。スウォンは恥かしそうにその話をしました。

「でも、本当の君が、ここでは仮装に見えるんだから、皮肉なものだね。芸術ってのは、仮装をして本物らしく見せるところがあるけれど、君は、本物で、仮装めかすんだから、ただ一人、反芸術的な人だね。エリーがきっと喜ぶな。だって、彼は、現代は外見《シャイン》だけの世界だ、なんて言っているからね。君は、現代にも、はっきり反対しているひとなんだよ。その意味じゃ、スウォン、君は現代の救いを象徴しているのかもしれないよ」

スウォンはしなやかに踊りながら、ほほ笑《え》んで首を振りました。私は細っそりした彼女の身体に、不思議と豊饒な母性を感じました。それは緑の豊かな、肥沃《ひよく》な大地を見ているような、なごやかな、落着いた、やすらぎの気持を与えてくれるのでした。私は、ベルナールがスウォンの革のサンダルに口づけをしたという、前にモニクから聞いた話が、決して理由のないものではないと思ったのでした。

スウォン・スワナと踊ってからあとも、彼女の優美な身のこなしと、慎み深い微笑とが、私の身体のなかで、官能的な、透明な音で鳴る東洋風の鈴のように、いつまでも余韻をひびかせていたのでした。夏の宵、草木の匂いが昼の名残りでまだあたりの空気を火照らせながら流れているのに、水辺には涼しげな星が一つ光って映っている——そんな不思議な甘美な痺れを感じたのでした。

それに較べたら、金髪のナタリーが腕をぐったりと私の肩にかけ、豊かな胸を押しつけてくるのは、空腹時においしいパンが焼ける匂いを嗅《か》ぐような、健康な、激しい欲望を刺戟《しげき》しました。彼女の身体は柔かで肉付きがよく、すべすべしていて、甘ったるい匂いに満ちていました。

彼女は誰にもそうするのですが、私の耳にも唇をつけ、頬を私の頬に押しつけるようにして踊りました。

何回目かの踊りのとき、急に二、三人が足をとめ、何か小声で叫びました。私はナタリーと三度つづけて踊っていたときでしたので、みなが踊りをやめたのに気づいたのは、いちばん最後でした。で、いったい何がもとでそんなことになったのかはわかりませんでしたが、私が踊りをやめて振りかえったとき、ちょうど、ターナーがモノクル代りのレンズを片眼に当てながら、マリア・カザローネの腕をつかんでいるところでした。

マリア・カザローネはフランソワと踊っていたので、その右手は、ニューヨークの交通巡査の肩にかかったままでした。

ターナーの短い反った鼻が汗で光っているのがわかりました。彼は私から三歩と離れてはいませんでした。

私はよく気をつけていたわけではありませんが、マリア・カザローネはずっとフランソワと踊りつづけていたのではなかったでしょうか。私も一、二度、彼女に申し込もうと思いましたが、いつもフランソワにくっついていたので、その機会がなかったのです。

それにしても、何も踊りがつづいている最中に、わざわざフランソワからマリア・カザローネを引きはなして、自分と踊らせようとする必要があったでしょうか。もし彼が本当にマリアと踊りたければ、一踊りすんで、ビールでも飲んでいるときに申し込めばよかったはずです。肌の滑らかな、魅惑的なマリア・カザローネと踊りたくないなどという男がいるわけはないのですから、たとえ彼女がフランソワとだけ踊っていても、申し込むこと自体、ごく自然なことだと思います。それに順番を待てば、私たちは彼女と踊ることはできたはずなのです。それなのに、なぜわざわざ私たちの気持を逆撫でするように、踊りの途中でターナーはマリア・カザローネの腕をつかんだりしたのでしょうか。

私はターナーがかすかに口もとに笑いを刻んでいるのに気がつきました。フランソワの青い澄んだ眼が、怒りに燃えているのがわかりました。私は彼の右手がターナーの顔面にとぶだろうと直覚しました。

しかし二人はしばらく睨みあったまま、一ことも口をききませんでした。身動きすらしませんでした。

「フランソワ、すべては許されているんだぜ」

それはターナーの囁くような声でした。彼はマリア・カザローネの腕をとり、フランソワのほうに身をかがめるようにして、そう囁いたのです。嗄《しわが》れた、低い声でした。乾いて、ぱさぱさした声だったのです。しかし私にはよく聞きとれました。

その瞬間、フランソワの顔はシーツのように白くなりました。私は、こんどこそターナーがやられる、と思いました。が、フランソワは蒼白になったまま、じっとターナーを見つめていました。唇がふるえているのがわかりました。それでも彼は身動き一つしませんでした。拷問を耐えている男はこんなふうな顔をするだろうか——私は前後の脈絡なく、そんなことを考えたのを、いまもよく憶えているのであります。

第三章　シレーヌたちの合唱

巧みにつくられた船が、シレーヌたちの住む島にやってきたのも、快い順風が船を進めてくれたから……。

――『オデュッセイア』第十二歌――

裁判長殿、ならびに陪審員の皆さん。

赤道祭の夜の仮装舞踏会でターナーが肌の浅黒いマリア・カザローネの腕に手をかけ、唐突に、フランソワ・ルクーから引き離したとき、蒼白《そうはく》になったフランソワが両手を背中にまわし、じっとターナーの振舞いに耐えて食堂を出ていったことは、彼の冷静さ、意志力、自制心を私たちに印象づけた以上に、何か不気味な、不吉な予感を私たちのなかに呼びおこしたのであります。私たちが後で話し合ったことなのですが、皆が皆まで、あの瞬間、二人が激しく擲《なぐ》り合うだろうと信じ、エリー・フランクなどはすぐにも二人の間に分けて入ろうと身構えたと言っていたほどであります。

ところが、そのフランソワが自らを押えて、背中に両手をまわし、それを固く握りしめたまま、黙って部屋を出ていったのですから、私たちが思わず大きな息をついたのも当然でした。もっともスウォン・スワナはフランソワの握りしめた拳がぶるぶる震えていたのを見たと言っていましたから、私も、これはこのままでは済むまいという不安な気持を抱いておりました。

これまでは、ターナーの横車にもそれなりの理由が確かにあったのです。航路変更のときにも、寄港地の選択の場合にも、いや、二人が甲板で戦ったときですら、ターナーがそうするだけの理由を私は認めておりました。しかしこんどは——こんどだけは、どうにも私はターナーの肩を持つ気にはなれませんでした。むしろ積極的にターナーが悪いのだと思いました。もし私たちがベルナール・ノエの思想に共鳴し、〈無一物主義〉でもいい、〈眞書への飛翔《ひしょう》〉でもいい、そうしたもののなかで生きようというのであれば、少くとも、このような形での横柄さ、非礼、不遠慮は慎まなくてはならぬ——私はそう思ったのであります。

私が数日後に、朝の展帆作業のあと、彼にわざわざそのことを言う気になったのは、こうした気持が動いていて、何ともおさまらぬ気分だったからなのであります。

ターナーは上甲板に立って、ちょうど水平線を離れたばかりの太陽のほうを、眉を眩《まぶ》しそうに顰《しか》めて眺めておりました。〈大いなる眞書《グローセル・ミッタータ》〉号は追風《クオーター》に満帆を脹《ふく》らまし、突然羽を拡げた海鳥のように、青い波を白く舳先《ステム》で切り裂きながら疾走を始めたところでした。船足は軽く、主檣《メインマスト》の巨大な主帆《メインスル》が豊かな風をはらんで、信じられぬほどの速さで進んでゆくのでした。昇ったばかりの太陽のせいで、脹らんだ帆は美しい薔薇《ばら》色に染めあげられておりました。すでに前甲板のほうでは少年水夫四人がブラシをごしごしこすって甲板洗いを始めておりました。海面すれすれに鷗が舞っていたのは、遠くない水平線の向うに陸地がある証拠でした。

私は前檣《フオアマスト》の横帆《スクエア・セール》を黒人のケインと組んで解帆してゆき、最上帆《ロイヤル》まで展帆し終ると、ターナーが立っていた舷側まで歩いてゆきました。彼は腰から抜いた革の鞭《むち》で片方の手のひらを軽く打ちながら、私に朝の挨拶を言いました。

「なんだか、ばかに神経質そうな顔をしているじゃないか?」ターナーは私の顔を注意深く見て言いました。「まるで告解《コンフエッション》に出かける商人って面構えだな」

私はターナーが私の心を素早く見ぬき、なかなか穿《うが》った比喩を使うのに、一瞬、いまいましい気持を感じました。

「ぼくは君のことを考えていると、どうしてもこんな神妙な顔になるのさ」私も舷側に凭《もた》れて海のほうを眺めました。「それも例の晩以来のことだからね」

「それはまた、ご親切なことだね。なんで君がぼくのことを考えたりしなければならないんだね?」

ターナーの灰色のぎょろ眼が注意深く探るように私のほうに向けられました。先端の反った鼻のせいか、短い赤茶の口髭《くちひげ》のせいか、そんなときにも、どこか、とぼけた表情は失いませんでした。

「いったい君はぼくらの航海に異論を挿《はさ》むために〈大いなる眞畫《グローセル・ミツタータ》〉号に乗りこんだのかね？」

私はターナーの眼を見返してそう言いました。

「これはまた、だしぬけに手厳しいことを言うんだな。あんたこそ、何を根拠にして、そんなことを言うんだね？　ぼくは、これでも、つねにベルナールの統制には従ってきたつもりだがね」

「じゃ、君は、なぜフランソワに対して、あえて異を立てるような態度をとるんだい？　たとえば、この前の赤道祭の舞踏会の夜のようにさ。何も君はフランソワと踊っている最中に、マリアを彼から引き離すことはなかったじゃないか。あんなことをすれば、誰だって君がフランソワを故意に侮辱している、いや、挑発している、と思ってしまう。君がそんな積りはないと言い張っても、君の遣《や》り方がすでにそうした意図を示しているんだ。それとも、君は、本気でフランソワを侮辱したり、怒らせたりしようと思っているのかね？　そうする理由が君にあるのかね？」

「どうもとんだお門違いの議論を君は吹きかけるな」ターナーの額の上に垂れた淡い栗色の髪

が朝の風にそよいでいました。「ぼくはフランソワを侮辱したいなんて、これっぽっちも思ったことはないよ。まして彼を挑発するなんて、あり得べからざることだね。だいいちフランソワの腕は、君の保証するように、神権保持者らしい確かさを持っている。彼を怒らせて何の得があると思うんだね?」

「じゃ、なぜ君はフランソワの手から、踊っている最中のマリアを横取りするなんてことをしたのだ?」

私はターナーのとぼけた口調にむっとなって言いました。

「どうも君の言うことがわからない。なぜぼくが自分の婚約者《フィアンセ》と踊ってはいけないのだい? 君だってマリア・カザローネがぼくの婚約者《フィアンセ》だということは知っているだろう?」

私は正直のところ、ターナーのこの言葉に頭を強く叩きのめされたような気がしました。何か太い棒で、脳天をどしんと擲られたような、そんな気がしたのでした。私はすぐには返事ができませんでした。まるで水面に顔を出した鯉のように口をぱくぱく動かしていただけだったかもしれません。私は船に乗って以来のターナーとマリア・カザローネの関係を一瞬思い出そうとしました。甲板に立っている二人、操帆作業を手伝っている二人、食堂で話し合っている二人、笑っている二人、言い合っている二人――およそ私が思いつく限りの二人の姿を眼の前に浮べようと努めました。しかし二人が婚約者《フィアンセ》同士であるというような様子はどこにも感じられなかったのです。むしろ私の見た印象では、マリアはフランソワと親しかったかもしれませんが、ターナーに対してはつねに冷ややかであったのです。

「まさか、ぼくは、そんなこと、夢にも考えなかった」私はほとんど声にならぬ声で言いました。「ぼくは、何も知らなかった。それはぼくの落度だった。その点で君に失礼なことを言ったのは許してくれ給え。だが……だが……君は……どうして二人が踊っている最中に、あんなふうに、唐突に、マリアを引き離したりしたのだい？　いくら彼女が君の婚約者《フィアンセ》だとしても、それは少々乗組仲間《クルー》の友情を無視したことにならないかな？　ぼくが君だったら、あの踊りが終るのを待つぐらいのことはしたと思うがね」

「ぼくだって、ふだんの日なら、君が言ったようにする。ぼくがいかに嫉妬深い男だとしてもさ、その位の寛大さと自信はある積りだ」ターナーは革の鞭で顎を支えながら、肩をすくめて言いました。

「じゃ、君は、なぜあの瞬間にマリア・カザローネと踊ろうとしたんだね？」

「そりゃ、あの瞬間が」とターナーは眩しそうに太陽のほうに眼をやって言いました。「ぼくたちの婚約をした記念日だからさ。あの日、あの時刻、ぼくらは婚約した。二年前のことだがね。ぼくらはその日、その時刻に二人で踊ろうと誓った。どんなときにも、そうしようと誓い合ったんだ。二人が離れ離れになっていたら、それぞれが相手を思いながら踊ろうとまで約束したんだ。マリアもそのことは承知していた。舞踏会の始まる前に、ぼくはそのことでわざわざ念を押しておいたぐらいだからね」

　裁判長殿、ならびに陪審員の皆さん。

　このターナーの言葉を聞いたときの私が、どんなに恥かしい思いをしたか、ご想像いただけると存じます。そうです、私は、自分が彼らの関係や、おそらく私以外の仲間《クルー》には自明だった事柄を知らずに、とんでもない思い違いをしていたことが、何とも滑稽で、道化たものに見えたのでした。

「君は、当のフランソワさえ、ぼくがしたことを何とも思わず、黙ってマリアをぼくに譲ってくれたのを見たはずじゃないか」ターナーは反った鼻を上に向けて言いました。「もしぼくが侮辱するためにあんなことをしたとすれば、フランソワが黙っていると思うかね？　あの腕力を誇るフランソワがさ」

　ターナーの言葉のなかには皮肉な響きがありました。それは明らかに私に向けられたものでしたが、私はそれに反撥するだけの力がありませんでした。私としてはただ自分の軽率な判断を彼に謝るほかどうすることもできなかったのです。

　だが、どうしてターナーがマリア・カザローネと婚約していることを誰も私に話してくれなかったのでしょうか。それが余りに自明な事実であって、誰も、わざわざそれを話題に取りあげることがなかったからでしょうか。それともたまたまそうした話題に私が触れる機会がなかったということだったのでしょうか。その正しい答えは現在でも私にはわかりません。が、ともあれ、私は、その事件を通してターナーが浅黒い肌の、彫りの深い、魅惑的な顔立ちのマリア・カザローネと婚約していることを知ったのであります。

このことは私にとって確かに大きな驚きでした。だいいちマリアがターナーよりフランソワに親しみを示し、好意を抱いているという印象は、その後、一向に変りませんでしたし、フランソワをめぐって、マリアとナタリー・ワイズが嫉妬し合い、反目し合っていると信ずべき事態にも、なお何度か私は出会っていたのであります。

ただ私は、ターナーとマリアが婚約しているという事実を知ってみると、幾つかの説明できなかったことが、はっきりするように思えました。たとえばターナーが中甲板で女を抱擁していた理由とか、船に乗り組むとすぐ仲間《クルー》と既知の間柄のように振る舞い得た理由とかは、これではっきりと説明がついたわけです。

といっても、フランソワが激怒を怺《こら》えていたのは事実ですし、マリアがフランソワに好意を示していることにも変りがなかったのですから、このターナーの説明にも、少しおかしな点がなかったとは言えないのです。たとえばその記念の時刻に踊ることが決っていたなら、なぜそれを予《あらかじ》め私たちに告げておかなかったのか。もし彼がそう言ってくれさえしたら、赤道祭は同時に彼らの幸福な将来を祝う舞踏会に変ったはずではないか——私はそう思いました。また、その時刻が近づいたとき、マリアがフランソワと踊ろうとしたら、その前に、そのことを言って、待たせることもできたはずです。それはほんの三分か、四分のことだったでしょう。その三分か四分をフランソワと踊らせておいて、その後でターナーがのこのこ出てゆくという行為には、私などは、何かフランソワに対する悪意を感じます。それはどこか毒を含んだ遣り方です。ターナーの理由はたしかにはっきりしていましたが、整然とした説明のなかに、説明できぬ不自然さがあるように思えてならなかったのは、そのためでした。

私が、いつか、差し障りのない機会に、マリア・カザローネに二人の婚約のことを訊《たず》ねてみようと思ったのも、同じ理由からでした。それは、ここではっきり断言することができますが、決して詮索《せんさく》や好奇心から出たものではなく、あくまで〈大いなる眞晝《グローセル・ミッターク》〉号の理想を歪《ゆが》みなく支えるために人間関係を正確に理解しておきたいと考えたからでした。

もっとも私がこんな事柄に気をとられていたからといって、日々の航海をそれだけおろそかにしたというわけではありません。いや、ある意味で、私は前よりも〈大いなる眞晝《グローセル・ミッターク》〉号の帆走に惹《ひ》かれるようになった、といえたかもしれません。一つには赤道を越え、いよいよ待望の南半球に入ったこと、強烈な熱帯の海の魅惑が一段と深まったこと、雲の影や島のたたずまいや波の動きにも色彩の濃厚な、生命感の充溢《じゅういつ》を味わったこと、などにもその原因はありましたが、もう一つには、やはり私が乗組仲間《クルー》の人間関係を次第に深く知るようになってゆき、その結果、船長ベルナール・ノエの言う〈人工の箱〉の破棄とか、〈眞晝へ飛翔《ひしょう》する鷲《わし》〉とか、〈無一物主義〉とかにそれだけ現実味が加わってきたからでした。

私はその時点——ポートモレスビーに向ってニューギニア北東岸の沖に無数に散在する島々、たとえばアドミラリティ諸島に属する島々のあいだを北東風、ないし北風に送られて帆走していた時点——では、なお〈大いなる眞晝《グローセル・ミッターク》〉号の世界周航の夢を十分信じることができたのでありますです。そうです、私は当法廷で、このことも強調しておきたいのでありますが、帆走の楽しさはその頃が頂点に達していたのではなかったかと思うのであります。

私たちの生活では、物事にのめりこんでゆくとき、ある限界を越えると、それまでとは別個の論理——狂気の論理と呼んでもいいものが支配するようになるものです。そこではもう日常の側にいる人間の理解を越えたことが行われ、またそれが現実性を帯びてくるのです。この場合、特徴的なのは、限界を越えた人は、その狂気の論理というべきものの中で辻褄《つじつま》をあわせて生きていて、いわばその球の中に閉じこめられたような具合になる、ということです。

私たちがそうした帆船生活への熱中に駆られたのは、赤道直下の濃紺《のうこん》の海を帆走していた頃でした。朝のうち東北東から吹いていた風が午後になって、北、ないし北西にまわることがあり、私たちは船長ベルナールの鳴らす鐘の音に、急いで上甲板に駆けあがります。操舵《そうだ》当直が風向を告げ、私たちは帆綱《シート》を解き、順次に補助三角帆《ステースル》を引きしぼったり、あるいは風下に流すようにゆるめたりしたのでした。

操舵当直はニューギニア北東岸に近づいてからは、二人で当ることになり、一人は絶えず環礁《かんしょう》や長く沖へのびた珊瑚礁《さんごしょう》を監視しておりました。檣《マスト》や補助三角帆《ステースル》のあいだをかすめて海鳥がしなやかに飛翔するのが仰がれました。空の青さは、ちょっと口では言い表わすことができません。それはたしかに空の青さには違いないのですが、私たち温帯にいる人間にはおよそ想像することもできない濃い青なのです。それはあまり濃いために、その青さに厚みがあって、それをナイフで四角く切りとったら、そのあとが白い空白になって残るかと思われるほどでした。そうした空の青さを映した海の濃紺の波もまた言うに言われぬ魅惑を湛《たた》えていました。それは私たちがよく夢でみる南洋の海にそっくりだったと言うのが、いちばんぴったりとあの辺りの海の感じを表わしていると思います。その波は豊かにうねり、舷側に白い波のレースを砕いて押し戻され、波頭をぶつけ合い、谷になって沈んでゆき、再びゆっくりと海獣の背のように盛り上がってくるのです。それは何とも不思議な動きであり、いつ果てるともない、無限の、気の遠くなるような反覆でした。飛び魚があわてふためいた様子で波を蹴って空中を飛び、波の山を二つ、三つと越して、また波の横腹に飛びこんでゆきます。時には陽気な動きで海豚《いるか》が灰暗色に光った紡錘形の姿態を波の上に躍らせることがあります。まるで身ぶりで船の上の私たちに何か告げようとでもしているように、しなやかに躍りあがり、身をくねらせてまた波の下にもぐってゆくのです。

ナタリーやフランソワが釣りに熱中していたのもその頃でした。前に申しましたようにマリア・カザローネもその釣り仲間に加わって、獲物《えもの》がかかると、後甲板で大はしゃぎする声が、操舵甲板《ステヤリング・ブリッジ》のすぐ後に聞えました。

私にとって自分の日常生活などは遠くどこかへ消え果てていました。荘厳な朝の雲を紅に染めて太陽が昇ってくる瞬間から、遠くの島影を黒いシルエットにして、燃えるような壮麗な熱帯の夕焼けが天地を黄金のなかに融かすのではないかと思われる日没まで、私は帆《セール》のはためき、帆綱《シート》に鳴る風の唸り、快い船の動揺に身体を委《ゆだ》ねきっていたのでした。

おそらく今後私の帆走者《ヨットマン》としての生活がつづくとしても、あのような高揚した日々を味わうことはなかろうと思います。私はあの頃、何か〈存在〉の扉を開くことができ、その奥にある神秘に触れていたのではないか、という気がいたします。でなければ、私は、自分がなぜあのような歓喜の気持に満たされて檣《マスト》のフットロープのざらざらした剛《かた》い感触を素足に感じたのか、力をふりしぼって主帆《メインスル》を引き、大声で、それこそ肺の底からの声で、主檣《メインマスト》によじのぼっている黒人ケインに横檣《ブーム》を廻すように叫んだのか、説明がつかないのであります。

私はこんな悲劇的な事件の証言のさなかに自分が感じたあの喜びの感情、幸福感で満たされた瞬間の印象を語ることは、何とも場違いな、冒瀆《ぼうとく》的な発言のようにも思います。しかし何度も申しますように、当事件の本当の姿は、出来事の結果だけではなく、それを取りまく無数の因果の総体のなかにあると信じるのであります。その見地からしますと、あの頃、私が感じた帆船の魅惑——それは同時に乗組仲間《クルー》全員がなまなましく感じていたものでした——に触れなくては、やはり証言の正確を欠くことになろうと思うのであります。

私はたった今、〈存在〉の扉を開いて、その奥の神秘に触れたような感じを持っていた、と申しましたが、それは何の誇張もない、率直な印象であります。というのは、私は、その頃、ブリガンティン型帆船〈大いなる眞晝《グローセル・ミッターク》〉号そのものが好きでたまらなかったばかりでなく、檣《マスト》を固定する支索《ステイ》とか、甲板の上に巻いてある太陽に熱く灼《や》けた綱《ロープ》とか、厚くペンキを塗った索具類《リギン》——鉤《フック》、U型鉤《シャックル》、滑車《ブロック》、キャプスタン、索止め《クリート》、繫柱《ボラード》、ワイヤーリールなど——とか、ごわごわした帆布《セール》とか、甲板の乾いた木目とか、ハッチの手すり《ハンドレール》とか、垂直の鋼鉄階段とか、船底《ボトム》の体臭のしみた重い空気とか、船室《キャビン》のよれよれになったカーテンとか、深く体型そのままに窪んだ簡易ベッドの感触とかが、親密な、心のときめく、喜びの感情を呼びおこしてくれたのであります。

今となっては、私は、それらをあの時と同じ歓喜の念をもって感じることは不可能です。現在の私は、この日常のなかで、机や、皿や、壁や、廊下や、自動車を、何の感激もなく、ただ物がそこにあるという自明の見方で見るしかありませんが、そのときは違っていたのです。そのとき私は全く別の眼で、それらの平凡な物を眺めていたのです。私は時どき船の上で歓喜の思いに駆られて、両手を挙げ、風のなかでわけのわからぬことを叫んだりしたのです。そんなとき、よくベルナールが私のそばにきて、「君の〈鷲〉はいま〈眞晝〉の大空に舞い上がっているんだ」と言ったものでした。

私はベルナールの言葉が何の誇張もなく自分の気持を表わしていると思いました。私を貫いていたのは、大きな喜びの感情――雄々しい、快活な、動きへと身を乗りだした、晴れやかな気分だったのであります。私たちが単調な日常生活をかりに一時的に始末して、遠くへ旅立とうとする朝、私たちは突然、途方もない自由の感情とともに、こういう喜びを感じるものであります。あるいは厳しい暗い冬がつづき、並木道を凍った風が吹いていると思っているうち、ある朝、軒端で鳩がくうくうと鳴く声が聞え、光が明るく窓から射しこみ、窓をあけると、風の感触がどこか柔かな肌ざわりを持っていて、私たちが思わず「春がきたのだ」と叫ぶ瞬間、私たちの心のなかに、花の香りに満ちたような甘美な思いがかすめてゆくものです。私たちは躍り上がりたいような気持になり、つい口笛を吹き、鼻歌の一つも口ずさんでみたくなります。無感動に、単調に、何一つ面白いことも楽しいこともなく、惰性で繰り返されていた昨日までの生活が嘘のように見えてきます。私たちの魂は快活さに満たされ、身体は浮きうきとして、太陽も、青空も、芽のふくらんだ並木の枝も、薄暗い部屋のなかさえも、生きている喜びにほほ笑みかけているように思えるものです。そんなとき、ふだんは口もきかない隣家の老人が笑顔をみせて気候の挨拶をしたり、行きずりの行商人が嬉しそうな微笑を投げかけたりするのです。私たちは世の中が光と好意に満ち、一人一人を隔てていた、あの、いまわしい、冷ややかな、他人行儀の壁がとけ去って、まるで都市《まち》じゅうの人が、宗教画に描かれた天国に集う人々のように、一つになり、輝かしい合唱に包まれ、信頼に満ちた眼を見交していることを実感するのです。私たちはそれこそ奇蹟に出会った人間のように自分の眼を見張り、この薔薇色に輝く町々を眺めます。そうです、それは、残念ながら、日常生活ではごく短い間の幻想です。それは一瞬胸のうちをかすめてゆく閃光《せんこう》のようなこともあります。一時間ほど私たちを幸福の快感のなかに漂わせた後、砂に水がしみるように、いつか跡形なく消えてゆくこともあります。時として半日ほど、私たちは新しい人生が切り開けたと思ったりすることもあります。しかしどんなに長くても、それは一日とつづかないものであります。朝、そうした恍惚感を味わうとすれば、夕方にはまた灰色の日常生活が戻ってきます。夜、甘美な浄福に満たされるとすれば、一晩寝れば、また平凡な、自明な、白けた朝が舞い戻っているのであります。

しかし私が申しあげたいのは、誰でも、こうした曇り空の切れ目に青空を仰ぐように、日常生活の裂け目にこぼれ出る幸福感、充実感を味わうことがあるという事実です。強烈な、光に満ちた音響とでも言うべき、甘美な一瞬が、どんな辛い思いを噛みしめている人間にも訪れるという事実に、私は注意していただきたいと思うのであります。

と言いますのも、船長ベルナール・ノエが〈無一物〉に帰ることを願い、インドかパキスタンかまで放浪したのは、こうした歓喜の瞬間を、いわば永続化させ、常住坐臥《ざが》そうした輝きのなかに生きることを願ったからなのであります。さらに言えば、この〈大いなる眞晝《グローセル・ミッターク》〉号の世界周航もそうした至福感を日常の一瞬一瞬のなかに取り戻す意図によって企てられたのであります。少くとも私がベルナール・ノエと語り合ったとき、彼は私のこうした意見を全面的に肯定しておりました。

「この万有の流れと一つになることを（えーむ）ぼくらはソクラテス以来失ったと言えるかもしれない」ある夕暮れ、私たちが前甲板のキャプスタンに腰をおろしながら話しているとき、ベルナールが言いました。「ぼくらは万有を知ることで一切を人間から遠ざけてしまった。（えーむ）ぼくらは稲妻がもはやゼウスの怒りではなく、気象現象であることを知り、自然認識を微細に仕上げたかもしれない。しかしそいつは（えーむ）文明という〈人工の箱〉のなかに入ることを強いる結果になったにすぎないんだ。ぼくは（えーむ）ながいこと観測者という言葉に悩まされたことを、君に話さなかったかね？（えーむ）そうなんだ、花を見ても、ぼくは花の観測者にすぎないんだね。花の色は何色？　匂いは？　何科の花？　原産地は？　この花にまつわる歴史は？　どこに飾られるか？　価格は？　栽培法は？　等々《エトセトラ・エトセトラ》さ。（えーむ）これが観測者さ。こうした観測が終れば、花の本性が登録される。花は化物でも、奇蹟でもない。自然現象として法則に合った一例にすぎないんだ。（えーむ）しかしぼくらが戦慄《せんりつ》するのは、観測者とは、何もぼくという、自分にとって掛けがえのない存在ではなくていいという事実だ。それは君でもいい、他の誰かでもいい。つまり観測者とは任意の存在にすぎないんだ。（えーむ）こうした観測者がつくりだした世界——それがこの〈人工の箱〉さ。だから（えーむ）この〈人工の箱〉のなかにいるかぎり、ぼくらは生活しているつもりでも、ぼくらが生活しているんじゃなくて（えーむ）この観測者がぼくらの身替りに生活しているんだ。ぼくらの世界はほんとうは空っぽなんだ。ニューヨークだって東京だってパリだって、あんなに人々が雑踏し、忙しく立ち働いているのに、ほんとうは空家も同然なんだ。だから（えーむ）ぼくらが観測者となることを拒むこと以外に、自分を取り戻す道はない。入れ替えのきかないぼくら自身、ぼくらそのもの、このぎりぎりのぼくらを取り戻すことが（えーむ）この〈人工の箱〉を叩きこわす道なんだ。それには、あの観測者の無表情、無感動ではなく、ぼくらだけの、その人だけの、心の動きを取りかえさなければならない。それは、君、物を〈感じる〉ことなんだ。（えーむ）スウォンが素足に大地を感じているように——あるいは君が刻々の時の流れのなかに浄福の火花を見ているように」

私はベルナールの言葉が、どちらかと言えば沈鬱な調子に聞えたことを奇異に思いました。しかしそのときは、私は、熱帯の日没が彼に憂愁の思いに似た気分を与えているのだと思ったのであります。

その日は右舷にランブティオ島の影を遠望しながら南下しておりました。幾らか南赤道海流の影響を感じましたが、風は北東から吹き、船は左舷に横風を受ける恰好で七ノットから十ノットで走っていたのです。雲を赤から橙へ、橙から黄金色へと多彩に変化させる一大祭典のような夕焼けが終って、空は菫色から銀灰色へ、さらに暗い青紫色へと変りはじめ、水のように深く澄んだ宵空に一つ二つと涼しげな星が、まだ白い透明な光できらめくようになると、暮れなずんだ海上にも、遠く、近く、島の灯りが光りだすのが見えるようになりました。

船医のクルツは海図《チャート》を注意深く見つめながら、島の確認とその位置、方向の記入をつづけておりました。このあとビスマルク諸島をぬけ、ニュー・ブリテン島とルーク島のあいだに横たわる海峡をぬけるまで、低礁も多く、海流も変化するので、大洋のまん中を天測に頼って航行するときとは、少々条件が違っていたのであります。

しかし私はむしろ帆走上の技術が困難になればなるほど、生活が充実してくるように思えました。たとえば島のあいだを帆走するとき、風の流れは島の位置の移動により微妙に変化いたしますし、またニュー・ブリテン島を境にして、それまでの偏北東風の貿易風帯が終り、西風、ないし北風の流れこむ別個の風帯に入ります。風は夜のうちに正反対になり、帆《セール》がばたつき、逆に吹き流されることもあったのです。そこで私たちはふたたび夜は大半の帆《セール》を畳んで、前檣の第五帆《フォアマスト ロワートップスル》と主帆《メインスル》だけを張りました。

それにもう一つ私たちが気を配ったのは、フランソワが何としても避けたいと言っていた颶風の発生です。これは、すでにマニラ、香港、ポートモレスビー、シドニーから短波が受信できるので、万一に備えて緊急に退避する態勢をとっていたのであります。

私たちはベルナールのやや甲高い号令に合わせて、左舷開きの帆《セール》をゆるめたり、引きしぼったりして、南緯二度から六度までのビスマルク諸島を通りぬけてゆきました。ちょうど私たちが通過する一月、二月という季節は、この海域では最も天候の不順な時期だったわけで、すでに南緯二度あたりから、ある朝、甲板に出ると、前檣の第五帆《フォアマスト ロワートップスル》がばたついており、あの輝かしい日の出のかわりに、重苦しい鉛色の雲の去来する、赤味を帯びた短い朝焼けが見えただけで、黒ずんだ波のうねる一日が明けていったのでした。

風には重い湿りが感じられ、私たちが引き込む主帆《メインスル》もごわごわとした、水分を含んだ手ごたえがありました。連日、熱帯の快適な順風《クオーター》を楽しんでいた私にとっては、〈大いなる眞畫《グローセル・ミッターク》〉号がふたたび荒馬のように高い波に船首《ステム》を上げたり下げたりするのが、刺戟《しげき》的な魅力と感じられたのです。季節的には北西風が有力なので、私たちはそれまでとは逆に、帆《セール》を右舷開きにまわして、ひたすらニュー・ブリテン島とルーク島の間の海峡を目ざしました。

　それから二、三日した早朝、私はハッチに流れこむ水の音に目をさましました。前甲板に飛び出してみると、空は低く垂れた暗い雲に覆われ、海上は黒く、水平線は灰色に閉され、豪雨が斜めに降りしぶいておりました。無数の雨脚が黒い波の斜面につぶつぶの孔をあけ、その孔を穿《うが》たれた波の山は盛りあがり、波頭を白く砕き、渦を巻き、のめり落ちて、次の波とぶつかり、白く泡立っては、また大きな波となって脹れ上がってゆくのでした。甲板も、索具《リギン》も、支索《ステイ》も、檣《マスト》も、舵輪《ステヤリング・ホイール》も、雨に打たれ、波しぶきを浴びてまるで戦場を一晩駆けずりまわった戦士のようでした。その姿には凜とした雄々しさがありましたが、同時に、荒波にもみぬかれてぐったり疲れた悲愴《ひそう》な感じもあったのです。

　それでも私たちは豪雨のなかを主帆《メインスル》と、第五帆《ロワートップスル》、第四帆《アパートップスル》、第三帆《ロワーゲルンスル》の順で前檣《フオアマスト》の三枚の横帆《スクエア・セール》を張ってゆきました。しかし雨に打たれても、さすが熱帯の雨で、爽快《そうかい》豪放な趣はあっても、骨にしみる陰鬱さはありませんでした。

　私はターナーが唇を歪めて、いまいましげに雨空を見上げるのを見て、彼が船酔いを恐れているのがわかりました。私はどちらかというと、危険ぎりぎりの荒天が好きで、波の壁が、まるで巨大な硬質ガラスの建物のように舷側の上に襲いかかるようなとき、生命綱《ライフライン》を張った甲板で操帆作業をするのが長いあいだの夢でした。もちろんそうした暴風《しけ》にはまだ出会ったことはありませんが、しかし風力七をこえ、波高も七、八米に達して、海面が泡立ち、白濁した波にもみぬかれるとき、船の動揺に身を委ねていると、つくづく海に出たことの喜びが湧《わ》きあがってくるのでした。

熱帯の楽園の海をのんびりと帆走したあとでは、この雲が激しく動き、豪雨が降りこめる、荒れ模様の海は、新鮮な衝撃を乗組仲間《クルー》全員に与えていた様子で、船内の動きにも、どこか、きびきびした感じが戻ってきたように思われました。

波にもまれ、強風に打たれて、横檣《ブーム》をぎしぎし軋《きし》らせながら、激しく縦揺《ピッチング》れして、波を白く甲板にかぶりながら進む〈大いなる眞晝《グローセル・ミッターク》〉号は、孤独な男らしさに満ちていて、私などは一日に何度となく、曇り空に揺れる檣《マスト》を振り仰いだものであります。

私にとってその一つ一つが——波をかぶって滴のしたたっている手すり《ハンドレール》や、風に鳴る支索《ステイ》や帆綱《シート》や、ぎしぎし軋る滑車《ブロック》や、かぶった波に洗われる甲板や、重く濡れた生命綱《ライフライン》の手ざわりなどが、喜びの叫びをあげさせないではいなかったのであります。私はそうした一瞬一瞬にベルナールの言う〈眞晝の空に飛翔する鷲〉の自由感と行動の喜びと誇らしい高揚感を実感していたのでした。そこにはたしかに自分の一切を放棄した、軽々とした、率直な心があったのかもしれません。私はベルナールがあの熱帯の夕暮れに話した〈万有の流れ〉と一体になっていたのかもしれません。いまとなってはなかなか説明し難い強烈な幸福感が私を捉えており、帆船も雲も波も風も昼も夜もすべてこの幸福感に取り囲まれていたのでした。それは帆船の爽やかな形姿《すがた》があって、その結果、幸福を覚えるというのではなく、はじめにただ単純に、これという理由なしに強い浄福感が私を占めていて、雲も船も海も、この浄福という枠の中へ入りこんでくる絵の個々の部分のようなものだった、と言ったらいいかもしれません。

おそらくこうした率直な、自己への無関心が働いていた結果であろうと思われるのでありますが、ビスマルク諸島を明日あたり通りぬけると言われていた夜、私は、マリア・カザローネにターナーとの婚約のことを訊ねたのであります。その夜、私はたまたまライプニッツの「理性に基づく自然及び恩恵の原理」に読みふけり、深い感銘を覚え、幾つかの覚え書をノートに書きこんでいたのです。

「おそくまで何を読んでいるの？」

マリア・カザローネは黒い髪をヘア・バンドで留め、形のいい額をあらわにして、煙草をくわえながら、食堂に入ってくると、そう言って、本をのぞきこみました。

彼女の身体からはシャワーを浴びたあとの清潔なお湯の匂いとオー・ド・コロンの匂いがしました。

「これはベルナールが前に愛読していた本ね」マリアは本の表題を見て言いました。「あの人に霊感を与えた本の一つだと言ってたのを憶えているわ」

そこで私はライプニッツが、この世は、最高に善きものとして造られた、と言っていることに対して少々註解《ちゅうかい》みたいな話をしました。

「こんな話、退屈なんじゃないかい？」

私は彼女がもっと気が利いた、陽気な話が好きなのを思いだして、そう言いました。

「いいえ、今夜は、あなたの話を聞いていると、気が休まるわ」

彼女は何か考えるようにぼんやりした表情のままでした。

「珍しいことだね」私が言いました。「まるで悩みごとがあるみたいだ」

「そうね、そんなところかもしれないわ」

私はマリアの言葉を聞くと、すぐターナーのことが頭に浮んだのです。

「君はひょっとしてこの前の舞踏会のことを考えているのじゃないかい？」

私はわざと何気ない調子で言いました。すると、マリア・カザローネは電気をかけられた人のように、ぴくっと身体を震わせました。

「なぜそんなことを言うの？」

「なぜって、ターナーは君と婚約していることをぼくに話してくれたからだよ」

マリア・カザローネは一瞬私の顔を見ましたが、黙っていました。

「これは彼のでたらめなの？」私は訊ねました。

「いいえ、本当よ」

「じゃ、君はターナーを愛しているんだね?」

「婚約したからって、なぜ愛さなければいけないの?」

「愛がないのに、また、なんで婚約なんかしたんだい?」

「二年前は違ったわ。ターナーはもっとまっとうな人だったのよ。二年前のあの人はずっと素敵な人だったわ」

「じゃ彼との婚約は……?」

「当然解消してほしいわ」

「彼はそんな気配は露ほども見せなかったがな」

「あの人は結婚したがっているのよ」

「それなら、彼のほうが純情だってわけだね?」

「そうとも言いかねるわ」

「どうして?」

「だって、あの人は私と結婚するんじゃなくて、私の家の財産と結婚したがっているからよ」

「彼がそう言ったの?」

「言わなくったって、そんなこと、わかるわ。あの人が船に乗ったのも、本当は、私たちのよ、り、をもう一度戻そうとするためだったのよ」

「でも、婚約は破棄されていないんだろ？」

「破棄されたのも同然なのよ。ただ親戚に知らせてないだけよ」

「なぜ公にしないんだい？」

「両親ががっかりするでしょうからね」

「しかしいずれ明らかになるんだろ？」

「それはそうよ。でも、本当はそんなこと、どうでもいいの」

「なぜだい？　どうでもいいという種類のことじゃないぜ」

マリア・カザローネは煙草を出して、火をつけ、黙ったまま、煙が輪になって漂うのを眺めていました。波がどすん、どすんと重くぶつかるのが聞えました。後部甲板のせいか、揺れが波の音のわりには大きいように感じられました。

「それはね」マリア・カザローネは彫りの深い顔を私のほうに向けると言いました。「私が他の人を愛しているからよ。私には、ターナーとのことは、もうどうでもいいのよ」

私はそのときあえてマリアにこの「他の人」が誰であるかを訊ねる気持になりませんでした。それがこの〈大いなる眞畫《グローセル・ミッターク》〉号に乗り組んでいる誰かなのか、とも訊ねませんでした。私には、それがフランソワ・ルクー以外には考えられませんでしたし、また、それがわかっているのに、わざわざそのことを彼女に言わせる気にならなかったからであります。

私はその夜、かなり長いこと、マリア・カザローネと話しこんだことを憶えております。話の内容はもう記憶にありませんが、当然、愛とか結婚とかに関した話題に終始したのではなかったでしょうか。彼女が日本の風習について熱心に訊いたのもそのときだったと思います。そして私がこの夜の彼女から得た印象は、外見は、浅黒い魅惑的な肌をした、彫りの深い、端正な冷たい顔立ちのマリア・カザローネが、意外に素朴な率直な心の持ち主だということでした。これはある意味で私を驚かしました。外見からは想像できないような激しい情熱を持っていましたし、それにミラノの名家の娘らしい高貴な純粋さを感じさせました。

ともあれ、私はこの二人の微妙な関係について、双方からそれぞれの言い分を聞いたことになったのであります。そこで私の考えたことはこうでした——この二人の言葉をそのまま受けとるとすれば、ターナーはかつての約束を楯《たて》に、マリアを縛ろうとするはずだし、恋仇《こいがたき》に対しては悪意を露骨に示すはずだ。ターナーがフランソワに対して当初から挑戦的だったのは、こうした理由があったからではないのか……。

そう考えると、さまざまな事件が実によく説明されるのです。ターナーはもともと私たちのように船長ベルナールの考えに共鳴して乗り組んだ人間ではなかったのです。なるほどベルナールとはインドかパキスタンで知り合っていたでしょうが、マリアとフランソワのことがなければ、自分の過去を知っている男の船にわざわざ乗り組むことはなかったはずです。はじめて会ったとき以来、何か彼だけは私たちと感触の違うところがありましたが、これで理由がはっきりしたと思いました。彼ひとりが海を愛していなかったのです。彼だけが船にまぎれこんだ他所者《よそもの》だったのです。

ここで私はこの三人とかかわりを持つナタリー・ワイズのことが、ちょっと疑問になりました。私は最初、ターナー、フランソワ・ルクー、マリア・カザローネ、ナタリーの四人が特別な関係にあると思ったのです。しかしこのうち三人がいわゆる三角関係になっているとすれば、ナタリーの存在はどう考えるべきでしょうか。彼女は単なる男好きな性格から、気楽に、ターナーともフランソワとも付き合っていたのでしょうか。そう思えるふしもたしかにありました。が、他方、ターナーの素振りから見ると、ナタリーを彼の手のうちで、本来の目的——つまり彼がマリア・カザローネを取り戻すという目的に使っていたのではないか、と思えなくもないのです。たとえばターナーがナタリーといちゃつくとすれば、それはマリアの心に残っていたかすかな嫉妬心に訴えかける手だてと見られなくもありません。ナタリーをフランソワにけしかけるのは、マリアとフランソワの関係を引き離す下心でないと誰が言えましょう。すくなくともターナーがたえずフランソワに対し冷笑的な態度をとっていた理由はこれではっきりした、と私は思ったものでした。

当時、私は司厨《しちゆう》係のサトヤム老人とよく話をしたことを思いだしますが、それは私が船に乗りこんで以来、老人の考え方、生活などに強い興味を覚えていたからであります。

老人は食事の仕度や食器洗いなどの仕事がないとき、いつも後甲板の道具箱の日かげに腰をおろしておりました。日射しの強烈な日には麦わら帽を頭にのせていましたが、そうやって何時間も海の遠くを眺めているのでした。私は老人が居眠りするのを見たこともなければ、退屈そうな様子をしたのにぶつかったこともありません。例の、黒い、いきいきした、善良そうな、丸い、子供っぽい眼を輝かして、何か面白い情景に見入っているような表情をしていたのであります。

「よく毎日、海を見ていて飽きないね?」ある日、私はサトヤム老人のそばに腰をおろして訊ねたことがあります。「ぼくたちは、それでも、甲板の上で動きまわる仕事があるからいいけれど、あんたは、甲板ではすることは何もないからね」

「いや、いや、こうしているだけで結構楽しいものですよ」老人は眼が窪み、頬がこけていたので、まるで潮風に打たれ、削《そ》がれた木彫のように見えました。「私にはまるで世界じゅうの人たちの出来事を見ているように思われますね。笑ったり、泣いたり、怒ったり、ふざけたりして、束の間の人生が過ぎてゆきますね。一つ一つの人生が終って、豊かな原初《もと》の波動のなかに消えてゆきます。すると、もう次の人生が高まり、歌い、自分だけがはじめてこの高まりを経験しているのだと言わんばかりに、誇らかな喚声をあげて、白く波頭を砕き、風に向って手を高々と差しのべます。しかしそれもやがて終って、ゆっくりと人生の下り坂を、沈黙し、半ば当惑して降《くだ》ってゆきますね。男もいれば女もいます。善良なのもいれば、邪悪なのもいます。優しい母親もいれば、放埒《ほうらつ》な娘もいます。ここにはあらゆる表情、あらゆる運命があります。私は、よくある男の一生を眺めることがあります。午前中、その男の生涯の事件がつぎつぎと起ります。商売に成功して、故郷の町に帰ってきて、結婚して、子供をつくります。この子供が成長して、軍人になります。昼前ごろには、この軍人は将軍になり、貴族の娘と結婚して、もう何人かの孫がいるといった塩梅《あんばい》です。午後、私はこうして三代か四代、いや、時によると、十代、二十代の人々の運命の変転を眺めていることがあります。この海の果てない動きが、私に、そうした運命のさまざまな形を描きだしてくれるので、私は、それを見ないわけにはゆかないのですね。次の日には、また別の人生が新しく始まってゆくのです」

私はサトヤム老人の空想力にも驚きましたが、それよりも、そこに現われた一種の、現代離れした時間感覚に驚嘆したのです。多彩な空想というものは確かに存在します。しかし多くの場合、空間的な映像となって拡がってゆく性格を持つものであります。それが、サトヤム老人の場合、むしろ時間的な長さとして、それがつながってゆくのです。このことは、私に、仏教の教える永遠の果てまで経巡る輪廻《りんね》の思想を連想させせました。なるほどサトヤム老人の祖先たちは、高山の菩提樹の下で、あるいはガンジスの流れのほとりに坐って、人間の宿命の果てしない変転を空想していったに違いないのです。人間の生涯でさえ多様な変化に彩られているのに、その人間の生涯が終ると、こんどは牛になり、犬になり、鳥になり、花となり、岩石となり、虫となり、幾千年も、幾万年も、いや、それのさらに幾万倍もの年月を、こうした奇怪で鮮明な映像で満たしていったのに違いありません。おそらくそうした無限の変化、無数の組合わせの果てに――億に億を掛け、それをさらに数億倍した歳月の果てに――気の遠くなるような宇宙の果てまでの旅を幾億回も繰り返した揚句に――こうした大宇宙の変転の組合わせが、ふと、現在の相《すがた》と全く同一になる瞬間がくるという、あの氷のような闇の世界に吃立《きつりつ》する永劫《えいごう》回帰の戦慄的な時間感覚は、ほかならぬサトヤム老人のこの快活な、子供じみた、黒い眼によって眺められたものであったのかもしれません。

それにいつか、私に、ベルナールとターナーの結びつきを話してくれたように、サトヤム老人は、単に空想的な映像を繰り拡げるだけではなく、乗組仲間《クルー》の一人一人の生活や、心の動きを、実に豊かに的確に摑《つか》んでいたのでした。本来なら、船医《ドクター》クルツが、あの冷酷なまでの意志力と分析力でつづけるべき仕事を、老人は、ほとんど眼を伏せたまま、クルツよりも易々と、しかもそれを何かに役立てるという目的もなしに、やってのけていたのでした。

これは私にとって、大きな驚きでしたが、同時に、物を認知する力に対する考え方を、根底から変える原因となったものでありました。

私は午後になると、よくサトヤム老人と道具箱の陰に坐って、彼がインドの村を出てからロンドン、パリなどを転々としてきた放浪の生涯の物語にも耳を傾けたのであります。それは考えようによっては浮草のような、頼りない、哀れな物語であったかもしれません。雲がどんより垂れる北国の大都市で、インド出身のサトヤムが浮浪者のなかにまじって、食事を求めて彷徨《ほうこう》する話など、そのまま小説にでも書けそうなほど、不思議な挿話に満ちておりました。たとえば彼が空腹をかかえて歩いていると、いきなり五、六人の男たちに囲まれ、大広間に連れこまれ、食事を与えられたり、金ぴかの洋服を着せられたりする話などは、その語り口の面白さもありましたが、何度聞いても空想を刺戟する独特の幻想味がありました。それはたまたま映画監督がインド人のエキストラを捜しているところへ何も知らぬサトヤムが通りがかったということだったのですが、言葉もろくに通じなかった若いインド人が眼を白黒させる場面など、私は何度か声を出して笑ったのであります。

しかしサトヤム老人の物語は、貧困や飢えがつねにつきまとっていたのに、一向に、陰惨な印象を与えませんでした。それは老人の温厚な、物に捉われぬ、謙譲な人柄にもよったのでしょうが、それ以上に、彼の時間感覚が、こうした個々の出来事を小さな、偶然的な、笑うべきものに感じさせたためではないか、と、いまでは思うのであります。

たしかにサトヤム老人は自分の生涯を物語るときだけではなく、たとえば船長ベルナールとターナーの出会いを話すようなときにも、どこか地上の一点で起った小さな出来事といった趣を、つねに持っていたのであります。私は老人がそんなふうにして話をするとき、彼はいったいどんな地点に身を置いて、こうした出来事を見ているのだろうか、と、よく考えたものでした。

サトヤム老人が、私に、船内で起ったさまざまな出来事を話すときも、それが単なる噂話ではなく、老人の摑んでいる人生のさまざまな姿のなかの一つの例証のような調子を帯びていたのも、こうした老人の眼ざしのせいであろうと思うのであります。

いまになりますと、老人がなぜ私にこうした見聞を腹蔵なく打ち明けてくれたのか、おぼろげながら見当がつくのであります。老人が特別私に好意を寄せていてくれたのは事実でありますが、それ以上の——たとえば船内に徐々に生れつつあった悲劇的事件の前触れのようなものを感じていて、それを間接的に私に告げようと思っていた、というごとき——理由があったのも確かであります。

ようやくニュー・ブリテン島とルーク島の間をぬけてニューギニアを右舷にしながら、ソロモン海域に入ったのは、すでに一月半ばに達した頃であったと思います。風は主として北西、ないし北北西から吹き、ずっと雲の多い、底光った、熱帯特有の重苦しい湿気に満ちた日々がつづきました。日によって豪雨のなかに突っ込むことがあり、そんなとき、海面は波立ち、帆《セール》は逆風《アドヴァース》のため逆帆《アバック》しそうになって、私たちはずぶ濡れになりながら横檣《ブーム》を廻し、檣《マスト》に攀《よ》じのぼって暴れる帆《セール》を巻きあげるのでした。

紫を帯びた黒い雲が不吉な事件の背景のように〈大いなる眞晝《グローセル・ミッターク》〉号の上に覆いかぶさり、その雲塊は、まるで巨大な円板のように、重く、低く、海上に垂れていました。しかしそのくせ、巨大な黒ずんだ雲塊の外側は乳白色に明るんでいて、海の色も、そこからはっきり青鯖《あおさば》色に変って見えました。濃い密林が島の山稜《さんりょう》を厚い絨毯のように深々と覆っていました。時にそうした島の主峰が雲に隠されているのを見ることがありました。

サトヤム老人がマリア・カザローネとフランソワの間で起ったことを話してくれたのもその頃のことだったと思います。それはポートモレスビーに着く前のことで、いずれも後の事件と関係のある出来事でした。

私は午後の操舵当直を終えて、船室《キャビン》で仰向けになっておりました。老人が通りがかったので私は彼を呼びとめ、すこし話してゆくように言いました。船室《キャビン》の丸い舷窓《スカットル》は開いていて、そこから湿った、涼しい風が吹きこんでいたのです。

「この前、ターナーさんとカザローネ様のことをお話しでしたね」サトヤム老人は船室《キャビン》に入ってくると、寝台の端に腰をおろしました。「私もお二人がひどく争っておられるのを二、三度お見かけしました」

「マリアの言っていたのは本当だったわけだね」

「ええ、本当のようです」老人は何か考えこむような口調で言いました。「カザローネ様はポートモレスビーに着いたら、電報で婚約解消をミラノに知らせるとおっしゃっていました」

「ターナーの工作も駄目だったんだね」

「それは見ていて何ともちぐはぐな感じでした。一度など、ターナーさんがあの方に頰を揶られるのを見かけました」

「やつは怒ったろうね？」

「いいえ、反対でした。ターナーさんはイギリス国歌《ゴッド・セイブ・ザ・クイーン》を歌って、鞭で拍子をとりながら出てゆきました」

「まったくターナー式だ」私は思わずふきだして言いました。「どこまで本気なのかわからないな。で、マリアはどうしたの？」

「打ちのめされたようになっておられました」

「それはそうだ。ターナー式にやられたら神経がもたないものな」

「インドにおられる頃からああいうお方でした」

「やつにはふつうの人間では耐えられぬ神経がある。タフというか、厚顔というか、シニックというか……」

「植民地型の人間にはああいうタイプが多かったのです。何を考えているか、外からはまるでわからないといったタイプです。それでいて、いつも醒めていて、打算的で、冷たくて、野心的なのです」

「ターナーは野心的だろうか？」

「もちろん野心的だと思います」

「何かそんなことで思い当ることがあるのかい？」

「私の故郷《くに》におられた頃は、いつもお金のことを口にしていました。巨万の財を手に入れるのだと言って……」

「しかし一向にその気配はないね」

「いいえ、この前もカザローネ様に同じようなことを言っていました」

「巨万の富のこと？」

「ええ、この航海を終ったら、大へんな財産を持ってあの方を迎えるって、何度もカザローネ様に言っているのです」

「なるほど……」

「ターナーさんは『俺が金めあてで結婚するのでないことはこれで証明される。俺は大へんな金を摑むんだ。そこで君を迎えるんだ。だから、この航海が終るまで、婚約解消などは考えないでほしいんだ』と言っていました」

「何か投資でもしているのかしらん？」

「さ、その辺はよく存じません」

「しかしターナーのことだ。何か計画はあるんだろうね」

「だろうと思います」

「で、マリア・カザローネはどんな反応をしたの？」

「前と同じでした。婚約は解消させてほしいと繰り返されるだけでした」

「金めあてじゃないと言っても無駄なんだね？」

「と申しますより、もう別の方をお愛しになっていらっしゃいますからね」

「ああ、そのことはぼくも聞いた。だが、それが誰なのか、訊きそびれたんだ。それは誰なんだい？」

私は自分の推測は一応保留してそう訊ねました。

サトヤム老人は私の問いに一瞬躊躇《ためら》いを見せました。

「実は、私、カザローネ様がフランソワ様に言っていることを、全部、耳にいたしました。それではっきり申しあげられますが、カザローネ様はフランソワ様を愛していらっしゃいます。

これは間違いございません」

老人の小室《キャビン》と司厨室の間に小さな行きどまりの廊下があり、小室としても使えるように二段ベッドが設《しつら》えてありました。司厨室で老人が食事の準備をするとき以外は、船中で最も人の気配のない場所で、カーテンを引いてしまえば密会には打ってつけの部屋になるのでした。この廊下の上に通風筒が通っており、それはそのまま隣りのサトヤム老人の部屋《キャビン》にすぐつづいていますので、老人の小室《キャビン》と廊下とは鋼板の壁で隔てられているものの、話声は筒抜けに老人の耳に届いたわけでした。

老人の話によると、マリア・カザローネはターナーに結婚を諦めさせるために、フランソワ・ルクーと肉体的に結ばれようとした、というのであります。

「じゃ、つまり、あの小部屋で結婚の儀式を挙げようとしたわけだね」

「私もこの年齢《とし》ですから、そこにいてもどうということはありませんが、困ったことになったとは思いました」

「マリア・カザローネがそれを望んだわけだね?」

「そうです。カザローネ様が望まれていて、フランソワ様はそれをお断りになっていたのです」

「ベルナールがよくフランソワのことを清潔に片付いていないと気がすまない性格だと言って

いたがね、そのせいだろうか？」

「それもありましょう」サトヤム老人は溜息をつきました。「しかしそのときフランソワ様は、はっきりと、カザローネ様を愛しているとおっしゃいました」

「とすれば、彼は正式な結婚が行われる前には肉体的な関係を結びたくなかったわけだ。それはいかにもフランソワ・ルクーらしい潔癖さじゃないだろうか」

「それもあると思います。しかしフランソワ様は何か妙なことを言っておられました」

私は思わずサトヤム老人が眉と眉を寄せて不安そうな表情をするのを見つめました。

「何て言ったんだい？」

「それが何とも変なのです。あの方はしきりと『ぼくはもう結婚をした身なんだ。ぼくが君と結婚するなんて不可能なんだ』と言われたのです」

「まさか……」私は老人の顔をまじまじと眺めました。「あなただって彼がまだ独身だってことは知っているね？」

「ええ、知っております」老人は暗い表情をして答えました。「少くとも正式には何もお聞きしておりません。ここ何年かずっと近しくして頂いておりますが」

「どういうことだろう、彼が結婚しているとは……？　単なる口実だろうか？」

「フランソワ様の口調には、いかにも苦しそうな……むしろその結婚を後悔なさっている様子が、ありありと感じられました。『ああ、何て俺は呪《のろ》われているんだ、何て俺の運命はちぐはぐなんだ』と言って、泣いておられました」

「フランソワが泣いていた？」私は思わず叫びました。

「ええ、お声のなかに嗚咽《おえつ》を嚙み殺すような呻《うめ》きがまじっておりました」

私はサトヤム老人が立ち去ったあとも、すぐには驚きから醒めることができませんでした。それこそ頭に棍棒《こんぼう》の一撃をくらって、茫然としたようなものでした。たしかに〈大いなる眞晝《グローセル・ミッターク》〉号の乗組仲間《クルー》の人間関係に何かこみいった感じはあると予感はしていたのですが、フランソワ・ルクーがすでに誰かとひそかに結婚していて、しかも肌の浅黒い魅惑的なマリア・カザローネを愛しているなどということは想像だにできなかったのであります。

裁判長殿、ならびに陪審員の皆さん。

本件の雰囲気が新聞雑誌のセンセーショナリズムのおかげで、酒池肉林的な放埒さで満たされているとお考えの方は、たとえばこのフランソワ・ルクーの苦悩を見ていただきたいのであります。いずれその全体を理解いただければ、私たちの引き起した忌わしい事件が、検事側の論告とは別個の光で照らされるであろうと思うのであります。

とまれ、〈大いなる眞晝《グローセル・ミッターク》〉号は、こうした意外な人間関係の謎《なぞ》を乗せながら、潮流の早いルイジエード列島に入っていったのであります。それはニューギニア本島の東端にのびるサウス岬《みさき》が一度海中に没してから、また頭を幾つか出したようにして連なる列島で、ソロモン海域の南を限っており、この列島から南に珊瑚海が濃紺の、ねっとりした波を拡げているのでした。〈大いなる眞畫《グローセル・ミッターク》〉号は無数に散在する珊瑚礁や岩礁を避けながら、できるだけニューギニア北東海岸に沿って南東へ進みました。最初の難関であるキビリシ岬とグッデヌース島の間の海峡を越えたときは、熱帯には珍しく煙霧状のガスが海上に流れ、波は荒れておりました。ビスマルク諸島の航行でかなり予測はしていたものの、この低礁状諸島のあいだの帆走は、思ったより芯《しん》の疲れるものでした。黒人ケインなどは風が変って横檣《ブーム》を廻したり、檣《マスト》にのぼって展帆、畳帆をするようなとき、事々にターナーがこんな航路を選んだからだ、と露骨に嫌な顔をしてみせました。しかし私に言わせれば、それはたしかに気骨の折れる航海でありましたが、それだけに面白さもまた一入《ひとしお》でした。私たちは暗礁や低礁に不意に接近する場合に備えて、接岸用の浮輪を甲板に並べておきましたし、海錨《シーアンカー》もすぐおろせるように制鎖器《コントローラー》の掛け金ははずされました。ふだんは全く使用を禁じられているディーゼル機関を始動させて、万一の場合、全開で後進できるように用意されたのであります。

船医《ドクター》クルツは燈台と低礁地帯を記入した部分海図《チャート》と首っ引きで航路の選定に当っていました。彼の太い、よく響く声が伝声管を通って絶えず後部の操舵甲板《ステヤリング・ブリッジ》に聞えていました。大体羅針盤《コンパス》の指す百二十度から百四十度のあいだを進み、朝夕の潮の流れをのぞくと、海は平穏でした。

この海域で煙霧が出て海上が暗くなるとき、風は大体において南東から吹くため、私たちは逆風《アドヴァース》を切り上がってゆかなければならなかったのであります。

ニューギニアは雨期に当り、密林に覆われたオーエンスタンリー山脈にも雲がかかっておりました。サウス岬をこえ、船首《ステム》を西に転じてイーグル岬の燈台を見出したとき、私たちは思わず太い息をつきました。低礁地帯の航行は半ば運に頼らなければならず、どんな詳細な海図《チャート》にも記入されていない低礁は無数にあったからであります。

しかし私はまた別の意味でニューギニアの濃緑の山野を眺めたのであります。それはこの海域と島々はかつて日本軍が潰滅《かいめつ》した戦場であったからであります。私自身はほとんど戦争の記憶を持たぬ世代に生れ、とくに国家を意識しないで育てられたのですが、こうしてニューギニアの密林が三千米級の高山に向って匐《は》いのぼっているのを見ると、やはり三十年も昔のことが、あれこれ空想されて、思わず陸地の連なりに見入っている自分に気づいたりしたのであります。しかしこのことは直接本件に関係がありませんので割愛することに致します。

イーグル岬の燈台を越えると、ポートモレスビーまでは南東風に送られた順調な航海でした。これがもう数カ月早いと、北西の逆風《アドヴァース》が吹きすさぶので、航行はひどく難儀したに違いありません。ターナーはそのことを予知していたように食堂などで吹聴していましたが、いまとなってみれば、それが彼の出まかせだったことはよくわかります。

私はひとり檣《マスト》にのぼって括帆索《ガスケット》をはずしているとき、眼の下に、きらきら光る海面を切り裂きながら、ブリガンティン型帆船が進んでゆくのを見て、それなりの感慨を覚えることがありました。すでに東京を出て二カ月、航行距離は二千哩《マイル》を越えていたのであります。さすがに白い爽快な感じの〈大いなる眞晝《グローセル・ミッターク》〉号も疲労に薄汚れていました。私たちの船室《キャビン》も潮の臭いと汗の臭いが沁《し》みこみました。狭い廊下など、いくら丸い舷窓《スカットル》から風が入っても、独房のように体臭がこもっていて、木造扉とか、木造の手すり《ハンドレール》など、湿って黒光りし、にちゃにちゃした感触が残りました。港に入れて二週間ぐらい船を休ませるには適当な時期であったかもしれません。ポートモレスビーにするかどうかはともかく、誰もが、どこかに入港して休息することには賛成でした。私たちは上陸が近づくにつれて、地上でしか喰べられぬ料理をあれこれ想像しては生唾をのみこみました。航海が長くなると、人間はどうも食いしんぼうになるのかもしれません。

しかしこうした間にも私の関心はフランソワ・ルクーに向けられておりました。波の音を船室《キャビン》の壁の向うに聞きながら、夜、私はベッドの上で考えたものでした。

「いったいフランソワはマリア・カザローネとのことでそれほど苦しんでいるのだろうか。また、彼が秘密結婚をしたとすれば、相手は誰なのだろうか。相手はパリにいるのだろうか。それとも船に乗り組んでいるのだろうか。船にいるとしたら誰だろう？　落着いた挙措のモニク・ファビアンだろうか。ぐったりした金髪のナタリーだろうか。それとも優しい微笑を浮べたタイ王族のスウォン・スワナだろうか。だがしかしモニクは船長ベルナールの幼友達で、現在も彼を愛しているはずだ。彼女がスウォンに嫉妬し、絶望を味わっているのを見ても、それはわかる。ナタリーはたしかにフランソワの美貌に首ったけだ。彼女とマリア・カザローネの露骨な鞘当《さやあ》ては私たち仲間《クルー》のなかでも頭痛の種になりはじめている。としたら彼女がフランソワの妻であることは考えられぬ。といってスウォンの場合も、それがベルナールならともかく、フランソワと結びつけることは不可能だ。彼女がベルナールに向けている愛情は、族長に対する絶対的な帰依の感情を連想させる。とすれば、やはりフランソワの妻はパリに残っているのだ。どんな事情か知らぬ。が、ともかく彼はそうした秘密結婚に耐え切れずにこの航海に出たに違いない……」

しかし私の疑問は、なぜ彼が秘密結婚などという変った形で自分を縛りつけようとしたか、という点に向けられていました。ベルナールに従えば、結婚でさえ所有の形式でありますから、〈無一物主義〉に徹するにはベルナール自身のように結婚はまず放棄されなければならないはずです。ベルナールに心酔していたフランソワ・ルクーがどうしてこんなことをしたのか、しかもなぜ秘密裡《り》にそれを行ったのか、という疑問は、その後ポートモレスビーに着くまで私の脳裡にこびりついていたのであります。

ポートモレスビーの外港に着いたのは二月三日の早暁でした。やはり曇った日で、背後の緑の山脈は雲に隠されておりました。平坦な港に防波堤がのび、その先端の燈台がまだ明滅していました。黒ずんだ薄闇のなかにあった港には倉庫やクレーンが並び、引込み線に貨車がとまっておりました。港湾当局の指令で私たちが埠頭の繋留点《けいりゅうてん》に接岸し、海錨《シーアンカー》をおろしたのはそれから四時間後でした。私たちは舷側からハッチを駆けおりました。一瞬、私は何か重い固いものを感じ、頭がふらふらしました。足もとはもう揺れず、ただ身体だけが動いていました。

「大地って素晴しいものだな」数学者のエリー・フランクが靴で地面を踏みながら言いました。

「まったく不動な存在があるなんて、信じられないような気になる。不動ってのは安らかさに通じるんだ」

　私たちは検疫と通関が行われるあいだ、あれこれ目新しい感覚について大仰に話し合いました。誰もが、間もなくそれに慣れっこになって、感じることさえしなくなることに気づいておりました。それだけに余計私たちは不動な感じや、どこまでも歩いてゆける広さの感覚や、鳥や人々の雑踏や木や花を見ることの楽しさに執着していたのかもしれません。スウォン・スワナまでわざとよろけてナタリーと声をあげて抱き合ったりしてふざけていました。こんなことは船では見ることもできないことでした。

　しかし誰よりも興奮していたのは、奇妙なことにターナーだったのです。なるほどポートモレスビーを主張したのは彼だったのですから、ともかく低礁に接触もせずに無事到着できたことは、彼にはフランソワを押えたことの確証であったのかもしれません。それにしても短い鞭を手に握りしめて、甲板の上をあちこちと飛びまわっているターナーを見ることは、何とも奇妙な眺めでした。

実はこの旧英領植民地の首都で、本事件の核心となる幾つかのことが相ついで起ったのであります。

私たちは船室《キャビン》の清掃に当てた二日をホテルで過したほかは、ずっと船内に寝泊りして、そこから市街地区まで出かけたのであります。私はモニク・ファビアンと船長ベルナールと民族博物館やコキにある原住民市場や北郊のパプア人の水上部落を訪ねたりしました。モニクは専門家らしい注意深さで食糧生産や交易、また政府の産業育成策などをメモしておりました。ベルナールはむしろ例の「コンティキ号」のハイエルダールとゲルデルンの論争に興味を持っていて、南太平洋の住民の起源が南米なのか、アジアなのか、自らの観察によってその根拠をつかみたいと言っていました。

ベルナールが三日の旅程で奥地へ入ってみたいと言ったときにも、私は別に何の不審も感じませんでした。ただそれに便乗するようにターナーが同行すると言いだしたとき、「あら、ターナーさんも文化人類学に興味があったの?」とナタリーが何気なく言った言葉が、芥子《からし》のきいた皮肉になっていて、私たちの言いたかったことをぴったり表わす結果になったのでした。

といって、それに反対する理由はありませんし、インドかパキスタンで二人はつねに行動を共にした相棒であってみれば、たまには二人だけの旅行もしてみたいだろう、と思いました。私たちが異議なくターナーの同行を認めたのは、こういう気持があったからでした。

私はめずらしくモニクやエリー・フランクと宵闇の頃に町へ出て、鉄筋コンクリート建ての官署や商社の前をぬけ、柱廊のある歩道を涼しい風に吹かれて歩きました。スウィング・ドアのある緑に塗ったバーがあって、私たちはそんな港町の気分の濃い店の一つに入ってウイスキーを久々で飲んだりしました。スウォンやナタリーは狭い商店街を歩いていましたし、サトヤム老人はコキまで三輪タクシーを飛ばして市場で果物や野菜の仕入れに大童《おおわらわ》でした。大抵は四人の少年水夫も連れてゆかれました。

そんなある晩、私は一人で二、三日行きつけたバーに出かけました。客のほとんどが濠州《ごうしゅう》人《じん》で、役人か商社員だったようです。緑に塗った天井は格子になっていて、その一つ一つに中国風の模様が描いてありました。もちろんカウンターも、その背後の酒瓶《さかびん》の並びも、燻《くす》んだ壁の大鏡も、いずれも西洋ふうの匂いを持っていましたが、色や天井、柱の装飾は中国ふうでした。また木彫や椰子《やし》の実の彫刻などには原住民ふうの装飾も取り入れていて、全体が開放的で、雑種的で、陽気でした。とくに仕切り壁をつくらず、客が外のアーケードの下でも飲めるように椅子を並べてありました。雨季で夕刻に豪雨があって、夜は肌寒いように冷えると、酒場には開襟《かいきん》シャツを着た男たちが、この暗い、乏しい街燈のかげから集まってくるのです。

私は肥った、口髭《くちひげ》のある、陽気なバーテンと知り合ったので、この港町の景気や、港に寄る各国の船員気質や、戦争の思い出などの話をしました。彼は細君と子供二人がいて、いずれ濠州に戻りたいと言っていました。その間にも私は、たえず誰かに見られているのを感じました。一、二度、その視線のほうへ眼をやったのですが、煙草の煙のもうもうとした酒場の片隅で賑《にぎ》やかに喋り合っている酔っぱらいたちがいるだけで、こちらを窺っている人間は見当らないのでした。

そのうち私がそんなことも忘れて話しこんでいると、誰か、背後で声を掛ける者がいるのです。

思わず振り返ると、それは五十がらみの、よれよれの船員服を着た、片眼の男で、半白の髪はぼさぼさ額に垂れ、小さな犬を連れていました。しかし態度は鄭重《ていちょう》で、両手で帽子を握りしめ、うやうやしい調子で喋りました。

「あの、失礼でごわすが、帆船で来られた乗組の方で……?」

私は、そうだ、と答えました。

「ここでは、ちょっと話し難《にく》いのでごわすが、どこかへ場所を移してはいただけんでごわしょうか?」

男の片眼は、ひどく善良そうな、子供っぽい感じが溢れていて、悪いことを企んでいるとも見えませんでした。それに足もとで尾《し》っぽを振っているテリヤが、男と同じように毛がぼさぼさと顔の上に垂れていて、主人そっくりの顔をしていました。私はそれが気に入ったので、男の言うことに同意しました。私は多少酔っていたのかもしれません。

男が連れていったのも、ずっと静かで、小ぢんまりした、裏通りの店ですが、やはり酒場の一種だったろうと思います。店の中には暗い裸電球が垂れ、現地人の女が怒ったような固い表情をして客のほうを見ていました。

私たちは奥まった席に坐ると、男は地酒のようなものを頼みました。

「こんなところまでお出かけ願って申訳ないこってごわす」男は犬を足の間に坐らせてから言いました。「最近は政府で取締りがきびしくなりまして、おおっぴらに取引するというわけにはゆかんのでごわす」

私は頭を傾《かし》げました。この男は何か人違いをしているのだ——私はそう思いました。しかし好奇心が多少動いたので、相手に、もう一度、話の内容を確かめたい、と言ってやったのです。

「と申しますと?」男は不思議そうな、危ぶむような表情になって言いました。「この取引が気に入らないんで……?」

「いや、そうじゃない」私はでたらめを言って万一相手を怒らせたら、こんな場所で何をされるか、わからないと思ったので、ありのままを言うことにしました。「ぼくは帆船〈大いなる眞晝《グローセル・ミッターク》〉号の乗組《クルー》の一人です」

「それでごわす、私が会うように言われたのは」

「しかしぼくのほうには心当りはないんですが、その取引の物件は何なのです？　事と次第によったら、ぼくが、その当人と連絡してあげてもいいですよ」

男は明らかに狼狽《ろうばい》していました。帽子を摑み、店から飛び出そうと思っていたのかもしれません。

「ぼくはその取引が何だか知りませんがね」と私は言葉をつづけました。「それを取締り当局へ告げ口するような手合いじゃありませんよ。ましてあなたの相手が間違いなくぼくらの仲間《クルー》の一員なら、なおのことね」

「いや、どうも、とんだご迷惑をお掛けして申訳ないことでごわす」男は片眼をぱちぱちさせて言いました。「せめてまちがえたお詫びにこれだけ私に奢《おご》らせて下さい」

男は運ばれてきた地酒のコップを私のほうへ押して寄こしました。

「その取引の品は何なのですか？」

私は率直に訊《たず》ねました。しかし男は考えこむように黙っていました。

「そいつだけはご勘弁下さい」男は髪の垂れた額を伏せて言いました。「だが、これあ、あんたにご迷惑かけるようなものじゃごわせん。それだけは保証いたします」

私がそれを麻薬か何かかと見当をつけたのを、男は、素早く感じとったようでした。

「前から取引の約束があったんですか？」

私は訊ねてみましたが、男はもう石のように黙りこくっていました。

「しかし相手が誰だかわからないのでは困るでしょう。ぼくらの船には十六人乗り組んでいます。誰って言われたんですか？」

「いや、名前はわかってねえんでごわす」男は犬の頭に手をやって言いました。「とにかくあのバーに来ているってこってごわす」

しかしあの店には私のほかにエリーもモニクも黒人のケインも出入りしたはずです。すると、この男はそのたびに、こんな鎌をかける遣り方で取引のことを言いだしたのでしょうか。私がもっと図々しく振る舞えば、取引の品物だけは知りえたかもしれません。まさかそれを知ったからといって、生命を代償にするということはなかったでしょう。

しかし西も東もわからぬ熱帯の港町で、見知らぬ男と二人だけで、裏町の酒場にいたのですから、危険がまったくないとは言えなかったのです。

私は好奇心を十分に満足させないで男と別れるのが残念でした。私にもう少しはったりなり、ねばりなりがあれば、何とか取引の物件を知ることができたでしょう。しかし本当のところ、私は、そのことよりも、こんな取引を私たちの仲間《クルー》の誰かが企てている、ということのほうに、強い衝撃を受けていたのであります。

取引という以上、それは金銭のかかわる商行為には違いないのです。当の物件が何であれ、その何かを、より多く所有するために企てられる行為は、〈大いなる眞晝《グローセル・ミッターク》〉号の世界周航の目的である〈無一物主義〉とは全く相容れぬものであることは明白です。私などは船長ベルナールの主張に心を魅されたゆえに、仲間《クルー》全員がこの航海に加わった、と信じていましたから、こうした裏切り（いやな言葉ですが、その男の口から取引の話を聞いたとき、反射的に浮んだのがこの言葉だったのです）が生じたことは、到底許しがたいものに思えたのであります。

私は船に戻って、繋留《ムアリング》ブイや堤防にひたひた寄る波の音を舷窓《スカットル》の外に聞きながら、いったい誰が、何を取引しようと思っていたのか、と考えました。私には取引物件はなかなか推量できなかったのですが、人物のほうは見当がつくように思えました。と言いますのは、あの男が現われたバーで私が摑まったというのは、おそらくまだ、その当人があそこへ姿を見せない、ということでした。乗組《クルー》仲間のなかでまだあのバーに行っていないのは、奥地へ車で出発したベルナールとターナーだけでした。とすれば、取引の当事者はこの二人のうちのどちらかでなければなりません。しかしベルナール・ノエがなんでポートモレスビーまできて、得体の知れぬものの取引をする必要があるでしょうか。〈無一物〉を願い、〈眞晝の鷲《わし》の飛翔《ひしょう》〉を目ざす男が、熱帯の港町で、たとえそれが一攫千金の物件であろうと、果して手を出すでしょうか。そんなことをすれば、それまでの一切がすべて空無に帰してしまうでしょう。

そう考えると、残るのはターナーひとりです。そしてこちらには、そう思わせるに十分の材料が揃《そろ》っているのでした。たとえばポートモレスビーに寄港することを主張したのは彼でした。私たちはなぜ彼がフランソワと喧嘩腰でポートモレスビーに執着するのか、その真意はわかりませんでしたが、何らかの物件の取引が予め計画されていたとすれば、なるほど、この寄港をああまで頑《かたくな》に主張した理由がわかります。それにもう一つ、ターナーがその当事者であると思わせたのは、彼がマリア・カザローネに対して巨万の富を手に入れると言ったという事実でした。おそらくこの何ものかの取引が彼にこうした言葉を許したに違いないのです。

もし私の推測が正しいとしたら、ターナーがベルナールと一緒に奥地へ出かけたということも、それと関係がないとは言いきれませんでした。ターナーという男は、いかにベルナールの世界観に共感したからといって、彼と行動を共にするような性格ではありません。これには必ず何かあるに違いない、と私は思いました。

もちろん私はベルナールのことも一応は疑ってみました。インドかパキスタンへの旅以来、この二人は一つに結びついていましたし、一方は他方の殺人罪をかばっているという関係にあるのですから（もちろん私はサトヤム老人の話からそう思っていたのです）、二人が奥地へ出かけたということにも、何か共通の目的、仕事があったのかもしれません。それがこの取引と無関係とは誰が言いきれましょう。

それにしてもこの疑惑は、かつて味わったことのないような苦痛を私に与えました。ある意味でベルナールを疑うことは、この航海全体の意味をまるで空無化してしまうことになるからでした。ですから、私は、できるだけ、このことからベルナール・ノエは切り離して考えようとしました。ベルナールにふさわしいのは、こんどの航海に象徴されるような、無償で純粋な、人間存在の意味の追究だけを問題とするごとき行為である、と思えたのでした。

私は船が港に繋留《けいりゅう》されているときの、気のぬけたような、単調な波の動揺に身をまかせながら、船室《キャビン》のベッドに仰向けになっていました。

私の考えは自然と取引の対象が何であろうか、という疑問に集中してゆきました。麻薬の類ではないということは、例の男の表情でわかりました。しかしそれがおおっぴらになれば治安当局の忌諱《きい》に触れるごとき対象であることも事実でした。しかもそれは価格からみて相当高額なものであるはずです。では、それは何か宝石のようなものでしょうか。たしかにその可能性はかなりあるのです。

しかし宝石ならば、当局がその取引を知ったとしても、それをとやかくいう筋合いのものではありません。では、その宝石はどこかから盗まれた品であったのでしょうか。いや、何もそれが宝石と決ったわけではありませんから、こうした推量は無意味でしたが、それでも、この盗まれた宝石という考えは、なかなか魅力的でした。遠い南半球の熱帯の港に、用もなく訪れた帆船で、島々から盗み集めた宝石を運び去ってゆく――これは夏休みに読む冒険ロマンスには打ってつけの材料であり、またぴったりした背景でした。しかも人物が船長《キャプテン》ドレイクの後裔《こうえい》というところも辻褄《つじつま》が合っていました。

たしかに冒険ロマンスであるならば私も喜んでそれに熱中したでしょう。しかし〈大いなる眞書《グローセル・ミッターク》〉号の周航は、決して実用を目的とした航海ではないにせよ、現代の一つの精神的な課題を解こうとする真摯《しんし》な意図に基いて行われている航海なのです。それは一見現実離れした夢想的な行為に思われようと、へたな現実主義の行動より、よほど現実的な性格を備えています。哲学者が書斎で考え、書き、調べていることを、私たちは波と潮風と操帆作業を通して摑んでゆこうというのでした。といって、それは心躍る冒険ロマンスなどではなく、もっと地味で、着実な、忍耐強い行為でなければならなかったのです。

こう考えてくると、私は盗まれた宝石などという思い付きの幼稚さに腹が立って、なかなか眠れそうにありません。私はベッドの上をごろごろしながら、思いつくかぎりの取引物件らしいものを並べてみました。曰《いわ》く貴金属、曰く装飾品、曰く医薬品（何かの特効薬）、曰く稀覯《きこう》本《ぼん》、曰くエロチックな絵、人形、器具類、曰く骨董品《こつとうひん》……。

私はいつか眠っていたと見えて、舷窓《スカットル》から射しこむ朝日を眩しく受けて目を覚しました。久々で天気がよく、港の沖が鮮かな濃紺に見えました。防波堤の先で四、五艘《そう》の小舟が集まり、何か声をあげて騒いでいました。

私は洗面をすませてから上甲板に出てみました。すでに数学者のエリー・フランクが手すり《ハンドレール》に乗り出すようにして、その騒ぎを見物していました。

「何が起ったんだい？」

私が訊ねました。

「やあ、おはよう。あれはね、さっき、港のなかに鱶《ふか》がまぎれこんできてね、それで、ああして追いかけまわしているんだ」

「鱶って、こんな近くまでくるものかね？」

「よく知らないが、つい船の五米ほど先を、やっこさんが泳いでゆくのをぼくも見たぜ」

「へえ、それは驚いたね。どんなだった？」

「どんなって、よく見るようにさ、こう、ぬるぬるしたピンクの肌でさ、眉毛のないような眼で、横眼遣いに、こっちを見ていったぜ」

「魚に眉毛があるのかね」私は笑って言いました。「君の口ぶりだと、そう聞えるね」

「しかしあいつが横眼で見るとね、妙に、そんな気がするんだ。不気味なやつさね、どっちみち」

エリーは肩をすくめました。防波堤の先では、また一しきり叫び声が起り、小舟が移動していました。鱶がまた暴れだしたのでしょう。私も思わず身体を乗りだしていると、そこに、もう一人誰かが声をかけました。

「あの騒ぎは何だね?」

その声はターナーでした。私は驚いて振りかえりました。

「あ、君は……」

私はまじまじとターナーの顔を見つめました。

「どうしたい? まるで幽霊に会ったみたいな顔をしているじゃないか」

ターナーは灰色のぎょろ眼に笑いを浮べました。それから先端の反った鼻の下の短い赤茶けた髭《ひげ》をこすりました。彼が上機嫌なのは見ただけでもわかりました。

「だって君はベルナールと一緒じゃなかったのか?」

私はようやく口のなかでそう言いました。

「彼はもう二、三日、奥地を廻りたいと言っていた。それでぼくだけ一足先に戻ったんだ」

「君はずっとベルナールと一緒だったのかい?」

「いや、途中までだ。ぼくはちょっと別の目的があったからね」

私はターナーの言葉にどきっとしました。

「何だい、その別の目的ってのは?」

私はさりげなく訊ねました。

「なあにね、ぼくの趣味は野生動物の生態を見ることなんだ。ニューギニアには奇妙な猿がいるんだ。ここにしかいないやつでね、とくにこの東部に多い。それを見ようと思ったんだ……」

私はターナーが沖のほうを見て、あれは何だ、と言って、彼が自分の言葉に気も留める様子がないのに、実は、ひどく驚いたのであります。彼の語調には何の特別な抑揚もありません。あたり前のことをあたり前に言っている人間の喋り方でした。それに、野生動物の生態に関心があることは、彼がインドかパキスタンに出かけた事実と符合します。サトヤム老人もターナーが野獣の捕獲を商売にしているのではないか、と言っていたのです。

「では、例の男が取引しようとしたのは、何か珍獣といった類のものなのだろうか。自然保護の見地から、その捕獲を禁じている種類の動物——たとえばターナーがその生態を観察にいった猿などが、取引物件なのではあるまいか」

ターナーはエリー・フランクと何か話しながら、小舟が鱶を追って右往左往しているのを眺めていました。奥地から帰ってきたにしては、ひどくさっぱりした身なりをしていました。なぜか私には、彼が野生動物の生態などを見ていたのではなく、町のホテルでのうのうと寝ていたのではないか、という気がしました。

それにしても猿のような動物を〈大いなる眞書《グローセル・ミッタークク》〉号に積みこむとしたら、それをどうやって私たちの眼から隠すことができるでしょう。もし彼がそんな取引された動物をおおっぴらに船に持ちこんだら、だいいちフランソワ・ルクーが激怒するでしょう。私だって、むろん反対します。エリー・フランクだって、女性たちだって、黙っているわけがありません。それをターナーが知らないはずもないのです。

「だとしたら、取引物件は誰にもわからないもの、眼につかぬものでなければならぬはずだ」

私はターナーの後姿に眼をそそぎながら考えました——いったいそれは何だろう？

答えは結局見つかりませんでした。ターナーとさりげなく話を交しましたが、もちろん彼はニューギニアの動物に関して種々の珍しい挿話を語りはしましたが、私が知りたいと思う事柄には、まったく触れられませんでした。

しかしベルナールが予定よりも長く奥地へ入っているということも私を不安にしました。たしかに入港中の事務は一切船医《ドクター》クルツが行っていましたので、支障はなかったものの、私たち乗組仲間《クルー》を残して別行動に出ることは、今までのベルナールからは考えられないことだったのです。

このポートモレスビーに停泊中に起ったもう一つの出来事は、いささか私自身に関連したことでありますゆえに、私は、本陳述のなかでも、最も申しあげ難い事柄に属しております。それは何も私が本件に関して、ことさら自己弁明をしたいとか、自分をよく見せたいとか、思っているためではありません。

私がこれからお話いたしますのは、私の内奥の問題——つまり私自身の恋愛感情が絡んでおりますので、どこまでそれを陳述すべきか、私は戸惑いに似たものを覚えるのであります。

裁判長殿、ならびに陪審員の皆さん。

私があえてこの問題にふれたいと思うのは、本陳述の冒頭で申しあげましたように、この錯雑した事件は各人の心の動きが機械の細かい歯車のように組み合わさって、徐々に、思いもかけぬ破局へ向っていったからであります。したがって私がこうした私的な事柄について述べますのも、それが専ら本件を構成する歯車の一つであるからであります。私が細部を省略する場合があるとしましたら、専ら陳述をこの範囲に限定するためであります。

すでに触れましたように、以前、夜中に操舵甲板《ステヤリング・ブリッジ》にモニク・ファビアンが訪《たず》ねてきてから、急速に、彼女と親しくなっていったのでした。私はパリ時代に彼女を知っていましたし、船長ベルナールとともに一緒にヨットに乗ったこともありましたから、乗組仲間《クルー》のなかでは最も古い顔馴染みのひとりだったのです。私は一々触れることはしませんでしたが、ポートモレスビーに向う航海のあいだ、私の心が刻々にモニク・ファビアンに惹かれるのを感じたのであります。

そんな私たちのあいだで交される会話のなかで、私は、彼女がベルナールを愛していたこと、ベルナールがタイ王族のスウォン・スワナと親しくなったために、彼から遠ざかったこと、などを知ったわけですが、さらに、ある事件を経験して後、現在のような文化人類学を専攻するようになったことを知っていったのです。このある事件とは、当時私にはその輪廓《りんかく》を垣間《かいま》見るだけで、真相を知りえたのは、破局がくる直前のことでした。しかし私は、それが彼女に何か決定的な刻印を与えたのだ、ということを感じていました。

私はモニク・ファビアンの形のいい広い額や、落着いた快活な眼や、全体の優しい知的な雰囲気が好きでした。いかにも地方貴族の家系の、堅実な弁護士の娘らしく、明晰《めいせき》な論理的な喋り方で話しましたし、自分の癖などをアイロニカルに笑って眺める見方には、彼女が感情をたえず抑制し、知的な判断で釣合いを取らせようとする意志的な態度が感じられました。モニク・ファビアンは激しい情念を自然物と同じように見ているふしがありました。怒りとか、悲哀とか、嫉妬《しっと》とか、欲望とか、そうした心情の動きを、火山か何かの噴出に見立てて話していたのを、私は聞いたことがあります。

おそらくこれが彼女の後天的な性格であるにしても、根気強く資料を集める必要のある学問研究には適した気質だったと言えましょう。彼女はポートモレスビーの大学や、二、三の研究室に通って、ニューギニア原住民や石器時代の生活を残しているという山地人の報告資料を集めておりました。私は、モニクが、奥地までゆけないのが残念だ、と語っていたのを何度か聞きました。彼女は、以前、アフリカ東海岸の草原地方で喘息《ぜんそく》性の花粉病にかかって以来、四季を問わず、強烈な香りを放って花の咲き乱れる地方には足を踏みこむことができなかったのでありまず。「春は私には悩みの季節なのよ」彼女はそう言っておりましたし、田舎にいったりすると、フランスでもよく発作に見舞われた、と話しておりました。

そんなわけで、ポートモレスビーに停泊中、彼女はその時間の大部分をこうした資料蒐集《しゅうしゅう》にあてていました。私は食堂兼読書室でおそくまでノートを整理している彼女の姿を見かけたものであります。

私たちが一緒にバーに飲みに出かけたのは、ポートモレスビー滞在の終りの夜のことでした。他に船長ベルナール、黒人ケイン、ナタリー・ワイズ、数学者のエリーなどが加わりました。はじめは何となくちぐはぐな気分でしたが、めずらしくベルナールが上機嫌で、ケインの冗談にもよく笑い、エリー・フランクも得意の数字の神秘論を開陳して、ナタリーを感心させていました。話題はいつか〈大いなる眞晝《グローセル・ミッターク》〉号の周航が計画された頃の思い出になり、それから誰かが（たぶんエリーだったと思います）ベルナールに東洋旅行のことを訊ねました。彼は「あーむ」とか「えーむ」とかいう声を出しながら、本当の思想を理解するには、それが生みだされた土地にゆかなければならぬ、東洋に出かけたのも、その思想の風土を知るためだという彼の考えを繰り返しました。「土地には（えーむ）固有の表情があるんだ。それは言葉には翻訳できない（えーむ）。ただそれを体験する以外に知りようがないんだ。その土地が生みだす思想には（えーむ）こうした土地の霊気が取りまいている。どうかアランのことを考えてくれたまえ。アランの文章にはカルティエ・ラタンの（えーむ）堅実な生活の匂いが沁《し》みこんでいる。簡素で、ぎしぎし鳴る革張りの椅子や、壁一ぱいにつまった書棚や、（えーむ）分厚い机や、ソルボンヌの屋根の見える窓などが、（えーむ）あの、書くことを喜びとした丹念な文章のなかに織りこまれているんだ」

私はいつかテーブルの下でモニク・ファビアンの脚に自分の脚が触れているのに気がつきました。それはおそらくどちらからともなく偶然にさわったのでしょうが、そのときまで全く気がつきませんでした。しかしいったんそれを意識しはじめると、あたかも快い磁気の痺れに似たものが身体に伝わってきて、私たちは思わず眼を見合ったのでした。私は何よりも彼女に対して不謹慎になるのを警戒しましたが、彼女はむしろそうした状態に同意しているように見えました。彼女の眼の縁に血の色が浮び、悪戯《いたずら》っぽい、挑むような微笑が眼のなかを走りました。

私たちは脚の位置を変え、いっそう快く触れ合うようにしました。

いま思えば、それは多分に私たちの酔いがふだんより大胆にさせていたからに違いありませんが、そのとき私は真実モニクを愛していて、全身で彼女を抱擁したい衝動を覚えていたのであります。

私はバーから波止場に戻る道で、二度モニクを抱擁しました。二度目のとき、他の連中が先に帆船に乗りこんだので、私たちは繋留索《ムアリング・ロープ》をつないである倉庫のかげでながいこと抱き合っていました。そのときエリーが闇の底をすかすように身体をかがめて私の名前を呼びました。彼は私が誤って船と岸壁のあいだに落ちたのではないかと思ったのです。

私たちは身体をほどき、自分たちがどこにいるかにようやく気がつきました。私は、夜、彼女の船室《キャビン》にいっていいか、と訊ねました。彼女は喘《あえ》ぐような声で、部屋《キャビン》ではなくて、司厨室《しちゅう》の隣りの小部屋で待っている、と答えました。私には、それは、その夜の私たちの気持のごく自然な帰結であるように思えました。モニク自身もそのことには何の躊躇《ちゅうちょ》も示していませんでした。もちろん航海の性格からいって、また乗組仲間《クルー》との関係からいって、私たちの行動が表だって知れることは望ましくありません。ベルナールの気持を考えても、それはどこか裏切りの匂いがなくはなかったのです。むろん私はそれが表沙汰になれば、ベルナールだけには事情をはっきり説明しておくべきだ、と覚悟はしていました。しかし私は躊躇や不安や罪悪感はまったく感じませんでした。むしろ私たちが互いに喘ぎながらそれを求めてゆくのはごく自然のことであり、それは運命のように不可避だと思ったのでした。

私は船室《キャビン》で約束の時間まで寝ころんでいることができませんでした。といって、甲板にいる水夫のマルセルに気づかれるのが嫌だったので、暗い突堤の先まで歩いていって、そこで打ち寄せる波の音を聞いていました。夜風が酔いと同時に、口の中にいたどりの葉のような匂いのする欲望を醒《さ》ましてゆくのが感じられました。私には、モニクが本当に私を求め、快楽を望んだのではなく、何かそうしないではいられない悲哀か苦痛のために、ずるずると、官能の痺れのなかにずり落ちているのだ、と思われました。それに私が動かぬ大地の上にいたということが、理性を取り戻す機会になったに違いありません。突堤の先に出てしばらくするうちにモニクの身体を求める気持は消えていました。

しかしそれでも夜中に私は例の小部屋までゆき、モニクとベッドの上に横になりましたが、彼女のほうも嵐が吹き通っていったあとでした。私は彼女の身体に腕をまわし、右手で身体に触れようとすると、それをモニクは押えました。そして彼女は、私にそれを許すことができないある理由があるのだ、と言うのでした。私は暗い電燈の光で彼女の眼から涙が流れるのを見たのであります。彼女は声もたてず、身体も動かさず、まっすぐベッドの上に仰向けになったまま、静かに涙が溢れるのにまかせていました。

私はモニクにあれこれ説明させる気には到底なれませんでした。私が彼女を所有したいと衝動的に（しかしそれは真剣な気持でした）思ったのは、あくまでその夜の異常な気分のせいであって、市民的な手続きから見ると、随分と、野蛮な、冒険的な、放埓《ほうらつ》な遣《や》り方であったのは事実でした。私はかりにもそうした状態のなかへモニクを共犯者的に誘いこんだことを悔みました。もちろん私はモニクが何の理由で私を拒んだかは問題ではないと思いました。私は彼女の心的な反応を分析してみようとも思いませんでした。私がモニク・ファビアンに願っていたのは、彼女の明るい穏やかな知的な眼ざしが喜びに輝いたまま、そうした結びつきを望むようになることでした。

私はベッドの端に腰をおろし、舷窓《スカットル》の外へひたひた打ち寄せる波の音を聞いていました。それはさっき突堤の先端で聞いた波よりも、もっと暗いつぶやきに聞えました。あとになって色々思い返してみますと、モニクは彼女を縛りあげているさまざまな約束――とくに彼女があ、る理由と呼んでいたもの――から自由になるために、むしろそれを踏みにじるために、このような向う見ずな行動に出たことは明らかです。それは見方によっては奇怪な、筋の通らぬ、安易な解決策と見られなくもありません。彼女がそれを思いとどまった気持のなかにも、娘らしい羞恥《しゆうち》や怖れが働いていただけではなく、自らの安易さ、自家撞着《じかどうちやく》に眼をふさぐことができなかったからではないでしょうか。

私はモニクの内心にあるものや、彼女が経験したことを何一つ知らなかったにもかかわらず、彼女が激しい苦痛の焼《や》き鏝《ごて》を心に当てられているのを直覚していました。彼女が一ことも声を洩らさず、暗いなかで身体をふるわして泣いているあいだ、私も、同じ苦痛を味わっているような気がしました。

私たちはそのまま黙って長いこと、銘々の思いのなかに沈みこんでいました。私は何気なくベッドの枕もとに並んでいる革装の本を取りあげました。そこには古鞄《ふるかばん》や箱やバケツなどがごたごたと積み上げられていましたが、そのがらくたの奥に、古道具屋の店裏《たなうら》に置き忘れられたような一揃いの、同じ革装の古本が並んでいたのであります。それはちょうど古本屋に売り払うには内容の価値も乏しく著者名も知られていないが、革装の外観が見事なために室内装飾用に骨董店に引きとられた、とでもいうように見えたのであります。壁際に三段に設えた本棚に十数冊がぎっしり並んでいて、いずれも、北アフリカ諸地域の地誌、紀行文の叢書《そうしょ》なのでした。

「どうしてこんなところに本があるのだろう」

私は多少審《いぶか》るような気持で、その一冊の背表紙を眺めました。それから頁をぱらぱらとめくってみたのであります。

不思議なことに、その本は、始めと終りの二十頁ほどを除くと、まん中の部分が全部切りぬかれているのでした。どの頁もちょうど文字が印刷されている部分が切りぬかれ、周囲の余白の部分だけが残されていたので、あたかも文章が不謹慎なために検閲官が文字の部分を鋏《はさみ》で切り取った、とでもいった感じでした。

私はその切られた頁の直前の文章を読んでみましたが、別に変ったことが書いてあるわけではないようでした。ところが、次の一冊を取り出してみると、驚いたことには、それも全く同様に頁の中央が切りぬかれているのです。次の一冊も同じでした。私は次々に叢書を全部引きだしてみましたが結果は変りなかったのです。

「ねえ、モニク、この本を見てごらん」私は気持の落着いたらしいモニクに、中を切りぬいた奇妙な叢書を見せました。「どれもね、本のまん中が故意《わざ》と刳《く》りぬかれたみたいなんだよ。読もうと思っても、文字のところが切りとってあるので本としての役には立たないんだ」

モニクは陰気な顔で物思いにふけっていましたが、私の声にびくっとして、古本を私から受けとりました。彼女も機械的にぱらぱら頁をめくっていました。しかし見る間に怪訝な表情が浮び上がるのがわかりました。

「どうしたんでしょう?」モニクは私のほうを見て言いました。「本の中身が刳りぬかれているわ」

「そうなんだ。この叢書全部が刳りぬかれているんだよ」

「全部が?」

「ああ、ご丁寧にもね。妙だと思わない？」

「変ね、本当に」

「なんのためだと思う？」

「そうね、なんのためかしら？」

「本棚に飾りとして並べるので、それで重量を軽くするためだろうか？」

「本棚の飾りのため……？」モニクはぼんやりした声で言いました。「でも、どこの船室《キャビン》に飾るの？　ここでは、そんな恰好だけつける本棚なんてどこにも要らないわ」

「そりゃそうだがね」

私は何ともうまい考えがなくてそう言ったのであります。しかしこの奇妙な書物のおかげで、私たちはみじめな気持から救いだされました。私たちが別れるとき、その本のことで冗談が言えるほどになっていたのでした。

翌朝、私たちは払暁に起きて、出航準備にかかりました。港はようやく闇が薄れたばかりで、防波堤に抱えられた内港の波は黒く平坦に揺れていました。暗い灰紫色の雲が白んだ透明な空に点々と浮び、黒いオーエンスタンリー山脈のシルエットが古代の巨龍の背さながらに長くのびていました。燈台の光が青白く明滅していて、寝不足の眼にしみました。港の堤防と、弓なりになった海辺に街燈の名残りがまだ濡れたように光っていました。

倉庫も、植民地風のイギリス式の重苦しい建物の群も薄明のなかで見分けられました。〈大いなる眞晝《グローセル・ミッターク》〉号の補修と塗装替えを受け持った船会社の男が二人、見送りに来ているほか、海岸通りはがらんとして人影はありませんでした。

私たちは二週間ぶりで甲板の上を走りまわり、まず主檣《メインマスト》の主帆《メインスル》と主檣三角帆《ガフ・トップスル》を揚げました。風力は、三、風向は東南東、やや向い風気味でしたが、最初の一日は南に向うので、大小の左舷一杯《ポートタック》開きにしぼりました。海錨《シーアンカー》をあげ、例によって港を出るまでは機走をつづけ、大小の船が夜明けの空の下で獣のようにひっそり眠っているあいだを抜けてゆきました。

港を出るとすぐ、私と黒人ケイン、数学者のエリー、それにターナーが前檣《フォアマスト》に登り、左右に別れて、フットロープを踏んで、横匐《よこば》いに横帆《スクエア・セール》の括帆索《ガスケット》をはずしてゆきました。ぞくぞくするような喜びが、朝の冷んやりした風に吹かれていると、身の内を走るのを感じました。腕の下で厚いカンヴァス地の帆布《セール》がごわごわと風に煽《あお》られ、ばたつきながら展《ひろ》げられてゆきます。甲板で帆索《シート》を引くベルナールやフランソワが人形のように小さく見えました。少年水夫たちも綱《ロープ》を巻いたり、引きずったりして走りまわっているのでした。

前檣《フォアマスト》の横帆《スクエア・セール》を第四帆《アパートップスル》まで展げてゆくと、船が風をはらんでかすかに右に傾くのがわかりました。私たちが最上帆《ロイヤル》まで解いておりてくると、すでに少年水夫たちはフランソワの号令で船首三角帆《ジブ》の展帆を終えていました。

久々で聞く風の唸《うな》りでした。それは帆《セール》をかすめ、綱《ロープ》に鳴る、空洞のような響きでした。
そのとき黒人ケインがよく響くバリトンで歌をうたいはじめました。それはいかにも船出にふさわしい明るい弾んだメロディでしたが、同時にどこか郷愁をかきたてるような気分も漂っておりました。

歌っておくれ、俺《おいら》にさ
行っちまった若者《やつ》の歌
ほい、あの若者は俺だった？
胸高鳴らして船出した
海越え空の向うにさ

以前《むかし》あった全部《すべて》をさ
俺《おいら》におくれ、もう一度
きらきら光る太陽を
輝く眼《まなこ》、熱い胸
行っちまった若者を

歌っておくれ、俺《おいら》にさ
行っちまった若者《やつ》の歌
ほい、あの若者は俺だった？
胸高鳴らして船出した
海越え空の向うにさ

逆まく波と微風《そよかぜ》と
島々、海原、太陽《ひ》と雨と
みんな素敵なものだった
みんな俺《おいら》のものだった
そいつが消えちまったのさ
　そいつが消えちまったのさ

ベルナールもフランソワも声を出して歌いました。ターナーは顎《あご》に手をあてて、船が、青く輝きだした波を砕いているのを見ていました。太陽が水平線にのぼり、赤く彩られていた雲が白く輝きはじめ、〈大いなる眞晝《グローセル・ミッターク》〉号の総帆が、薔薇《ばら》色に染りました。それはどこか理想郷《シテール》へ船出する空想のなかの帆船のように見えました。

歌が終ったとき、ケインが後に遠ざかってゆくニューギニアの濃い緑の大地に向って大声で「さらば《アディオス》」と叫びました。私たちは声を合わせて同じ言葉を陸地に投げかけました。船底《ボトム》の付着物を取りのぞいたためか、船足は前よりも軽快になったような感じでした。

舵輪《ステヤリング・ホイール》を握っていたのは船医《ドクター》クルツでした。彼がポートモレスビーに停泊中も影のようにひっそりと私たちのあいだを通りすぎるのを何度か感じました。エリー・フランクはクルツに猫医者《ドクター・カッツエ》という渾名《あだな》をつけていました。注意深く、忍び足で歩きまわるところが猫を連想させたからでした。私は、モニク・ファビアンとのあいだに起ったことを、彼が、日記に詳細に記入したのではないか、という気がしました。私の心の動きを拘禁状態の心理から説明しようとしていたのかもしれません。それが何となく不気味な気持を与えました。

外海に出ると、船はゆっくり縦揺れ《ピッチング》をはじめ、懐しい波また波の拡がりのなかへ舳先《ステム》を突っ込んでゆくのでした。わずか二週間の停泊でしたが、私は随分と長いこと海から離れていたような気持になりました。海というものは、ただその波の動き、海鳥の飛翔、雲のたたずまい、風の感触だけで、私たちの心を高揚させるものです。まして海に乗りだした直後の帆走者たちの気持は脈搏《みやくはく》の一つ一つに喜びが高鳴っているようなものでした。じっとしておられず、思わず大声で何か叫びたいような気持になるものです。

いよいよ南緯四十度線にむかって――世に言う吼《ほ》える四十度線にむかって南下を開始したわけでした。私たちの予定ではできるだけ西風、ないし南風を受けて東進し、徐々に南下することになっておりました。

なおしばらくは低礁《ていしょう》地帯がつづき、熱帯の海を越えてゆくわけですが、それが終ると、たえず西風の吹きすさぶ暴風圏に入ることになります。それは奔馬を駆《か》って一挙にホーン岬《みさき》へ突っ走ろうとするのにも似ていましたが、船長ベルナールは以前からこの計画に執着を抱いていたのであります。

差し当っての心配はフランソワ・ルクーが回避することを主張した熱帯性の颶風の発生でした。私たちが帆走する二千哩にわたる熱帯の海は、季節的に見て、もっとも暴風雨の起りやすい時期に当っていました。万一颶風が発生したら、私たちはできるだけ手近な港へ逃げこめるような態勢をとっておりました。

しかし幸いなことにポートモレスビーを出て三、四日は颶風の発生の予報は入りませんでした。ただもっとも多く発生するのはサモア、フィジー、トンガなどの海域でしたから、珊瑚海《さんごかい》を離れ、ニューカレドニアの南方を過ぎないうちは安全圏に入ったとは言いきれませんでした。

船長ベルナールの計画では、できるだけ早く南下し珊瑚海を斜めに突っ切る予定でしたが、どういうわけか、風がたえず南、ないし南東から吹くので、私たちはやむを得ず珊瑚海を東進し、次第にニューカレドニアよりずっと北のニューヘブライズ諸島の北端と、サンタ・クルス諸島との間の海域に近づくほかありませんでした。

ソロモン海域から遠ざかったせいか、天候は比較的一定しており、午後雲が空を覆うこともありましたが、豪雨に襲われることはすくなかったのであります。

この頃、フランソワが〈大いなる眞書《グローセル・ミッターク》〉号の東進に反対して、一時船医《ドクター》クルツやターナーと意見が対立したことがありました。それは南風をまともに受けているため南進できないなら、東へ進むべきではなく、西へ戻りながら徐々に南下すべきだ、という意見なのでした。

「そんなことをしたら濠州沿岸に逆戻りじゃないか」ターナーが激しい口調で言いました。「ともかく南緯十五度線を東へ進んでいるのだから、北風がくるまでこのままでゆくべきだと思うね。目下のところ、颶風の発生の心配はないんだから」

私たちは熱帯の海の美しさに魅了されていましたので、できることならフィジー、トンガの南をぬけ、日付変更線のあたりで徐々に南下したいと思っておりました。

フランソワは私たちの反対にあうと、肩をすくめ、「ま、勝手にするさ」と言って、あっさり主張を撤回しました。私たちはフィジーからの短波放送が、今年は颶風の発生が少い、と言っているのを聞き、ほっとしていたのであります。

私たちは一週間後にかなり北へ流されながらそれでもどうにかニューヘブライズ諸島とニューカレドニアの間にさしかかりました。昼のあいだ、操舵《そうだ》当直に立つときは、操舵甲板《ステヤリング・ブリッジ》の舵輪《ホイール》を握るのですが、そこからは風に脹《ふく》らむ帆《セール》の全体が見渡せるのです。船医《ドクター》クルツが海図《チャート》の上から割り出した方向へ舵《ラダー》を定めながら、帆《セール》の角度や、風の流れの変化を睨《にら》んでゆくのです。それは太平洋を南下しながら幾日も幾日も味わった経験でしたが、しかしまた舵輪《ホイール》を握って帆《セール》の脹らみを見ていますと、ヒロイックな高揚感に襲われるのでした。

黒人ケインの歌った歌に「みんな素敵なものだった、みんな俺《おいら》のものだった」とありましたが、この輝く白い帆《セール》も、波を蹴《け》る船首《ステム》の律動も、風の唸りも、上下に動いてみえる水平線も、眩《まぶ》しく光る雲も、すべて素晴しい存在《もの》でした。帆索《シート》を引いたり、檣《マスト》に登ったり、重いウインチを棍棒《こんぼう》で廻したりすることに、身体全体で甘美な果汁を飲んでいるような快感を覚えました。血がどくどくと血管の中をめぐり、筋肉が緊張し、神経が刻々に行動を伝えて走りまわることが、肉体という楽器を掻《か》き鳴らしているような喜びを与えてくれたのであります。汗が流れ、肌をじりじりと熱帯の太陽が焼きつけました。しかし私は風のなかに両手を拡げ、全宇宙がこの健康な快楽をそっくり包みとってくれるように願いました。私は身体の細胞の一つ一つが幸福感に酔いしれているのを感じました。

もしこのまま帆走が続けられたとしたら、私は船長ベルナールの考える〈無一物主義〉を幸福の一階梯《かいてい》として認めることができたはずです。他の仲間《クルー》は知りませんが、少くとも私ひとりは、そうした大いなる飛翔感、高揚感を味わうことができたのです。それは〈眞晝の空への鷲の飛翔〉ともいうべき勇気に満ちた、行動を通して世界と結びつこうとする欲求でした。そこではすべてが〈よきもの〉として肯定され、喜んで引き受けられたのです。自分からも、この世からも超脱し、身体が大きく脹らんでゆくような感覚にも似ていました。私は白熱した光のようになってゆくのを感じました。時間が消えて、青い海や、雲の輝く空が永遠にこの私のなかに包みこまれていました。私は帆《セール》を張って進む船であり、動いてやまぬ波であり、綱《ロープ》に唸る風に転身しているのでした。

私は自分のなかで新しい思想が目覚めてくるのを感じました。一切を棄て、所有を放擲《ほうてき》し、物質のレヴェルのすべてを無とすることによって現前する新しい精神の地平線――そこにいま思想の太陽が昇ろうとしているのでした。私はこうしたヒロイックな喜びに高鳴った気分を決して衝動的な一時的なものにしたくありませんでした。〈すべてをよし〉とする高揚した自由な感情を、恒常的な、落着いた自分の内面の世界としたいと思いました。珊瑚海域を出てニューヘブライズ諸島の南をぬけている頃、それは真実可能であると思われました。私はこの南国の空、紺青の海、緑の木々に覆われる島々ほどに美しいものがあるとは思えませんでした。夜、星の煌《きら》めきを仰ぎながら、帆綱《シート》に鳴る風音を聞いていると、暗い海上を航行する船や、港の灯や、大都会の賑やかな雑踏や、光輝くショウウィンドウなどをまざまざと眼に思い浮べて感動することがあるのでした。私は、そうしたものが、それほど美しく、掛けがえないものだということに、そのときまで、まるで気がつかなかったように思いました。

「ぼくは神々からこのような素晴しい恩寵《おんちょう》を贈られているのだ」

私は、何度か、そうした恍惚《こうこつ》とした高揚感のさなかで叫びました。少くともその瞬間、私は生死の区別をさえ越えていたと思います。死でさえ、そのような喜ばしい恩寵感のなかでは、まったく恐れるに足らぬものに思えたのでした。

そうです、もしあの航海があのまま進み、よしんば暴風に出会ったとしても、忌わしいあの破局さえ回避することができたら、私は、船長ベルナールのこの思想を、肉化した形で、真に摑むことができたに違いありません。それは貧血化した認識哲学に対して新しい人間理解の地平を切り開く手がかりとなったかもしれません。存在の一切を、存在であるというただそれだけの理由で、喜びの源泉と見なしうる、そんな精神の眼を獲得する端緒となったかもしれないのであります。そうです、その秘密に私はもう一歩というところまで来ているのを感じました。この最後の皮膜さえ突破できれば、時折、光の頂点のように現われたこの歓喜の感情は、つねなるものとして、私の心を満たすようになり、私の存在の宿命は成就されるにちがいない――そう私は考えました。皮膜の向うには、もう光が満ち溢れ、それを切り落せば、そこから、どっと白熱した輝きが現われ出てくるように思えたのであります。

私は、ある風の強い日の午後、舳先《ステム》から飛んでくる水しぶきを時どき全身に浴びながら、前甲板に立って、船長ベルナールとこんな話をしていたのでした。

「思想は一挙に摑めるものじゃない。それはある一定の思考のなかを何度も繰り返し通過して、それが手触りのある物体のように感じられて初めて思想と呼べるものになる。思想を生みだすのは行為《おこない》じゃないかね?」

「そうだ。思想は行為が示す(えーむ)一定の形だ」ベルナール・ノエは金褐色の髯面《ひげづら》のなかで灰青色の眼を見開いて言いました。「思想は言葉で表わされるより前に、一定の行動で示される。(えーむ)それは言葉で表現するよりも、思想の本質を物語るものだと思うね。かりにソクラテスが何も語らなくても(えーむ)彼の生涯——彼の行動の総体——は正義《よきもの》を現わしているんだからね。彼は〈よきもの〉が何であるかを知っていた。(えーむ)そうなんだ、まるで手に触れられるもののようにね。だから(えーむ)彼はそこから外れもしなければ、それに矛盾することもなかったんだ」

「思想とは眼に見えない規範《きまり》のようなものだね」私はベルナールの髪が風に吹かれて横に乱されるのを見ながら言いました。「しかし行為《おこない》のなかでその規範《きまり》が次第に見えるようになってくる。それが思想の根底を形づくるんだな」

「ぼくも（えーむ）そうだと思う」ベルナールは髪を掻きあげて言いました。「ぼくの〈無一物主義〉もそうした挙措のなかから自然と（えーむ）形が刻みだされてきたんだ。言わば〈無一物主義〉と名づけるべき圏《スフエール》があるんだね。（えーむ）本当はそんな名前などどうでもいいんだがね。ただそういう圏《スフエール》がある。ぼくの行動がそういう圏《スフエール》を刻みだしているんだ」

「君はやはりこの航海をそうした思想の実現と考えていたんだね？」私は何か嬉しくなって風のなかで叫びました。「ぼくは前からそれを感じていた。この航海そのものが一つの思想なんだよ」

「そうも言える」ベルナールはしばらく眼をぱちぱちさせてから言いました。「だがね（えーむ）この航海は、ある一人の女性のために捧げた自己放棄の旅でもあるんだ。その女性を決して所有してはならない。だが（えーむ）この世の所有・非所有を越えた形で、ぼくはその女性と結ばれなければならない。（えーむ）そのためには、ぼくが無となって、その女性が真にその女性であるように保つことが必要なんだ。水が澄んで（えーむ）月が影を映すようにね」

私は正直言って、ベルナールの言葉を聞いているうち、自分が名状しがたい不安に捉われるのを感じました。ベルナールがこの航海の意図をそんなふうに話したのはこれが初めてだったからでした。おそらくそれは彼の心奥に秘められていた何か祝祭的気分に包まれたものだったにちがいありません。彼は、かつて大航海時代の冒険航海者たちが航行した南の青い海を眺めているうち、私と同じような高揚した気分に捉われ、内奥に隠されていた秘《ひそ》かな意図を告白する気になったのでしょう。

しかしなぜそれをもっと前に、私にだけでも明らかにしてくれなかったのでしょうか。もしこの女性がモニク・ファビアンだったらどうすべきか――そう考えただけで私は困惑と不安で顔が蒼ざめてゆくのを感じました。なぜなら私はベルナールの言葉を聞いたとき、すぐ直観的に、それがモニク以外の女でありえないと思ったからでした。

「まさか……まさか、それは、君、あの、森の奥の城館の娘じゃあるまいね?」

私はかすれた声で訊ねました。声が震えてくるのをどうすることもできませんでした。

「それは、だって……(えーむ)どうしようもないことなんだ、このぼくにとってはね」

では、それはモニク・ファビアンだということではありませんか。

私はベルナールの言葉に打ちのめされたような感じがしました。たしかに彼がモニクを愛していたことは知っておりましたが、私も、モニクと同じく、それは幼少期のプラトニックな崇拝の感情とでも言うべきものだと、次第に信じるようになっていたからでした。だいいちモニク自身が、ベルナールとスウォン・スワナのことを誤解していたほど、彼はモニクに無関心だったではありませんか。

エリー・フランクが妙な予言をしたときもベルナールは何一つそれに註釈《ちゅうしゃく》を加えませんでし

たし、モニクのことはこれっぽっちも口にしませんでした。それを、なぜ、いまごろになって突然私に打ち明けたりしたのでしょうか。もうちょっと前――すくなくとも私がモニクを愛する前だったら、何とか私も彼女への関心を別に向ける工夫ができたかもしれません。しかしいまとなっては、もうどうすることもできないのを私は感じました。

空に雲が多くなり、重苦しい空気が感じられました。湿度が高く、じっと立っているだけでも汗が噴きこぼれてきました。ベルナールは何か言いつづけていましたが、「あーむ」とか「えーむ」とかいう音のほかは、何を言っているのか、よくわからなくなっていました。私は自分のなかであれこれ考えなければならぬ問題が殺到しているのを感じました。

私がそのとき最初に――反射的に考えたのは、モニク・ファビアンが私を拒んだ「ある理由」とは、やはりベルナールのこうした愛だったのだ、ということでした。しかし私の思考は細い迷路や袋小路のあちこちをめまぐるしく走りまわった揚句、そんなことはありえないという反対の結論に達したのでした。なぜならモニク・ファビアンは私にはっきりとその可能性のないことを告げていたからです。私はそのことを思いだしたとき――随分奇妙な論理ですが――思わず嬉しさに小躍りしそうになったのでした。それは私がモニクとベルナールの間に割りこんだのではない、と瞬間思ったからでした。

しかしよくよく考えてみれば、私たち三人が、ベルナールの〈無一物主義〉のおかげで、思わぬ三角関係に陥ってしまったことは、もはやどうすることもできぬ事実になったのでした。

私は急に横揺れ《ローリング》をはじめる船を他人ごとのように眺めていました。どこかで船医《ドクター》クルツの太いよく響く声がしていました。

「前檣《フオアマスト》の最上帆《ロイヤル》と第二帆《アパーゲルンスル》、第三帆《ロワーゲルンスル》を畳むんだ」

私は自分に戻ると、すぐ前檣《フオアマスト》によじ登りました。船は大きな波の上に楽々と乗せられ、ついで波が沈んでゆくにつれて、斜めに帆《セール》を軋《きし》らせたまま、舳先《ステム》を波の壁に突っ込んでゆきました。いままで見たことのないような波しぶきが白く高々と上甲板へ弾ね上がり、まるで水泳選手が水を潜って頭を出すように、船首《ステム》が、滝のような水を流しながら、波を乗りきって前へ突進しているのでした。

私は風に鞭打《むちう》たれながら、フットロープに足を踏んばり、生命綱《ライフライン》で横檣《ブーム》に身体を縛りつけて、暴れ馬のように狂いたける帆《セール》を両手で押えこんでゆきました。前檣《フオアマスト》の上の私の身体は、枝に生えた木の実のように揺れていたのです。

作業を終って、黒人ケインとエリーと私が下へ降りてくると、ナタリーが「颶風が近づいたんじゃないでしょうね?」と船医《ドクター》クルツに訊《き》いていました。クルツは主帆《メインスル》を右舷に大きく開かせながら、頭を振りました。

「この程度の低気圧はどこの海域にだってあるのさ。いままでそれに出会わなかったことのほうが不思議なんだ」

私はそんな声も風のなかに飛び散るのにまかせていました。そのときの私の気持としては、風が吹こうが、波が高くなろうが、そんなことはどうでもよく、ただ自分ひとりになりたかったのです。ひとりになって、頭のなかでこんがらがった問題を冷静にときほぐしたかったのです。

私は本当はすぐにもモニク・ファビアンと会いたかったのですが、少くともベルナールの愛の表明は、差し当って私の胸中でとどめておくべきだ、と思われました。もし彼女がそれを知れば、私同様――いや、私以上に苦しむことはわかっておりました。

「もう少し整理がつき、ぼくやベルナールがどう態度を決めるか、はっきりしてから、彼女に話してもおそすぎることはない」

私はそう独りごとを言いました。それからクルツに自室《キャビン》に引きこもる許可を得ると、ハッチを下りていったのであります。

船底《ボトム》は船底《ボトム》で、めずらしく横腹《ウエール》に当る波がどしん、どしんと響いておりました。サトヤム老人がスパナを持って、舷窓《スカットル》の外側の鉄製盲蓋《ブラインダー》を閉めて、いい、ねじで固定していました。

私は壁の真鍮《しんちゆう》の丸棒に伝って細い廊下を歩いてゆきました。誰かの船室《キャビン》の扉が船が揺れるたびにばたんばたんと音をたてて開いたり閉ったりしていました。私はよろめきながらそれを閉めに近づきました。

その船室《キャビン》にはターナーが蹲《うずくま》って、尻をこちらに突き出すようにして、何かごそごそやっていました。

「あ、君か」と私は言いました。「ばたんばたん音がしていたんで、誰もいないかと思ったんだ」

「それはどうも」ターナーは栗色の髪をかきあげ、灰色のぎょろ眼で私を仰ぎました。

「上甲板《うえ》じゃ皆働いているんだろうな」

「いま、畳帆は終ったところだ」

「ちょうどぼくは片付けなければならん仕事があってね」彼は手から埃《ほこ》りでも払うような動作をして、後手に扉を閉めました。私はその扉のあいだから、彼がベッドの下に何かトランクのようなものを仕舞い込んでいたのを見たのでした。トランクではなかったかもしれませんが、ともかく箱のようなものをベッドの下に押し込んでいたのでした。

「どうやら少々暴風《しけ》てきたぜ」

私はターナーがこんな航路を主張するから、悪天候に見舞われたのだ、とでも言わんばかりの、突っけんどんな調子で言いました。

「なに、ちょっとした低気圧さ」ターナーは船医《ドクター》クルッと同じような口調で言いました。「どこの海にいったって、一度や二度、強風や高波に会うもんだ。別に颶風ってわけじゃないだろう？」

「ああ、クルツはそう言ってたが……」

「あいつは情報蒐集には一流の腕を持っているから信用していい」ターナーは反った鼻で、軽く笑って言いました。「やつめ、われわれのことまで詳しく調べあげていやがるからね、用心したほうがいいぜ」

「ああ、以前、クルツ自身がぼくにそう言っていた」

「ふん、それならいいが」ターナーは灰色のぎょろ眼を動かし、先端の反った鼻の下の短い赤茶けた口髭をこすりました。「今朝も、ぼくは、やつからモニクのことを聞いてちょっと驚いたね」

「モニクのこと？」私は危く飛び上がりそうになりました。叫び出しそうになるのを、やっと怺《こら》えて、さりげなく訊ねたのです。「モニクのことって、いったい何だね？」

「君も驚いたろう？」ターナーは灰色の飛び出した眼をぎょろぎょろ動かし、愉快そうに言いました。「隠さなくったっていい。君の声が震えていたものな」

私は胸が急に高鳴るのを感じました。もし彼女とのことが知れていたら、私は何と答えるべきか、咄嗟《とっさ》に、あれこれうまい言い逃れを探しました。

「さすがの君も見当がつくまい」ターナーは反った鼻先を上に向けて得意そうに言いました。

「そりゃね、モニクとベルナールのことだよ」

私は激しい横揺れ《ローリング》のために思わず廊下をよろめき、壁に身体をぶつけました。辛うじて真鍮の丸棒を摑んで転ぶのを防ぎましたが、もしそんなことでもなければ、私は、ターナーの言葉に、驚きの声をあげていたにちがいありません。

「それはまた、どういうことだね？」私は平静を装って訊ねました。「モニクとベルナールはパリに出る前の幼友達だが、それが、いったいどうかしたのかい？」

「そうなんだ。それがただの幼友達ではなかったのさ」

ターナーは赤茶けた口髭を得意そうにこすりました。

「というと？」私はあくまで平気な振りを装いました。

「つまりベルナールはモニクを愛しているのさ。昔から変らずにね」

私がターナーの言葉を聞いて平静を装えたのは、ベルナールから聞いて知っていたというより、激しい横揺れ《ローリング》や、腹の底に響く横波の音に感情の動きを隠すことができたからでした。

それにしても船医《ドクター》クルツやターナーはどうして彼らのことを知っているのだろうか、と、私は自分に戻りながら考えました。ひょっとしたら私にはったりをかけて、私の本音を吐きださせる魂胆であるかもしれない。そうだったら、できるだけ、とぼけている以外に方法がない

——私はそう思って、ターナーの顔を眺めました。

「いったい君は何を根拠でそんなことを言うんだね？」私は静かな口調で言いました。「パリ時代だって二人は親しかった。二人は兄妹《きょうだい》といってもいいくらいだった。それを、なんでいまごろ改って言いだすんだね？」

「君はエリー・フランクの予言を憶《おぼ》えているだろう？」ターナーは壁に腕をのばして身体を固定していました。「ベルナールが誰かと結婚するという例の予言さ。あれはね、誰よりもベルナールが信じているんだ。ベルナールはそのため本格的な準備さえ始めているんだ」

「信じられんな」私は口のなかで言いました。

「君はベルナールがなぜ単身ニューギニアの奥地へ入りこんだと思うね？」

ターナーは灰色のぎょろ眼で私を眺めました。

「さあ、別に考えてもみなかったが……」

私は口ごもりました。考えてみなかったというのは嘘だったからです。私は彼が奥地へゆくと聞いて以来、なぜそんなことをしたのだろうかと考えに考えつづけていたのであります。私が思わず喉《のど》がつまるような感じに襲われたのも、そのためだったのであります。

「それは何の目的だったのだね？」

私は囁《ささや》くような声で言いました。それだけがやっと声になったのです。

「船医《ドクター》クルツが報告するところによるとだ」ターナーは赤茶けた口髭をこすって言いました。「ベルナールはモニクのために文化人類学の資料を集めに出かけたんだ、あのニューギニアの山地にね」

私は、一瞬、声が出ませんでした。それがベルナールの無償の、人に告げる意図のない、〈無一物〉に貫かれた行動であることは容易に理解できたからです。モニクが花粉病であることも乗組仲間《クルー》はみな知っておりました。奥地へ入りたがっているモニクのかわりに写真をとり、生活を経験し、その記録をメモしたことは、ベルナールが行った、唯一の、率直な愛の告白であったわけでした。

「君は——いや、クルツは、どうしてそれがそうだとわかったのだい？」

私はやっとのことで訊ねました。

「それは、クルツがベルナールの資料を見たからだ。一週間そこそこでよくあれだけ集めたものと、彼は感嘆していたがね」

「モニクはそれを知らないのかい？」

「まだ知らんだろう」

「なぜ見せてやらないのだろう？　見せてやれば、ベルナールが彼女を愛していることがすぐわかるのに」

「もうわかっているさ」ターナーは皮肉な調子で言いました。

「いや、それは見せてやるべきだ。ベルナールの真意を彼女に伝えるべきだ」

私はなぜかそう大声で言いました。

「君はそう思うかね？」

「思っていけない理由もないだろう」

私はぶっきらぼうに答えました。

「そうだな、いつか、それを告げるべきだろう。だが、告げると、立場の困る奴も出てくるかな」

私はターナーのこの言葉を聞いたとき、思わず「何だって？」と叫びました。むらむらと怒りがこみあげてくるのを感じました。

「まあ、驚くことはないさ」ターナーは私の怒りなど、まるで気がつかないという様子で、赤茶けた口髭をこすりました。「こういうことになったのも、彼自身の傲慢《ごうまん》さのためだからな」

私は何が何だかわかりませんでした。さっき横揺れ《ローリング》のとき、壁に頭をぶつけていたので、そのために考えがちぐはぐになり、物事をはっきり摑めなくなったのかもしれません。

しかしターナーが「立場の困る奴」といったその男が、私でないことは確かなようでした。とすると、私のほかに、困った立場に置かれる男がいたことになるわけです。「彼自身の傲慢さのためだ」と言ったターナーの口調から私には大体の見当がつきはじめました。

「彼ってつまり……」

「そうさ、やつ以外の誰がいると思うね、あの思い上がったフランソワ・ルクーの野郎さ」

私は顔から血が引いてゆくのがわかりました。あのときそばに誰かいたら、私が真っ青になっていたのに気づいたでしょう。

ターナーまで私に「どうしたんだ？　船酔いにやられたな？」と言ったほどでした。

しかし私が真っ青になったのは、実はフランソワ・ルクーが、私同様モニク・ファビアンと関係がある、という事実を知ったからでした。

裁判長殿、ならびに陪審員の皆さん。

私がしばらく前にサトヤム老人の言葉として、フランソワがある女と関係を持っている——秘密裡に結婚している、ということを陳述いたしました。私はその時点では、フランソワの相手は、当然、フランスに残してきたある娘であろう、と考えたのであります。私は、さまざまな結びつきの可能性は考えられるとしても、フランソワとモニクの関係だけは在り得ぬこと、不可能なこととして、ちらとも考えたことはなかったのであります。

ところが——驚くべきことでしたが——ターナーはフランソワがモニク・ファビアンと関係がある、しかもベルナールが愛を表明すれば「困る立場」になるという間柄として彼女と結びついている、と言うのでした。それは、フランソワが秘密結婚した相手がモニクに他ならぬ、ということではありませんか……。

その瞬間、私の頭のなかに、モニクが私を拒みながら呻《うめ》くように言った「ある理由」という言葉が、ジグザグに闇夜を劃《は》って光る稲妻のように通りぬけたのです。

私はターナーの言葉を聞いたように思います。遠くで彼が何かしきりと叫んでいるような気がしました。私はどこか渦巻きのなかに背中から引きこまれ、そのままどこまでも落下してゆくような気持を味わいました。

突然、何か熱い、灼《や》けるような液体が唇に触れ、むりやりに口の中に流れこみました。私は何度かむせながらその熱い辛い液体を飲みました。強い刺戟《しげき》が胸の奥を走り、私は衝撃を受けたような感じを味わいました。胃のあたりから快い暖かさが私を力づけてくれるように身体の中を立ちのぼってくるのでした。

「気がついたようだね?」

そう言ったのはエリー・フランクでした。柔和な、緬羊《めんよう》のようにのんびりした長い顔が私の鼻先に突き出されていました。

「ぼくはどうしちまったんだい?」

私は身体を起そうとして、少し照れ臭い調子で言いました。

「船酔いさ」ターナーの声でした。「重要会談の真っ最中にノック・ダウンだからな、君の航海歴もまだ黒帯にはならんぜ」

私はその言葉で一切のことを思いだしました。私が気を失ったのは船酔いからでも頭を打ったからでもなく、まさしくモニクがフランソワと秘密結婚をしていることを、この耳で確認したからでした。それは、私にとって意外というより、あり得べからざることでした。モニク・ファビアンはしばしばバンベルグの大聖堂の、清々しい、聡明な面ざしをした女性――あの「教会《エクレシア》」勝利の擬人像に似た表情を示すことがありました。しかしそれは私には比喩《ひゆ》ではなく、モニクその人の内実を表わしているように見えたのでした。

モニク・ファビアンは私たちに未婚女性《マドモアゼル》として振る舞っていました。しかも彼女はその健康な、もぎたての林檎《りんご》のような印象から、どう見ても、教会の彫像と同じ縹渺《ひょうびょう》とした、朝の大気のような感じを考えないわけにゆかなかったのです。

もちろん結婚そのものを私はとやかく言うのではありませんが、そうした本来祝福されるべき結びつきが、なぜ陰微な、半陰影のなかに置かれた、湿っぽい黒布のような「秘密」という形をとったのでしょうか。それは健康の仮面、処女の仮面、清浄さの仮面ということなのでしょうか。二人の間には何かそれ以上の秘密が、壺の底に蠢《うごめ》く蛇や蜥蜴《とかげ》のように蟠《わだかま》っていたのでしょうか。

しかしそれ以上に私の胸を突き刺したのはフランソワが秘密結婚の相手をもはや愛していないという事実でした。それは私を肉体の苦痛に似た痛みで突き刺したのでした。

私が意識を恢復したので、エリーは船室《キャビン》から出てゆきました。薄い栗色の髪を撫《な》でつけ、灰色のぎょろ眼で私を見ていたターナーだけが、なお、船室《キャビン》の入口に立っておりました。

「もう少し飲《や》ったらどうだい?」彼は手に持っていたコニャックの瓶《びん》を私のほうに突き出しました。

「いや、もう元気になった」私はベッドの上に坐って言いました。「とんだ醜態を見せてすまなかったな」

「なに、船酔いの上に頭を壁にぶつければ誰だってノック・ダウンされる」ターナーは注意深い眼でぎょろりと私を見つめていました。「それに話の内容も刺戟的だった。君はフランソワと仲がいいからな」

「別に仲がいい悪いに関係なく、君の話はぼくを驚かしたよ」

私はなお痛みと悲哀を胸のどこかに感じていました。

「君はモニクのような女性をどう思う?」ターナーが赤茶けた口髭をまたこすって言いました。言葉の調子は冗談めかしてありましたが、その灰色の、潤んだ、飛び出した眼は笑っていませんでした。

「どうって、ぼくは好もしいと思うね」

私は話題が微妙なところにきているのを感じました。

「そりゃ、好もしい女性さ。しかしぼくの言う意味は違うんだ。彼女がベルナールの愛を知ったらどうするだろうか、ということさ」

「それは……」私は言葉に詰まりました。ターナーはひょっとしたら秘密結婚のことは知らないかもしれません。単に二人がかつて愛し合っていたと思っているだけかもしれません。もしそうなら変なことを言うのは危険です。

私は、実は、そのときになって、ターナーが乗組仲間《クルー》のことを彼の側から一方的に当て推量で喋っているふしがあるのに気がついたのであります。そこで私はターナーのぎょろ眼を下から睨んで、「ぼくはモニクがどうするか予測もつかないな」と言いました。そしてすぐつづけて「しかしそれはそうと、君はニューギニアでベルナールの車に便乗して野生動物を観察にいったと話してくれたけれど、何か買い付けるものでもあったんじゃないのかい？」と言いました。

ターナーの顔に、素早く、幕のようなものが走るのを私は認めました。

「そんなものがあるわけがないじゃないか」ターナーは高笑いをして言いました。「そりゃぼくも原住民の市場を見てまわったがね。それは珍しい品物でも見つけようってね、いつもの山気が出ただけさ」

「君は何も見つけなかったのかい?」

私はじっとターナーの素振りを見ていました。

「ああ、適当なものはなかったよ」ターナーは身体を戸口から外へ動かしながら言いました。

「あんな蛮地じゃ、できるものも知れている。原住民の彫刻だって、装身具だって、もう飽きられるほど持ち出されているからね」

ターナーの身体はもう廊下に出ていました。彼は「それじゃあ……」という身振りで自分の船室《キャビン》のほうへ身体をむけました。

そのとき私は、何かが彼に追いすがらせるのを感じました。私は前後の考えもなく、ほとんど出まかせに、ターナーの背中から叫びました。

「しかしターナー君、ぼくはバーで君と取引したいっていう男に会ったんだよ」

図星でした。ターナーは私のわないに掛ったのです。彼は電気ショックに打たれたようにびくっとして飛び上がりました。

振りかえったターナーの顔には色がありませんでした。私は、その瞬間、ターナーが蒼白《あおじろ》い幽鬼の仮面をつけたのか、と思ったほどであります。

第四章　聖なるものの海

ああ、誰かよく溺《おぼ》れることができたなら、
神性の根源である大海のなかに。
——聖ベルナール——

裁判長殿、ならびに陪審員の皆さん。

私がターナーにむかって言った言葉がいかに彼の心を動揺させたかは、その瞬間、彼の表情が一変したことからも容易に察することができたのであります。しかし彼は顔色を変えましたものの、次の瞬間には自分を取り戻して、冷たい、歪《ゆが》んだような、わざとらしい笑いを頬に刻んでいたのであります。

「君は何か勘違いしているんじゃないかね。ぼくは少々金銭《かね》を換える必要があって、旅行社の男と交換率《レート》を高くして換えたんでね。そのことを君が知っていたのかと思って、びっくりした。

たしかに銀行に行かなかったのはよくないが、時間がなかったたし、率も有利にしてくれるんだし、この程度のことはどこだってやっているからね」

ターナーは明らかに私がはったりをかけたことに気づいていました。ですから、取引を申しでた男のことは無視して、ただただ、一瞬自分が顔色を変えた理由を、かなりのわざとらしさはありましたが、執拗《しつよう》に説明し、辻褄《つじつま》を合わせようとしていたのです。

「ともかく、取引したいなんて人間は知らないな」ターナーは反った短い鼻の下の赤茶けた口髭をこすりました。「君が名前を聞き違えたとしか思えないな。まったくぼくもどうかしているよ、君があの旅行社の男のことを言ったと思ってびっくりするとはね。だって闇率《レート》で換えたといっても、たかだか百ドル程度の金銭《かね》だからね」

私はターナーと別れて一人になってからも、ずっと頭痛を怺《こら》えながら、彼がなぜあのように顔色を変えたのか、あれこれと考えました。彼は、酒場で会った男と何か取引したのは確実ですし、その物件がターナーを狼狽させるごときものであったことも疑いの余地はありませんでした。

しかし私の思いは、間もなくモニクに移り、モニクが「ある理由」と呼んだものが、本当にフランソワ・ルクーとの秘密結婚なのだろうか、と、胸苦しい気持を抱きながら、考えつづけました。

船腹《ウエール》にぶつかる波が、腹の底に響くような重い音でずどん、ずどんと鳴り、そのたびに柱や壁や床がみしみしと不気味な音をたてて軋《きし》むのでした。私は甲板に出てし残した作業に加わるべきでしたが、全身からおかしなほど力が抜けていて、立ち上がろうという気にもならないのでした。

私はうとうと眠ったのだろうと思います。身体を壁に凭せ掛けたまま、電燈もつけ放しで、寝台の上に坐っていたのであります。毛布が膝にかかっているところを見ると、モニクか誰かが部屋《キャビン》をのぞいていったに違いありません。

一眠りしたせいか、頭が痛いのはとれ、身体にも幾分元気が戻っていました。時計を見ると、夜半に近い時間でした。低気圧圏を脱していたらしく、さっきあれほど船腹《ウエール》に打ち寄せていた波の音は遠のき、船が波を越えるたびにぶつかる船首《ステム》のほうの底ごもった音が、一定のリズムで響いているだけでした。

私はベルナールの個室《キャビン》を覗きましたが、彼はいま眠りに入ったばかりという様子で、枕に顔を埋めておりました。おそらく波が静まるまで甲板に出て奮闘していたに違いありません。私は、彼の金褐色の髯面を見ていますと、不思議な感動を呼びおこされました。彼は眼を固く閉じていましたが、それは安らかに自然に閉じたのではなく、何か必死になって固く眼をつぶっている、といったような感じでした。人は寝顔にその本性を表わすといいますが、ベルナールの寝顔は、彼がひたむきに何かを求めている、激しい渇望の表情をそのまま示していました。私はなぜか彼が眠りながらも祈りつづけているのではないかと思ったことを憶えております。

私は向い側の船医《ドクター》クルツの部屋《キャビン》を覗きました。彼は机に向って分厚いノートに何か書きこんでいました。ひょっとしたら、私がターナーの言葉を聞いた直後、軽い失神を引きおこしたことを記録していたのかもしれません。

「おや、もう歩けるのかい?」クルツは灰色の、皺の多い、がっしりした顔を机から上げて言いました。「あの突然のしけで君は一種の船酔いにやられたんだな」

私はそんなことはありえないと思いましたが、わざわざ彼に真相を説明する気にはなれませんでした。

「もうすっかり元気になった」と私は入口の手すり《ハンドレール》を握りしめて言いました。「宵の口、ぼくが操舵《そうだ》当直だったが、あんなことで迷惑をかけたと思う。これからあと、ぼくがやってもいいんだが」

「一日二日、休んだって構わないぜ」

クルツはじっと私を見つめました。

「いや、本当に、もう大丈夫なんだ」

私は船医《ドクター》クルツにそう言いました。それは強がりでも何でもなく、こんな夜、眠られもせず、あんな船室《キャビン》の中で、身のまわりでつづいて起ったことを考えていたら、きっと気が変になるかもしれません。

「じゃ、あと二十分ほどで当直交替だから、時間になったら操舵甲板《ステヤリング・ブリッジ》にいってくれ給え。いま、エリーが舵輪《ホイール》を握っている」

私はすぐ昇降口《ハッチ》を上り、後部甲板に出ました。空気は生温く、湿っていて、雲のあいだから半月が輝き、暗い海面にきらきら影を砕いておりました。なお、うねりの名残りが海面を黒く、ねっとりと動かしていて、舷側に盛り上がっては波頭を夜目にも白く砕いておりましたが、風は南東から断続的に吹いているだけでした。前檣《フオアマスト》も主檣《メインマスト》も畳帆していて、船はいわば風のまにまに漂うだけで、当直の役割は船の周辺に気を配り、天候の変化に注意して、横波や突風に船がやられないようにすることでした。

「誰だい？」

数学者のエリー・フランクののんびりした声が聞えました。

私は名前を言いエリーの手を握りました。手は冷たく湿っていました。

「のこのこんなところにきていいのかい？」エリーは私が失神したとき、そばにいましたので、心配そうな調子で訊《たず》ねました。「さっきは相当ひどく参っていたぜ」

「ああ、一眠りしたら元気になった。もう大丈夫だ。こんどは君がゆっくり眠る番だ」

「たぶん今夜はこれでおさまるだろう」エリーは半月のほうを睨《にら》みながら言いました。「一時は颶風《ぐふう》のなかに突っこんだかと思ったよ」

「いつごろ風がおさまったんだい？」

「午後九時すぎだ。急に風が変ったと思ったら、風力が落ちた。ともかく畳帆作業でみんなくたくたになっている。今夜は展帆はとても無理だ」

「一晩ぐらい漂蹰《ライイング・ツー》したってどうということもないさ」

私たちはなお二こと三こと言葉をかわしてから別れました。この夜は、突風にそなえて、一応生命綱《ライフライン》を身体に縛りつけ、後部の操舵甲板《ステヤリング・ブリッジ》に立って舵輪《ホイール》に手を置いていました。風に真向いに船を定位させておくことをのぞくと、当直の仕事は何もありません。帆《セール》を巻きあげた帆桁《ヤード》が時どき前後に揺れたり、帆檣《マスト》を支えている支索《ステイ》がぶるんぶるんと風に震えたりしました。

三十分ほどしてから、私は舵輪《ホイール》を固定させ、前部甲板のほうへ懐中電燈《トーチ》を照らしながら歩いてゆきました。波もずっとおさまっていましたので、その間に、船がどの程度やられたか、見ておいたほうがいいだろうと思ったのでした。

私が前部甲板にまわったとき、懐中電燈《トーチ》の光の輪の中を何か黒いものが弾かれたように転がり、索具《リギン》の隅に畳みこんであるごわごわした帆布《セール》のかげに入りました。

私は懐中電燈《トーチ》の光の輪の端で白い海鳥のように羽を拡げたものが、身をすくませ、身体を小さく折り畳むのを見たように思いました。もちろんそう感じただけで、それが何であったか、見たわけではありません。

私は私で、びくっとして、一歩飛びのき、あらためて懐中電燈《トーチ》を帆布《セール》のごわごわ積まれた塊りのほうに向けました。光の輪に照らされたのは黒人のケインでした。

「誰だね？」ケインは眩《まぶ》しそうな顔をしながら、光の幕の奥を見るような眼をして言いました。

「当直か？」

私は名前を言って、とんだところを邪魔したと言いました。しばらくすると、意外なことに金髪のナタリーが身繕いをしながら光の輪の中に現われ、悪びれた様子もなく、ケインの腕に自分の腕を差しこんで、ぐったりした感じで肩に頭をつけるような様子をしました。

「何も謝ることなんかないんだぜ」黒人ケインは大きな額の下の、利口そうな眼を輝かして言いました。「ぼくたちは勝手にこんな場所にいた。君がここを見てまわるのは君の義務だし役目なんだ。謝るのはぼくたちのほうさ」

「とにかくぼくは失礼した」私は懐中電燈《トーチ》を消しました。「せめて歌ぐらい歌っていればよかったな」

「それだって余分のことさ」ケインは闇の中でナタリーの身体を引き寄せて言いました。「君は何を見たって驚く必要はないんだ。それは自然なことだし、自明なことだし、神聖なことでもあるんだ」

　私は黙っていました。

「君はまだ自分の羞恥心《しゅうち》にこだわっているのかね？」

　彼は私の手から懐中電燈《トーチ》を取ると、それで私の顔を照らし、それから懐中電燈《トーチ》を消すと言いました。

「いいかね、ぼくらは、ほかの仲間《クルー》のようにただ衝動的に結ばれているんじゃない。ナタリーとおれは真実愛し合っているんだ。ぼくらの行為は神聖なことだ。君はむしろぼくらを祝福すべきなんだ」

　私はケインの言葉を嘘だとは思いませんでした。しかし果してナタリーも真底から黒人ケインを愛していたのでしょうか。私は懐中電燈《トーチ》の端に、闇夜に羽を閉じる海鳥のように、おぼろげに白い脚が縮んでいった姿を、まるでスローモーション・フィルムで見るように感じていたことを思い出していました。

　私は二人が去ってから、また操舵甲板《ステヤリング・ブリッジ》に戻ると、ケインの言葉を反芻《はんすう》しました。ぼくらはほかの仲間《クルー》のように衝動的に結ばれているのじゃない——彼はそう言いましたが、それは、明らかに乗組仲間《クルー》が衝動的に結びつく例を彼が知っているということに他なりません。もちろん私もモニク・ファビアンの拒絶がなければ、彼女と肉体的な関りを持ったわけですから、一概にそれを否認することはできませんが、少くとも私たちが目ざした航海は、そうした自由放縦《ほうじゅう》な関係の中に崩れてゆくのではなく、あくまでベルナールが高く掲げた理想を実現するためのものでしたから、さりげなく言われた黒人ケインの言葉は、私の心に憂苦とでも言った気分を呼びおこしたのであります。

裁判長殿、ならびに陪審員の皆さん。

私がこれから述べて参ります行為《おこない》や出来事のなかには、普通の常識や道徳では律し切れぬものが幾つかあると存じます。だからと言って、冒頭にも申しあげましたように、私たちが極限状況のなかで理性を失っていたとしましても、決してそうした獣的な放縦を求めていたのではありません。私たち全員の真実を陳述するために、私自身の個人的好みや羞恥心を乗りこえねばならぬ場合もあり、それは当然、当法廷の皆さま方にも不快な印象を与えかねないと危惧するものであります。しかし私は、乗組仲間《クルー》の貴重な犠牲を弔うためにも、表面的な、綺麗ごとだけで、陳述の辻褄を合わせたくないのであります。

実は、私はターナーのことをあれこれ考えながら、ターナーは金髪のナタリーと関係を持ったのではないか、という、かなり確実な心証を得ておりました。たとえばポートモレスビーで私たちは二晩ほど市中のホテルにとまりましたが、そのあと、ナタリーが、ターナーと会うためにホテルにいったことが、サトヤム老人の言葉から推測されたのであります。

それは何のきっかけだったか忘れましたが、サトヤム老人と話していて、私がもう少しホテルに長いこと泊ることができればよかった、と言いますと、そうなさっていた方があったんじゃないのですか、と言うのです。

「いや、ホテルは二晩だけ、というのがベルナールの決定だった。みんなそれでがっかりしたんだ」

「そうでしたか。私は港を出る数日前、ナタリーさんがホテルから出てくるのをお見かけしたので、この狭い船室《キャビン》でくさくさしておられた方は、勝手に外泊されていたのかと思っておりましたよ」

サトヤム老人は何気なくそう言いました。しかしその言葉は私に、青い眼を物憂そうに開いている、投げやりなナタリー・ワイズの本心を垣間見せてくれるように思ったのでした。というのは、ポートモレスビーに停泊中、外泊した者もいたかもしれませんが、ただ手足をのばすためだったら、何もホテルにゆく必要はなかったからです。つまりナタリーがホテルにいったのは他に理由があったに違いないのです。そしてまた一方、私は、船に戻ってきたターナーを見たとき、彼が奥地で特殊な猿の生態を調べていたと言ったわりには、小ざっぱりしていて、町のホテルにでもいたような印象を受けたのです。

もちろんこれは私の推測にすぎません。俗にいう下司《げす》の勘繰りという類の、程度の悪い想像であったかもしれません。しかしもしターナーがホテルに寝泊りして、何か取引のようなことをしていたと仮定すると、そこへナタリーが現われたとしても、とくに不自然な推測ではないのです。いや、むしろ蓋然《がいぜん》性の強い推測と言わなければなりません。私はそれ以来、この二人の関係を事実と見なすことにしたのであります。

おそらくターナーはマリア・カザローネに婚約取消しの撤回を求めていて、それに埒《らち》があかないので、マリアの嫉妬心を刺戟《しげき》するためか、あるいは腹癒《はらい》せのためか、それとも破れかぶれでか、ともかくナタリーに言い寄って、彼女と肉体的な関係を結んだに違いない——私はそう考えたのであります。

ところが、それからまだ一週間とたたないうちに、私が確実な事実と信じたことが見事に裏切られたわけでした。

私が当直あけのその朝、曇った海上の遠くを眺めながら、ぼんやりしていたのは、周囲の人間関係が妙に入り組んだものに感じられだしたからでした。

夜明け前の曇り空が低く海のうえに垂れていて、波は黒ずみ、前日の時化《しけ》の名残りの大きなうねりが船をゆっくり持ち上げては、また、弾力のある吸引力で、波と波のあいだに引きこんでゆきます。水平線の雲が切れて、朝焼けが赤く滲んでいました。すでに水夫たちの甲板磨きがはじまり、船内の鐘が鳴りつづけました。

時化からずっと帆《セール》を畳んでいた〈大いなる眞晝《グローセル・ミツターク》〉号が一斉に羽をひろげようとしていました。ベルナールが甲高い、罅割《ひびわ》れたような声で「前檣《フオアマスト》、第四帆《アパートツプスル》、展帆用意」「揚索《ハリヤード》につけ」「横帆畳綱《バントライン》、展帆索《ダウンホール》、放せ」と叫びます。私はエリー・フランクと組んで前檣《フオアマスト》にのぼり、右舷にのびている帆桁《ヤード》を左手で抱え、素足でフットロープを踏みしめると、右手で帆布《セール》を括《くく》りつけてある括帆索《ガスケット》をはずしてゆきます。風は甲板にいたときより、ずっと強く吹いている感じで、括帆索《ガスケット》がはずされた途端、あのごわごわした重い帆布《セール》が、風下にむかって、まるで生きてでもいるように拡がり、羽をばたつかせる巨大な蝶さながらに暴れだすのでした。私たちが括帆索《ガスケット》を順々にはずしてゆくと、眼の下に、斜めに脹《ふく》れあがり、滑らかな硬質ガラスのように反りかえりながら白く波頭を砕いてゆく波の群が、小さく、飛ぶように、走りさってゆくのが、ちらりと見えるのです。それは眼のくらむような遠い距離なので、はじめの頃、私たちはフットロープを踏んだら、決して下を見てはならないと教えられたものでした。しかしすでに三千哩《マイル》を走りぬいてきた私にせよ、エリー・フランクにせよ、この虚空での作業は、何か爽快《そうかい》な、緊張した、雄々しい喜びに溢れた動きなのでした。私たちがはずした帆《セール》は、甲板で揚索《ハリヤード》を引きしぼる四人の水夫やフランソワたちの手で、みるみる大きく四角く脹れあがり、風の唸りのなかで、帆桁《ヤード》に固定されてゆくのでした。

風は西から吹き、冷たく、湿っていました。熱帯の風にしてはめずらしく、ひたむきな感じで吹いていて、帆《セール》や支索《ステイ》はごうごうと鳴りつづけました。ベルナールの意向では、早くこのニューヘブライズ諸島とニューカレドニアの間の海峡をぬけ、東経百七十度線をこえてから、一挙にニュージーランドにむけて南下する予定でした。

もちろんこの計画は、フランソワ・ルクーがあくまで颶風の多発海域から離脱することを主張していたため、あらためてベルナールと船医《ドクター》クルツが決めたのですが、ほぼ百四十度（東南）に羅針盤《コンパス》をむけていた〈大いなる眞晝《グローセル・ミッターク》〉号にとって、西風は願ってもない追手《クオーター》となっていたのでした。

私たちが順次に展帆した前檣《フオアマスト》の横帆《スクエア・セール》はいずれも右舷《うげん》にわずかに開かれ調整《トリム》されていましたので、船体は左へかすかに傾斜《ヒール》し、船首《ステム》で砕かれた波が躍りあがってくるのでした。

かつて八丈島の大レースの折、私は二噸《トン》級ヨットを仲間三人と走らせたことがありましたが、順風《フリー》を受けて赤い大型帆《スピンネーカー》を張ったとき、ちょうど〈大いなる眞晝《グローセル・ミッターク》〉号と同じようにそれこそ波の上を飛ぶように疾走した記憶があります。

たしかにそのときも爽快でしたが、しかし〈大いなる眞晝《グローセル・ミッターク》〉号のほうは大きさも違えば、その張りわたした帆《セール》の数も違います。ヨットが波間を疾走する鷗《かもめ》なら、これはうねりの上を疾駆する荒々しい海鷲《うみわし》でした。私は後部甲板に立って、ベルナールの命令下に主帆《メインスル》の横檣支索《ブームシート》を環《ハンクス》に通して船尾《スターン》の索止め《クリート》に縛りつけ、固く脹らんで弓なりになった帆布《セール》が、生きもののように唸り、もだえ、呼吸するのを見ていると、また、あの荒々しい、晴れやかな歓喜の思いが胸に湧《わ》きあがってくるのでした。

すっかり明け渡っていましたが、雲は空を覆ったままで、波も黒ずんだ深い藍《あい》色に見えました。時おり〈大いなる眞晝《グローセル・ミッターク》〉号の縦揺れ《ピッチング》のリズムが大きなうねりと合わなくなると、傾いた船首《ステム》がまともに大波の壁をぶち抜いてゆきます。そのたびに船首《ステム》から巨大な波しぶきが、白い傘形の花火か何かのように、ゆっくりと、前甲板に降りそそぐのでした。

すでに長い航海のあいだ、何度も味わったことですが、海図《チャート》の上ではほとんど数糎《センチ》に足らぬ距離でも、実際、この広大な海原を走ってみると、帆船の足では、三日も四日もかかる距離でした。海図《チャート》には、右舷にロイヤルティ諸島がつづいているはずでしたが、もちろん水平線は青黒い波また波で閉され、通過する船の影も見えません。ただ、例によって、船の進行に驚いた飛び魚の群が、あたふたと、波の峰を飛びだし、幾つかの峰を越えて、向うの波間に、礫《つぶて》のように飛びこんでゆくだけでした。

早朝の展帆作業が終り、エリーと船医《ドクター》クルツが午前六時の現在位置の確認をすると、新たに進路百十五度が指令されました。帆桁《ヤード》は船首尾線《キールライン》に直角にまで引きこまれ、逆に主帆《メインスル》の支索《シート》はいっぱいに伸され、俗にいう観音開き《ウイング・エンド・ウイング》に近くなりました。そのため船の傾斜《ヒール》は弱まり、前よりも縦揺れ《ピッチング》が大きくなったように思われました。しかし船脚の早さは一向に衰えを見せません。

朝食後、私たちは環礁《かんしょう》群と低礁に備えて、二時間ずつ、船首《ステム》の見張りに立つことになりました。環礁は遠目にも波を白く長く砕いておりますので、操舵当直にも見わけられますが、低礁となると、白い渦が波の下に揺れていて、ほとんど白濁した雲塊のようにしか見えません。波の動きを注意して見れば、それを見つけることは困難ではありませんが、そのためには専任でその発見に当る人間が必要です。私たちはすでにニューギニアに近づいてから、ずっと監視当直を二人選んでおりましたが、それはニューカレドニア海域を脱するまで解除するわけにゆかなかったのであります。

私は午後になってベルナールと当直に立ちました。彼は船首《ステム》の手すり《ハンドレール》を握って、息苦しいような風を受けながら突っ立っていました。時どき、高波のしぶきが船首《ステム》の上に滝となって降りかかってくるので、彼は半裸になっていたのです。私はそんなベルナールを見ていると、滝に打たれて修行する行者か何かを眼の前にしているような気持になりました。彼は半ば本気でしたが、半ば子供っぽい遊びの気持があったのだと思います。

私はそんなベルナールに話しかけました。私も半裸になって、手すり《ハンドレール》を強く握りしめておりました。

「この前、君が話したことが、まだ、ぼくの中で、何とも言えぬ驚きとなって残っているんだ」

彼は私の言葉が一瞬わかりかねるような表情をして、金褐色の髯のなかで口を半ば開けたままにしていました。灰青色の、腫《は》れぼったい眼は、困惑したような色を浮べていました。

「話したこと？」彼は口のなかでつぶやくように言いました。「それは何のことだっけ？」

「君がモニクについて言ったことさ」

「うん、モニクのことか」ベルナールの顔はいっそう困惑の色を浮べました。灰青色の眼は、すっぱいような表情に細められ、瞼《まぶた》の上に寄った皺が、明らかに彼の狼狽を示していました。

「そのことは別に、（えーむ）話題にしてもらわなくてもいい。本当は言葉にすべきことじゃないんだ」

「しかしこれは大事な問題なんだ。だからこそ、ぼくは、あえて君に訊《き》きたいんだ。おそらくもっと前に訊いておくべきことだったかもしれない。だが、なぜか、それが躇《ためら》われた。理由は知らない。しかしぼくはどうしてもそれを訊きたい事情があるんだ」

「モニクのことでだね？」

「ああ、モニクのことでだ」

「それはどんなことなんだい、あらたまって？」

「率直に訊ねるから、気に障ったら許してほしいんだ」

「なんでも（えーむ）言ってくれ。ぼくはすべて（えーむ）君に洗いざらい話すつもりだ」

「それじゃ訊ねるが」私は、青黒い波のつづく水平線に眼を遣っていました。「君はなぜモニクを愛しながら、彼女を放置しておいたのだ？　なるほど君は『この世の所有・非所有を越えた形で結ばれ、女性を、真にその女性であるように保つ』と言った。だが、その女性が、君が手を触れないばかりに、他の人の手に触れられ、その人なりに勝手に変っていったら、どうなると思う？　それでも君は『真にその女性であるように保つ』と言うのだろうか？」

ベルナールは眉と眉のあいだに深い皺を刻み、じっと船の前を眺めていました。金褐色の髪と髯が風に吹かれ、そのなかで灰青色の眼が悩ましげに見開かれていました。

「それは、君、（えーむ）ぼくの本当の気持をわかってくれていない」しばらくして風のなかでベルナールは言いました。「その女性が『真にその女性である』とは（えーむ）そのひとが昔のままに変らない、ということじゃない。ぼくがそのひとをそのままに見る、ということが問題なんだ。ぼくは（えーむ）〈無〉なのだから、その女性が、別の人物によって、よしんば変るようなことがあっても（えーむ）そのまま、ぼくは受けいれることができるんだ。つまり（えーむ）『その女性を真にその女性であるように保つ』とは、その女性のそうした変化全体をひっくるめて（えーむ）まるごと引きうけようということなんだ。ぼくが『この世の所有・非所有を越える』と言ったのは、ちょうど月が三日月になり半月になり満月になるのを、池の水が変りなく映すように、その女性の変化するすべてをありのままに映し、受けいれる。（えーむ）ただそうして『その女性を保つ』ことが喜びとなり、生きる充実感となる（えーむ）。あたかもこの海や風や夜や船がぼくらの喜びであり、生の充実であるように、だ」

私は幾らか紅潮したようなベルナールの顔を眺めました。そのとき船首《ステム》に高波の壁が、半透明のガラスの壁のように巻きかえり、そのまま、白い泡を噛《か》みながら、飛沫となって私たちの上に落ちかかりました。私は手すり《ハンドレール》をつかむ手に力を入れました。甲板に乗りあげた波は渦を巻きながら舷側の外へたぎり落ちてゆきました。

海豚《いるか》の群が右舷に例のとおりの滑稽な跳躍をはじめました。波から飛び上がっては、私たちのほうを小さな象の眼のような眼で眺め、身体を一転させて、また波間に潜りこんでゆくのでした。

「ねえ、ベルナール」私は高波が過ぎさった後で言いました。「君はこの場合、当の女性の感情は問題にしないのかね？」

ベルナールは黙っていました。相変らず眉と眉の間の皺を深めたまま、船の前方を眺めておりました。

「ぼくはね、相手が青空であり、花であり、風であるならば〈無〉であるぼくらの前に、それらが純粋な喜びの形で現われることはあり得ると思うよ」私は唇の上に海水の塩辛い味を舌の先で嘗《な》めながら言いました。「だがね、相手は生命もあり感情もある女性だ。君は〈無〉だと言っても、相手は君を一人の男として認めるんだ。まさか君は自分を透明人間だなどと思ってはいまい？」

私は少々ベルナールの奇妙に重苦しい思考に苛立っていたのでした。もちろんふだんならそんなことは考えられなかったのですが、ベルナールさえ、はっきり態度を表明してくれたら、モニクが私を拒絶することにはならなかったろう——そう思うにつけて、私の何とない苛立ちが口調に出ていたに違いありません。

ベルナールはそれに驚いたかのように、金褐色の髯のなかで、灰青色の眼を大きく見開いたまま、しばらく私のほうを眺めつづけていました。

「ああ、どうか、問題を（えーむ）偶然的な事柄に結びつけて考えないで欲しいんだ」ベルナールは間もなく、考え考え喋りだしました。「君は女性を青空や花や風とは別物に考えている。女性は（えーむ）感じ考え行動する存在《もの》だと主張する。たしかにそれとこれを同一に並列させてはならない。だが（えーむ）青空や花や風が〈喜びの形〉だと君が感じるのは、ただ空や花や風を見ているからじゃない。大都会の住人にとっては、空も花も風も（えーむ）ただの事物《もの》でしかない。別にどうといって変ったところのない、日々ありきたりの、自明の事物でしかないんだ。彼らは（えーむ）ただ、空があると思い、花があると思い、風が吹いていると思うだけだ。いや、時には（えーむ）そんなことにも気づかずに、せっせと舗道を歩いている。電車にゆられている。ビルの階段を駆けおりている。ところが（えーむ）君は、それを〈喜びの形〉と言った。そうだ、青空は君にとっては喜びなんだ。花は……風は……（えーむ）君に激しい喜びを呼びおこすんだ。それはただ青空が屋根の上にあるというだけだろうか。昨日もあり、今日もあり、明日もある青空が、平凡に、変哲もなく、そこに薄汚れて拡がっている、というのだろうか。いや、そうじゃない。その青空は（えーむ）驚きなんだ。奇蹟《きせき》なんだ。生れて初めて見る美しい青なんだ。百日に余る冬の暗い曇り空の揚句に仰ぐ春の新鮮な青空と同じものなんだ。女性だって（えーむ）眼を見交した瞬間はぼくらの心をときめかす。新鮮な青空や花と等しいんだ。ところが（えーむ）ぼくらは現在、そんな清らかな恋人たちを実際に見ているだろうか。ぼくはあの薄汚い大都会の男女のことを（えーむ）君に説明したいとは思わない。冷えきった、黴《かび》のような、シニカルな、肉体のゴムに過ぎなくなった彼らが、廃品処理場のなかへいや応なく押し出されてゆくのを（えーむ）ぼくらは見るほかないじゃないか。なぜこんなことになったのか？　それは男が女を、女が男を、所有しようと思ったからだ。しかも（えーむ）肉体という、この神々の楽器を、清らかに吹き鳴らすことを忘れてね。肉体は（えーむ）彼らにとっては、もっとも下等な肉の塊りに下落しているんだ。君は大都会の混雑時に（えーむ）役所へ、会社へ、事務所へ、電車から吐きだされてゆく群衆を見ないだろうか。ぼくはパリの街頭で、ロンドンの広場で、あの目の色の変った、気違いじみた群衆の列を見ていると（えーむ）途端にと殺場に追いこまれてゆく家畜の大群を見ているような気になるのだ。しかも彼らは自分で神々の清らかな楽器になる資格と能力があるのに、それにもかかわらず（えーむ）わざわざ下等な肉の塊りになってゆくんだ。豚たちのように泥のなかに転げこみ、ぶうぶう鳴き、ごみのなかに鼻を突っこんで、快楽を覚えているんだ。だが（えーむ）これは人間にふさわしいだろうか。人間が品位を持とうと努めてきた歴史にふさわしいだろうか」

ふたたび高いうねりの壁に〈大いなる眞晝《グローセル・ミッターク》〉号は船首《ステム》を突っこんでゆきました。私たちは滝のように降りかかる水しぶきのなかで、しばらく黙りこくっていました。

「ぼくが女性を青空や花や風と等しい存在にしていると（えーむ）君は言うが」とベルナールはしばらくして言葉をつづけました。「もしそうなら、それは、女性を放置したり、無視したりするためじゃない。この世の（えーむ）所有・非所有を越えて『女性を保つ』のは、それ以外に新鮮な喜びを持ちつづける方法がないからだよ。それは（えーむ）お互いにそうなんだ。ぼくらはすべて〈無〉になる。一切を放棄する。そのなかで青空も花も風も、そして（えーむ）女性も〈喜び〉として受けとれるんだ。そのときこそ、ぼくらの肉体は神々の楽器として鳴りひびく。清らかな音色で、無限の諧音《かいおん》をひびかせるのだ」

正午がきて、私たちが交替するまで、私は同じような議論をつづけていたことを憶えております。しかしことモニク・ファビアンに関するかぎり、私はベルナールの、この頑固な主張を打ち破ることはできませんでした。また実際にも、私はベルナール流の〈無一物主義〉を徹底させることで、今まで味わうことのできなかった強烈な歓喜の思いを、何度か経験していました。ですから、彼が「女性をそのまま保つ」というのも、たしかに理由のあることだとは思いました。しかしそれは美しい一枚の女性の肖像画の前で、じっと恍惚の思いに浸っているのと、同じではないでしょうか。なるほど深い甘美な陶酔はそこに感じられます。たとえば優しいフィリッポ・リッピの描く聖母たち、バルトロメオ・ダ・ヴェネツィアの描くルクレツィア・ボルジアの美しさを味わうためには何度でも中部イタリアの野をさまよってみたいと思うのであります。しかしその肖像のなかの女性たちは動くわけでも、感じるわけでもありません。私が問題にしたかったのは、ベルナールはそれで満足し、歓喜しているが、相手のモニク・ファビアンはどうなるか、ということでした。ベルナールに言わせれば、この航海は、モニクに捧《ささ》げた自己放棄の祭典だということになります。しかし現にモニク・ファビアンはベルナールとタイ王族出身のスウォンの関係で悩み、フランソワとも普通ではない関係を持っているように思えるのです。すくなくとも「ある理由」(それが正確にわからないことが私を苦しめていたのですが)が私とモニクとの関係のなかに大きな影を投げかけていたのであります。

私がベルナールと論じたのも、その点でした。しかし彼は、私のその考えを、所有・非所有の圏外へ出られないために生れたものだ、と言ったのであります。

「人間は新しく鋳直されなければならない。新鮮な光の下で、神々の楽器として生れ変らなければならない。そのためには、まず誰かが、所有・非所有の圏内に幽閉された人間を救い出すことが必要なんだ。ぼくら〈大いなる眞晝《グローセル・ミッターク》〉号の乗組仲間《クルー》は、その第一歩を踏みだしたのだ。大航海時代の帆船は地球の未知の海を冒険した。ぼくらは遠い南洋の海を航海しているが、実は、人間の歴史の新しい未知の領域に向って冒険しているんだ。所有・非所有だけで縛られていた人間の考えを、この〈無一物〉という新鮮な領域のなかに導いてゆくんだ。人間はまだ所有・非所有の薄暗い洞窟のなかにいるから、〈無一物〉の明るみに出ると、その新鮮な光が眩しくて、眼が開けていられなくなる。ぼくらはいまそんな状態にいるんだ。だが、この過剰な光こそ、人間が何千年もの歴史の果にようやく手にした浄福の予兆なのだ」

私もモニクのことがなければベルナールのこの意見には全面的に賛成でした。事実、賛成したからこそ、世界周航の旅にも参加したのであります。しかしモニク・ファビアンの苦しみを私がまざまざと感じるようになると、このベルナールの考えに、私なりの疑惑、迷い、躊いが生れてきたのであります。

なるほど私はベルナールの〈無一物主義〉に徹し得ないために、なお、そうした迷妄《めいもう》のなかに捉われていて、眩しい真実の光を仰ぐことができないのかもしれません。問題が、ひとり私のそうした迷妄に関しているのであったら、私も、しばらく航海のあいだ、ひとり黙って、なおあれこれ考えつづけたであろうと思うのであります。しかしそれはモニクとの関係のいわば大きな障害でありましたし、そこから話し合ってゆかなければ、私とモニクは永遠に氷漬けになったように身動きできないことになります。

ちょうどその頃、私が船長ベルナールに感じた危惧は、実は、ターナーが何気なしに「ベルナールは存在していないのも同様なんだ」と言った言葉に率直に表われていたように思います。それは、夜、波の音を聞きながら、船尾《スターン》の食堂兼談話室で私が神秘哲学者たちの文選集《アンソロジー》を読んでいたときでした。ターナーはずっと当直に立っていて、そのとき甲板から降りてきたのでした。彼は、食堂の隅にある湯沸し器でコーヒーをいれると、「今夜は少し冷えるな」と独りごとのように言いながら、私のそばに腰を下しました。

彼はめずらしく私のためにもコーヒーをいれてくれました。私は礼を言ってそれを口にしました。

「何を読んでいるんだね？」

ターナーは灰色のぎょろ眼で開いてある本を眺めました。短い反った鼻の下の赤茶けた口髭が、何となく濡れているような感じでした。私は本の名前を言いました。

「ぼくは神秘思想にはどうも馴染めない」ターナーは何か考える口調で言いました。「神秘主義者ってのは〈閉じる〉ってギリシア語を語源にした言葉だ。おそらくベルナールもその意味では一個の神秘主義者だ。なぜって彼の世界は閉じているからだ。彼はこの世界を歓喜の生成と見ている。自己を棄て――つまり例の〈無一物主義〉さ――この大宇宙と合体することによって、大空も風の唸りも大地も海原もすべて歓喜の歌をうたっていると感じるのだ。だが、そいつはベルナールの白い脳髄に映った大宇宙でしかないんだ。彼は自分の脳髄のなかの幻影を、ちょうどプラネタリウムの幻燈機が模型の天空に星空を映写するように、この実在の宇宙に投射しているのだ。それはまるで自分の周囲に眼に見えないガラス球をつくっているようなものだ。ベルナールは自分勝手のガラスの大宇宙をつくって、その内部に縮こまっているんだ。彼が何かを言ったって、それはガラス球の外側にいるぼくらには伝わってこないのだ。彼は球のなかに閉じこもっているからね。このことを一番よく知っているのはフランソワさ。奴さん、昔からの馴染みでベルナールのことは何から何まで見ぬいている。フランソワにとっては、球のなかに閉じこもった人間など存在しないも同様なのだ。ベルナールがあの神秘のガラス球のなかにとどまるかぎり、フランソワはベルナールと自分が同一の人間であると思いこんでいる。奴さんにとってはベルナールは存在していて、実は存在していないんだ。だが……」

ターナーはぎょろりとした灰色の眼を大きく見開いて、私のほうへ気味の悪い表情をして、しばらく言葉を切りました。

「だが、それはベルナールにとっても事情はまったく同じなのだ。ベルナールにはガラス球に投影したぼくらの影は存在していても、このぼくらというもとの人間は存在していないのだ。ぼくに言わせれば、この大航海もガラス球のなかでの水遊びにすぎないのさ。神秘主義者ってのは、自分のポケットを裏返しにして遊んでいる子供のようなものなんだ。自分の内部をただ外側に投射して、それを本物だと信じているんだからね」

私はむろんターナーの意見に反対して、神秘主義が人間の内面を自覚させたり、単なる物質生活の水準を越えた生の意味を求めたりした点を強調しました。ターナーがああ言えば、私はこう言うといった具合に、絶えずターナーの論拠に反対を唱えてベルナールを弁護したのであります。

「ま、ぼくはうまく君を論破できないがね」ターナーは別に論破したいという顔も見せず、とぼけた調子で言いました。「一つフランソワとこの議論をして見給え。奴さんは君のベルナール弁護などたちどころにやっつけてみせるだろうからね。何も言葉じゃなくてさ、奴さんのしたこと、していることが、ぼくの意見の正しさを証明してくれる。嘘だと思うんなら、奴さんに訊いてみることだね。奴さんにとってはベルナールは存在していないのと同じなんだから」

私はそれから何日か、このターナーの言葉が身体に刺さったとげのような感じがしました。その第一の理由はモニク・ファビアンのことです。彼女に対するベルナールの態度、考え方を見てみますと、たしかにターナーの言葉がぴったりするのであります。私が苛立ちを覚えて、船首《ステム》の見張り《ルックアウト》に立ったとき、ベルナールに言ったのも、実はターナーと同じことだったのです。ベルナールはそれで満足かもしれないが、モニクは一人でただ悶えるほかない、ということを言いたかったのですが、それはベルナールが〈神秘なガラス球〉（ターナーにしてはうまい比《ひ》喩《ゆ》を使ったものです）の内部にいて、本当のモニクに手を差しのべていない、ということに他なりません。

第二の理由はもちろんフランソワ・ルクーがモニクと秘密結婚をしているのではないか、という疑惑です。私は、前には、いったい一緒に育てられ、一緒に青春を過した兄弟のような人間が、相手を裏切って、相手の恋人を横取りすることができるだろうか――そう考えてこの秘密結婚のことは信じられぬ気持になっていたのでした。

しかしターナーの言葉のあと、もしフランソワが本当にベルナールの存在を認めていないのなら、ベルナールの身替りにモニクと結婚することも考えられる、と思うようになったのであります。

しかし、〈大いなる眞晝《グローセル・ミッターク》〉号がロイヤルティ諸島を過ぎようとする頃から、曇った、波の高い日がつづき、風向も南、ないし南東に変って、船は連日逆風《アドヴァース》に悩まされることになりました。航海計画では、環礁に囲まれた多島のこの海域を南へ早く離脱して、一路ニュージーランドに向い、そこから南緯四十度線の偏西風帯に入ることにしておりました。しかし逆風《アドヴァース》のため、帆船は、フランソワが絶対に避けなければならないと言っていたフィジー諸島海域に向わざるを得ないのでした。

なぜか、このときもターナーはフランソワの危惧を嘲笑《ちようしよう》しておりました。しかし珊瑚海《さんごかい》海域での荒天にいささか翻弄された気味がありましたし、颶風の強暴さは航海記などでいやというほど知らされていましたから、できることなら、颶風多発海域は避けるにこしたことはなかったのであります。

そんなことのために、私がターナーの意見をもっと落着いて考えたり、フランソワ・ルクーとその問題を話し合ったり、モニク自身に秘密結婚のことを確かめたりする機会が見つかりませんでした。私たちは全員が帆《セール》を畳んだり、展げたり、風向の変化に応じて帆《セール》の角度を変えたり、フィジーやニューカレドニアの測候所と無電連絡をとったりするのに忙殺されていました。

曇り空の下を吹く強風のなかで、檣《マスト》にのぼって操帆作業に狂奔したり、曇った羅針盤《コンパス》を見ながら舵輪《ステヤリング・ホイール》に伝わってくる波や風の重さを両腕で支えていたり、黒ずんだ波の渦の先にひそむかもしれない低礁を発見しようと眼をこらしていたりするほうが、こうした悩ましい想念に心が乱されずにすむので、私には有難かったのです。そして事実、この海域に入ってからは、風も不安定で、大体において逆風《アドヴアース》でしたので、私も、こうして自分の想念を忘れていられることが多かったのであります。昼に操帆作業が四時間も五時間もつづくと、夜は、食事のあと、ただ眠るほか何もできませんでした。

　私はしかしそうして重い鉛のような睡魔に摑まり、煙のような眠りのなかに引きこまれてゆくようなときにも、ベルナールのことやフランソワのことを確かめなければならない、という思いが、頭のどこかにこびりついておりました。そのせいか、私はよく不安な夢をみました。ながいこと夢などみたこともなかった私が、ロイヤルティ諸島をぬけてゆく頃、つづけて幾晩も夢をみたことは、不思議といえば不思議でした。考えてみれば、すでに、その頃、事件の前兆のようなものがあったのでありますから、私が不安な夢を――殺人現場に居合わせながら、自分の無罪を証明するものがなく、逃げようにも身体が動かないといった夢や、夥しい血痕のついたシャツをどういうわけか鞄のなかに持っていて、あたりでひそひそ殺人の噂がささやかれているといった夢を、たてつづけにみたのも、それと無縁でなかったかもしれません。

　今になって思いますと、私がターナーと喋ったこと、ベルナールと喋ったことを、乗組仲間《クルー》の一人一人に告げて、もう一度〈大いなる眞晝《グローセル・ミッターク》〉号の世界周航や船上の共同生活の意味について考えなおすというようなことをやれば――むろん成果のほどには自信がありませんが――もう少し何とか悲劇を別の形へと回避できたかもしれません。しかし私にはその時間的な余裕がありませんでしたし、事件は既定の路線に沿ってすでに進行をはじめていたのであります。

　裁判長殿、ならびに陪審員の皆さん。

私が当法廷の貴重な時間を浪費して、仲間《クルー》との議論を詳細に述べたてることを、事件のすじ道から離れ、陳述の本質から逸脱していると思われるかもしれません。しかし、度々申し上げますように、この事件の個々の要素は、こうした内面の動機に直接結びついているのでありま す。それら全体を隈《くま》なく明らかにする以外に、この船上の悲劇の本当の姿は描くことができないのであります。それは事件の進行と無縁どころか、それこそが事件をつくりあげていたのであります。

すでにロイヤルティ諸島は過ぎ、逆風《アドヴァース》に流されながら、フィジー諸島に向っていたある晩のこと、私が操舵当直を交替して、前甲板に出て一息入れていると、影のように、タイ王族のスウォン・スワナが月光を浴びて私の前に現われました。

「おや、スウォン、まだ休んでいなかったの？」

私は浅黒い、華奢《きゃしゃ》な、しゃくれたスウォンの顔を見ました。私はその表情から彼女が私がそこに来るのを待っていたことを感じました。

「お疲れでしょうね」スウォンは長い髪を風に乱されながら、一瞬、躇うような口調になりました。「お疲れだったら、別のときでもいいんです」

「いや、何か話したいことだったら、言ってもいいよ。別に疲れたというほどの仕事じゃないから」

「実は、私ね、ベルナールのことがちょっと心配なんです」スウォンは気遣わしげな表情をして言いました。「ベルナールの様子がニューギニアを出てから少し変ったと思いません？」

「変った？」

私は反問しました。

「ええ、私は、変ったと思います」

「そうかな。ぼくはとくに変ったとは思えないがな」

「いいえ、変ったんです。ベルナールは何か決心のつかないことがあるんだと思います。時どき、私と話していても、どこかぼんやりしていて、心ここにないようなときがあるんです」

「でも、はじめからベルナールはそうだったんじゃない？　あれはベルナールの本性なんだよ。いつも、あーむ、えーむだものね」

「いいえ、ニューギニアからあとはそうじゃないの。いつものベルナールはああじゃないんです。私、あなたにベルナールを助けていただきたいんです」

「助けるって、いったい、どういう意味？　何かが起ったの？」

「私にはよくわかりません。でも、ベルナールは、ふつうじゃありませんわ」

スウォンは細い眉と眉の間に苦しげな皺を刻みました。

「いったい何が起ったの？」私はスウォンの顔を見つめました。「ぼくがいつだってベルナールの味方だってことは、君もよく知っているね？」

「何が起きるか、私にはよくわかりません」スウォンはぶるぶる慄《ふる》えていました。「でも何かがきっと起ります。ターナーはエリーやサトヤムさんや四人の水夫たちに、フランソワとケインが何か企んでいると言って廻っているんです。それにケインが何かひどくターナーと言い争っているのを私は見たんです」

「それならターナーに注意すべきだね」私はスウォンの慄える肩を叩きました。「ぼくが当人たちに言えばいいだろ？　何も別に大したことはないんだ。それぞれ皆ひどく自分の哲学に捉われているだけだよ。ベルナールだって、それがひどくなっただけじゃないかな？」

「いいえ、ベルナールはそうじゃないんです。ベルナールがみんなの敵になっているんです」

私はスウォンがひどく取り乱しているのを見て、ふだんのおとなしい、落着いた彼女がこれほど興奮するには何か理由があるに違いないと思いました。しかし彼女はただベルナールを助けてほしいと繰りかえすだけで、それ以上何かを詳しく話すというわけではありません。たしかにターナーと黒人ケインの口論とかターナーの振舞いとかは、私は知りませんでしたが、それはすでに航海中ずっとそんなことの連続でしたし、ましてベルナールの様子がニューギニア以来変ったとはどうしても見えません。繊細な、やさしいスウォンの感覚に感じられるような変化だったのかもしれませんが、少くとも私には相変らず、金褐色の髯面のなかで灰青色の眼をぱちぱちさせて、あーむ、えーむと言っているベルナールだったのです。

どうか、私がこうした船内の人間関係のいざこざを陳述している間にも、背後には、つねに、黒ずんだ波が揺れ、波の音、風の音、船体の軋り、潮の濃いにおいがそれを包んでいることを思い出していただきたいのであります。私の陳述は言ってみれば、こうした波の音、風の音、潮の強いにおいを補ってみて、はじめて本当の姿をとるように思えてならないからであります。

海は依然として曇り空の下に青黒い、いつ果てるともない、広大な水平線を拡げておりました。逆風《アドヴァース》のせいもあり、フィジー諸島の海域を早く離脱したいという焦りもあって、この広大な海は、いままで越えてきた海より、さらに広大であり、さらに荒涼と見えたのであります。温度はむしむしして、船室《キャビン》に横になっていると、じっとり汗ばみますし、壁とか手すり《ハンドレール》とかはべっとり潮の臭気のしみた湿りが、薄い粘着性のニスでも塗ったように付着しているのでした。時どき深く息を吸いこまないと、肺のなかに空気が足りなくなるような感じでした。

風は南、ないし南東から吹き、突然、凪《なぎ》になり、ねっとりした澱《よど》んだ波が、金属板のように光って拡がりだすかと思うと、また、東風が吹くといった塩梅《あんばい》でした。

「すこしぐらい荒れても、西風か北風がお出でにならんかね」

エリーは額の汗をぬぐって、緬羊《めんよう》のように長い、温厚な顔を、前へ突き出して言いました。

「そんなことを言っていいのかね?」

私は風向に合わせて左舷開きに横帆《スクエア・セール》を廻しながら、そう怒鳴りました。とにかく南へ向えれば、フィジー海域からそれだけ遠のくわけでした。

海上に一段と黒ずんだ、異様に輪廓のくっきりした雲塊が三つ、四つと浮び、その雲の下は灰色のヴェールに閉されていました。ソロモン海でも珊瑚海でもたびたび襲われたスコールの通過でした。帆《セール》が一斉にばたつき、夕方のような暗さがのしかかってきて、冷たい風が流れると思う間もなく、突然、豪雨が滝のように降りそそぎ、甲板に白い煙のような飛沫をあげるのでした。私たちが逆帆《アバック》になるのを警戒しながら転桁索《ブレース》を握っているそばで、サトヤム老人が四人の水夫を動員して並べた容器のなかに、小気味いいほどの音をたてて雨水がたまってゆきました。

しかし五分か、十分もすると、突然来襲したのと同じように、急に雨は上がります。すぐ日が顔を出して、虹が海の上にかかることもありますが、その海域では曇り空がつづいていることも少くなかったのです。

雨が過ぎると、必ず温度が上がりました。波は大きく揺れ、高まり、波頭を白く砕き、のめるように谷のなかへ落ちてゆき、また谷底から波の峰となって高まってゆくのです。それは濃く黒ずんだ藍色の波の果しない連なりでした。島影は、ロイヤルティ諸島を離れた頃、しきりと左右の水平線に浮んでいましたが、フィジー諸島にむかって、東へ航行するあいだ、ほとんど島は見えず、連日、空虚な水平線がつづきました。

しかし私は、サトヤム老人ほどではないにせよ、そうした波また波の無限の海の動きを見ていて、少しも飽きたり、疲れたりすることはありませんでした。むしろ前檣《フオアマスト》の帆桁《ヤード》に取りついて、海全体が高く眼の上に盛りあがったり、ゆっくり下へ傾いていったりするのを感じながら、畳帆作業に熱中しているときなど、こうした無限の海が、なおいくらでもつづいてくれることを願わずにいられませんでした。この海上の雄々しい喜びの感情は何といってもベルナールが〈大いなる眞書《グローセル・ミッターク》〉号で目ざしている至福の状態であることに間違いありません。その意味で、五つの白い横帆《スクエア・セール》を並べ、主檣《メインマスト》に巨大な主帆《メインスル》を張ったこのブリガンティン型帆船のシルエットは、そんな時にも私の心をうずくような甘美な痛みで満たしていたのであります。私は朝のばら色の太陽に輝きながら、一枚一枚と帆《セール》が張られ、風に弓なりになって脹らんでゆくのを見ると、正直のところ、その歓喜の思いは、全身を、鳴りひびく音響となって貫いてゆくのを感じ、その男らしい、凜《りん》とした、爽快さのなかでは、死でさえ何ら恐しい存在ではないと感じられたのであります。

「ああ、それこそ（えーむ）永遠なのだ」

ベルナールは私の言葉を聞くと、灰青色の眼を大きく見開いて、くしゃくしゃの髪を風になびかせながら、そう叫ぶのでした。その表情は――いまもはっきり思いだします――地上で最も美しいものの一つだったと思います。そこには何ら作為的なもの、わざとらしいものはありませんでした。彼の〈無一物主義〉は単なる〈ガラスの球〉のなかに閉じこもることだったかもしれませんが、しかしこうした純一さ、激しさ、ひたむきな渇望で私の心を打った以上、それはすでに〈球〉を脱してこちらへ手をのばすことができたのではないでしょうか。私がベルナールを見棄てるなどということはありません。私はスウォンの言葉がなくてもベルナールを孤立させるようなことはなかったでしょう。

しかしスウォンの危惧は決して杞憂《きゆう》ではなかったのです。というのは、私は数学者のエリー・フランクから昇降口《ハッチ》をおりるとき呼びとめられ、「君はターナーから何か聞かなかったかい?」と言われたからでした。

私はフランソワがベルナールを全く無視して振る舞っていて、その証拠さえある、と言っていたターナーの言葉を伝えました。

「ぼくにも同じことを言ったぜ」エリーは白っぽい長い睫毛《まつげ》をしばたたいて、緬羊に似たような温厚な顔を、考えこむように、俯《うつむ》けました。

「スウォンの話では、どうやら、そのことを、君だけじゃなくサトヤム老人や少年水夫にまで話して廻っているらしい。妙なことだと思うが、奴が何を考えているかが問題だ」

私はそう言ってから、スウォンがベルナールを孤立させないでほしいと言ったことを付け加えました。

「何をスウォンは考えているんだろう？」

私はエリーを見て言いました。

「フランソワとベルナールを正面衝突させる計画——そう彼女は読んだのだろう」

「じゃターナーはスウォンにも同じことを言ったのだろうか？」

「そう考えたほうが順当じゃないかな」

エリーは腕を組んで、昇降口《ハッチ》のかげに立っていました。波がどしんどしんと船腹《ウエール》にぶつかるのが聞えました。船は横揺れ《ローリング》していて、そこに立っていると、時どき身体が浮くような感じでした。

「しかし奴はなんでそんなことを考えるんだろう？」

私が言いました。

「それが、ぼくにもわからない」エリーは腕組みを解くと、片手を額に当てました。

私は個室《キャビン》に戻ると、舷窓《スカットル》をあけ、風を入れながら、立ったまま、冷たい罐ビールを飲みました。私なりにターナーの企んでいることを考えてみようと思ったからでした。

まずターナーはベルナールとフランソワを対立させようとしている——これはターナーの言動から言って（そしてスウォンやエリーの言葉から見ても）事実と考えられました。だが、なぜか。もしターナー自身がフランソワと対立する、というのなら、東京港を出て以来の二人の確執から、わからぬことでもありません。この二人は宿命的に相容れぬ存在——たとえば火と水、石と木、犬と猿といった存在と同じだったのです。しかしそうではなくて、ベルナールとフランソワを対立させるとは、いったいどういう意味があるのだろう——私は気持を静め、あらゆる要素を集め、一つも見落しのないように、じっとそれらに眼をそそぎました。

私は、そのうち、ターナーが、しきりとベルナールのことを〈ガラスの球〉に譬《たと》えていたのを思いだしました。ターナーの言い方にしたがえば、ベルナールは神秘主義者で〈ガラスの球〉に閉されたと同じ存在だから、無視していい、というわけでした。その例としてフランソワが引合いに出されたのです。しかしこれは、フランソワの考えであると同時に、ターナー自身がそう思っている——彼もベルナールを無視している——ということを示していたのでした。〈ガラスの球〉の譬えは彼がフランソワの冷たさや、ベルナールへの反抗をあばこうとしていた巧みな比喩だったかもしれませんが、反面、自分の内面を暴露してもいたのでした。

「これはスウォンの考えているように、フランソワとベルナールを対立させるためじゃなくて、狙いはただフランソワに向けられているのだ。なぜならターナー自身もベルナールを無視しているからだ。彼にとってはベルナールは本当はどうでもいいのだ。ベルナールを持ち出したのは、フランソワの悪辣《あくらつ》さを強調し証明しようとするためなのだ。そう考えなければ、今までのターナーとフランソワの対立が説明つかなくなる。これはやはり日本出航以来の二人の対立が、一層鋭くなったと見るべきなのだ」

私はそう独りごちました。

「だが、なんでそれほどまでにしてターナーはフランソワを眼の仇にしているのだろう？」

私はつづいてそう自問しましたが、もちろん明確な答えはすぐ戻ってきません。私は罐ビールに口をつけるのも忘れて、じっと自分のなかに、視線を集中していました。

そのとき、ふと、スウォンがしきりと、ニューギニア出航以来、ベルナールの様子が以前と変ったと言っていたのを思いだしました。私は、とくに、これといった変り方は感じませんでしたが、ともかくそれがもし事実であるとしたら（私は敏感なこのタイ王族出の女性の感覚を信じることができました）このことも考慮しないわけにゆかないと思いました。

そんなことを考えているうち、例のニューギニアの酒場で会った男のことを思い出し、ターナーが何か密輸のようなことをしているのではないかという疑惑が、ふと私の心に蘇ってきました。

たしかに私がターナーにわなを掛けたとき、彼の顔色は普通ではありませんでした。私はそうした事実を一つ一つ自分の前に並べてみました。関係のありそうなものを結びつけ、無縁なものを消去しました。結びつけても、うまくゆかないものは、また元通り二つに離しました。

私はこうして床に足をふんばり、横揺れ《ローリング》する船の動揺にバランスをとっていたのであります。

そのうち、こんなことを考えているより、すべてを乗組仲間《クルー》にぶちまけて、真相を究明したらどうだろうか、というような気にもなりました。しかしそんな単純な方法で解明できるような相手でないのは、誰よりも私が強く感じていたのであります。

私はビールを飲みほすと、罐を舷窓《スカットル》の外に投げすて、丸いガラス窓を閉めました。それからしばらくベッドの端に坐ってターナーのことを考えていました。

私はいい加減そんな推理に疲れて、もう寝ようと、シャツをぬぎにかかりますと、そのとき、ふと、ベルナールはひょっとしたら、ターナーがニューギニアでしたことを、知っているのではないか、という考えが閃《ひらめ》きました。ちょうど闇夜にするすると照明弾があがって一挙にあたりを照明するように、この考えは、それまでの行き詰まった幾つかの推理に光をあてたのは事実でした。

もしこの仮定が正しいとすると、スウォンが言うように船長ベルナールは平穏な気持ではいられないでしょう。ベルナールはそれを最も近い相談相手であるフランソワに話すかもしれません。いや、ひょっとしたら、フランソワがそれに勘づいていることも考えられます。とすれば、この二人を対立させ引き離しておこうとする動機は十分備わっているのです。またフランソワを前よりも一層孤立させようと企てることも考えられるわけでした。

私はまだ帆船〈大いなる眞畫《グローセル・ミッターク》〉号のなかで進行していた事件には気がつきませんでした。今から思えば信じがたいことですが、私があれこれ考え、ターナーやフランソワの様子にそれとなく注意を払っていても、なお、この底のほうで流れていた動きには気づかなかったのであります。

裁判長殿、ならびに陪審員の皆さん。

船内にこうした眼に見えない葛藤《かっとう》があったにもかかわらず、〈大いなる眞畫《グローセル・ミッターク》〉号が東南にむけて進んでいたということは、何か信じがたいことに思われます。私たちは当直表どおりきちんと仕事を果しておりましたし、とくにこの点は強調しておきたいのでありますが、悲劇の起る直前まで、船内の規律は守られていたのであります。もちろん私たちの個人的な生活に現われた混乱、無秩序、放埓《ほうらつ》、破廉恥などは私たちの眼につくようになりましたが、少くともこうした〈大いなる眞畫《グローセル・ミッターク》〉号の日々の運航を乱すほど、表面に出てはいなかったのであります。

しかし別の意味から言えば、このフィジー諸島海域の航海がもっと遅れていれば――また、別の航路へ入っていれば、私たちが迎えた悲劇も、もうすこし被害がすくなくて済んだかもしれません。そう思うと、私たちはせっせと悲劇の渦の中心にむかって航海していたわけで、何とも沈痛の思いが胸をふさぐのを覚えるのであります。

さて、フィジー諸島の南方にむかって南緯二十度線を東へ航海していた〈大いなる眞畫《グローセル・ミッターク》〉号は二月下旬にはトンガ諸島とケルマデック諸島に出られる目算が濃くなりました。たしかにそのときの感じでは、なんであのようにフィジー、サモア海域での暴風雨を怖れていたのかわからない、といった気持でしたし、実際にも、その後、好天がつづき、ロイヤルティ諸島に沿って航行していた頃の荒天が嘘のようでした。

朝から南洋特有の濃い緑を含んだ波がゆれ、北西風が白い帆《セール》を大きく脹らませていました。船足も早く、船首《ステム》のわけてゆく波が、白く泡立ちながら、レースのように船腹《ウエール》に沿って走り、ねっとりした平坦な青い波の斜面に夥《おびただ》しい銀の真珠粒をばら撒《ま》いているような感じでした。青い波に巻きこまれた白い泡の群は、緑色を帯びた煙霧状の渦となって、高くなり低くなりする半透明のガラスのようなうねりのなかに閉じこめられ、あっという間に、後へ流れてゆくのでした。眼をあげると、こうした白緑色の泡の群が、長い帯となって、船のあとにいつまでもつづいていました。島が近いせいか、鷗が舞い、甲板をかすめて飛翔していました。

それはいかにもスティーヴンソンが書くような、青い、朗らかな、明るい南洋の海でした。その海原を、熱帯の強烈な太陽を浴びた白いブリガンティン型帆船が、帆檣《マスト》を斜めにして、満帆に風をはらんで波を蹴ってゆくのでした。私たちは冗談によくボートを下して、遠くから本船の写真をとろうと言い合いましたが、実際には誰もそれほどまでする熱心さは持っていませんでした。しかしそんな気持が動く程度に、私たちはブリガンティン型帆船の総帆に風を受けた姿は、凜々しく、男らしく、爽快であると感じていたのでした。

天候が恢復し、展帆作業も、風の変化につれて行われる操帆作業も、帆繕《セールメーキング》いも、船位観測《ポジション》も楽しい活気を与えてくれるようになると、ニューギニア出航以来、妙な具合に燻《くすぶ》っていた船内の重苦しい気分は、甲板をかすめてゆく風に吹きとばされてゆくような気がしました。

私は、ターナーの言葉も、ベルナールとの遣りとりも、スウォンの不安も、どんよりした曇り日の生みだした幻影にすぎない、などと本気で考えておりました。

「南緯二十度からかなり南へ離れている」ある日、エリーが六分儀《セクスタント》を使いながら天測して言いました。「颶風の可能性はもうないに等しいよ。全くひやひやさせたものだな」

彼は眩しそうな表情で太陽を仰いでいました。たしかに航海誌によりますと、北東から熱帯低気圧が襲う季節は十二月から三月の間ですが、その多発海域の中心からはかなり離れているという気持が私たちを捉えていました。私たちは決して油断したり、注意を怠ったわけではありません。しかしさすがの船医《ドクター》クルツも連日の好天つづきに気を許していたことは確かです。

その夜は明るい月が海上に銀色の波を輝かせていました。ひとしきり水夫のマルセルか、アンドレかが前甲板でギターを弾いているのが聞えました。ひどく感傷的な曲でしたが、そんな気分がふさわしいような月夜でした。熱帯らしい青味を帯びた艶々《つやつや》した夜でした。私もしばらく甲板に出てビールを飲み、夜風に当っていました。波の音が暗い舷側の下から絶えず一定のリズムで聞えていました。船首三角帆《ジブ》と補助三角帆《ステースル》、それに前檣《フオアマスト》の第五帆《ロワートツプスル》と主帆《メインスル》だけで船は走っていましたので、時どき、風にばたつく帆布《セール》のこわばった音が聞えました。風は落ちようとしているところでした。

私は船医《ドクター》クルッに海錨《シーアンカー》をおろすように言おうと思いました。どうせ風がとまれば潮で流されるほかないからです。

航海燈《ナビゲーシヨンライト》が光るほか、船全体は黒い影絵となって月夜に浮び上がっていました。それはやはりどこか幽霊船に似た不気味さを持っておりました。昼と違って、その甲板や檣《マスト》や索具《リギン》の隅や支索《ステイ》を包む闇が、太古の海そのままの、荒々しい、ぞっとするような一種の凄《すご》さを感じさせました。それは月光そのものにも言えることでした。

私が昇降口《ハツチ》を降りようとして誰かに腕を摑まれたとき、思わず「あっ」と小さな声をあげたのは、心のどこかで、この夜の不気味さに捕えられていたからかもしれません。

「私よ、ナタリーよ」

彼女は何となく酔っているような感じでした。

「君、大丈夫かい？」

「大丈夫よ。少し甲板で話さない？」

「ああ、いまクルッに海錨《シーアンカー》を投げるように言ってこなければならないんだよ」

「船医《ヘル・ドクトール》さんはいまいないわ」

「いない？　どこへいっているんだい？」

「どこって、そんなこと知らないけれど」

「甲板にもいないぜ。残っているのは当直だけだ」

当直は面皰《にきび》のある水夫のマルセルでした。

「じゃ、どこか食堂か、別の個室《キャビン》か、下の倉庫《ホールド》よ」

「何をしているんだね？　いまごろ」

「そりゃ知らないわ」ナタリーは私の腕を摑んだままでした。「ただ相手は水夫のアンドレよ。いつもあの子と一緒よ」

アンドレはアルジェリア人とフランス人の混血と言われていた、浅黒い、彫りの深い、美しい顔立ちの少年でした。

「本当かい？」私は驚いて言いました。「ベルナールはそんなこと、知っていて許しているんだろうか？」

私は索具《リギン》や支索《ステイ》で微風が、ぶぶ、ぶぶ、と小さな音をたてるのを耳にしました。まるで誰か海原の上に寝そべっている大男が忍び笑いしているようでした。

「まさか」ナタリーはぐったりした動作で言いました。「アンドレと時どき消えるのを知っているのは私だけよ」

「驚いた人だね、君も。平気なのかい？　そんなこと知っていても……」

「私だってケインを愛しているから、お互いさまよ」

「そう言えばそうだけれど……」

私は実は船内の秩序がもう少し整然としていると信じていましたので、船医《ドクター》クルツのことは意外でした。もっともそれを平然と口にするナタリー・ワイズの態度も私には理解しがたかったのですが……。

私は彼女に引きとめられるままに、時おりばたつく帆《セール》の音を聞きながら、前甲板の索具《リギン》の上に坐っていました。さっきまで何人か残っていた人影も、その時刻には、もう一人も見当りません。私たちはしばらく月夜の海を眺めていました。

「君は本当にケインを愛しているのかい？」

私はナタリーがポケットから出した小型ウイスキーを一口飲んでから訊ねました。

「もちろん愛しているわ」彼女はぐったりした、手足のもげた人形のように、私の前に坐っていました。金髪は月の光のせいで銀灰色に光って見えました。波がぶつぶつ舷側で鳴っていました。「私はあの人から離れられないわ。ケインだってそうよ」

「こんなこと訊いて悪いけれど、君はターナーが好きだったんじゃないかい？」

「そりゃ、そんなときもあったわ」ナタリーは私の手から壜《びん》を受けとるとそれをごくごく飲み、しばらく、息をついていました。「でも、あんなやつ、屑《くず》よ」

「それはまた極端に下落したものだね」

「そんなことより……ね、聞いてよ、ケインがターナーを殺そうとしているのよ」ナタリーの身体がぐらっと索具《リギン》の上でよろめきました。相当酔っていました。こんな状態で甲板にいたらどんな事故が起らぬとも限りません。そこで私は船室《キャビン》へ戻るように言いました。

「ここじゃないと話ができないわ」彼女は金髪をくしゃくしゃに左右に振って言いました。

「誰かに聞かれると困るから」

「そんな秘密の話なのかい？」私が訊きました。

「だからさ」ナタリーはじれるように言いました。「ケインがターナーを殺そうとしているのよ。助けてほしいの」

私はナタリーの話を本気では聞いていませんでした。いくらケインが強暴な発作に駆られるとしても、ターナーを殺すなどということは絶対あり得ないからです。

「ナタリー、君はひどく酔っているんだよ」私はナタリーの腕をとって、それを肩にまわしました。「さ、船室《キャビン》に戻ろう」

「だめよ」ナタリーは柔かい、ぐったりした身体を私から引き離しました。「あなたは私の言うことを本当にしていないもの」

「本当にしようがないじゃないか」

「でも、本当なのよ。ターナーは殺《や》られちゃうわ。ターナーを殺ればケインは監獄よ。一生出られないわ」

「君にはフランソワだっているじゃないか？」私は半ば冗談のつもりで言いました。

「フランソワ？」ナタリーは身体をぐらぐら左右に揺らせました。「あの人はだめよ、固いんだから。それにターナーが変なこと、言ってたわ。あのひと、秘密結婚しているんだって。それで、その相手の女に誠をつくしているんだって。変ってるわよ、あのひと」

「ターナーはまた何だってそんなことを言ったんだろう？」

「私がね、フランソワと寝たがっているのを知ってたからよ」

「君がターナーを愛していたとき……？」

「私、フランソワが好きなのよ、ずっと」

「しかし君はケインも愛している」

「そりゃ、あのひと、凄いからよ」ナタリーは完全に酔っぱらっていました。索具《リギン》からずり落ちそうになるのを私はやっとの思いで支えました。「あたし、恥かしいけれどね、ケインとのとき、出血したわ」

私はナタリーの話にもう取り合わないことにしました。まったくこんな酔っぱらい女の相手をして時間を無駄にしたなんて、腹立たしいことでした。私はやっとの思いで彼女を昇降口《ハッチ》から船室《キャビン》へ連れてゆきました。

私は自分の個室《キャビン》に戻ってから、黒人ケインがターナーを殺すという彼女の言葉が気になりましたが、どうせ酔っぱらいの女の出まかせにすぎまいと考えました。その夜のナタリーは常軌を逸していましたし、彼女の言ったことはすべて彼女のために忘れてやるのが義務だと思いました。

もちろん私自身はごく理性的に、冷静に振る舞っているつもりでおりました。しかしあの狭い船内に閉じこめられ、長い単調な航海のあいだに、私のなかに、拘禁状態特有の、暴発的な衝動が起らなかったとは言い得ないのです。いいえ、それは突然ナタリーが酔っぱらって、とても正視し得ない酔態をさらけだすのと同様、時おり私をも強暴な力で襲ってきたのです。そんなとき、私はモニク・ファビアンを誘いました。彼女はポートモレスビーに停泊していた時と同じく、私を拒みつづけましたが、私の感じでは、モニクもそう長くは私を拒みきれまいと思われました。

本来なら、そう考えていること自体が、何か奇怪な、グロテスクなことですが、そのときはそんなことはまるで頭にありませんでした。ただモニク・ファビアンがいつ自分を許すか——

それだけが、私の考えることであり、そう考えていると、自分が充実しているような気になりました。かりにもモニク自身のこと――彼女が必死になって拒んでいる理由とか、彼女の好みとか、生活とか、両親とか、友達とか――について考えなくなってゆくのでした。モニク・ファビアンは私のめくるめく欲望の対象であり、その限りでは、いい香りのする熟れた一個の果実のような感じでした。

私たちはふだんなら町を歩いたり、犬の頭を撫でたり、口笛を吹いたり、伯母さんの家に遊びにいったり、窓のカーテンが気になったり、手紙を書いたり、アルバムを見たり、駅に出かけてみたり、冷蔵庫からビールを出して飲んだり、映画にいったり、スポーツ新聞を読んだり、靴屋のショウウィンドウの前に立ったりするのであります。つまり、そういう生活のがらくたがいっぱい詰まっていて、それではじめて私たちの一日一日は平衡がとれているのであります。

しかし〈大いなる眞晝《グローセル・ミッターク》〉号には、こうしたがらくたは一つもなかったのであります。そこには船好き、海好きの私などの胸を締めつける強烈純粋な〈海〉〈雲〉〈風〉〈波の音〉〈帆の唸《うな》り〉〈潮の香り〉が満ちておりますが、それはあまりにも純粋単一で、昨日も今日も明日もその次の日も、毎日繰り返してその同じ姿を見ているうち、それらが単調な、のっぺらぼうの、平滑な板の表面のようなものに変ってゆくのでした。

生活のがらくたのなかに暮しているとき、私たちの精神にも雑多なものがひしめいているのです。私たちの興味は移り気で、次から次へと活気ある刺戟のなかで飛びはねているのです。しかし世界が単調で、のっぺらぼうになり出しますと、私たち自身が単調で、単純な、衝動的人間に変ってゆくものであります。

私は夜明けの海上に静かに横たわる菫色の高貴な雲のことを忘れているわけでもなく、白い帆《セール》を風に脹《ふく》らます雄々しい帆船の姿に胸を高鳴らす瞬間を無視しているわけでもありません。こうしたものを含めて、単調な日々の繰り返しは私たちの感じる力を弱めてゆくのです。文化人類学に夢中になり、図書館の窓から裸木を眺め、サン・ジェルマン・デ・プレの洋装店をぶらぶらし、カフェで友達と話し、リモージュの従兄妹《いとこ》の家で夏を送り、自転車で塀《へい》にぶつかり、コーヒーを飲んだあと歯磨きで歯をみがき、黄いろいコートを着ているモニク——そういうモニク・ファビアンは、いつか、私のなかから消去されて、ただ、私の欲望に応じて現われる、日焼けした、手足の長い、端正な顔立ちの若い娘に変ってゆくのでした。そんなときモニクの考えていること、感じていること、悩んでいること、喜んでいること、願っていることは、霧のなかの木立のように灰色になり、ぼんやり鈍くなって、私の前には、歩き、笑い、立ち、坐る一人の女の肉体があるに過ぎなくなるのでした。

私はこうしたことをはっきり意識していたわけではありません。私の気持では、生活の豊かな色彩に染めあげられたモニクを見ているつもりでも、私が求めていたのは、その多様な複雑な脹らみではなく、もっとみすぼらしい、もっと想像力の痩せ衰えた、青ざめた、肩を落した肉体でしかなかったのです。

その日も、私はモニクを——こうした貧寒な、官能の対象でしかない、モニクの滑らかな、浅黒い、手足の長い身体を求めるために、例の、司厨《しちゅう》係の個室《キャビン》の隣りの空き部屋に彼女を呼びだしたのでした。

おそらくそのとき私が次のようなひそひそ話を聞かなければ、私は何としてもモニク・ファビアンを説き伏せていたことでしょう。またモニク自身も、そのときには、私に身を任せる以外に自分がどうしていいのか、わからなくなっていたのでした。内心の苦悩は刻一刻彼女を苛《さいな》んでいましたし、私を襲っていたような単調な船上生活の反覆は、彼女にも、眠気と無気力と怠惰を鉛のように押しかぶせていたのです。それまでにも、時どき廊下ですれ違うようなとき、喘《あえ》ぐような様子で彼女から口づけを激しく求めてくることがありましたが、それ以上進もうとすると、突然、彼女は眠りから醒めた人のように、きょとんとして、あたりを眺めまわすのでした。

「私は何をしていたんでしょうか？」

彼女は、そんなとき、私の顔を初めて見るような表情でそう言うのでした。それから急に困惑と羞恥《しゅうち》の混った顔をすると、身を翻して、私から逃げさってゆくのでした。

しかしその日——それはもう二月の終りになっていたと思います——の午後、私もモニクも自分たちが何を求めており、何をしようとしているか、を、よく知っておりました。私は廊下でモニクが嗄《しわが》れた声で、会ってほしいと言ったとき、すでにそれを感じました。私は自分が官能の砂のなかをずるずるとずり落ちてゆくのを感じました。

暑い、むしむしする午後でした。波の音が船腹《ウエール》にずどん、ずどん、とぶつかっていました。船内が異常にむしていたのは波が高く、舷窓《スカットル》がすべて閉められていたためでした。

私は小部屋のベッドに仰向けになってモニク・ファビアンが姿を見せるのを待っていました。前に陳述したと思いますが、この小部屋と隣りのサトヤム老人の個室《キャビン》とは通風筒が一つにつづいていて、その孔から響いてくる隣室の声が、意外とはっきり聞きとることができるのです。私がその午後、小部屋のベッドに仰向けになっていたとき、ひそひそ声の会話を聞いたのは、この通風孔のおかげでした。

もちろんその声はサトヤム老人のものではなかったので、彼が部屋《キャビン》を空けていたことは事実でした。老人が、密談用に部屋を貸したのか、老人のいない隙に入りこんだのか、それはわかりませんでしたが、誰かがひそひそと、しかしかなり激しい口調で、言葉を遣りとりしているのでした。一人が黒人のケインであることは、その嗄れた、気持のいいバリトンを聞くとすぐわかりました。

「まさか、君は、それを認めようなんて……そんな、そんなことが、許されると思うかね？」

黒人ケインの声は低く押し殺されていましたので、それだけ凄味《すごみ》がありました。

「いったい君はどこからそんな話を聞きこんできたんだ？」

これは間違いなくフランソワの冷ややかな、物の狙いを定めるような、きちんとした喋《しゃべ》り方でした。

「ナタリーさ。彼女が言ったのさ。彼女はターナーから聞いたんだ。だが、ターナーのやつは、なんだって、君がモニクと秘密結婚をしているなんてことを言ったんだ？」

「理由はわからない」フランソワの声が聞えました。私は全身を耳にしてその声を聞いていました。彼の息づかいまで聞えそうでした。「ただ、そんなことは根も葉もない出鱈目《でたらめ》だ。そんなことは考えられないよ」

「そりゃそうだろうさ」ケインの声が言いました。「とにかく、君とベルナールはターナーの犯罪を隠そうとしている。そのためにターナーは君を葬ろうとしているんだ。ベルナールはあしていつもだんまり屋だ。しかし君はそうはゆかない。だから、君を挑発している。やつは君を殺したいんだ。やつがそれほどまでにして隠そうと思った犯罪とは何だね？」

ながいこと、フランソワの沈黙がつづきました。

「ぼくには知っているとも、知っていないとも言えない」やがてフランソワの声が聞えました。

「別にターナーをかばうというのじゃないが……つまり、そうしないわけにゆかないんだ」

「それなら少くとも、フランソワ」と押し殺した黒人ケインの声がぜいぜいした息とともに聞えました。「君は、君の潔白を証明しなければいけない。ターナーが君らを忌わしい中傷で汚そうとした。君が、モニクと秘密結婚をしているなどと、空想しうるかぎり最低の空想で君らを侮辱したんだ。ターナーのやつに復讐するのは、ぼくがやる。ぼくは必ずやつを殺す。君は、だからターナーの婚約者《フィアンセ》に復讐しなければいけない」

「ターナーの婚約者《フィアンセ》って、そりゃマリア・カザローネのことかね」私にはフランソワの声が落着きを失って聞えました。

「他に誰がいるんだね？」

ケインの声もひどく上擦っていました。

「ぼくは何をしなければいけないんだね？」

フランソワの声は嗄れていました。

「君が結婚などしていない事実をターナーに見せつけるんだ」

黒人ケインの押し殺した声に対してフランソワは黙って何も言いませんでした。しかし私には彼の苦しそうな息遣いが聞えるような気がしました。

「ぼくはそれを一挙に果せる手段を君に望むね」黒人ケインの声が低く聞えました。「つまりだ、君はマリア・カザローネをターナーの婚約者《フィアンセ》として犯すんだ」

フランソワが何か叫んで、ケインの言葉に激しく反対しているのがわかりました。波の音が頭のすぐ上の壁の向う側で、ずどん、ずどんと重く響くので、言葉ははっきり聞えないのです。私は全身を耳にしてフランソワの言葉を聞きとろうとしました。

「それじゃ、君のかわりに、その役をぼくがやろう」ケインの声が、フランソワの呻きに取って替りました。「ぼくはターナーを殺る。だが、その前にマリアを犯してターナーに罪の償いをさせなければならない。ターナーの眼の前で、奴がしたことがどういうことだったか、わからせなければならないんだ」

「ぼくは賛成できない」フランソワの声が聞えました。はっきりした口調でしたが、力はありませんでした。「マリアはこの件とは無関係だ」

「しかしそれでは君が秘密結婚をしていないことを証《あか》せない。君は、それをやる使命があるんだ。君は選ばれた人間としてそれをやってみせる必要があるんだ」

ケインの言葉は押し殺されていましたが、異様な熱を感じさせました。フランソワは、何をしているのか、長いこと、黙っていました。

「どうか、フランソワ、君がパリでぼくらの先導者だった頃のことを思い出してくれ給え」黒人ケインは哀訴するような声で喋っていました。「ぼくがはじめてソルボンヌでベルナールに会ったとき、ぼくは一目で彼が並の人間じゃないことを感じた。あれは、まだベルナールが東洋に旅をする前だった。ぼくはベルナールを見て、はじめて生きるために思索している人間が、現代にもいることを知ったんだ。ぼくがベルナールから学んだのは、この息苦しいような真剣さだった。彼が、思索をさらに深めるために東洋にゆきたいと言ったとき、ぼくは、一も二もなく賛成した。ぼくには、それは当然来るべきものが来たように感じられたからだ。しかし東洋から帰ってきたベルナールは、昔の彼ではなかった。少くともぼくが待っていたベルナールじゃなかった。その頃、ぼくは君に会ったんだ。君はベルナールのように立ちどまってはいない。ベルナールの考えもすばらしい。ぼくは彼とよく話し合った。徹夜で議論したこともある。だが、彼のように一切を放棄し、停止させたら、宇宙は壮麗な織物に見えるかもしれないが、永遠に受動的な生しかなく、とどのつまり、人間は甘美な観照のなかで、だんだんと後退し、減少し、無限に零《ゼロ》にむかって行進してゆくのだ。だが、尻すぼみに縮小してゆく聖なる世界とは、いったい何だろう？　ぼくは時どきベルナールを祭祀《さいし》の主宰者にした五人か、十人の聖なる男女の集まりを夢にみることがあるよ。この世界はもう黄昏のように青ざめていて、昼でもなく夜でもなく、寒くもなく暑くもないんだ。花は森かげや流れのほとりに咲いているが、どこにも活気はなく、動くものとてない。ベルナールの周囲にいる白衣の男女は、棕櫚《しゅろ》の葉を手に持って、時どき、物憂そうに動かすだけだ。彼らの眼は恍惚とした表情で、暗くも明るくもない天空に向けられ、また同じようにうっとりした眼で互いの姿に見入っているのだ。女たちは裸になって流れで水浴をし、豊かな白い乳房をさらしているが、男たちはそれをただ陶然とした表情で眺めているだけなのだ。欲望に眼を輝かすこともないのだ。男たちは神殿のような大理石の建物の大広間をゆっくり歩き、低い声でプラトンやプロティノスの話をするが、走ることも、怒鳴ることも、笑うこともない。やがて夕日が大理石の建物の正面を照らし、男女は階段に坐って、じっとその落日を眺めつづける。太陽は海に向っており、男女の住んでいる丘からは、青い入江が見えているんだ。ところが、海にも入江にも丘にも森にも彼ら以外には誰もいない。そうなんだ、誰一人いないんだ。つまり彼らは世界に残った最後の人びとなんだ。そしてその落日はこの世の最後の落日なんだ。それなのに彼らは大理石の階段に腰をおろし、うっとりとして、なおプラトンの話を時どきしているんだ……」

波のずどん、ずどんという底ごもった音が激しくなっていたので、ケインの声は聞きとりにくくなりましたが、それでもこれだけは何とか耳に入ってきたのでした。

「ベルナールの世界とはこういうものだ」ケインはつづけました。「それは甘美な充足の世界かもしれない。しかしそれでは蟻地獄のなかに沈んでゆくのに、ただ空が綺麗だと言っているようなものだ。〈聖なるもの〉〈恍惚としたもの〉はただ立って見守るものじゃなくて、この汚辱と混乱の世界のなかに、行為《おこない》を通して、つくりだすべきものなんだ。フランソワ、君はパリでぼくと会ったとき、そう言ったんだ。むろん憶えているだろうがね」

波の音が激しくて、またケインの声が聞きとりにくくなりました。フランソワの声がまるで聞えないところを見ると、彼は黙りこくっていたにちがいありません。

「世界は〈聖なるもの〉と〈聖ならざるもの〉とが対立している――君はそうも言った。そしてぼくらが至福に達するのは、ただひたすら〈聖ならざる世界〉のなかに〈聖なる世界〉をつくる意志と行為に依る――君はそうぼくに説明した。事実、君はそれを果そうとしていた。いや、果していたんだ。君の驚くべき能力はただそのためだけに使われていたからね。ぼくは君を見たとき、人類がながいこと苦しんだこの忌わしい悲惨と不正の泥沼から、ようやく脱出できる――少くとも脱出の予兆が摑める、と、真実思った。人類を救うのは〈行為《おこない》〉だけだ。〈聖なるもの〉を実現しようとする〈行為《おこない》〉だけだ。この〈行為《おこない》〉が〈聖ならざるもの〉を否認して〈聖なるもの〉をつくりだす。〈行為《おこない》〉のなかに現われた無私、自己放棄こそ、ベルナールの静止する無私、静観する自己放棄を越えるものなんだ」

波の音のあいだに私はケインの低く押し殺した声を聞いていました。

「君は『すべては許される』と言っていた。聖も俗も善も悪も許されている――そうぼくに言っていた……君にとって〈聖なるもの〉とは……この一切の制約を脱した眩《くら》むような……自由の実現だった……」

波が激しく船腹《ウエール》の外にぶつかり、その音でまたケインの声は時どきとぎれました。

「君の神聖さはぼくによって……守られなければならないのだ……君は太陽のように無関心だ……君はただ〈聖なるもの〉に向って働きかける……だが、君の神聖さが瀆《けが》された場合……ぼくは、それを放置できない。放置すれば……ぼくの神聖さも瀆されることになる……ぼくはどうしてもマリアを犯さなければならない……それはぼくの……意志というより、神聖さのための……掟なんだ……」

二人の声はそれきり波の音のなかに消えてしまいました。黙りこくっていたのか、部屋《キャビン》を出ていったのか、それはわかりませんでした。

私は通風孔の下から顔を少しずらしました。ずっと上のベッドで不自然に上体をねじった姿勢のままだったので、身体が妙な具合に痛くなりました。で、私はそのまま仰向けになってケインとフランソワの話を反芻《はんすう》していました。フランソワ・ルクーがモニクと秘密結婚をしているのではないか、という私の危惧は二人の話によって、ひとまず解消されたわけでした。あんなにはっきりと熱烈な追随者の前で否定したのですから、よもやそれが嘘であろうとは思えません。実は、私は、その事実がフランソワの口から洩れたとき、思わず叫び声をあげそうになったのでした。もちろん喜びの叫びでした。モニクが「ある理由」といっていたのは、少くともフランソワとの秘密結婚ではなかった——そう思うだけで自分の奇妙な嫉妬《しっと》や反撥や怒りや不快感が突然消しとんでいったのでした。

しかしその解放感に浸る間もなく、新たにモニクの言う「ある理由」――私と彼女との間に立ちはだかるこの障害の実体――は何だろうか、という、嫌な、ざらざらした疑惑が鎌首をもちあげてきましたし、さらには、黒人ケインがマリア・カザローネに肉体的な懲罰を加えることを主張していましたので、私はすぐまた息づまるような気持のなかに引きこまれていったのであります。

私は、そのときになって、金髪のナタリー・ワイズが泥酔しながら「ケインがターナーを殺そうとしている」と言っていた言葉が、酔っぱらい女の出まかせでなかったことに気づいたのです。フランソワを熱烈に崇拝していた黒人ケインにとって（ケインが陰気な狂信的な眼をしていたことを思い出していただきたいのです）航海中のターナーの態度は、ひたすらフランソワを侮辱し軽視するものに見えたのでした。それに私にわからない理由によって新たに殺意を生じるまで――もっともこれは正義に替って懲罰を加えようという狂信者特有の態度でしたが――ターナーを憎み始めていたのです。

いったいターナーが何をしたのか。何のためにフランソワが秘密結婚をしたという噂を船内に振り撒《ま》いているのか――私は波の激しい音を聞きながら考えました。ターナーがニューギニアで手に入れた何か――マリア・カザローネに一攫千金と語った当の密輸の品、それを私は腰をすえて考えなおす必要があると思ったのです。

私は自分がさっきまであんなにモニク・ファビアンを求めていたのが嘘のように、冷静になっていました。船内は相変らずむしむしし、汗くさい臭いがこもっていましたが、心なしか、さっきより過し易いような、息がつき易いような気持でした。船は、波のぶつかる度数が増えるにつれてずっと激しく揺れはじめていました。

私はベッドから下りると、思わず身体が浮いて、前へつんのめりそうになりました。そのとき小部屋の扉がそっとあいてモニクが身体を滑りこませてきました。

私たちは激しく抱き合いました。ついその直前まで自分が冷静だと考えていたことなぞ、その瞬間、私たちのなかに燃え上がった喘ぐような渇いた炎のなかで、全く忘れさられていました。

しかし次の瞬間、私は廊下の奥で緊急集合のブザーが断続して鳴りだすのを耳にしました。

「何て時機《とき》につまらぬものを鳴らすんだろう」

私はモニクを腕のなかに抱えたまま顔だけ扉のほうへ向けました。モニクは悲しそうな表情をして、眉と眉のあいだに、ちょっと皺を寄せました。

「離れたくないわ」

「ぼくだってさ」

しかしブザーは鳴りつづけ、廊下を走ってゆく足音が幾つか扉の外を通りすぎてゆきました。いずれ誰かが私たちを捜しにくるのは必定でした。

私たちは抱き合ったまま、しばらく扉の向う側の、急にひっそりした気配に耳を澄ませていました。そうやって立っていても、私たちの身体は激しく左右に揺れ、うっかりすると、空中へ、重心を失って、ほうり出されそうになりました。波の音は連続して鳴り、まるで滝壺にいるような感じでした。

「海が荒れてきたらしいね」

私はモニクから身体を引き離すと言いました。

モニクの端正な静かな顔にはひどくぼんやりした表情が漂っていました。

「ええ、そうね」

「ここにいたら、すぐ誰かが捜しにくるね」

「ええ」

「口惜《くや》しいけれど、出なければいけないね」

モニクは、私の言葉に、小刻みに首を縦に二、三度振りました。

モニクは黙って先に小部屋を出てゆきました。一足おくれて私が食堂に入ったとき、すでに船医《ドクター》クルツの話ははじまっていました。

彼はしきりと船の現在位置を東経何度、南緯何度というように説明し、現在、颶風がこれこれに発生し、時速三十キロ前後で南西にむかって移動しつつある、と言っているのでした。私は途中からその話を耳にしたからかもしれませんが、何だか細部がひどくぼんやりしているような気がしました。

「結局、颶風の現在位置は船の北東というわけだね」

壁の地図の前に立っていた数学者のエリー・フランクが緬羊《めんよう》のような、長い、のんびりした顔を地図のほうに突き出しながら訊ねました。

「どの位距離があるんだね?」

ターナーが革の鞭で軽く左の手のひらを叩きながら、灰色の眼をぎょろりと見開いて言いました。

「サモア諸島の北の海上だから、だいたい千キロから千五百キロは離れているな」

船医《ドクター》クルツはへらで押したような平らな鼻梁《びりょう》をした鼻に右の指を当てて、灰色の、かさかさした、顎の四角い顔をターナーのほうに向けました。

「じゃ、まだ三、四十時間は颶風圏が接近することはないな?」

ターナーが念を押すように言いました。

「いや、それはわからない。現在は時速三十キロとしても、いずれ速力は加わると見るべきだ。

ぼくの計算ではだいたい二十時間前後ではないかと思う」クルツが答えました。「できるだけケルマデック諸島の方向に脱出しなければならない」

「ケルマデックに向うのはいいが、島に近づくのは危険だな」ターナーが鞭の先を額に当てながら、からかうような調子で言いました。「船ごと岸にぶつけられたらたまらんぜ」

「それじゃ、フィジー諸島にあるヴィチレヴ島のスヴァ港に逃げこむんだな」フランソワがにこりともしないで、腕組みをして言いました。「スヴァなら相当の颶風でも待避できる」

「これからヴィチレヴ島までゆくとなると、南西へ進路をとっている颶風めがけて突進してゆくわけだ」ターナーは赤茶けた口髭をこすりました。「向うが二十時間前後で接近するとすれば、ぼくたちはヴィチレヴの島影を見る前に颶風に巻きこまれてしまうな」

「しかしどこか島に退避しなければ、これだけの規模の颶風は避け切れまい」

フランソワは静かな口調で言いました。

「それほど規模が大きいのかい?」私が訊ねました。

「大きいことは大きいね」クルツは灰色の、頬に深い皺のある、顎の張った顔を、うなずくように、ゆっくり動かしました。「目下直径二百キロと発表されている」

「まだ発生して間もないから、もっと発達するわけだ」エリー・フランクが独りごとのように言いました。

「いや、もう外は時化《しけ》はじめているぜ」

クルツは舷窓《スカットル》から海を覗《のぞ》くようにして言いました。

風が昼ごろに較べると、ずっと強くなっており、断続的に吹きつけている様子でした。四人の水夫たちが畳帆しており、船首三角帆《ジブ》は外側の二枚が、また前檣《フオアマスト》は最上帆《ロイヤル》、第二帆《アパーゲルンスル》、第三帆《ロワーゲルンスル》が畳帆され、主檣《メインマスト》も主帆《メインスル》だけが残されました。しかしそれでも船体はかなり傾斜《ヒール》していました。また縦揺れ《ピッチング》がはじまり、食堂のなかのこまごましたものが、突然、音をたてて床に転がり落ちました。

「それでは、あとはベルナールに指揮をとってもらう」船医《ドクター》クルツが言いました。「一応、暴風雨警報が出されたこととして、二日は非常態勢で臨んでほしいんだ」

「突然、颶風発生の警報を受信したので（えーむ）どこか島に退避するにも適当な距離に島がないんだ」ベルナールは金褐色の髯面で突っ立っていました。「あわてて（えーむ）下手に島に退避しても船を坐礁《ざしょう》させたり、破壊させたりする例が多い。それにフランソワの提案するヴィチレヴ島は（えーむ）進路としてふさわしくない。（えーむ）それはターナー君の言ったとおりだ。そこでぼくの計画はこうだ。——現在の進路は、一応颶風から脱出する方向に（えーむ）むかっている。だから、風向が変らないかぎり、この方向へ船を走らせる。ただし（えーむ）もうすこし風力が強まると、暴風雨用帆《ストーム・セール》を使っても、ずたずたになるし（えーむ）だいいち檣《マスト》を倒される危険もある。この非常事態のあいだだけディーゼルで機走することを（えーむ）許してほしいのだ」

これにも異議はありませんでした。

「それでは（えーむ）これから暴風雨が通過するまで、〈大いなる眞晝《グローセル・ミッターク》〉号は警戒態勢に入り、当直は二人。四時間交替にする。これから颶風圏に入るまで（えーむ）全員で次のことを分担して貰いたいんだ――まず、船内の荷物の固定と均衡《トリム》の保持。傾斜《ヒール》に備えて船底水槽に海水を充塡《じゅうてん》すること。（えーむ）非常緊急艙口《ハッチ》は鉄蓋を閉じ、締付けること。すでに舷窓《スカットル》は盲蓋《ブラインダー》が閉められているが（えーむ）片締めになっていないか再点検すること。司厨室は火気を禁じるから、警戒態勢のあいだは非常用食事とすること」

私たちはそれぞれ分担を決め、即刻、担当の部署へ急ぎました。午後三時でした。まだ青空が見えていましたが、黒ずんだ乱雲が、まるで急を告げる戦場へ向ってゆく軍団のように、足早に空を低く走っているのでした。北のほうには、紫を含んだ灰暗色の雲が低く海の上まで垂れこめていて、水平線は掻《か》き消されていました。

私は甲板の索具《リギン》と帆《セール》全体の点検と収納に当りました。ほかにエリー・フランクと少年水夫二人が加わりました。高波に洗われるのが必定でしたから、まず舵輪《ステヤリング・ホイール》が空転したり、波にとられたりしないように複合滑車《テークル》で固定したり、生命綱《ライフライン》を前甲板から後甲板まで張ったり、二艘《そう》の救命艇《てい》の固定索具《グライプ》を二重にして締め直したりしました。

それに前檣《フオアマスト》の最上帆《ロイヤル》から第三帆《ロワーゲルンスル》までは、畳帆しただけではなく、帆綱《シート》と帆耳《クリユー》を烈風のなかで補強しました。私は環《リング》を綱《ロープ》に通したり、支索《ステイ》の締付けをして廻ったり、索具《リギン》を船倉《ホールド》にしまったり、格納できぬ取手、要具、リールなどは覆布《ターポーリン》をかけて縛ったり、綱《ロープ》で固定《ラッシング》したりしました。

船首《ステム》の掻きわける波が高々とあがり、しぶきとなって雨のように降りそそぐなかで、私はエリーやマルセル、アンドレと声を掛け合って走りまわり、綱《ロープ》を引きしぼり、綱《ロープ》の端を繋柱《ボラード》に巻きつけ、索止め《クリート》に縛りました。誰もが波と汗でぐっしょり濡れていました。私が一仕事を終えて船首《ステム》を見ると、前甲板に白く降りそそぐしぶきが、右舷からの風に吹きとばされて、引きちぎられるように、霧となって消えてゆくのでした。

風はまだ断続的で、ひとしきり強く吹くと思うと、ちょっとした休止が入りました。そしてまた、息のできぬような強風が甲板のうえを吹き、帆《セール》を大きく脹《ふく》らませるのでした。

私は甲板上の作業を終えると、操舵甲板《ステヤリング・ブリッジ》の周囲に暴風雨用手すり《ストームレール》を組立てたり、艙口覆止め《ハッチバッテン》のための帯金を取りつけたり、ぬるぬるする風取入口《ベンチレーター》に覆布《ターポーリン》を縛りつけたりしていた少年水夫二人とともに昇降口《ハッチ》から船内に戻りました。廊下は暗く、すでに電気がついていて、突当りの船長室の前で、ベルナールが船医《ドクター》クルッに何か言っていました。エリーがその話に加わって、めずらしく興奮したような調子で喋るのが聞えました。

「どうしたんだ?」私はエリーに訊ねました。

「また、展帆だぜ」エリーが白っぽい長い睫毛《まつげ》をしばたたいて言いました。「エンジンが作動しないんだ」

「故障かい?」

「いまフランソワがいって調べている」

「何となく予兆がよくない感じだな」

「まあな」エリーは肩をすくめました。「帆船が何も機走する必要はないんだぜ。どの道、あと二十時間じゃ機走したって暴風雨圏内に入ることは確実だ。それより帆船らしく強風に乗って突っ走って可航半円に入れば、颶風だって別に危険はないんだ」

しかし二時間ほどの点検にもかかわらず、ディーゼル・エンジンは作動しませんでした。私たちは油だらけになって出てきたフランソワから、故障箇所の修理は部品がなく不可能だという報告を受けました。こうなりますと、いよいよ純粋に帆船として暴風雨に対処するほかありません。

私たちが下の船倉《ホールド》から新たに帆布《セール》や帆綱《シート》などを取り出して、後甲板の道具箱に移したのは帆《セール》を破られた場合、もはや機動に頼るわけにゆかなかったからであります。

船内の到るところで、器具や、箱や道具や樽が綱《ロープ》で固定されていました。棚や机の上の小瓶《こびん》、コップ、本、籠、時計、小箱などはすべて戸棚の中にしまいこまれ、戸棚には鍵が掛けられました。鍵のない戸棚は把手《とって》を紐で縛るか、釘で一時的に閉鎖するかしました。まるでどの部屋《キャビン》も大掃除のあとのように片付いていました。それに廊下や司厨室や倉庫《ホールド》の器物が綱《ロープ》や覆布《ターポーリン》で固定されていたので、これからどこかへ船内の荷物が引越ししてゆくような印象を与えました。これらの仕事にはサトヤム老人と女性たちが当っていたわけであります。

裁判長殿、ならびに陪審員の皆さん。

私が、暴風雨を前にした〈大いなる眞書《グローセル・ミッターク》〉号の細々とした船内の動きを陳述しておりますのは、この、サモア・フィジー海域で史上最大と言われた大颶風に見舞われた船が、とにもかくにも沈没を免れたのは、こうした周到な用意が早めになされていたためだ、ということを申しあげたかったからであります。この暴風雨のさなかに起った事件によって、私たち乗組仲間《クルー》の大半が働くこともできず、働きもしなかったことを考えると、〈大いなる眞書《グローセル・ミッターク》〉号が生き残ったことは奇蹟と考えるほかありません。しかも暴風雨のあと、五十日にあまる航海をしたのでありますから、やはりこのときの処置が後々まで有効に働いていたことがわかるのであります。

事実、もしあのとき船内に事件も起らず、乗組仲間《クルー》全員が暴風雨と戦ったとすれば、船の損傷など微少ですんだことと思います。

すでに夕方には青空は消えて、広い空の果まで雲に厚く覆われ、その灰色の空の下を、別の黒ずんだ雲が足早に動いていました。フィジーからの短波は雑音が多くて捉え難く、かえってニューカレドニアからの放送がよく入りました。

私たちもその頃、こんどの颶風が相当大きな規模に発達しながら私たちのいる海域に向っているのを正確に知ったのでした。ベルナールが放送を聞きながら、船医《ドクター》クルツの記入する颶風の中心位置をじっと息を殺すように眺めていたのが忘れられません。

「気圧計《バロメーター》はどんどん下がるいっぽうね」

マリア・カザローネがクルツの書き込みを見ながら言いました。

「つまりぼくらが颶風の進路の上にいるってことだ」

エリーが言いました。

「何とか暴風圏の外に航路をとれないものかね?」

ターナーが灰色のぎょろ眼で私たちの反応を見るように訊ねました。

「いまケインが右舷に追手《クオーター》で風を受けるように舵《ラダー》を取っている。これは荒天下の帆船航法としては定石なんだ」

私がターナーに説明しました。

「じゃ、ぼくらは既定の航路からはずれるわけか」

「いま問題は、どうやって颶風の進路から離れて、暴風圏外に出るかということだ」エリーが白っぽい、濃い睫毛をしきりとしばたたきながら言いました。「可航半円に入らないと、一荒れ二荒れじゃすむまいからね」

「風はいったいどうなんだ?」フランソワが青い眼を船医《ドクター》クルッのほうへ向けました。「まさか右まわりに変っていることはあるまいね」

「いや、それはまだわからない」クルッは海図《チャート》の上に線を引いてから顔を上げました。「ともかくここ三時間ほどは追手《クオーター》で走るほかない。その上でまた進路を決定しよう」

「じゃ、全員が部署について、当直以外は（えーむ）なるべく休息をとって余力を貯えてほしい」ベルナールが金褐色の髯のなかで灰青色の眼を大きく見開いて言いました。「今夜から明日の午前中が山だと（えーむ）考えていいと思う」

　その後、何度かフランソワ、エリー、それにベルナールも機関室に入りこんでハンマーで叩いたり、パイプをはずしたり、エンジンのシリンダーを分解したりしていましたが、結局、徒労であることがわかりました。

　波のぶつかる音は個室《キャビン》にいるときのほうが強く感じますし、横揺れ《ローリング》も下にいるほうが大きく感じます。それに自家発電のディーゼル・エンジンも調子が悪いらしく、ひどく電圧がさがって、電球が暗くなり、それからしばらくしてまた明るくなりました。ナタリーやマリア・カザローネは暴風雨はごめんだと言っていましたが、逆にモニクやスウォン・スワナは一度そんな物凄《ものすご》い経験を味わっても悪くない、と思っているようでした。彼女たちは彼女たちで各個室《キャビン》の整理や器物の固定などで船中を走りまわっていたので、夕食になって全員が顔を合わせたとき、誰もかれも汗にまみれていました。

風のなかで暮れたその日の夕方は、たしかに不気味だったことを憶えております。海は次第にうねりを高くしていましたし、波頭は白く砕けた途端、風に吹き飛ばされ、泡の群が風下へ幾すじも白濁した筋をつくって、身もだえする青黒い波の背をかすめてゆきました。

船が横波をかぶらないようにその夜は船首三角帆《ジブ》と前檣の第四帆《フオアマストアパートツプスル》、第五帆《ロワートツプスル》、それに主檣《メインマスト》の補助三角帆《ステースル》を残して、風を右舷に追手《クオーター》で受けるように舵《ラダー》を取っておりました。それだけの帆《セール》でも、物凄い風に吹かれていましたので、船はかなり傾斜《ヒール》して激しく波を蹴《け》り、船首《ステム》からかぶる海水が時どき生命綱《ライフライン》を洗いながら奔流になって前甲板を走りぬけました。

夜に入って私たちは甲板上の一切の電気を消し、闇夜《あんや》航法に入りました。それは電燈が照らす範囲が極度に狭くなるので、暗闇に眼を慣らして行動したほうが危険が少く有効であるからでした。その際、ちょっとした燈火《あかり》でもこの暗闇に慣れた眼を眩《くら》ますことになります。

この航海のあいだ、私たちは何度か闇夜航法で甲板作業の練習をしましたが、暗い海が吼《ほ》えたけるこの烈風のなかでは、文字通り鼻をつままれてもわからない闇が濃くあたりを包んでいました。

夜になってから雨が断続して甲板に打ちつけてきました。そのうえ、風が右へまわっているようでした。つまり私たちは颶風の進行方向にむかって、その右側、危険半円と呼ばれる海域に置かれていたのであります。

舵《ラダー》に当る圧力が物凄く、時どき両足を踏んばって舵輪《ステヤリング・ホイール》を支えなければなりませんでした。予備舵取り滑車《レリービング・テークル》で固定した舵輪《ステヤリング・ホイール》はともかく颶風圏から脱出する方向に保つ必要があります。私が午後八時まで操舵《そうだ》したあと、エリーが交替しました。私は一休みする間もなく、甲板に出て、生命綱《ライフライン》に安全鉤《フック》をかけ、ベルナールの号令下に、横帆《スクエア・セール》を右舷に開き、主帆《メインスル》の横檣《ブーム》をケインと二人で引きしぼりました。ターナーはしぶきを浴びながらその支索《シート》の端を索止《クリート》めに巻きつけていました。

私たちは耳もとでごうごう喚きたてる風を全身で支えていました。ちょっとでも力をゆるめると、足がふらつきました。〈大いなる眞晝《グローゼル・ミツターク》〉号は安定のいい船でしたし、船尾《バイザスターン》に均衡《トリム》の調整をしてありましたので、まだ私たちは荒天を乗り切る自信を持っていました。

問題は、風向が急変して逆帆《アバック》になったり、船の横腹《ウエール》が波にさらされて横揺れ《ローリング》がひどくなり、横倒し《ビームエンド》の状態を引きおこしたりするのを何としても防ぐことでした。

そのためにはたえず右舷から風を受け、颶風の中心に流れこんでゆく風を切りあがってゆく必要がありました。しかしあまり一杯開き《クロース・ホールド》にしすぎると、逆帆《アバック》になる危険もあります。ふつうの荒天なら舵《ラダー》を風下にまわすことで、この危険も瞬間的に回避できますが、すでに現在の暴風雨では、それは自ら船を横倒し《ビームエンド》にするようなものでした。だいいち逆帆《アバック》で吹きまくられたら、檣《マスト》が折られることが考えられます。ブリガンティン型帆船は機動性もあり、主帆《メインスル》の操作に主力が置かれていますが、しかし横帆《スクエア・セール》の操作には最低四人が当らなければなりません。甲板に叩きつける風浪の状態からみて、女性たちがそれを手伝うことはまず不可能です。したがって操帆作業は私たち七人の乗組仲間《クルー》と四人の少年水夫が総員で当りました。全員が黄いろいゴムの短い合羽《かつぱ》を着て、安全鉤《フック》を生命綱《ライフライン》に掛けながら動きまわりました。事実、私は二、三度、風に身体がよろめいて、思わず生命綱《ライフライン》にすがりつきましたし、波に足をすべらせて横倒し《ビームエンド》になったときは、安全鉤《フック》のおかげで私は甲板に引きとどめられたのでした。

私が左に傾いて進む船が低く沈んではまた浮び、浮んではまた沈んでゆくのを、何か荘厳な聖牛が供犠《いけにえ》の場に引かれてゆく姿のように感じたのは、果してその後に起る事件を予感していたためだったかどうか、私にはわからないのでありますが、真っ暗な甲板に立ち、生命綱《ライフライン》に安全鉤《フック》を掛け、滝のような横なぐりの雨に打たれながら、ごうごうと吼える風の音を聞いていると、言いようのない畏怖《いふ》がのしかかってくるのでした。それは夕刻に見た荒天の海とはまったく別個の、威嚇と咆哮《ほうこう》のなかで荒れ狂う激怒する巨大な魔物の大群とでも言ったほうがよかったかもしれません。時おり青白い電光が雲のあいだに光り、湧《わ》きたつ海が、立ちはだかる胸壁のような波を砕きながら、船を呑みこもうと崩れ落ちてくるのが見えるのでした。私は舵輪《ステヤリング・ホイール》のそばでエリーと大声で話し合っていたベルナールが、フランソワを呼んでいる声を聞きました。

フランソワは前甲板で外側の二枚の船首三角帆《ジブ》を水夫のマルセルと鼠と呼ばれていたアランの三人で波と風に逆らいながら、取りこんでいました。船首《ステム》を襲う波が高く、あとになって畳帆するのは不可能だったからです。風はますます吹きつのり、すでに船の傾斜《ヒール》も激しく、左舷すれすれに脹れあがった波が夜目にも白々と渦を巻いて走りすぎていたのでした。

「フランソワ、ベルナールが呼んでいる」

私は生命綱《ライフライン》を伝わりながら、まるで真っ暗な滝のなかで怒鳴るような感じで、前甲板に向って叫びました。

そばにいたアランがよろめきながら、船首《ステム》のフランソワを呼んでいました。

「もう一度、エンジンを見て貰えないか」ベルナールはフランソワの波と雨にずぶ濡れになった黄いろい合羽が闇のなかから近づくと叫びました。

「このぶんだと間もなく（えーむ）帆布《セール》が吹き飛ばされることになる」

私は波が甲板を泡立ちながら通りすぎるのを待って、フランソワが昇降口《ハッチ》の鉄扉をあけ、なかに姿を消したのを見ていました。私の夜光時計で午後九時になっていたでしょうか。

私たちはなお風の方向に注意しながら、死にもの狂いで暴風雨圏を脱出しようとしていました。補助三角帆《ステースル》の帆索《シート》を引き、かなり船を風上にむけていたのも、ただ颶風の中心から少しでも遠ざかろうという必死の思いからでした。船体の外へ突き出た横檣《ブーム》の下の部分は時どき高波をかぶり、白いしぶきをあげていました。烈風に吹きとばされる雨は、合羽の上で物凄い音で鳴り、顔に当る雨足は痛いような感じでした。合羽はもう何の役にもたたず、身体のなかまでぐしょ濡れでした。顔に当る滴を拭うと、眼にしみました。それは雨というより海水が私たちの上にしぶきとなって降りそそいでいたからでした。唇にふれる水は塩辛く、生温く顔にべとついていました。

私たち、エリーとベルナールと私、それに水夫二人が交替したのは午前零時頃でした。私たちのあと甲板を守っていたのは船医のクルッ、黒人ケイン、ターナー、それから肥った怪力のギイでした。

私が昇降口《ハッチ》をおりると、垂直階段の下でベルナールが「アンドレはどうした?」と訊ねている声を聞きました。

「部屋《キャビン》にはいなかったので、そのまま来ました」

ギイは無口な、眠そうな顔をした少年水夫で、金色の薄い毛のはえた腕に錨《いかり》の刺青《いれずみ》をしていました。

「こんどはお前とアンドレが組になっているんだ」ベルナールは厳しい口調で言いました。「二人で生命綱《ライフライン》に安全鉤《フック》を掛けて助け合うんだ。これから風がますます強くなる。一人でいたら飛ばされるぞ」

肥ったギイは何かぶつぶつ言いながら、廊下を戻ってゆきました。

私たちは前後に激しく揺れる船室《キャビン》に戻ると、合羽をぬぎ、乾いたタオルで身体を拭きました。タオルはすぐべとついてきました。しかしシャワーを浴びるわけにもゆきません。下着をかえ、戸棚からコニャックを取り出すと、それを壜に口づけして飲みました。熱い液体が喉の奥に流れ、体力が急に甦ってくるようでした。

身体をベッドに投げだしていると、船腹《ウエール》にぶつかるどすんどすんという横波の音がひっきりなしに聞え、船が、まるでエレベーターで下がっているように前部からぐんぐん沈んでゆき、重い鈍い弾力の中にのめりこんで、また浮きあがってゆくのがわかりました。その縦揺れ《ピッチング》は前よりずっと大きく、頻繁になっていました。誰かにハンモックでも揺らされているようで、うっかりすると、外へ転がり落ちそうでした。無電室でベルナールは短波を聞いて、クルツの書きこんだその後の暴風雨情報をつかむのに懸命でした。

気圧は七五〇ミリ（一〇〇〇ミリバール）に下がっていました。颶風が私たちを完全に巻きこんだことは間違いありませんでした。

裁判長殿、ならびに陪審員の皆さん。

このごうごうと鳴りつづける暴風雨下の激浪のなかで、私が三時間近くも眠りこんでいたのは、何も大胆だったからではなく、ひたすら疲れきっていたからでした。甲板にいてベルナールの号令で帆綱《シート》を引いたり、転桁索《ブレース》を廻したりしているときは緊張のためか、すこしも疲れているとは思わなかったのに、ふた口ほどコニャックを飲むと、まるで奈落の底に真っ逆様に墜落するように、眠りのなかに落ちこんでいったのであります。私はそのあいだ、しきりと高架線の下にある家に住んでいる夢をみていました。たえず頭の上を電車や列車がごうごう通るのですが、どうしてもそこから他に移転できず、八方に頼みまわっているという夢でした。

私が眼をさましたとき、波はなお船室《キャビン》の壁の向う側に重く打ち寄せ、時おり天井や柱が軋んでおりました。いかにも船全体が右に揺れ、左にねじあげられていたので、苦しまぎれに歯軋りをしているといった感じでした。重い、腹の底にしみるような、鈍い響きとともに、一種ずしんとした衝撃のようなものが身体に伝わり、そのたびに、船腹《ウエール》や柱がその圧力に耐えかねて、みしみし呻くのでした。

私は誰かが泣き喚くような声で走っていったのを夢うつつに憶えておりました。夢のなかでは高架線の下に住む若い娘が、こんなところには住めない、と言って泣いている声になっていました。

しばらくぼんやり半身を起してベッドの上に坐っていると、雨にぐっしょり濡れたクルッとターナーが通ってゆくのが見えました。ドアのあいだから、ちらとその姿を見ただけでしたが、その様子がいつもと違っているように感じられました。それにおかしいと思ったのは、私たちが交替するまで、二人は甲板を離れることができないはずでした。交替にはまだ一時間ほど残っているのです。私は、その瞬間、はじかれたように飛び起きました。船内は停電しており、非常用の電池で灯る薄暗い電燈が廊下を照らしているだけでした。

　私はなお目覚めきってはおらず、ドアの閾《しきい》に躓《つまず》きそうになったりしましたが、それでも廊下に漂う異様な雰囲気にはすぐ気がつきました。船は低く沈んでは、また急に上昇を始め、私は廊下で二度ほど前へ踊りだしそうになりました。誰かが見ていたらさぞ滑稽な酔ったような歩き方だったでしょう。

　船医《ドクター》クルッの部屋の前には、薄暗い電燈に照らされて、濡れた黄いろい合羽のままのターナーが滴をしたたらせ、灰色の潤んだぎょろ眼を大きく見開き、呆然として立っていました。船室《キャビン》にいたモニク・ファビアンも、金髪のナタリーも、浅黒い肌の彫りの深いマリア・カザローネも、油だらけになったフランソワも、三人の少年水夫も、長い睫毛をしばたたいて緬羊のような顔を突き出しているエリー・フランクも、クルッの部屋の前に集まって、クルッの懐中電燈《トーチ》で照らされている何かを覗《のぞ》きこんでいたのでした。

私はたしかに異様な、何か、はっとするような気配を感じたのでありますが、しかし正直のところ、それが私たち〈大いなる眞晝《グローセル・ミッターク》〉号の終末となった一連の悲劇の開幕であろうとは、夢にも思わなかったのであります。私はただ短波で新たな情報が入って、それでみんなはぎょっとしているにちがいない、といった軽い気持でいたのであります。もしそうなら冗談の一つも言って、乗組仲間《クルー》の気持を引きたて元気づけよう、などとさえ考えていたのであります。

私がエリーの背後に近づいて、その肩を叩き、「いったい何があったんだ?」と気軽な調子で声をかけたのは、そのせいでした。

エリー・フランクは白っぽい長い睫毛をぱちぱち動かしながら、真剣な、恐いような眼で、素早く、「いまはそんな調子で物を言ってはいけないときなのだ」という目配せを送って寄こしました。私は、エリーが眼で指し示す方向へ、はじかれたように視線を投げました。

船医《ドクター》クルツのかがみこんだ前に、懐中電燈《トーチ》の光の輪が投げられ、誰かが仰向けに横たわっていました。

「アンドレだ」エリーは押し殺した声で囁きました。「船倉《ホールド》に落ちて頭をひどく打っているんだ」

みんなは息を殺し、じっとクルツの手の動きを見守っていました。彼は額の傷を見、身体を調べ、瞳孔《どうこう》の検査をし、しばらくアンドレの青黒くなった身体の上に頭を垂れていました。

クルッと向き合ってアンドレの上に蹲るようにして坐っていた船長ベルナールが、クルッのほうへ顔をあげました。彼の金褐色の髯は涙のようなもので濡れていました。

誰も一ことも言いませんでした。激しく鳴る波の音と、何か物の転がる音と、前後に縦揺れ《ピッチング》する船の動揺だけが、かえってその一瞬の重苦しさを深めているように思えました。

「アンドレは死んだよ」

やがてクルッは言って、立ち上がりました。

「階段から弾ね飛ばされたんだろうか？」

エリーが低い声で訊ねました。

「いや、たぶん、そうじゃないだろう」クルッはアンドレの青黒い、混血児らしい、上品な、端正な顔を、腕組みしながら、じっと見下して言いました。「額の傷も浅くはないが、それは致命傷じゃない」

私たちは灰色の、眼蓋の垂れた、皺の多いクルッの顔を思わず見つめました。ベルナールものろのろと立ち上がりました。

「じゃ、アンドレは……？」

ベルナールは金褐色の髯のなかで呆然とした表情で、口を動かしていましたが、あとは言葉にはなりませんでした。

「アンドレは階段から落ちたんでもなければ、額の怪我で死んだんでもないだろう」クルツは絶句したように言葉を切りました。「見ろよ。この可愛い少年は、首を絞められているんだ……アンドレは……誰かに……首を……絞められている……」

その瞬間、私たちの間を電流のように貫いた驚駭《きょうがい》は、本法廷でも、私は十分表現することはできないのであります。私たちは声などあげるはずはなかったのですが、私は、そのとき、仲間《クルー》の口から、恐怖とも悲嘆とも仰天ともつかない微かなどよめきが洩れたように思ったのであります。私たちはしばらく呆気にとられて口をきくこともできなかったのでした。

「誰かって……まさか……乗組仲間《クルー》のなかに……まさか……」

反った短い鼻の下の赤茶の口髭をこすり、眉と眉の間に皺を寄せたターナーがそうつぶやきました。彼もすっかり度肝をぬかれたというように灰色の眼を、眼窩《がんか》から飛び出しそうに見開いておりました。

「まあ、悪魔でもいて、どこかから船に侵入してくれば別だがね」

クルツはアンドレの横顔に眼をそそぎながら答えました。

「だって、そんなこと、おかしいじゃない？　この子はみんなに可愛がられていたし……殺される理由なんて、あるわけ、ないじゃないの？」

ナタリーがハンケチで鼻を押えながら、涙声で言いました。私は彼女がそんな感情的な反応をするのが意外でした。

「しかしここに」クルツは慍《おこ》ったような声で言いました。「この首すじに、絞められた手の指あとが残っている。まさかアンドレが自分で自分の首を絞めるわけにはゆかないだろう」

「でも、まさか私たちの誰かが……」

モニク・ファビアンも信じられないという調子で、殺していた息を、ふっとつきながら、肩をすくめました。

「そうね。だいたい動機を持っている人はいないんじゃない？」

ナタリーがハンケチを鼻に当てたまま言いました。

「それを調べるのはぼくらの任務じゃない。ベルナールが船長の権限でやらなければならないことだ」

私たちはベルナールの金褐色の髯面を見つめました。彼は口をあけたり閉じたりしていました。

「もうあと二、三時間で夜が明ける。それまでどうか部署に戻るなり、（えーむ）休むなりして欲しいんだ。この問題は、何としても解決する。（えーむ）夜明けまで待って欲しい」

私はどんなにその暴風雨の夜明けまでが長く思われたか、いまもよく憶えております。腕時計を眺めてみても、針はすこしも進んでいないのでした。私はモニク・ファビアンのところへいって、何もかも忘れて抱き合っていたいような衝動を覚えました。ぐっすり眠ったせいか、午前四時の交替まで、ひどく眼が冴《さ》えている感じでした。

そのあいだ、私は、アルジェリア人とフランス人の混血と言われていた、すらりとした、浅黒い、この美少年の水夫が、なぜ殺されたのか、誰に殺されたのか、考えてみようとしました。

船は軋み、波の音は気が違ったように連続して響き、時には一つの波の衝撃に次の波のが重なって、船体全体が異様な胴震いをして、軋んだり、呻いたり、身もだえしたりするのでした。もはや歩くときは、手すり《ハンドレール》か壁を伝わらなければ、身体が躍ってどうすることもできません。船にこんなに横揺れ《ローリング》が加わったのは、颶風の中心部に一段と近づいて、風力が強くなったのと、おそらく主帆《メインスル》を畳帆したためと思われました。エンジンでも作動すればもうすこし何とかなったでしょうが、これでは、攪拌器《かくはんき》のなかに投げこまれたようなものでした。ベッドの上にいても、転げ落ちないように、手すり《ハンドレール》に摑まっていないと、いつ空中に弾ねとばされるか、わかりません。私は、手足を突っ張り、廊下の赤黒い、暗い非常燈を眺めていました。まるで囚人船か何かのように陰惨な気分でした。たえず何かが割れる音、転がる音、ぶつかる音がしましたが、それは、見落して縛り忘れたものか、縛ってあっても紐の解けたものだったのでしょう。

私はそんな音を聞きながら、アンドレに関係のある乗組仲間《クルー》を数えあげてみました。まずアンドレが首を絞められている、とクルツが言ったとき、私は反射的に、クルツ自身はどうだろうか、と思ったのでした。もちろん私がナタリーの話からアンドレがクルツの同性愛の相手であることを知っていたからです。

しかし平生の船医《ドクター》クルツが皮肉で、傲慢で、冷血なことを考えると、アンドレの死の瞬間の彼の肩の落し方は、到底芝居とは思えぬ真実味が漂っておりました。次の瞬間、クルツの眼に怒りが冷たく燃えていたのも、アンドレへの愛がじかに感じられて、私などは自然な感じがしました。もし自分から手を下していたら、あんなに露骨に怒りが示せるものではないでしょう。涙は粧《よそお》うことができても、怒りを演技するのは、咄嗟の場合、難しいものだと思います。

あとベルナールとフランソワ、ターナー、エリー、ケインですが、その一人一人に動機が感じられません。といって女性がアンドレを絞殺したと考えることは不可能でした。いかにアンドレが十八歳に達したばかりの少年であるといっても、身体は女性たちより遙《はる》かに逞《たくま》しかったからであります。

午前四時になって、私はフランソワとエリーとで当直に立ちました。昇降口《ハッチ》の重いハンドルをまわし、鉄の扉を押しあけると、鞭を打つような風が、吹きこんできました。空も海もまだ真っ暗でしたが、それでも、どこか微かに青味を帯びたものが感じられました。真夜中の漆黒の闇を見ていた眼には、すでにそれだけでも物が見えるように思われました。

当直交替のとき、黒人ケインが天候と帆《セール》の状態を私たちに引きついでゆきましたが、舵輪《ステヤリング・ホイール》のそばに立っていると、帆《セール》や帆綱《シート》や支索《ステイ》に鳴る風の音が、鋭い絶叫となって、いまにも引きちぎられるような感じでした。

私たちは畳帆した帆桁《ヤード》に当る風圧をぬくために、前檣《フォアマスト》の三本の帆桁《ヤード》を風の方向に回転させました。しかし烈風と甲板にのしかかってくる波しぶきの中では、こんな簡単な作業も容易ではありません。

私たちが帆桁《ヤード》をまわし、第四帆《アパートップスル》、第五帆《ロワートップスル》の索具《リギン》やロープを整理しているうち、あたりが薄明るくなってきました。

闇の底から現われてくる海は、形相が一変していました。それは悶え、のたうつ、奔馬のような海でした。山のような波が、のし上げ、崩れ落ち、渦を巻くのでした。あたりは白い泡や波しぶきが飛び散り、吹雪のように斜めに流れていました。夜明け前の空は黒雲に覆われ、黒雲の下に別の灰色の雲塊が、髪を振り乱し、身をよじって東へ走っていました。水平線は波しぶきのなかに掻き消され、巨大な波が、白い雪の壁のように立ちはだかっては、頭から、真っ逆様に、のめり落ちてくるのでした。

〈大いなる眞晝《グローセル・ミッターク》〉号は巨大な波の山をのぼり、それから一挙に波の谷へのめってゆき、頭から波しぶきをかぶって、また、次の波の山をのぼるのでした。

私たちはこの巨大なうねりを横腹《ウエール》に受けないように、必死で舵輪《ステヤリング・ホイール》を握りつづけました。風がまわりでもし、船が逆帆《アバック》になったり、横向きになったりしたら、それこそ檣《マスト》を折られるか、横倒《ビームエンド》しになるでしょう。そうなれば、いかに安定のいい〈大いなる眞晝《グローセル・ミッターク》〉号も一巻の終りです。

暗夜の航海も不気味で不安なものですが、この荒れ狂う風浪を眼に見ても、不気味さは決して減少するものではありません。逆に、小山のように盛りあがった、この白濁した巨大な波の壁は、一瞬、私の魂を凍らせるほどの凄みを持っているのでした。それは途方もなく大きな魔物が私たちを捕えようと、両手を挙げて襲いかかってくるような感じだったのであります。

午前六時をすこし廻った頃、第四帆《アパートップスル》がぴーんという鋭い音響とともに上端が引き裂かれ、残った帆布《セール》が、気が狂ったように、烈風のなかで、ばたついていました。私はフランソワと二人で前後に激しく揺れる前檣《フォアマスト》に取りつき、第四帆《アパートップスル》の帆桁《ヤード》を両手で抱えました。安全鉤《フック》を掛けたものの、身体が烈風の中に浮び上がり、必死になって、ぬるぬるした帆桁《ヤード》にかじりついているほかありませんでした。作業など到底できなかったのであります。

私はナイフを取りだし、帆布《セール》の一端を切ろうとしました。しかしナイフを帆布《セール》に刺した瞬間、鋭い音をたてて帆布《セール》は吹きちぎられ、一瞬にして消え去ったのでした。私は恐怖から身体がこわばるのを感じました。私はどうやって前檣《フォアマスト》から降りたのか、記憶にありません。おそらく夢中で降りてきたのだと思います。

午前八時に操舵操帆を少年水夫と交替して乗組《クルー》全員が食堂に集まるようベルナールから呼びだしがかかりました。

私が濡れた下着をかえて食堂に入ったとき、全員がすでに集まって、ベルナールを議長に指名しているところでした。

「異存ないだろうね?」

ベルナールは金褐色の髯面を私のほうに向けて言いました。私は、異存なし、という身ぶりをしました。

「昨夜、諸君がすでに(えーむ)知ってのとおり、アンドレが死んだ。船医《ドクター》クルツの(えーむ)所見では、アンドレは誰かに喉《のど》を締められて死んだ、ということなのだ。もし本当にそうなら(えーむ)いかに暴風雨下でも、問題を放置しておくわけにゆかないんだ。ぼくは(えーむ)こんな事件を裁くだけの資格はない。ぼくがこんな議長をつとめるのも(えーむ)ただ船長という役割のためだ。どうか、これが道徳的な裁定だなどと(えーむ)考えないでくれ給え。これは船内の秩序のために行われるんだ」

私は、ベルナールが髯のなかで、口をぱくぱく動かし、言いよどみ、灰青色の眼を驚いたように大きく開けているのをじっと見ていました。彼の顔には、困惑の表情、悔恨の表情、絶望の表情がまじっていました。それが何とも奇妙な印象を私に与えました。私はなぜかベルナールがこの議長役を尻ごみしている、といった感じを受けたのであります。

「まず船医《ドクター》クルツ、説明してくれ給え」

ベルナールの言葉にクルツは立ち上がり、がっちりした顎の尖端《せんたん》に手を当てながら、アンドレの死体が発見された状況、診断結果、死後時間などについて述べました。

すでに外では夜が明け、蒼白い光のなかで、海が咆哮し、風が狂ったように吹きつのっていましたが、盲窓《ブラインダー》を閉じた船内は、乏しい非常用の蓄電池のせいで、薄暗く、ぼんやり電燈が光っているだけでした。食堂に集まる乗組仲間《クルー》は黒い陰気な影になっていて、昨夜から、決して明けることのない夜がつづいているような感じでした。

裁判長殿、ならびに陪審員の皆さん。

私が何か不吉な、墓場の風に似た、嫌な予感に捉われたのは、実に、その瞬間だったのであります。私はいまもそれを十分に説明しつくせませんが、アンドレの死が、もっと不快な、おぞましい状況を引きだすのではないか——ふと、そんな考えが閃いたのであります。それは、この牢獄のように薄暗い、密閉した部屋に黙りこくった幾つかの黒い影が坐っていたことからの自然の連想だったかもしれません。私たちは椅子に坐っていても前後左右に揺られ、不意に、中心を失って、そのまま机にかじりつかなければなりませんでした。船体がびりびり震動し、甲板に穴があいたのではないかと思うような響きとともに船体が上下にがくがく揺れ、私たちは思わず息をのんで顔を見合わせるのでした。

万一の場合を考えて、サトヤム老人が船首《ステム》のほうへ見まわりにいっていました。いままでと違って、ただ船腹《ウエール》に波がぶつかるだけではなく、船体全体がその巨大な波の一撃で震え、揺れ、痙攣《けいれん》するのでした。

私たちはそんななかでクルッの言葉を聞いたのであります。それによると、前の晩、私が当直を交替してからあと、本来なら甲板に出るはずのアンドレの姿が見えないため、サトヤム老人とギイが船内を捜してまわったというのであります。結局そのときはどこにも見当らず、二人はアンドレが波にさらわれたのかもしれないと思ったのでした。午前三時頃、サトヤム老人が船倉《ホールド》の冷蔵室の具合をみようとして、垂直階段をおりると、そこに、散乱するじゃがいも袋の間にアンドレが倒れていたのであります。老人はアンドレの額の傷を見て、彼が階段から足を踏みはずし、額を打って気を失ったと思い、すぐに船医《ドクター》クルッの部屋に担《かつ》いでいったのでした。私が見た情景はその直後のことだったわけであります。

「死亡推定時間は発見された午前三時より五時間ほど前だ」クルッは頬の深い皺をひくひく動かして言いました。「おそらく午後十時から十時半頃までの間にアンドレは首を絞められ、倉庫《ホールド》の昇降口《ハッチ》から船底《ボトム》に落されたのだ」

私たちはベルナールの前でその時刻のアリバイを求められました。ベルナールとエリーと私と水夫マルセルとアランはちょうどその時刻に当直に当っておりましたから、十二時までのアリバイは完全でした。女性たちはいずれもナタリーとスウォン、マリアとモニクと組んで船内当直に当っていて、その時刻はナタリーとスウォンの番でしたが、たまたまサトヤム老人が二人と一緒に船内の漏水《リーク》を見てまわっておりました。彼らが船底《ボトム》に下りたときはアンドレはいなかったのであります。

「じゃ、アンドレは他処《よそ》で喉を絞められて、あとから船底《ボトム》に投げこまれたんだ」

エリーが上下に揺れる船の震動から身体を支えながら独りごとを言いました。

黒人ケインと船医《ドクター》クルツはその時刻に無電室で短波で暴風雨情報を傍受しておりましたし、ターナーはその時刻に二度も無電室へ顔を出しておりました。

「ぼくは機関室にいた」フランソワが最後に言いました。「九時にベルナールに言われて機関室に入り、そこで十時半まで分解して故障箇所を調べていた」

「君が出てくるときにはアンドレの屍体《したい》はまだなかったんだろうね？」

ターナーが短い反った鼻を上に向けるようにして、灰色のぎょろ眼でちらっとフランソワのほうを眺めました。機関室はすでに説明いたしましたように船底《ボトム》の倉庫《ホールド》から鉄扉一つで隔てられております。反対側の冷蔵室とその扉は向い合っていたわけですから、言ってみれば、フランソワがアンドレの屍体に一番近い場所にいたことになります。

「ぼくが機関室を出たときは、何も見当らなかったな」フランソワはそのときの様子を思い出すように眼を床にさまよわせながら言いました。「ぼくが昇降口《ハッチ》を上がったのは午後十時半だった。それは時計を見たのでよく憶えている」

「じゃ、君はアンドレの屍体を見たかもしれないじゃないか」ターナーが机の端を摑んで身体を支えて言いました。船は深くさがってゆくかと思うと、いつまでも上昇をつづけ、また突然さがりはじめるのでした。波のずどん、ずどんという音は、ひっきりなしに、震動となって身体に伝わってくるのです。

「ぼくは見なかったと思う。いや、見なかった。ぼくは垂直階段の下を懐中電燈《トーチ》で照らしたんだから、それは間違いないな」

フランソワは相変らず、眼を伏せながら、考え考え言いました。

「それじゃ、アンドレがあそこに置かれたのは十時半以後ということになるな」

黒人ケインが苛々したような調子で言いました。

「つまり乗組仲間《クルー》にはアリバイが揃っているから、それをやったのは水夫というわけか？」

エリーはそう言って、長い睫毛をぱちぱちさせながら、緬羊のような顔をベルナールのほうに向けました。

「いや、それは違う」ターナーが、赤茶けた口髭をこすって言いました。「マルセルとアランは甲板にいたから、残るのはギイだけだが、ぼくはあの時間、水夫部屋を二度訪ねている。ギイは二度ともベッドで眠りこけていて、起しても起きなかった」

「君は（えーむ）なんだって、そんな時間に」ベルナールが眼をまるく見開き、口を何度も開いたり閉じたりしました。「（えーむ）水夫部屋なんかに（えーむ）行ったんだね？」

「昨夜はあの荒れ方で、急に船酔いしそうだった」ターナーは、言いました。「ぼくは、薬を飲もうと思って、サトヤム老人をたずねたがいなかった。さっきの話で、老人はその時間には漏水《リーク》をチェックしていたんだな。それでギイを起して、司厨室の鍵をあけてもらおうと思ったんだ。水を飲む必要があったからね」

「じゃ、君もアンドレのそばにいたわけじゃないか？」

フランソワは青い、冷静な、透きとおるような眼で、しきりと大袈裟《おおげさ》な身ぶりをするターナーをじっと見て言いました。

「いや、そのときはもうアンドレはベッドにはいなかったよ」

「ベッドは（えーむ）空だった？」

ベルナールが訊ねました。

「ああ、ギイが上に寝て、アンドレが下に寝ていたからね」

「すると、全員に完全なアリバイがあるわけだ」

エリーが温厚な顔で一座を見渡すようにして言いました。

「いや、そうは思わないね」ターナーが反対しました。「疑うわけじゃないが、フランソワが機関室にいたのは事実としても、そこから離れなかったという証明はないね」

黒人ケインが呻くような声をあげて、ターナーに躍りかかりました。エリーと船医《ドクター》クルツがその腕を辛うじて押えました。

「そんなことを言うが、貴様のアリバイはどう証明するんだ？ 貴様だってギイの眠っている間にアンドレの首をしめて船底《ボトム》に運ぶ時間があったんだ」

「ぼくには動機はないからね」

「じゃ、フランソワに動機があるとでも言うのか？」

「もちろんさ」ターナーは冷然として短い反った鼻を上に向けました。

「動機は何だ？ 言ってみろ、言い方によっては、貴様を殺してやる」

「動機は一つさ」ターナーが言いました。「嫉妬だよ。フランソワはアンドレを愛していた。それで殺ったんだ」

ケインが呻き、エリーとクルツから身を解き放とうと、もがきました。船が二、三度、激しく揺れ、私たちは床に投げだされました。

フランソワは辛うじて身体を支え、青い顔をして前を睨んでいました。

第五章　眞晝の来るとき

Elle est retrouvée.
Quoi? ——L'Éternité.
C'est la mer allée
Avec le soleil.

——Rimbaud.《L'Éternité》——

裁判長殿、ならびに陪審員の皆さん。

いま思い返しますと、あの暴風雨のさなかに私たちが食堂で集会を開いたこと自体、すでにどこか狂気じみた、異様なことであったと思われるのであります。しかしあの瞬間、私たちは誰ひとり、それを異様なこと、常軌を逸したことだとは思いませんでした。むしろベルナールが乗組仲間《クルー》全員を集めたとき、アンドレを殺害した犯人を捜しだすのが第一の仕事だ、と、本気で信じていたのであります。
たしかに平常の場合なら、そうするのが順序であったろうと思います。しかしここは船のなかでしたし、しかも現に、ターナーがフランソワ・ルクーを犯人だと極め付けた瞬間、私たちは船の横揺れ《ローリング》で床に投げだされた始末でした。万一〈大いなる眞晝《グローセル・ミッターク》〉号が横から十米《メートル》を越える大波をくらったら、ひとたまりもなく、横倒し《ビームエンド》の状態になるおそれは十分にあったのであります。

少しでも冷静に考える頭があれば、犯人捜しはさて措《お》き、ともかく荒れ狂う颶風《ぐふう》と戦うほうが先決であることぐらい、容易にわかっていたはずであります。しかし私たちは食堂に閉じこもり、額に汗を滲《にじ》ませながら（それは心理的にも汗が滲む状況でありましたが、また実際、舷窓《スカットル》を盲蓋《ブラインダー》で閉め付けた船内は異様に蒸しておりました）じっとフランソワのほうを見つめ、彼が何を言うか、固唾《かたず》を呑んで待ちうけていたのであります。

フランソワはかなり長いこと自分の前の虚空をじっと見つめていたように思います。彼はターナーの言葉を否認しようともせず、まるで石にでもなったように、蒼《あお》ざめたまま、身動きしなかったのであります。

「君は（えーむ）ターナー君の言葉を否認しないのかね？」

ベルナールが金褐色の髯面のなかで灰青色の眼を困惑したように見開いて、低い声で、そう言いました。

「否認できるわけはないさ」ターナーは顔を、興奮のあまり、赤く上気させ、勝ち誇ったように叫びました。「ぼくは、現に、この耳で、フランソワが哀れな美少年アンドレに言い寄っていたのを聞いているんだ。フランソワは船医《ドクター》クルツにアンドレのことで文句をつけていた。二人が別れるように言っていた。フランソワは船医《ドクター》クルツを嫉妬していたのさ」

　船は大きなうねりにぶつかったのでしょう。途方もない衝撃が船体を伝わり、柱や天井や床が一斉にみしみしと不気味に軋みました。船が急に船首《ステム》から海底めがけて転落してゆくような気がしました。私たちは思わず口をつぐみ、手すり《ハンドレール》や固定した机を摑《つか》みました。しかし次の瞬間、ふたたび船首《ステム》は重い弾力で突き上げられ、私たちの身体は船尾《スターン》にむかって雪崩《なだ》れ落ちそうになりました。

「ターナー君の言うのは（えーむ）本当なのかい？」ベルナールは机の隅に身体をのしかけるようにして、灰青色の眼をフランソワに向けました。眉と眉のあいだに深い皺が刻まれていました。

「君は（えーむ）クルツにアンドレのことで文句をつけたのかい？」

「ああ、文句をつけた。それは本当だ。ぼくはアンドレをクルツから遠ざけようとした。しかしターナーが言うような嫉妬からじゃない。ぼくには嫉妬する理由なんて、これっぽっちもないんだ。ぼくはアンドレに言い寄ったことなどないからね」

「じゃ、なぜ（えーむ）君はクルッに文句をつけたんだい？」

「ぼくは、こんなことを、船中で、おおっぴらにしておきたくなかったんだ。ベルナール、君だって、それを知っていたら、ぼくと同じことをしたと思うよ。それとも、君は、見て見ぬふりをするかい？　とにかく、ぼくにとっては、船内の秩序は神聖なのだ。秩序を侵す者には、然るべき警告が与えられるのは、当然のことではないだろうか？」

　このフランソワの言葉が終らないうちに、ターナーの乾いた笑声が聞えました。彼は淡い栗色の髪の垂れた額の下から、潤んだ、ぎょろりとした灰色の眼を、私たちのほうに向け、短い赤茶の口髭の端を引っぱるような動作をしました。

「口ほど調法なものはないと言うが、まさしくその通りだな」ターナーは乾いた嘲笑を言葉のなかに響かせて言いました。「君は事実を突きつけられるまでは、ああ言ったり、こう言ったりできると思っている。だが、結局は、一つの事実が決着をつけてくれる。君は、その事実を否認はできないはずだ」

「あてこすりはやめたまえ」数学者のエリーが堪《たま》り兼ねたように叫びました。「君こそ単なる推測を事実だと言って、相手に押しつけようとしているんだ」

「いや、推測なものか」ターナーは短い反った鼻を上に向け、首をがくがく揺らせて言いました。

「フランソワはクルツを嫉妬していたんだ。アンドレをクルツから引き離そうとしていたのは、嫉妬のためなのだ。フランソワはアンドレを愛していた。だから、クルツに文句をつけ、アンドレを独り占めにしようと考えたんだ」

エリー・フランクは立ち上がり、温厚な、長い顔をターナーのほうへ突き出しました。珍しくその顔には怒りの表情が浮んでいました。

「ターナー、ぼくら仲間《クルー》のあいだでは、何でも言えることになっている。だが、それも時と場合によりけりだ。君の、アンドレを愛するという言い方自体が一種忌わしい響きを持っているのに、そのうえ、アンドレは誰かに殺されたんだぜ。君はそれをよく考えて、言っているのかね?」

「ぼくは出鱈目《でたらめ》を言う男じゃないぜ、エリー君」ターナーは無意識に額の上の髪を掻きあげました。彼の灰色の、潤んで突き出した眼は、血走っているように見えました。「忌わしいのは、ぼくの言葉じゃない。事実のほうだ」

「じゃ、はっきり証拠をあげて、ぼくらが納得できるように証明して貰いたい」

「それは簡単なことさ」ターナーは身体を反らすような恰好をして言いました。「なぜって、フランソワは女を愛することができないからだ」

黒人ケインが悲鳴のような叫びをあげて、ターナーに躍りかかろうとしました。エリーと船医《ドクター》クルツが辛うじてケインを押えました。

「事実が明らかになるまで、口にしにくいことも言わなければならないんだ」

エリーが黒人ケインを宥《なだ》めにかかりました。ケインは身をもがき、物凄い呻き声を洩らしました。彼の白眼は充血し、ぎらぎら光っていました。激昂《げっこう》のあまり彼の口をついて出るのは切れぎれの罵《のの》りと呻きだけでした。黒人ケインの身体は怒りのためにぶるぶる震えつづけていました。

「フランソワ、君は本当にそうなのか?」エリーがケインの腕を抱えたままで訊ねました。

「こんなことを君に訊《き》く権利など、ぼくらにないことは重々承知している。どうか、ターナーの言い分に反対なら、はっきりそう言ってくれないか」

私たちは息をつめてフランソワの返事を待っておりました。私はいまこうして陳述しておりましても、そのときの重苦しい沈黙をはっきり思い出すことができるのであります。

「ターナーの言うことは根拠がない。ぼくは普通の人間だ。ターナーが言うような悪癖は持ってはいないよ」

フランソワの声は小さく、かすれていて、囁くような調子に聞えました。それでも私たちの間で、ほっと、溜息に似た息遣いがしたのに、私は気づきました。とくにマリア・カザローネや金髪のナタリーなどは、一瞬、顔をぱっと輝かしました。彼女たちは、何をいまさら、当然すぎることを言わせているのだ、という表情をしていたのでした。

「そんなわけはない、フランソワ」ターナーは私たちが動揺するのを見ると、上から押えつけるような口調で言いました。「君は悪癖を持っていないと主張する。だが、その主張は、ぼくらの前では通らない。なぜって、君はいくら抗弁したって、君は女を愛することができないんだ。いや、何も、ほかに証人を求める必要はありはしない。この船の中にだって、ぼくの主張を裏付けてくれる女性は二人や三人はいるはずだ。そうだ、フランソワに愛されたという女性は、ここにはいないはずだ。女性のほうはフランソワに夢中になっているにもかかわらず、だ」

誰かがヒステリックに高笑いしました。マリアだったか、ナタリーだったか、それともモニクだったたか、私は振り返って見ることもできませんでした。声だけ聞いたのでは、誰の声だか、まるでわからなかったのです。それに誰もそんな笑声に気付いていないようでした。

「女を愛することができぬ男が、その愛の吐け口をどこに向けるか、君たちに想像できないとは思えない。それは、単純なことさ。フランソワはその愛を美少年アンドレに向けたんだ。ご想像のとおりにね。どんなにフランソワは悪癖を所有しないと言っても、事実が、はっきり、その反対を物語っている。それとも、ぼくの言ったことに誰か反論できるかね?」

私は反射的にマリア・カザローネの浅黒い、端正な横顔と、金髪のナタリーのぐったりした肉厚の肩をちらと眺めました。二人とも黙りこくっていました。マリアのほうは一瞬何か言おうとして、ちょっと口を開きかけましたが、すぐ思い返して、唇を噛《か》むと、俯《うつむ》いてしまいました。ナタリーは黙って、青い、宝石のような眼で、食い入るようにフランソワを見つめていました。

「やはり誰も反論できないと見えるね」ターナーは勝ち誇ったような調子で言いました。ただ私の眼には、そうした口調にもかかわらず、血走った灰色のぎょろ眼といい、ひくひく震えている赤茶の口髭といい、ターナーが、何か死にもの狂いでフランソワに襲いかかっているように見えたのでした。

「おそらく君たちは、なぜフランソワが女を愛せないか、その理由を知りたいと思うだろうね」ターナーは言葉をつづけました。「ここには、はっきりした理由があるんだ。それはフランソワが、ある特定の、一人の女性と結ばれているからだ。フランソワはその女性を愛することに、名誉も理想も義務も……つまり生きる意味のすべてを賭《か》けている。ああ、どうか、そんなに騒ぎたてないでほしいね」

ターナーは両手を挙げて、私たちを制止するような様子をしましたが、実際は黒人ケインが歯ぎしりをして呻いたにすぎませんでした。私は、モニクをちらと眺めましたが、その顔には血の気がありませんでした。

「よろしい。幸いにしてフランソワが悪癖の所有者じゃないとしよう。だが、ただ一人の女性に占有されているために、その他の女性を愛しえないという点では、倒錯者と同様なんだ。どうか、そんなに驚かないでほしいね」

ターナーはまた両手を制止するように挙げましたが、私たちはただ黙りこくっていただけでした。モニクも、死人のように蒼ざめ、下唇を噛んで、じっと自分の前を見つめていました。

「世の倒錯者は、母親に異常に甘やかされ、愛される結果、生れてくる。彼らは母親以外の女は愛せない。愛そうとすれば、母親を裏切っているような背信感に悩まされる。女と交ろうとすれば、母親を犯しているような近親姦の意識を覚えるんだ。とどのつまり、母親という一人の女に占有されて、他の女たちを嫌悪し、憎悪するほかない。倒錯者は無意識のうちにそうなる。だが、フランソワは違う。彼は意識して、女の代りに男を愛そうとする。彼はその一人の女性を裏切れないから……いいかね、これが大事な点だ、ここにフランソワのすべてがかかっているのだから……だから彼は、女たちの代りに美少年アンドレを愛したんだ」

これはたしかに奇怪な論証でした。もしターナーの主張が、別のもっと平静な場所で――たとえば当法廷のような場所で――行われたとすれば、あれほど容易に私たちは彼の言葉に乗せられることはなかったでしょう。しかしターナーの言葉が終るか終らぬうちに、マリア・カザローネが膝を折って、前のめりに、気を失って倒れたのです。私たちははじめ船の動揺で彼女がつんのめって倒れたのだと思っていました。しかし次の瞬間、スウォン・スワナが、気が違ったようにマリアの名を呼んで身体をゆすぶりました。すぐ船医《ドクター》クルツが走り寄ってマリアの頭を腕で支えました。コニャックが彼女の口にそそがれました。彼女は二、三度、むせて、苦しそうに顔を歪《ゆが》めました。

マリア・カザローネが個室《キャビン》に運ばれてから、私たちはずっと重苦しい沈黙に捉われておりました。私はターナーが残忍な方法でマリアに復讐したのがよくわかりました。しかし同時に、鋭い痛みをともなって、フランソワはやはりモニク・ファビアンと秘密結婚していたのであろうか、という疑惑が心の中を走りぬけるのを感じました。

「どうか、フランソワ、君の言い分を聞かせてくれ給え」

エリー・フランクは曖昧にそう言いましたが、私は、それを夢のなかのことのように聞いていました。フランソワも口を噤《つぐ》んだままだったのであります。

裁判長殿、ならびに陪審員の皆さん。

私がいまここでこうした奇妙な集会を思い出しておりましても、当時、私を捉えた怒り、不安、憎悪、苛立ちを十分追体験できない事実を告白したいと思います。なぜ私はあのとき、あのように怒っていたのか、フランソワの背信を憎んでいたのか、モニクの沈黙にじりじりした思いを味わっていたのか、まるで理解できないのであります。私は、フランソワが黒人ケインに対して、はっきり秘密結婚の事実はない、と言っていたのを聞いていました。しかしターナーの言葉によれば、やはり彼は誰かと秘密結婚していたのであります。だから、彼はマリア・カザローネの愛を拒まざるを得なかったのであります。マリアはその事実をまざまざと見せつけられたからこそ、それに耐えられなくて失神したに違いないのであります。いま思えば、ターナーの論証など、いくらでも反駁《はんばく》できたはずです。しかしマリアの失神が一つの例ですが、私たちは、ターナーの言葉に明らかに動かされ、フランソワの沈黙を、ターナーの言葉を是認した結果だと勘違いしたのでした。

「ああ、フランソワ、お願いだ。そんなばかなことがあるわけはない。なぜ黙っているんだ？君は、はっきり秘密結婚の事実などないと言ったじゃないか？」

黒人ケインはフランソワの腕を摑むと、哀訴するようにそう叫びました。

「ケイン君、やめたほうがいい。フランソワが嘘をつかないと誰が保証できるんだね。それとも君は、見境なく悪態をつくのかね？」

このターナーの挑発するような言葉に、ケインの身体はぴくりと電気を掛けられた人のように飛び上がりましたが、そのまま、フランソワのほうを見つめておりました。

「ぼくは、この際、フランソワの反対意見がない以上、彼を個室《キャビン》に禁足にしてほしいと思うね。

彼がアンドレを愛していたのであれば、あの哀れな少年を発作的に殺る可能性は最も強いからね」

ターナーは血走った灰色の眼をぎょろりとむきだして、私たちを見渡しました。

「まさか、フランソワ」私も思わずフランソワを引きとめるように叫びました。「君がそんなことをやるなんて、信じられない。君は秘密結婚なんかしていないはずだ」

しかしそのときフランソワはシーツのように蒼ざめ、一あし二あしベルナールのほうへ進み出ると、低い声で言いました。

「ぼくはアンドレを殺してはいない。だが、君たちがぼくを疑うのなら、どうか禁足にしてくれないか。いまは、まだターナーの言葉を反証することができないのだ。ぼくには身の証《あか》しをたてる方法がないんだ」

そのときの私たちの驚きをどう伝えたらいいでしょう。私はナタリーが両手で顔を覆うと、呻くような声をたてたのを憶えています。控え目な、優雅なスウォンは顔をそむけ、泣きだしました。ベルナールは金褐色の髯面を前へ突きだし、茫然として、眼を大きく見開いたままでした。

エリー・フランクと黒人ケインは石になったように、手を胸のあたりに挙げたまま、じっとフランソワを見つめていました。

その瞬間、食堂のドアが突然、物凄い音をたてて開かれました。

「船長、ベルナール船長、青空が見えます。青空が出ています」

叫んだのは甲板で操帆をしていた水夫のマルセルでした。彼は転げるように食堂に駆けこんできたのでした。

「青空が……？」

私たちは異口同音に叫びました。

「ええ、青空です。風も落ちました。暴風雨《あらし》が止んだのです」

マルセルはすっかり興奮して、空を指してでもいるように、片手を挙げて上のほうを指していました。

そう言えば、私たちが食堂に集まってから、あれほど前後左右に揺れていた船が、急に静かになっていました。少くともターナーがフランソワを糾弾しているあいだ、私は、どしんどしんと船腹《ウエール》にぶつかっていた波の音のことを忘れていました。いや、むしろそれに気がつかずにいたのでした。しかしそれはあながち私がターナーの言葉に気をとられていたからではなく、すでにその頃から、波が実際におさまり始めていたのかもしれません。

私たちはフランソワの禁足の決定も忘れて上甲板に飛びだしてゆきました。時計は午前十時を示していました。黒ずんだ雲は海を覆っていて、紫を帯びた灰白色の乱雲が刻々に形を変えながら、その黒い厚い雲の層の下を走っていました。

ただ不思議なことには、私たちの真上の空だけが、ほぼ円く、まるで底が抜けたように、ぽっかり雲が切れて、その奥に熱帯の濃い青空が、眩しく拡がっているのでした。太陽は雲の向う側にあるため、その切れ目から溢れた光芒《こうぼう》が、銀白色に輝きながら、威厳に満ちた長い光の縞となって八方に散っているのが見えました。

私たちは思わず息をのんで、この、神の出現にも似た崇高な光景に見入っていました。海は、私たちのまわりだけが明るく、透明な碧緑《へきりょく》のガラスのような色に見えました。あれほど吹き荒れていた烈風は、完全におさまって、世界から音が急に消えはてたような感じでした。さっきまで帆《セール》や檣《マスト》や支索《ステイ》がごうごう吼えたけっていたのが嘘であるかのように何もかも森閑と静まりかえっていたのでした。

もちろん波はなお高く、壁のように盛りあがっては、真っ逆さまに泡を噛んで崩れ落ちてきました。船をめがけて押し寄せ、舷側に当り、しぶきをあげ、巻きかえる波は、前と同じように重い音をあげて呻きつづけておりました。

水平線も依然として暗い灰色の波しぶきのなかに消えていました。一瞬、雲の切れ目から照らしだされた激動する海は、まるで無数の獣たちが、のた打ち、悶え転げているように見えました。その暗い海のごうごう鳴る響きは、あたりが静かなだけ、まるで奔流の音を聞くように、妙に間近に聞えました。

「颶風の眼に入ったな」

船医《ドクター》クルツが眩しそうに顔をしかめて、そうつぶやきました。

「そうだ、颶風の眼なんだ」

エリー・フランクが驚きをまざまざと表情に表わして叫びました。

私たちはむろん頭ではよくわかっていたものの、暴風雨圏のまっただなかに、こんな無風の、明るい空間が残されているなんて、到底信じることができませんでした。あたりの海が暗く、白濁して、悶えつづけているのに、私たちは危うく颶風が通りすぎたような気持になりそうでした。

しかし次の瞬間、そんな私たちを励ますようにベルナールの声が響きました。

「さ、諸君、アンドレの事件は（えーむ）これ以上調べようがない。フランソワの言い分も（えーむ）颶風が通りすぎてから、もう一度、皆で検討すべきだと思う。差し当って（えーむ）ぼくらは颶風を乗りきるのに全力を出すべきだ。颶風の眼の直後には（えーむ）物凄いやつがやってくるんだ」

私たちは三人の水夫を休ませ、エリーが操舵《そうだ》に、私が甲板監視の当直に立ちました。船医《ドクター》クルツはほとんど無表情な顔で無電室に下りてゆきました。ターナーとケインは救命艇の固定索具《グライプ》、覆布《ターポーリン》をした艙口《ハッチ》、舷窓《スカットル》の盲蓋《ブラインダー》などの点検に駆けまわっていました。あと何時間、暴風雨がつづくかわかりません。しかし突発的な事故さえなければ、〈大いなる眞晝《グローセル・ミッターク》〉号はこの激浪を乗りきる自信がありました。ターナーが、ベルナールに、船底積荷や均衡《トリム》のための海水タンクには異常がない、と報告している声が聞えました。モニクもスウォンもナタリーも船底《ボトム》まで下りて、破損した器物を片付けたり、解けた荷物を固定したりしていたのでした。

それはまるで敵襲を前にして陣地で防備を点検している守備隊のような感じでした。乗組全員《クルー》はアンドレの事件や、ターナーとフランソワの遣りとりをそんなことで忘れようとしているようにも見えました。

私はベルナールと組んで前檣《フオアマスト》の括帆索《ガスケット》や転桁索《ブレース》を調べてまわりました。最上帆《ロイヤル》と第二帆《アパーゲルンスル》は帆布《セール》もろとも括帆索《ガスケット》も何も吹きちぎれていました。固く帆桁《ヤード》に括《くく》りつけられていた帆布《セール》も、綱《ロープ》も、支索《シート》も、強引な力で無理矢理に引きちぎられたような、無残な捥《も》がれ方で、切られていました。私は思わずベルナールと顔を見交しました。私たちは第三帆《ロワーゲルンスル》の括帆索《ガスケット》を締めなおし、黒人ケインとターナーに帆索《シート》のたるみをとるように頼みました。

「おそらくこいつらは全部やられるな」黒人ケインは前檣《フオアマスト》を仰いで言いました。「ともかく括帆索《ガスケット》が切れたら、すぐナイフで帆布《セール》を切りはなすんだ」

私が空中に揺れている転桁索《ブレース》や支索《ステイ》を切り落して前檣《フオアマスト》をおりようとすると、突然、身体を撫《な》でるようにして、空気の幕のようなものが通りすぎるのを感じました。

ぽっかり切りぬかれた青空はふたたび薄雲に覆われ、歪んだ楕円状に崩れて私たちの頭上から移動していました。もの凄い風の唸《うな》りが近づいていました。

「颶風がはじまるぞ」

甲板でベルナールが叫んでいました。すでに波が右舷から躍りかかろうとしているのが見えました。

ほんの一瞬の後に、横なぐりの烈風が、唸りをあげて、私たちの身体に襲いかかりました。それは、いきなり棍棒《こんぼう》か何かで、力いっぱい擲《なぐ》りつけるのに似ていました。

ベルナールの言ったように、それは颶風の眼に入る前よりも、はるかに凄い風でした。船首三角帆《ジブ》と、縮帆《リーフ》していた第五帆《ロワートップスル》はあっという間に吹き飛ばされました。前檣《フォアマスト》も主檣《メインマスト》もこれで帆布《セール》は一枚も張られておらず、帆桁《ヤード》だけの、まったくの裸《ベア》ポールの状態でした。

波しぶきが白く風のなかを流れてゆくので、まるで斜めに滝がしぶいているようでした。風にむかって眼をあけるどころか、息をすることもできません。私は左腕で顔をかくし、右手で生命綱《ライフライン》を辿《たど》りながら、やっと甲板を歩くことができました。

問題は主帆《メインスル》の巨大な帆桁《ブーム》が固定索《シート》を切って暴れだしはしないかということでした。これが風に煽《あお》られでもしたら、操舵甲板《ステヤリング・ブリッジ》の上が絶えず危険にさらされます。それに船尾《スターン》から波がかぶってくることも、〈大いなる眞晝《グローセル・ミッターク》〉号では避けなければならぬことでした。

そのためには、何はともあれ、もはや風上へ切りあがることも、暴風雨圏から脱出することも断念して、船首《ステム》から風と波を受けるように操船して、風浪のあいだに漂蹰《ライイング・ツー》するほか方法はありません。それは当初から船長ベルナールが決めていた処置だったのであります。もちろんディーゼル機関が作動してくれれば、この漂蹰《ライイング・ツー》も効果があったかもしれませんが、それが使えない現在、エリー・フランクがいかに頑張っても、船は容易に左右に振りまわされ、舷側へまともに巨大な波が襲いかかってくるのでした。

私たちは船首《ステム》を安定させるよう平衡《トリム》させておきましたが、さらに緊急に海錨《シーアンカー》を組みたてて、ケーブルに固定して海中に投じました。湧きかえる波の中に投じた海錨《シーアンカー》など、どれほどの効果があるのか、疑わしく思いましたが、鋼鉄のケーブルが当っている船首《ステム》の木材の部分が、みるみる削ぎとられて、深く窪《くぼ》みをつくって食いこんでゆくのを見ていますと、白濁した海底で、どんな巨大な力が、この鋼鉄のケーブルを引いているかが、呑みこめてくるのでした。操舵効果がまったくなくなるようなとき、この一本のケーブルは船体の横腹《ウエール》を激浪にさらすのから防いでくれたのでした。

ベルナールが横なぐりの雨のなかで黄いろい合羽を着て、斜めによろけながら近づいてくると、繰りかえして「頑張ってくれ。横腹《ウエール》をやられるな」と叫んだのは、帆船にとって致命的なのは、真横から巨大な波をもろにくらうことだったからです。数年前、〈大いなる眞晝《グローセル・ミッターク》〉号をはるかに越える大型帆船が大西洋で横倒し《ビームエンド》となって、あっという間に沈没したのも、この横波をもろにくらったためと言われていました。ともかく風浪を船首《ステム》で受けているかぎり、どんな荒天であろうと、船は沈むものではありません。問題は、風向に対してつねに船首《ステム》を固定できるか、どうかなのです。

しかし颶風の眼が通過した直後、なぐりつけるようにして吹きつけてきたのは、それまでの南風ではなく、逆に、北から吹きこんでくる烈風なのでした。私たちは船首《ステム》を風上に向けるためには、船を百八十度方向転換《ウエアリング》しなければならなかったのです。

私と黒人ケインはベルナールの指揮で、もう一本の鋼鉄ケーブルに海錨《シーアンカー》をくくりつけ、船首《ステム》から海中へ投げ落しました。激浪のなかで方向転換《ウエアリング》をする場合、どの道、横腹《ウエール》を風浪にさらさなければなりませんが、その際、船首《ステム》の海錨《シーアンカー》が一種の梃子《てこ》の役割を果して、方向転換《ウエアリング》を早めてくれるのです。

ベルナールは総員を甲板に集めました。三人の少年水夫も、むろん禁足のフランソワも方向転換《ウエアリング》に加わったのです。

それは暴れ馬に乗って馬場のまん中に飛び出してゆくようなものでした。すでに船は激しく揺れておりましたが、ベルナールの号令一下、私たちが転桁索《ブレース》を左舷に開くと、突然、物凄い横揺れ《ローリング》が加わり、船体は右へ大きく傾斜《ヒール》しました。もちろん私たちが動かしているのは、帆布《セール》を一枚も張ってない裸の帆桁《ヤード》だけでした。しかし風力十二を越える強大な風圧のもとでは、細長い帆桁《ヤード》だけでも、船を傾けるだけの力を持っているのでした。いや、ただ船を傾けるだけではなく、ぐいぐい船を押し流す力を持っていました。それに、転桁索《ブレース》を引く私たちの力も、その風圧を支えぬかなければなりません。風は耳もとでごうごう唸り、転桁索《ブレース》を絃のように震わせて鋭い悲鳴をあげていました。

船体は前後に揺れ、左右にもみぬかれていました。私たちは船の動きにつれて転桁索《ブレース》をぎりぎり引き絞っていきました。風浪が左舷後方から襲いかかっていました。ベルナールの叫びが風に引きちぎれて、切れ切れに聞えました。

〈大いなる眞晝《グローセル・ミッターク》〉号は左舷をまともに風にさらしていました。もしその瞬間、十米を越える大波を横腹にもろにくらったとすれば、船体はそのまま横倒し《ビームエンド》になることは必定でした。私は船体を右へ傾け、前後に激しく揺れる〈大いなる眞晝《グローセル・ミッターク》〉号に大声で何か叫んでいました。その瞬間、私には、船が生きもののように思えたのでした。

大きな波が左舷を越え、斜めになった甲板を滝となって流れすぎたとき、私は船首《ステム》が僅かに風上に向ったことを感じました。

それから船首《ステム》が完全に風上に向うまで、なお一時間ほどの苦闘がつづきました。最後に、風圧をそぐため、すべての帆桁《ヤード》を縦に固定し、あとは操舵で船首《ステム》の位置を確保するだけとなりました。

「当直以外はどうか休んでくれ給え」

ベルナールの声は風のなかでようやく聞きとれるほどでした。私たちはくたくたに疲れきっていました。雨と波のため骨の髄までぐしょ濡れでした。昇降口《ハッチ》をおりると、膝《ひざ》ががくがくして、個室《キャビン》にゆくのに手すり《ハンドレール》の助けを借りなければならないほどでした。

裁判長殿、ならびに陪審員の皆さん。

この暴風雨のさなかの操帆操舵の指揮をベルナールがいかに的確にとっていたか、いま思い出しても、驚くほどであります。すでに破局にむかって、私たちの間の動きが、地滑りのように、徐々に始まっていたのでありましたし、それが彼を中心に起っていたことを知ってもいたわけでありますから、それだけに一層、私は、彼があの時点で少しも取り乱したところがなかったのをやはり見事だったと思わずにはいられないのであります。

私たちがくたくたになって個室《キャビン》に横になっているとき、ベルナールは手すり《ハンドレール》にすがりつくようにしながら――船は波のまにまに放置されたわけですから、前後左右の揺れは前よりもひどくなっていたのです――無電室でクルツの傍受する颶風情報を聞いたり、船底《ボトム》の漏水《リーク》の状態を調べたり、誰かれの部屋《キャビン》をのぞいて激励してまわったり、およそ船長として考えうる限りの責務を注意深く果していたのであります。

それはターナーが皮肉に言ってのけたような〈ガラスの球に閉じこもる〉などということが全くの誹謗《ひぼう》であると思わせるような態度でした。私は荒れ狂った激浪のなかで船首《ステム》を風上に向けた際のベルナールの刻々の指揮が、帆船による外洋航海の長い経験から生れていることを、叩きつける雨と風のなかで、はっきり感じることができたのでした。さすがのターナーでさえ、ベルナールのこうした指揮には忠実に従っておりましたし、生命綱《ライフライン》を伝いながら、皆とともに前檣《フォアマスト》の帆桁《ヤード》をまわしたり、綱《ロープ》を支索止め《ビレイピン》に固定したりしていました。

私の個室《キャビン》へベルナールが顔を出したとき、「君の無帆の方向転換《ウエアリング・アンダ・ベア・ポール》は見事だったね」と言ったのは、ただ彼を元気づけるためだけではなく、真実、外洋経験者のがっしりした手ごたえを彼のなかに感じていたためでした。

「みんなが確実に（えーむ）動いてくれたからだよ」ベルナールは金褐色の髯を両手でこすりながら、灰青色の、腫《は》れぼったい、柔和な眼を大きく見開きました。「あれは素晴しい一瞬だった。ぼくは（えーむ）まるで船に生命があって、自分から手足を出して（えーむ）波のあいだを泳いでいるような気がしたよ。帆船航海者の幸福を（えーむ）あの瞬間ほど強烈に感じたことはなかったな。もちろん現在《いま》だって、こうしていても（えーむ）刻々に、歓喜の思いが高まってくるんだけれどね」

「凄いね、君は」私はベルナールの髪から雫《しずく》が額に流れるのを見ながら言いました。「ぼくだって頭じゃ暴風雨が素晴しいってことはわかる。風の唸りや山のような波や甲板に叩きつける驟雨《しゅうう》の襲撃を何か激烈なもの、崇高なものと感じている。しかしはっきり言って、さっき、船を呑みこみそうに高くそそりたった波を見たら、ぼくはぞっとしたんだ。それが見事な波だなんて思う余裕はまるでなかったね。本当は、ぼくは、やっとのことで、恐怖心を抑えていたんだ。夢中になって働いていたからよかったようなものの、そうでなかったら、ぼくは、歯の根をがちがちいわせていたろうと思うね」

「そりゃ、ぼくだって（えーむ）同じことだよ」とベルナールは額に垂れてくる雫をぬぐって言いました。「あの蒼黒いガラス状の波の壁は（えーむ）物凄いからね。古代の巨大な海獣が口をあけて呑みこもうとしているような感じだ。こうしていても（えーむ）奴らはすこしも容赦はしないからね。ただ、ぼくはこの、ぞっとする感じ——奈落へ落ちるんじゃないかと思って、胸の下のあたりが冷たくなる感じ——を、それはそれで（えーむ）楽しめるんだよ。それがぼくの身体を通過するとき（えーむ）ぼくはその感触を味わおうと身構えている。人間の本能的な反応では（えーむ）それから逃げよう、それなしですませようというとき、こんな逆の態度は不自然だと思うかもしれない。しかし（えーむ）ぼくはこの戦慄の感触を愛しているんだ。この恐怖と不安のなかで、それに打ち克《か》とうとして（えーむ）力を尽すのに一種の喜びを感じるんだ」

「それが帆船で外洋を航海する目的の一つなんだね？」

私がそう訊いたとき、船首《ステム》のほうで、坐礁でもしたかと思われる物凄い響きが聞え、船体がびりびりと震えました。私は思わず飛び上がって「暗礁にぶつかったのか？」と口走りました。船室《キャビン》のどこかで、縛ってあったものが解けたらしく、音をたてて転がってゆきました。

「いや、暗礁だったら（えーむ）こんなものじゃないよ」ベルナールは片手で戸口の壁の手すり《ハンドレール》を握りながら言いました。「船首《ステム》が右か左かに逸《そ》れて（えーむ）横波にやられたんだ。凄い波だったろうがね」

「しかし恐怖の感覚を楽しめるとはえらいものだね」

「それは、君、ぼくだけじゃ（えーむ）ないと思うね。たとえばスカイ・ダイヴィングは（えーむ）何秒かの間、石のように空中を落下してゆくんだからね。あれも（えーむ）恐怖と戦慄を楽しんでいるんだよ」

「君はスカイ・ダイヴィングもやったことがあるのかい？」

「ああ」ベルナールはなぜか灰青色の物柔かな眼の縁に眩しいような皺を寄せて言いました。

「ぼくは子供の頃、妙な癖があって（えーむ）自分が躊《ため》いを感じるものがあると、何としても

(えーむ)それをやらずにはいられなかったんだ。とくに恐怖を感じると(えーむ)侮辱されたように思って、それを踏みにじってやろうと（えーむ）あえて突き進んだものさ。スカイ・ダイヴィングも（えーむ）その一つだったんだ」

波の音が船体を激しく震わせていただけではなく、風速五十米を越える暴風雨の海は〈大いなる眞晝《グローセル・ミッターク》〉号を前後左右に揺さぶりつづけていたのでした。とくに横揺れ《ローリング》はひどく身体が一方の壁に押しつけられ、まるで吸盤にでも吸いつかれたように、そこから身体を起せないで踠《もが》いていると、急に身体の重力がなくなったように軽くなって、空中に浮くような気分になるのです。すると、こんどは反対側の壁にのめりこみ、ぴったり吸いつけられたようになるのでした。

左右で八十度の傾斜《ヒール》を示していました。もう船はこのまま立ち上がれないのではないか、と何度思ったか知れません。縦揺れ《ピッチング》も激しく、ベルナールの指示にもかかわらず、操舵の効果があがらず、船首《ステム》は左右にふられ、舷側を波に打たれることがしばしばでした。均衡《トリム》の調整がこういう際どれほど大きな働きをするか、私はまざまざと見せつけられたようなものでした。戸棚の戸がはずれたり、引出しが飛びだしたりして、紙が散乱し、金属製のコップや皿が床をころげまわっているのに、〈大いなる眞晝《グローセル・ミッターク》〉号の均衡復原力は何かねばり強い確実さを感じさせました。

当直の交替で戻ってきたエリーと水夫マルセルは髪からぽたぽた水をしたたらせながら、食堂の前でコニャックを水筒から飲んでいました。ベルナールは二人にふたこと、三こと、言葉をかけてから、なお私の個室《キャビン》の戸口に立ったまま、話をつづけていました。

「(えーむ) ぼくは恐怖とか喜びの感情とかを、子供の頃から、自分で自由に (えーむ) 支配しようと努めたんだ。これは実際、妙な癖だったと思うがね。でも (えーむ) そのおかげで、ぼくは、恐怖とか怒りとか喜びとか悲しみとかの感情が (えーむ) どうして生れるのかを、小さい頃から (えーむ) 注意深く観察するのが癖になったんだ。ぼくは悲しい気持になると、どうしてそうなったのか (えーむ) 自問し、自分を実験媒体のような気持で冷静に観察するんだ。すると (えーむ) あるときは友達が約束を忘れて、訪ねてくれなかったり、あるときは (えーむ) 大事な花が萎《しお》れてしまったり、またあるときは、祖母が (えーむ) 亡くなったりしたことが、悲しみの原因だったんだ。それは (えーむ) ぼくには大事なもの、在ってくれればいいと思ったものが (えーむ) 急になくなることを意味していたんだ。そこで、ぼくはこう考えた――(えーむ) もし〈大事なもの〉〈願わしいもの〉が、ぼくから失われるとき、〈悲しみ〉が生れるのだったら、(えーむ) 逆に〈大事なもの〉〈願わしいもの〉がぼくのところへやってくるようなとき、それは〈喜び〉になるのじゃなかろうかって、ね。(えーむ) たとえば冬のあとの、微風とともに春がやってくるとき、たしかにぼくは〈喜び〉を感じる。(えーむ) 自由な時間に満ちた夏休みがくると、ぼくは躍り上がって喜ぶ。このように〈願わしいもの〉の喪失が〈悲しみ〉で、〈願わしいもの〉の到来が〈喜び〉だとしたら（えーむ）、もう一歩進んで、〈悲しみ〉に襲われたとき、その〈願わしいもの〉をこちらから断念して（えーむ）〈願わしくないもの〉に変えてしまったらどうだろう——ぼくはそう考えた。たとえば〈花〉はぼくにとって大切だった。〈願わしいもの〉だった。しかし（えーむ）もうそれは萎れてしまったんだ。だから、いつまでも、それを〈願わしいもの〉と考えないで、きっぱり断念して（えーむ）〈願わしくないもの〉にしてしまうんだ。もちろん〈祖母の死〉のように断念しきれないものもある。そりゃ（えーむ）祖母を〈願わしくないもの〉に変えるわけにゆかないからね。でも〈祖母の死〉を、かえって〈願わしいもの〉——恩寵《おんちょう》とか救済とか永遠の生命の獲得とか——と考えることによって、〈悲しみ〉を〈喜び〉に変えることはできるはずだ。事実ぼくははじめ（えーむ）泣いていたんだ。しかし次第に、祖母は死によって永遠の生を得たのだ、〈死〉は〈願わしいもの〉の到来なのだ、と考えていると（えーむ）明るい、晴れやかといってもいいほどの、勇気に満ちた気持になったんだ……」

ベルナールの声は波の音で何度も中断されました。誰かが船底《ボトム》で漏水《リーク》がはじまったと叫びながら駆けてゆきましたが、ベルナールは話をやめる様子はありませんでした。船の傾斜《ヒール》がひどくなると、足を踏んばり、平衡をとるように身体を曲げて、ちょっと口を閉しましたが、すぐ話をつづけました。

いま思うと、あの暴風雨のさなかに、休息の時間をさいて、なぜ彼がこんな話をする気になったたか、不思議に感じられますが、このあと、突然、思いもかけぬ事件が起きたことを思うと、あるいはベルナールの心に何か予感のようなものが蟠《わだかま》っていたのかもしれません。

「ぼくは（えーむ）こうして自分の感情を自由に操ることを憶えていったんだ。祖母の死のあと、二年か三年たつと（えーむ）ぼくは自分で〈喜び〉を感じたいとき〈願わしいもの〉が到来したところを（えーむ）心に思い描くんだ。〈春〉や〈青空〉や〈花の香り〉や〈みどりの野〉や〈夏の午後の木かげ〉や〈青い海〉やをね。それはぼくにとって心から〈願わしいもの〉で、それを思い描いていると、（えーむ）本当に嬉しい気持になる。〈喜び〉が湧《わ》きおこってくるんだ。もちろん（えーむ）その逆のこともやってみた。〈願わしいもの〉が突然喪失したところを想像する。たとえば〈ヨット〉をなくしたり、（えーむ）〈友だち〉と別れたり、〈夏〉が去っていったりすることをね。すると（えーむ）本当に〈悲しみ〉が現われてくる。ぼくは寂しくなり、胸がつまって（えーむ）涙が溢れそうになるんだ……」

船腹《ウエール》に、断続して、だ、だ、だ、と衝撃が走り、船体が左右に揺らぎました。柱や天井や壁がみしみし鳴りつづけ、これは波の音とは別に、独特のリズムで軋んでいたのであります。

たしかに振りかえってみますと、電燈の光はほとんど相手の顔を見わけられぬほど暗くなり、船体が左右に横揺れ《ローリング》をつづけているとき、そんなことに無関係な話に熱中していたこと自体、奇怪な、許しがたいことに見えますが、私は、むしろそのときは、暴風雨ゆえに、彼の話がいっそう深い意味を持つように思えたのであります。

もし物静かな客間でこんな話を交していたら、何となく感情を故意に単純化し、図式化しているように思えたかもしれません。しかし十五、六歳のベルナールがこうした感情を自在に操って、あたかも舞台の上の役者が、架空の恋や死に悩んだり泣いたりするように、自由に喜んだり悲しんだりできたという話は、暴風雨に翻弄《ほんろう》される船のなかで聞くと、かえって重々しい現実感が滲むように感じられたのであります。

「ぼくはこうして（えーむ）映像を〈願わしいもの〉と〈願わしくないもの〉に分けて、それを（えーむ）組み合わせたり、除いたりして一種の空想遊びに耽《ふけ》ったんだ。それは（えーむ）同時に感情をさまざまに合成してみる遊戯だった。その揚句（えーむ）ぼくは〈この世〉を〈願わしいもの〉と見ることができれば、つねにぼくら人間は〈地上に在る〉ということだけで〈喜び〉に満たされるはずだ、と思いついたんだ。ね？　そうじゃないか（えーむ）。二十歳前後のぼくにとっては、この思想は人類を救済するに足る何かを持っていると（えーむ）そう思えたのだ。なぜって〈地上に在ること〉だけで〈喜び〉に満たされるのだったら、人間は誰でも生れてさえいれば仕合わせになれるんだからね。その頃から、どうしたら不幸な人間、苦痛に苛《さいな》まれる人間が（えーむ）〈この世〉を――〈みどりの大地〉や〈空〉や〈花々〉や〈海〉や〈季節〉を――〈願わしいもの〉と見られるようになるか、と、考えるようになった。ぼくが（えーむ）インドへ出かけたのもそのためだった。少くともそれが動機の一つだったんだ」

「で、君は、インドでそれを見つけたわけだね？」私は身体が前へつんのめりそうになるのを堪えながら、ベルナールの金褐色の髯面を仰ぐようにして言いました。「君の〈無一物主義〉はその結果だったんだね？」

「もちろん一度に（えーむ）そこへ行けたわけじゃないけれど」ベルナールも足を踏んばり、手すり《ハンドレール》を握る手に力を入れて、灰青色の、驚いたような、柔和な眼を大きく開きました。「最後に達した結論は〈無一物主義〉だった。なぜって（えーむ）ぼくらが〈この世に在ること〉だけで満たされないのは、〈この世〉が〈願わしいもの〉と思えないからだ。なぜ〈この世〉が〈願わしいもの〉と思えないか（えーむ）、それは自明に与えられている〈光〉や〈空〉や〈大気〉や〈花々〉や〈木〉が、もはや〈願わしいもの〉ではなくなり〈願わしいもの〉が他に生じてきたからなんだ。たとえば（えーむ）〈金銭〉だ。また文明という〈人工の箱〉さ。〈美しい衣服〉〈名誉ある地位〉〈人々の評判〉〈虚飾〉〈肉体の欲望〉……（えーむ）そんなものは〈人工の箱〉をひっくりかえせばいくらでも出てくる。つまり人類は〈願わしいもの〉がすでに与えられていることを忘れて、別の〈もの〉を求めはじめた。人類が（えーむ）突然、渇いたような欲望にとりつかれたのは、そのときなんだ」

波の衝撃が、身体にひびく音を伴って、連続して襲いかかっていました。無数の海獣たちが次から次へ体当りを加えているような感じでした。ベルナールはちょっと口をつぐんでいましたが、それは船の様子をうかがうというより、自分の考えをじっと眼で追うためでした。私は一度よろけてベッドの端から落ちそうになりました。しかしベルナールはひどくぼんやりした表情をしていて、私のことにはまるで気がついていないようでした。

「ぼくは（えーむ）考えた――いったいどうすれば〈願わしいもの〉が〈この世〉に満ち溢れていることに、もう一度、気付くことができるだろうか、とね。インドのある村でね（えーむ）ぼくが一番考えたのはそのことだった。村の老導師の家に寝泊りして、そのことだけを（えーむ）考えつづけた。ぼくは二年のあいだ、ぶっ続けて昼も夜も考えに考えたんだ――ぼくらが〈願わしいもの〉が与えられていることを忘れたのは、〈もの〉を欲しがりだしたからだ。その結果（えーむ）〈この世〉はみじめな、不足だらけの、不幸な世界になってしまったのだ。だから（えーむ）もしこの〈もの〉を欲することをやめたら――〈所有〉の欲求を断念することができたら――〈無一物主義〉に徹することができたら――そのとき人間は本来の幸福な状態に立ち返れるはずだ。ぼくは、前に話したように、ある森閑とした真昼、瓢箪《ひょうたん》の棚の多い村はずれの、巨大なピッパラ樹の下で休んでいたとき、その考えに思い到った。（えーむ）そのとき、ぼくの身体は急に軽くなり、喜びの感情に満たされて、白く輝く光が通過してゆくような感じを味わった。ぼくらが（えーむ）〈所有・非所有〉から自由になった途端、〈この世〉を〈願わしいもの〉と見ることができるんだ。〈青空〉も〈海〉も〈花々〉も〈風〉も、ただ在るんじゃなくて、それは〈願わしいもの〉の到来と見えるんだ。そうなれば（えーむ）ぼくらはつねに〈青空〉を見るだけで――〈風〉に吹かれるだけで――〈喜び〉の感情に満たされる。たとえ（えーむ）どんな不幸のなかにいるとしてもだ。ぼくらはそれをさえ〈願わしいもの〉の到来と思うことによって、一切を覆すことができるんだ」

「たしかに君は、ベルナール、パリにいる頃、例の哲学者について話したことがあったね？」

私は薄暗い電燈の下で黒い影のように見えるベルナールの髯面を仰ぎながら訊ねました。

「そうだったね。〈神々の死〉について（えーむ）何度も君と話したことを憶えている」

「君はたしかそのとき彼の意見と同じだったはずだね？」

「ああ、それは意見というより（えーむ）存在の根底に起った事実なんだ」

「ということは、君はいまも神は死んだと思っているわけだね？」

ベルナールの頭が船の動揺につれて激しく傾くのが見えました。

「それは意見じゃなく、事実の（えーむ）認識なんだよ。そうだ。どうすることもできぬ事実なんだ」

「じゃ、君は何を基準にして〈願わしいもの〉を考えているんだい？」

「〈生〉の感覚を（えーむ）増大させるもの、をさ」

「とすれば、君は〈神〉の場所に〈生〉を代入しただけじゃないのかい？」

「おそらくね」ベルナールはゆっくりした口調で言いました。「しかし〈生〉の流れと一つになることによって（えーむ）ぼくらは〈歓喜〉を手に入れている。なぜだか、君には、わかって貰えるだろうね？　それはぼくらが個人の立場から〈願わしい〉と考えているんじゃないからなんだ。ぼくらは（えーむ）〈生〉の流れと一つになることによって〈自分〉を越えている。ぼくらは自分本位に〈願わしいもの〉を思い描くんじゃない。〈生〉そのものが、ぼくら一人一人の身体を通して（えーむ）それを思い描かせるんだ」ベルナールはわずかに肩を動かして言いました。「だから〈願わしいもの〉が〈この世〉に満ちているのを感じて（えーむ）激しい〈喜び〉が身体を貫いてゆくとき、ぼくらは、ぼくら個人でありながら、同時に〈永遠の生の流れ〉の中に生きている事実を、（えーむ）感じているんだ。それは〈生〉が自分自身を感知する瞬間とも言える。万物というこの無限の流れが、ぼくらという肉体を借りて（えーむ）自分を内部照明するんだ。そのとき、ぼくらは、ぼくらという〈個人〉が生きているんじゃなくて、自分を通して（えーむ）〈もっと高い生〉が生きていることを直覚する。それは白熱光が輝きわたる瞬間に似ている。そしてそのとき、ぼくらは、〈永遠の生の流れ〉を仰いでいるんじゃなく、〈永遠の生の流れ〉のほうから自分を見おろしているのを（えーむ）何というか、雄々しい、きっぱりした気持で直覚する。〈ぼくは永遠なのだ〉と、その瞬間、ぼくらは叫ぶのだ」

「君は何だか、いまは、そう叫べそうにない様子だね？」私はベルナールが戸口の手すり《ハンドレール》を摑みながら、身体を揺らせているのを見て言いました。「ぼくには、君が、頭で考えたことを、ただそう言っているような感じがする。この颶風のせいだろうか」

「ぼくには（えーむ）本当を言えば、ただ一つの事柄が、まだ未解決なんだ。しかしそれも、もうすぐ明らかになると思うよ。それもそんな遠くじゃない。そのとき、ぼくらは本当に心の底から歓喜しながら〈今こそ眞晝だ〉と叫べるんだ」

　私はベルナールが左右に揺れる船体の動きに平衡をとるようにして自分の部屋《キャビン》に戻っていったのが、何となく、酒に酔っている男に似ていると思ったことを憶えています。それは心もないというより、全身をあげて、自分以外の何かに身を捧げきった男の後姿というように見えたからでした。

　裁判長殿、ならびに陪審員の皆さん。

　私が事件の核心に近づいた現在、ベルナールの人生哲学を縷々《るる》述べたて、事件の進行を遅らせているような印象を受けられるとしたら、それは私の陳述の仕方がわるい証拠であります。と申しますのは、すでに度々申しあげておりますように、〈大いなる眞晝《グローセル・ミッターク》〉号で起った事件は、事件そのものより、乗組仲間《クルー》の一人一人が何を考え、何を感じていたか、を、明らかにすることによってのみ、理解されると思うからであります。つまりベルナールが事件の直前に私に話した事柄も、私に言わせれば、それ自体がすでに事件の一部なのであります。その意味では、事件はもうとっくに始まっていたと言うべきだったかもしれません。

ベルナールが帰っていってから、それでも私は五分か十分ほど、ベッドで、彼が言った言葉をあれこれ考えていました。船の動揺は一段と激しくなった感じでした。連続して、何か重いものがぶつかるような衝撃が、腹の底まで響いてくるかと思うと、前のめりに、いつまでも沈んでゆき、まるで急降下するエレベーターに乗っているような気がしました。船体は右から左へ、左から右へと、大きく、気違いじみた反覆で揺れていました。甲板に出れば波しぶきのヴエールを通して、それでも午前の暴風雨を眺めることができたわけですが、舷窓《スカットル》を盲蓋《ブラインダー》で閉めたこの船内の個室《キャビン》も廊下も、化けものじみた、むしむしする、暗い窖《あなぐら》のように見えました。戸口や仕切壁の上についている電燈は、バッテリーに切り換えたため、辛うじて辺りを判別しうる程度の明るさしかありませんでした。それは赤黒い濁った色に見え、船内の気配を気味の悪い、重苦しいものにしていました。

私は自分がひどく朦朧《もうろう》とした霧に包まれるのを感じていました。睡気というより、手で触れられる煙のようなものが、後頭部を痺らせてゆくようでした。私は天井を眺め、壁の向う側で身もだえする波の音を聞き、戸棚や鏡や揺れつづけている壁の衣類や合羽に眼をこらしておりました。

しかし召集ブザーの音が廊下で鳴り、その音で弾ね起きたとき、私は、知らぬ間に眠りこんでいたのに気づいたのでした。しきりとベルナールの考えを反芻したり、批判したりしているつもりでしたが、実際は、すぐに眠りこんでいたらしいのです。

私は手すり《ハンドレール》につかまりながら、船尾《スターン》のほうへ、よたよたと歩いてゆきました。身体が空中に突然浮きあがり、次の瞬間、廊下の床に何かで押しつけられるように、重い圧力がのしかかってくるのでした。私の前をナタリーが黒い、よろよろした影になって、「何てことなの」とつぶやきながら歩いているのが見えました。

食堂にはもう乗組仲間《クルー》全員が集まっていました。雨にずぶ濡れになった合羽を入口で脱いでいたのは船医《ドクター》クルツでした。彼はそのときまで操舵当直に立っていたのでしょう。合羽を脱いでも、波しぶきは骨まで滲《し》みとおっているようでした。

「船首《ステム》からちょっと油を流してみたが、多少は効果があるようだな」

クルツはベルナールに向ってそう言いましたが、その口調には義務的な感じがありました。

「ああ、サトヤム老人と（えーむ）水夫たちは甲板に上がったね？」

ベルナールが訊ねました。

「老人と水夫マルセルが舵《ラダー》をとっているが」と、クルツは額や喉を拭きながら言いました。

「しかし二人ではここ数時間は心細いぞ。ぼくがいっていたほうがいいんじゃないのか？」

「いや、君には、ここにいて貰わないと困る。（えーむ）いま、マリアからフランソワの件について、もう一度、審査のやり直しをしてほしいという申し出があったんだ。マリアの気持では（えーむ）颶風が過ぎるまで待てない、というんだ。その理由は（えーむ）マリア自身が説明してくれるはずだ」

ベルナールの言葉が終るか終らぬうちに、ベルナールの右手にいたマリア・カザローネが両手を前に開いて、それを激しく動かしながら、叫んだのです。

「待てるわけありません。こんな冤罪《えんざい》がはっきりしているのに、フランソワに一刻も罪を着せておくわけにゆかないじゃありませんか。いいえ、いますぐフランソワの無罪を全員で認めてほしいんです。そして本当の加害者を告発して下さい」

その途端、食堂の入口に近い隅に、電燈を背景にして立っていたターナーが、ベルナールを指さすように、右手を前へ突き出し、それを振りながら言いました。

「その前に、緊急動議がある。それを先に扱って貰いたい」

「それは（えーむ）いったい何なのだ?」ベルナールは身体を机の隅で支えながら、前のめりになって言いました。「問題によっては（えーむ）その動議をとりあげることだって可能だが……」

「いいえ、反対です」マリアはベルナールの言葉をひったくるようにして言いました。「私は反対です。全員反対です。いまはフランソワの無罪を証明しなければならないんだから……」

「いや、この問題の処理は緊急を要するんだ」ターナーは右手を言葉に合わせて上下に振り動かしました。「それはぼくらの船の乗っ取りが計画されているからだ。一刻も猶予なんて許されない」

「乗っ取り?」

何人かが半ば腰を浮かせて、ターナーのほうを向いて叫びました。

「そうだ。乗っ取りだ」ターナーは二、三歩、テーブルのあいだを、ベルナールのほうへ進み出ました。物凄い波の連打が船首《ステム》のほうから船体を揺がしてきました。私たちは危く投げだされそうになりました。

「どうか（えーむ）穏やかな言葉を使って貰いたいな」衝撃が過ぎると、やっとベルナールが口を開きました。「もしそれが君のつくった幻影だとすると（えーむ）君にも相応の責任はとって貰わなければならない」

「それは当然だ」ターナーは昂然とした調子で答えました。「ぼくには、ついさっき、やっと確実な証拠が入ったので、ここで、それを告発したいんだ」

「どうか、ベルナール」マリアがベルナールの前へ立ちふさがるようにして、頭を左右に振りました。「こんな人の出まかせを聞いちゃいけません。この人の言うことは、一度だって本当のことはなかったのです。どうかターナーの言うことには耳を貸さないで下さい。私が一番よく知っているんです。この人は出まかせしか言わないんです」

「たとえ婚約を解消したとしても」ターナーは嘲笑するような調子で言いました。「婚約者《フィアンセ》同士だったときの尊敬は失わないでほしいものだね。恋に駆られて猪突《ちよとつ》猛進するのも時によっては美しいが、といって、それが人間の公正さを害することは許されない」

「猪突猛進どころか、あなたの計算を正当に考えてのうえの発言です」マリア・カザローネは髪を振り乱し、暗い光のなかで、深く窪んだ眼をきらきら光らせて叫びました。「乗っ取りの計画ですって？　いかにもあなたが考えそうなトリックね。さすが一攫千金を狙って世界じゅうをほっつき歩くだけのことはあるわ。だけど残念ながら、ここはインドでもニューギニアでもなくてよ。〈大いなる眞晝《グローセル・ミッターク》〉号にはベルナールに共鳴した人しか乗らなかったのよ。あなた一人を除いてはね。もし乗っ取りを計画する人がいるとしたら、それは、誰よりも、ターナー、あなたよ」

「ま、不機嫌な君の気持はよくわかるがね」ターナーは笑声さえたてて言いました。「しかしこれは重大な問題なんだ。君たちがベルナールのもとで一体になっているんであれば、いっそう重大なことだと思うね。なぜって、そうなれば、これは単なる乗っ取りではなくて、ベルナールの否認だからね。ベルナールの神秘的な楽天哲学を真っ向から否定してかかる企てだからね」

「とにかく君の言い分をみんなに（えーむ）聞かせてくれないか」ベルナールは波のごうごういう音に抗いながら、金褐色の髯のなかで口をしきりに動かしていましたが、聞えたのは、それだけの言葉でした。何度も打ち寄せてくる波の衝撃が、がくん、がくん、と段を区切って、船体を揺がしました。

「波の上を飛んだんだ」

エリー・フランクが独りごとのようにそうつぶやきました。

「ぼくははっきり言う。ベルナール、君は裏切られようとしている。いいかね、君は船長を解任されようとしている」

ターナーは私たちのほうを嘲笑するような様子で眺めました。

「君たちのなかで、誰か、ベルナールを船長から解任すべきだと話していた奴の言葉を聞いた人が、いるはずだ。どうか、正直に言ってくれたまえ。これは、ぼくらにとっても、ベルナールにとっても、〈大いなる眞晝《グローセル・ミッタータ》〉号にとっても大切なことなんだ……」

ごうごういう波の音と、どすん、どすんという衝撃音のなかで、しばらく私たちは茫然としていました。

私はターナーがはったりをかけたに違いないと考えていました。誰がそんなことを言うものか——私はたかをくくって、ターナーの黒い影が、赤茶けた光のなかで、船の横揺れ《ローリング》に平衡をとって身体を左右に動かすのを眺めていました。

「わたしがそれを聞きました」

しばらく波浪の轟きのなかで黙りこくっていた私たちは、その細い、震えるような声に、真実、飛び上がって驚きました。それはタイ王族のスウォン・スワナの声だったからです。

マリアもナタリーも、いや、モニクでさえ、ターナーとフランソワとの、航海当初からの確執に無関係だというわけにはゆきません。ですから、このうちの誰かが、何か言ったとしても、事の正否はともかく、それには、何らかの理由があったでしょう。どんな目論見からにせよ、彼女たちなら、何か言ってもおかしくない条件を持っていました。しかしスウォンだけは別でした。彼女だけは、いわば他の乗組仲間《クルー》ともちょっと距離を置いていましたし、航海の日々を楽しむ仕方にしても、ベルナールの考えや生活態度への理解にしても、どこか微笑するような、柔和な、軽やかな気分を感じさせました。それは、彼女が東洋人であるだけではなく、高貴な血すじを引いているという事実からも説明しうることでした。ベルナールが万物と一体になろうと努めていたとき、スウォンの、ごく自然な、こうした軽やかな優美さが、精神の到達しがたい高みと感じられたのも理由のあることでした。

それだけにスウォンは、ターナーとフランソワとの反目にはまったく無縁であると誰しも信じ切っていました。

「君が聞いた？」

ベルナールは仰天したような声で叫びました。

「ええ、聞いたんです。本当です」

スウォンの声はきっぱりしていましたが、ひどく不幸そうに聞えました。

「どうか（えーむ）その状況を詳しく説明して貰えないか？」

私たちは船の動揺に時どき投げだされそうになるのを辛うじて堪えていました。

「ニューギニアを出てから一週間ほどしたある晩、わたしが月を見ながら甲板に坐っていると、誰かが小声で話し合っている声がするんです。もちろんわたしは盗み聞きをするなんて嫌でしたから、咳払《せきばら》いをしようと思いました。でも、最初に『ベルナールには船長の資格はないんだ』という言葉が聞えたので、どきっとして、心臓が凍りついたみたいになってしまいました。で、咳払いも何もできないで、心ならずも、わたしはその人たちの話を聞いてしまったんです」

「そりゃ、ぼくには（えーむ）船長の資格はないかもしれんが」ベルナールは金褐色の髯面をゆっくり前後に振りました。「それで、それは本当に（えーむ）乗っ取りの計画だったわけだね？」

「ええ、ベルナールにすべての乗組仲間《クルー》が反対すれば、船長をやめないわけにはゆくまい、と言っていました。一人は積極的にそのことを主張し、もう一人は受身で、ただ話を聞いているだけでした」

「じゃ、必ずしも乗っ取りの計画、というわけではないね？」

数学者のエリー・フランクがスウォンのほうを覗きこむように、温厚な長い顔を突き出して訊ねました。

「でも、ベルナールに船長をやめさせるというんですから、乗っ取りと言われても仕方がありません」

スウォンはベルナールの肩を持つような口調で言いました。

「で、君は（えーむ）誰かにそのことを言ったのかね？　それとも黙っていたのかね？」

ベルナールが機械的に頭を前後に振りながら、曖昧な調子で訊ねました。

「黙ってはいられませんでした。もし黙っていれば、わたしがその計画を認めたことになってしまいますから……。でも、いったい誰にそんなことを言えたと思います？　話をしていた当人にはむろん言えません。ベルナールには言う必要もないし……。本当にわたしは迷いに迷ったんです。誰もが信用できそうで、誰も信用できないように感じましたから。それで結局、わたしは彼と（スウォンはそう言って私を指でさしたのです）それにサトヤム老人とに『ベルナールの味方になってほしい。ベルナールを孤立させないでほしい』というほかありませんでした」

もしその時激しい波の音とともに船が揺れなければ、その場に居合わせた乗組仲間《クルー》のがやがや騒ぐ声がもっとはっきり聞えたと思います。

「君は（えーむ）本当にスウォンがそんなことを言うのを聞いたのかい？」

ベルナールは半信半疑で私のほうへ暗い眼を向けました。

正直言って、スウォンが私を指でさしたとき、思わぬ出来事に、一瞬、狐につままれたような気がしたのです。なんでそんな馬鹿な、と私は思いました。しかし次の瞬間、ロイヤルティ諸島を過ぎた頃、スウォンから「ベルナールを助けてほしい、ベルナールがみんなの敵になっているから」と言われたことを思いだしたのです。そのときはたしか、誰かの話を盗み聞きしたとは言いませんでした。しかしスウォンがそう言ったのは本当でした。

「言葉は正確にその通りではなかったかもしれないが」私はベルナールに言いました。「スウォンが、君の味方になってくれ、と言ったのは事実なんだ」

何人かが私の言葉を聞くと、椅子から立ち上がって、銘々勝手に何かを叫びました。波の激しい衝撃が食堂を断続的に揺さぶり、私はテーブルから次のテーブルへ弾ねとばされました。左右への傾斜《ヒール》は前より激しくなったように思われました。

「それはぼくも証言できる」エリーがテーブルの端にかじりつきながら、私のほうへ頷《うなず》いて言いました。「ぼくも彼からスウォンがそう言っていたことを聞かされたんだ。彼はその意味を測りかねて、ぼくに訊ねたんだ」

エリーの言葉は何か決定的な印象を乗組仲間《クルー》全員に与えたようでした。ナタリーが私の傍《かたわ》らで「そりゃ本当のことよ」と言っているのが聞えました。

「それじゃ（えーむ）その甲板で喋っていた二人は、いったい（えーむ）誰なんだ？」

「暗かったのと、わたしが船具箱のかげから身体を動かさなかったのとで、誰だか、顔は見ていないんです」

スウォンの声は悲しそうでした。

「いや、声からだって」とエリーが言いました。「君はそれが誰だかわかっていたはずだ」

「でも、見たのではありませんから」スウォンは顔を伏せるようにして言いました。「もしわたしが間違って名前を言えば、その人が乗っ取りの計画者にされてしまいます」

「それは十分に審査する」エリーがつづけて言いました。「君は、その声の主が誰であったか、を、言う義務があるんだよ。誰であったらしいか、でもいいんだ」

「ベルナール、あなたもそうお思いですの?」スウォンは悲しげな調子で訊ねました。「わたしはベルナールの言葉に従います」

「ぼくたちは(えーむ)緊急動議を出されているんだ」ベルナールは相変らず頭を前後にゆっくり振って言いました。「その正否を証明する必要がある。君が(えーむ)苦しむのはわかるけれど、君の証言はいま唯一のものなんだ。(えーむ)ぜひ言ってほしい」

「じゃ言います。それは……それは……ケインとフランソワだったように……思います」

私の後からケインがベルナールのほうへ飛び出していきました。

「まさか、君は……」ケインは両手を振りあげ、ベルナールに襲いかかりそうな剣幕で叫びました。「おれがそんなことを企んだとは思わんだろうね? これはすべてターナーのわななんだ。おれが船を乗っ取る? やれやれ、馬鹿も休み休み言って貰いたいもんだね。こんな出まかせの乗っ取り未遂事件を調べる前に、どうかマリア・カザローネの主張を早く取りあげてほしいね。フランソワの無罪をはっきりさせることが先決じゃないか。これは、現に、すでに起った事件なんだぜ」

「いい加減なデマゴギーはやめたまえ」突然ターナーが二、三歩、ケインのほうへ走り寄って悲鳴のような声で言いました。「君は、自分が乗っ取り事件の容疑者になると、それをわざと無視して、緊急動議を無効にしようとする。だが、もし動議を無効だと言うのなら、その前にスウォンの証言の無効を証明し給え。スウォンは君らしい人物の声を聞いているんだぜ。そしてその人物ははっきりベルナールを船長から追い出して別の人物を船長にしようと画策していたんだ。これがどうして未遂事件なのかね？　実に明白な事件じゃないかね？　未遂どころか、それは現に進行中の事件なんだ。ベルナール、ぼくはスウォンの証言や、それを確認してくれた別の証言を、まず取りあげることを要求するね。それとも、この慎しい女性《ひと》が虚偽の証言でもしたと思うかね？」

黒人ケインは獣じみた声をあげてターナーに躍りかかりました。フランソワがケインの腕を強く押えました。私とエリーがもう一方の腕を摑まえました。

「糞《くそ》！　貴様の正体はもう乗組仲間《クルー》全員に知れわたっているんだ。それを隠しおおせると思っていたら大違いだ」

ケインは足でターナーを蹴りあげましたが、ターナーのほうはすでに数歩後へさがっておりました。滝が崩れ落ちてくるような音がごうごうと船腹《ウエール》に響き、船ががくん、がくん、と上下に激しく揺れ、それから前へのめりこんでゆきました。私は懸命にテーブルの一方で身体を支えていましたが、モニクはまるで磁石に吸いあげられるように、椅子から前へ飛び上がると、床の上へ叩きつけられました。傍らにいたクルツがその身体を支え、起していました。

「ケイン、静かにしてくれ給え」ベルナールが言いました。「スウォンの証言は確認されているんだ。だが（えーむ）君は当然それを否認しうるんだ。君は否認するね？」

ケインは両腕をかかえられ、しばらく足をばたばたやって踠《もが》いていましたが、そのうち腕を振りほどくと、ベルナールのほうを向きました。

「いや、おれは否認はしないよ」黒人ケインの声は落着いていました。「おれは、ベルナール、君が船長をしていると、船内がますます腐臭を放ってゆくと思えてならなかったんだ。君は、一切をよしとして放任する。一切を〈よきもの〉と観じて、悪をすら――いいかい、悪をすら、だ――放任している。君は、何一つ干渉しようとしない。おれは〈大いなる眞晝《グローセル・ミッターク》〉号の航海が、これ以上、陋劣《ろうれつ》なものになるのを見ているわけにはゆかなかったんだ。おれは、君より、フランソワのほうが船長としてふさわしいと思った。いいかね。これは昨日今日、おれが考えたことじゃない。おれは何度か喋ったことさえある。それを、たまたま繰り返していたにすぎないんだ。乗っ取りとは、また、とんでもない手でおいでになったものだ。おれはフランソワに船長になって貰う――そのことだけで十分だと思う。これは〈大いなる眞晝《グローセル・ミッターク》〉号の世界周航を腐った、投げやりな、無責任なものにしないためだ。君だって（ケインは私に向って言いました）おれの言うことがまっとうだと認めてくれるだろう？　だいたいニューギニアを出てからあとの〈大いなる眞畫《グローセル・ミッターク》〉号の船内を支配している気分は、まともな人間に耐えられる種類のものかね？　え？　乗組仲間《クルー》の諸君、一人一人感想を率直に述べて貰いたいものだね。だって、そうじゃないか。船上では日々海と風の戦いがある。そこでは一刻だってごまかすことはできない。風が南なら、どう頑張っても、船は南へ進むことはできやしない。風が落ちれば、波の間に漂うほかない。おれたちは、天地自然の掟《おきて》のままに生きている。それこそベルナールの言葉を借りれば〈人工の箱〉はここでは微塵《みじん》に消しとんで、じかに大自然に接している。大自然の掟に背いては一刻も生きてゆけないんだ。ところが、船内のおれたちの間では、まるで逆じゃないのかね？　白いものが黒くなり、上が下になり、丸いものが四角くなる。大自然に向ってそんなことをして見給え。かりに海面を地上だと思って飛びおりればどうなるか——言わなくてもわかっている。大自然の事実にはごまかしなぞ、きかないんだ。それなのにおれたちの間じゃ、海が陸になり、悪が善になり、曲ったものが真っすぐで通っている。君たちだって、それを知っている。知っていながら黙っている。なぜ——なぜ君たちは大声で言わないんだ？『ベルナール。ターナーは不正を働いている。ターナーこそおれたち〈大いなる眞畫《グローセル・ミッターク》〉号の周航の精神を嘲《あざけ》っているんだ』とね」

「それは言い過ぎじゃないのかね？」冷たい口調で船医《ドクター》クルツが言いました。「ぼくらは故意に事実を歪曲《わいきょく》したわけじゃあるまい」

「もしそうなら、君はベルナールの様子がニューギニア以来変ったのに気づきながら――彼が（と、ケインは私を指でさしました）モニクを愛しているのを知りながら――おれがナタリーといちゃついているのを見ていながら――君自身がアンドレを追いまわしていながら――エリーがしきりとスウォンを口説いているのを君の航海日誌に詳しく書きとめていながら――それにもかかわらず、なぜ君は黙りつづけているのだね？　いや、何もこれは、クルツ君、君だけのことじゃない。誰もが口をつぐんで、事実を見て見ないふりをしているんだ」

　黒人ケインの言葉は何度も波の音や、ぎしぎし鳴る船材の軋りや、ずどん、ずどんと船腹《ウエール》を震わす衝撃に中断されましたし、私たちも激しい前後左右の動揺のためにテーブルから抛《ほう》り出されそうになって、その言葉を聞き落したところもあったのです。しかしケインの言っていることは、私がかねがね言いたいと思っていたことでした。おそらく私だけではなく乗組仲間《クルー》全員がそう思っていたにちがいありません。ケインが言葉を切ると、みんな黙りこくって何一つ言おうとしないのでした。そのとき気持を取り直すようにターナーが何か言おうとしました。しかしそれを押しのけるようにして黒人ケインは声を高くして言いました。

「おれの話は終ったわけじゃない。ベルナール、君はどうしてこうした船内の空気を平気で許していたのだい？　それが君の哲学の帰結であるゆえに、君は何一つ手出しも口出しもできず、ただじっと静観して〈喜ばしいこの世〉を楽しんでいたというのかね？　いや、おれはそうは思わない。なぜって、君はニューギニアを出てから、すっかり様子が変ったんだからね。君は、さすがに船内の真相を知りはじめた。しかし君は〈ガラスの球〉のなかに生きている――どうだね、この見事な君の存在規定は？　これはターナーが君のために発明した言葉だぜ――君は建前からいって、たとえ真相を知っても、それをどうこう言うことはできない。君は、言いたいが、言えない。何かしたいが、できない。その矛盾に苦しめられていたんじゃないのか？　どうだね？　そうではないかね？」

　ごうごう鳴る波の轟きと、太鼓を打ち鳴らすような衝撃音のなかで、船は右に左に揉みぬかれました。暗い電燈の下で、乗組仲間《クルー》は黒い蹲った群像になっていました。船が傾きはじめると、自然と私たちはテーブルにかじりつきました。ケインも話しながら何度かよろけましたし、突っ立ったままのベルナールはずっと柱を抱えこむようにしていたのでした。

「ケイン、君に、どうしてベルナールを責める権利があるんだ？」ターナーが苛々した調子で叫びました。「君はスウォンの証言を認めたんだぜ。君は破廉恥な〈大いなる眞晝《グローセル・ミッターク》〉号の乗っ取りを自白したんだ。そんなやつにベルナールを責める権利なんかあるわけがない。諸君だってベルナールが現在まで全力をつくしてきたことを認めないわけじゃないだろう？」

「乗っ取りの次は、ベルナールへの同情か」ケインは船の動揺に危く投げだされそうになりながら叫びました。「貴様の手のうちはもうすっかり読まれているんだ。おれは乗組仲間《クルー》全員に向って言いたいね。君らは航海の途中でフランソワを副船長から解任した。どうか下らぬデマゴーグの手に乗って二度とあんなばかげたことを繰り返して貰いたくないんだ。すべては明白だ。ベルナール、君は、いまこそ決断を下すべきときなんだ。〈大いなる眞畫《グローセル・ミツターク》〉号が世界周航に乗りだしたその精神を生かすも殺すも、いま、この瞬間の決断如何《いかん》にかかっているんだ。よく考えてくれ。君はニューギニア以来、考えあぐねていたはずだ。それを、いま、決意すべきだ。さ、君の矛盾を、ここで一挙に解決し給え」

「ぼくは（えーむ）君が何を言っているのかよくわからない」ベルナールは金褐色の髯面の中で眼を大きく見開いて言いました。「ぼくは（えーむ）すべてを在るがままに見ていると思ってきた。それを言うか（えーむ）言わぬかは、ぼくの自由意志に任されていることではないだろうか？」

「君はまだそんなことを言うのか……ベルナール……もうそんな悠長な事態じゃないんだ……これ以上……君は黙っていてはいけないのだ……在りのままでも何でもいい……君の態度を変えた事柄について……ぼくら全員に話す必要があるんだ」

黒人ケインのこの言葉は半分以上、連続して船腹《ウエール》にぶつかる波の音のために聞えませんでした。

「ベルナール……そんな必要は……ないんだ。ケインは……そんなことを……要求する権利を……持ってはいない……君は……十分に立派な……船長なのだ」

ターナーの言葉はいっそう聞きとれませんでした。私たちはしばらく左右に狂ったように揺れる船体の動きに逆らって、テーブルや柱や手すり《ハンドレール》を摑んでいなければなりませんでした。まるで滝壺のなかに壜詰めにされて投げこまれたようなものでした。高く浮び上がるかと思うと、突然、床がぐんぐん急降下してゆき、胸のあたりが冷たくなって、恐怖に似た、いやな気持に捉われます。その揚句に、こんどは下から突きあげるような急上昇がはじまります。そんなとき、私たちは頭を押えつけられるか、膝から力がぬけて、床に物凄い引力で吸いつけられるかするのを感じるのでした。

「ベルナール……君が……本当に……立派な船長で……あるためには……いま……君の知っていることを……とくに……この……ターナーについて……知っていることを……君は……全員に……告げなければならない……君は……こいつの秘密を……知っている……ただ一人のひとだ……おれは……知っているんだ……君がインドでターナーと一緒だった……ことを、な。そしてそこで……何かがあった……君はそのために昔の……君ではなくなったのだ……君は……ターナーに縛られ……ターナーに勝手なことを許している。さ……言ってくれ給え……君が言えば……この船のなかの……もやもやした……二重構造は一挙に……消しとんでしまうんだ……」

黒人ケインの声は波の音に寸断されて、やっと聞きとることができました。それに対してターナーも負けじと声を張りあげましたが、聞きとり難かったのは同じでした。

「いったい……何を根拠に……ぼくを……誹謗《ひぼう》するのだ……フランソワをかばうためか……君らの連合は……相互の弱点を……かばうために……あるのか……ぼくは……君らに責められることは……何もしていない……そんなばかげたことを……このおれが……すると思うか……」

私はとぎれとぎれの声を投げ合うケインとターナーの応酬をやっとの思いで聞きとっていたのでした。

「私もケインの意見に賛成だわ」その声はマリア・カザローネでした。「ターナーのことを知っているのは、ベルナール、あなただけよ。私たちが、いま、どんな状態になっているか――あなたにはおわかりになるでしょう？　あなたが、ただ一つのことを秘密にしていらっしゃるばかりに、フランソワは無実の殺人を押しつけられているのよ。私はフランソワから遠ざけられているのよ。ほかにだって、思わぬ障害や不正や苦痛に悩まされている人はいるのよ。ね、ベルナール、〈大いなる眞晝《グローセル・ミッターク》〉号がもし本当に〈眞晝〉へ向っての航海だったら、あなたは、いま、ここでケインの言葉に従わなければいけないわ。もしあなたがそうすれば一切がくっきり照明されるのよ。そして私たちは影のなかから――この、もやもやした、本当のようでいて嘘でしかない、愛や憎しみや危惧や懸念から――いっぺんに解放されるのよ。お願い、ベルナール、あなたが知っている本当のことを言って……」

「また、振り出しに戻ってフランソワの無罪嘆願かい？」ターナーが嘲笑して叫びました。

「おまけに君はフランソワとの愛を告白する。いかにも頭のよく働く君らしい弁護を考えたものだ。君がフランソワを愛し、フランソワが君を愛していれば、フランソワの少年愛は否定されるからね。ところが、どっこい、彼はアンドレを愛していたんだ。マリア、君はそのことを率直に、勇気を出して認むべきだよ。何だか知らぬが、ベルナールを強要したって、君たちは結び合うことはできないんだ。それは火と水が結び付くより難しいことだからね」

「ああ、オスカー、黙って頂戴」マリア・カザローネはターナーの名前を無意識に口にして叫びました。「私たちを引き離しているのは、そんなばかげたことじゃないわ。私たちはベルナールの一ことで結びつくことができるのよ。フランソワはそれで無実が証明されるわ」

「反対だよ、マリア」ターナーは執拗にマリア・カザローネの口をふさごうとしているように見えました。「フランソワの口から、もっとみじめな告白を聞くはずだよ」

「もう沢山よ、オスカー」マリアは地団駄を踏んで言いました。船がまた激しい波の攻撃に会って、がくん、がくんと上下に揺れ、しばらく声が聞きとれませんでした。食堂の空気は暑く、じとじとしていて、いやな臭いがむっと籠《こも》っていました。「ベルナール、お願い。あなただけが知っている本当のことを言って。その一ことで私たちは〈眞書〉に到達するのよ」

「君はフランソワの秘密をまだ知らないんだね」ターナーは船体を揺さぶっている波の連打音にはまるで気がついていないかのように、マリアのほうへ身体をのりだして叫びました。「君は絶望的な立場にいるんだよ」

「ああ、やめて、オスカー。やめて。やめて。やめて。あなたは私を大富豪にしてくれると言ったけれど、あのときだって、いまほど熱心に私を口説かなかったわね。ベルナール、私はオスカーの婚約者《フィアンセ》でいれば、この航海が終ると、一攫《かく》千金の良人《おっと》を持てることになっていたのよ。これは皆さんも聞いておいて欲しいことだわ。いいこと？　私は、もう素寒貧のオスカー・ターナーのみじめな婚約者《フィアンセ》ではないのよ。オスカーは一躍巨万の富を摑むんだわ。それもこの航海を終った直後に、よ。ベルナール、なぜオスカーはこの航海が終った直後、巨万の富を手に入れるの？　そんなことがフランソワやエリーに可能なの？　それともオスカー・ターナーの特別な才能のおかげなの？　でも、ベルナール、あなたは知ってるのね。このオスカー・ターナーのからくりを？　なぜオスカーがそう言って私を引きとめようとするか？　なぜもう手に入ったことのように、その巨万の富のことを話すのか？　私をだますため？　この私を？」マリア・カザローネは身体を前に倒して可笑《おか》しそうに高笑いをしました。「なぜ私がだまされる必要があるんですの？　私はミラノのお針女《はりこ》とは違います。巨万の富も何も私をだませないことくらい、オスカーはよく知っています。そのくらいの頭はある人です。そのオスカーも油断をしたんです。ああ、ベルナール、私の言葉を信じて、オスカーの秘密を話してほしいわ。この人のからくりは何なの？　この人は何であなたをそんなに縛りつけておくことができるの？　さっきケインが言ったわね、オスカーはあなたのことを〈ガラスの球〉に入っているって。まるで『いないも同然』だって。そんなにあなたを無視できるのはなぜなの？　あなたにも秘密があって、それでオスカーは鬼の首でも取ったような気になって、あなたを押えつけているの？　それともあなたはオスカーをかばっているの？　でも、オスカーがこの航海の直後に巨万の富を手に入れることができるんだったら、いま、すでに、オスカーはそれを手に入れているはずじゃなくって？　ベルナール、あなたはそれを知っているわね。だから、あなたは矛盾に悩んでいるのよ。さ、どんなことがあったの？　何があなたの秘密なの？　オスカーの巨万の富とは何なの？」

私は、ベルナールの身体が何度かぐらぐら揺れたのを眺めました。一瞬、彼が倒れたのではないか、と思ったほど、よろけたこともありました。船の動揺をこらえて、足を踏んばっていられないような感じでした。薄暗い、赤黒い電燈の下で、彼の髯面と、大きく見開いた眼が見わけられました。ごうごうたぎり立ち、逆巻いて船腹《ウエール》にぶつかってくる波浪の響きにもかかわらずマリアの声はよく聞きとれました。歯切れのいい、畳みかけるような調子で私たちの心を捉えておりました。

「ぼくは（えーむ）……ぼくは（えーむ）……」ベルナールは口をぱくぱくさせているだけで、すぐには言葉が出てきそうにありませんでした。

「そりゃ、マリア」ターナーが調子を変えて、マリア・カザローネを説得するような口調で言いました。「そりゃ、ベルナールには喋れないことだ。ぼくに何か秘密めいたことがあるように言うが、それは間違っている。それはベルナールにあるんだ」

いまもはっきり乗組仲間《クルー》全員が頭をふったり、叫びをあげたり、両手で否定の身ぶりをしたりする姿が眼に浮びます。ターナーはマリア・カザローネの言葉をかわそうと思うあまり、その瞬間、たしかに一歩足を踏みはずしたのではなかったでしょうか——すくなくとも私のそのときの印象はそうでした。

「ターナー君、それは（えーむ）ぼくに……どうか（えーむ）ぼくに話させてくれ給え」

ベルナールはターナーのほうへ右手を挙げて押しとどめるような身ぶりをしました。

「いや、君には……十分……話せまい。ぼくが……乗組《クルー》の諸君に……話したほうがいい……こんなに……乗組《クルー》の諸君が聞きたいというんだし……それに……ぼくのほうが……まだ……冷静に……話せるかもしれないから」

波がどすん、どすんと重い音でぶつかっていて、またしばらくターナーの言葉は、それに押しつぶされました。船首《ステム》が風上を向いたり、横にふれたりする程度によって、船尾《スターン》に近い食堂に響いてくる波の衝撃に多少の差があったのでしょうか。ターナーが喋りだすと、無闇と、大砲を撃つように、食堂の壁の向う側に、波の砕ける音が響くのでした。

「それは……（えーむ）……ぼくには異存はないが……」

ベルナールがもぞもぞと何か言いました。エリー・フランクとマリアがそれに反対の発言を同時にしましたが、それはほとんど聞えませんでした。

「どうか、君たち、こんな古い話をしたからと言って驚いたりしないでほしい」ターナーは食堂のまん中に進み出ると、柱を背にするような恰好で、私たちの前に立ちました。彼は声を張りあげましたので、こんどはごうごう咆哮《ほうこう》する音が断続して襲いかかったものの、よく聞きとることができました。「それはもうずっと前のことだ。そう、ベルナールもぼくもインドの北部を放浪していた。そんな頃の話だ……」

私は、何か鋭い剣で胸を刺されたような感じがしました。というのも私がかねてから謎《なぞ》と思っていた事件――インドかパキスタンのある村でベルナールが導師に会って〈所有の放棄〉を学んだ頃、彼の周辺に起った事件――サトヤム老人の言葉ではターナーその人が案内人か友人を殺害し、何らかの形でベルナールも関係していると見られる事件――の真相が、いま、当人の口から明らかにされる、と思ったからであります。

「当時、ぼくは動物生態を調査するためにボンベイを振り出しにデカン高原を歩きまわり、北に上がって、ちょうど事件のあった頃、ベルナールの住んでいた高地の村に着いたんだ。ぼくは、その村の村長の家で——これは白壁の、窓もない部屋が、幾つも廊下でつないである、粗末な家で、ぼくの泊った部屋は裸の壁に織物の飾りが懸っているほか、竹を編んだベッドが一つあるきりだった。もっともベッドには蚊帳《かや》があったので、随分と助かったものだが——とまれ、そこで村長から、村端《はず》れの導師の家に、あんたと同じ白人が来ている、という話を聞かされた。ぼくは早速会いに出かけた。そしてベルナールと初めて出会ったのだ。ぼくはベルナールの顔を見たとき、すっかり日に焼け、痩せおとろえていたので、とてもヨーロッパ人とは思えなかった。しかしベルナールと言葉を一こと二こと交しただけで、もうぼくは仏陀《ぶつだ》に会っているような心の安らぎを感じた。ぼくはベルナールの思想が普通じゃないのをすぐ直覚できたのだ。たしかに彼はその頃から大航海の計画を持っていた。ベルナールは〈眞晝への飛翔《ひしょう》〉をすでに心に抱いていたんだ」

それは前に私がベルナール自身から聞いたことでした。私はターナーが灰色の、潤んで突き出た眼で、暗い電燈のかげから、時どき、ベルナールのほうを窺っているのを息を殺して見ておりました。船体は相変らず前後左右に間断なく揺れつづけ、波の衝撃もいっこうに衰える様子はありません。

「ああ、どうしてこんな事件が起ったのか、ぼくにはわからない。いや、ぼくは、どうも、口にしにくい事件だ。あのとき……そうだ……ぼくは話さなければならないんだ……あのとき……ベルナールが……彼が……いや、どうも、ぼくには話せそうもない。ベルナール、やはり君が喋ってくれ……いや、いや、ぼくが言う。これはぼくの義務だから……もう君たちも察しがついたと思うが……どうか静かにして貰いたい……ベルナールは、実は、導師の家で……同門の男を……殺したんだ」

この言葉がターナーの口から出たときの私たちの驚きをどう説明していいか、わかりません。私たちは一斉に飛びあがり、「ばかばかしい」とか「嘘をつけ」とか「でたらめを言うな」とか「デマゴーグめ」とか、思いつく限りの悪態をターナーに投げつけたのでした。

「君は、自分の人殺しを棚にあげておくつもりなのか?」

私は我知らずそう叫んでいました。黒人ケインはと言えば、彼はやっとの思いで擲《なぐ》りつけたい衝動を抑えているようでした。握りしめた拳がぶるぶる震えているのがよくわかりました。

「人殺し……?」ターナーは私を見て、反った短い鼻を上に向けるような恰好で赤茶けた口髭を指でこすりました。「それはぼくじゃない。ベルナールの事件なんだ。諸君は、何だか、ひどい誤解をしているようだね。誰がそんな話を捏造《ねつぞう》して話して廻ったのか、知らないが、それはすべて作り話だ。いいかね、意外かもしれないが、ベルナールが……そうだ……ベルナールが……殺人を犯した……犯さざるを得なかったと言うべきかもしれないが……それが真相だ」

「君自身のことは、では、どうやって説明しようというんだね？」私はターナーの尊大な身ぶりが少々気に入らなかったので、急所を突き刺すような気持で言いました。「君にも妙な噂があるじゃないか？　それが作り話だというんなら、それを証明して貰いたいものだね」

「ぼくにどんな噂があるか知らないが」ターナーは私を突っ放すような調子で言いました。「そんなことを証明する必要はあるまい。ぼくが潔白を信じているという以外の証明はないんだからね」

「ま、そのことはともかく」と船医《ドクター》クルッが私たちを引き分けるように口を挿《はさ》みました。「ベルナールがどんな理由で人を殺したのか──君は、殺さざるを得なかった、と言ったね──それを説明して貰おうじゃないか？　実際は何が起ったのだ？」

「それは、つまり、こうなんだ」ターナーは勢いを盛り返した感じで言いました。「例の老人の導師に弟子が一人いた。ベルナールの同門の若い男だった。ぼくも村でよくすれ違ったことがある。共同井戸から二頭の牛が汲み上げる水を、導師の小屋まで、甕《かめ》に入れ、頭にのせて運んでゆく。彼らにとっては毎日の日課だ。この男が、ある日、どういうわけか、苦行のためか、厭世《えんせい》のためか、それとも自分の哲学の帰結のためか、その辺の事情はわからんが、ともかく喉《のど》を蛮刀で突いて死のうとした。そこへベルナールが外から戻ってきたのだ」

私たちは波のごうごう吼えたける音のなかで、叫ぶようにして話すターナーの声を聞いていたのでした。ベルナールはテーブルの前に坐り、両手で頭をかかえていました。私たちは意外な出来事を前にして言う言葉もなかったのです。ただ茫然としてターナーの顔を見つめるほかありませんでした。

「ベルナールは若い男が血まみれで苦しむのを見ると——男はまだ虫の息で生きつづけていたんだ——黙って見ているわけにはゆかなかった。もちろん医者を呼ぶには傷は絶望的なものであるし、それに、あまりにも遅すぎた。男を救ってやる道は、早くこの苦しみから楽にしてやるほかない。ベルナールは反射的にそう思った。彼自身がそうぼくに語ったんだ。たしかにそうだね、ベルナール」

ごうごう轟く波の音がターナーの声を奪ってゆきました。ベルナールはテーブルに肘《ひじ》をついて、頭を支えた恰好のままでした。

「ベルナールは考えたとおりのことをした。しかしさすがにその夥しい血の海のなかで、彼の神経は極点に達したのだろう。ベルナールは失神して、若い男のそばに倒れていた。実は、そこへ行き合わせたのが、ぼくだったのだ……」

私たちは黙りこくっていました。二、三度激しい波の連打がつづき、腹の底から突きあげられるような衝撃が、がくん——がくん——がくん、と船を断続的にゆすぶりました。

「ベルナール、やはり……君からも……そのことを話して貰いたい」船医《ドクター》クルツが灰色がかった、皺の多い、顎の張った顔を、ベルナールのほうに向けて言いました。「ターナーの言葉だけでは不十分のような気がする」

そのときターナーが何か言いかけましたが、ベルナールは両手をほどくと、のろのろとテーブルの前に立ち上がりました。彼の身体は船の動揺に投げだされまいと、奇妙な恰好に動いていました。

「ぼくが喋ったところで（えーむ）ターナーの言った事実を繰り返すだけだろう。だから（えーむ）多少、それを違ったふうにぼくが感じている部分だけ、君たちに（えーむ）話したい。その日はひどく暑くて、たぶん四十度は越えていただろう。（えーむ）いまの話のように、ぼくは午後ずっとピッパラ樹の下で瞑想していて（えーむ）瓢簞《ひょうたん》の畑を通って、導師の家まで戻ってきた。そして若いクベラの血まみれの姿を見たんだ。しかしそれは（えーむ）ぼくの考えでは自殺じゃなく、何かの事故だったと思う。頸《くび》に（えーむ）刃物を通す困難な修行がある。おそらくその最中に若いクベラは頸動脈《けいどうみゃく》を切ったに違いない。ぼくは（えーむ）彼の眼が引きつったような表情でこちらを見ているような気がした。その眼は明らかに（えーむ）苦しみから解き放ってほしいと（えーむ）懇願していた。ぼくはほとんど躊いなど感じなかった。すぐ彼を（えーむ）楽にしてやりたいと思った。しかし――ぼくはその刃物に触った記憶はないんだ。おそらく（えーむ）ぼくは夢中でクベラを殺していたのだろう。繰り返して言うが（えーむ）ぼくはそれは記憶していない。気がついたとき（えーむ）血の海のなかに気を失って倒れていたんだ。あとは（えーむ）ターナーの言ったとおりだ」

「じゃ、ベルナールがクベラを殺したかどうか、わからんわけじゃないか」黒人ケインが吐きすてるように言いました。「ベルナールは血を見ただけで倒れたのかもしれない」

「しかしベルナールは刃物を握っていたんだぜ」ターナーは冷ややかにケインの言葉をさえぎりました。「それを証言できるのは、ぼくだけなんだぜ」

「いいえ、ターナー様。あなた様だけではございません」

突然、嗄れた、角のとれた、柔かな声が聞えました。波の連打がすぎて、別の、ごうごう吼えたける波が、船腹《ウエール》をもみ砕くようにして過ぎていった直後でした。私たちは、その声に思わず戸口のほうを振り返りました。

そこに立っていたのは司厨《しちゅう》係のサトヤム老人だったのです。

「クルツ様。操舵のほうはマルセルが引き受けてくれました」老人は戸口からよろめきながらテーブルまで歩いてくると、そこで立ちどまりました。「しばらくこの集まりに顔出しさせて頂きたいのですが……」

「甲板のほうさえ手筈がついているなら、ここにいたって構わない。あんたが事件に関係があるというんならね」

クルツは、私の見るところ、はじめはサトヤム老人の突然の出現に、ひどく機嫌をそこねている様子でした。しかし彼はターナーが顔色を変えたのを素早く、見たのでした。その瞬間、彼は老人を別の態度で迎えようと決心したようでした。クルツには船内の役割と秩序が何よりも尊重されるべきもの、遵守されるべきものと思われていたのです。ですから、司厨係がのこのこ乗組仲間《クルー》全員の集会に顔を出すのは許されぬことに見えたのでしょう。しかしベルナールの問題には、そうした建前を貫くには、あまりに複雑で曖昧《あいまい》な要素がありすぎました。それを明確にするには多少の例外を認めても仕方があるまい――そう彼は決心したのでしょう。とくにターナーの態度に現われた狼狽は、この老人が何か別種の証拠を持っていることの証明であるかもしれません。

私はサトヤム老人の小柄な身体が船の動揺に逆らいながら、テーブルを摑んで、ベルナールのほうへ傾けられるのを見ておりました。

「ベルナール様。どうか、思い出して下さいませ。導師の家に、もう一人の男がおりませんでしたか?」

「もう一人の男?」

「はい、もう一人の男でございます。インド人です。憶えていらっしゃいませんか? たしか、ベルナール様に瓢箪筒から強い酒をお飲ませしたはずです」

「あ……」ベルナールは髯面のなかで眼を大きく見開きました。「強い酒……（えーむ）憶えているよ、サトヤム。憶えているとも」

「たしかにもう一人インド人がいた」ターナーが乾いた、上ずった声で叫びました。「しかしそんな人物がここで必要だとは思わなかった。それで省略したんだ」

「はい。ターナー様が省略なさりたいお気持はわかります」サトヤム老人は落着いた、気持のいい嗄れ声で言いました。「実際に、二重の意味で省略――いいえ、消滅おさせになりましたからね」

私たちはサトヤム老人の出現にいささか度胆をぬかれている形でした。もしその瞬間、船底《ボトム》の一部が破損して海水が浸入したとしても、老人が食堂に現われたことほどには、私たちを驚かさなかったのではないでしょうか。正直言って、私は、口をあけて、老人とクルッ、老人とベルナールの遣《や》りとりを、信じられぬものとして、まじまじと眺めているほかありませんでした。私は以前ベルナールのことを老人と喋ったことがあります。そのとき、前にすでに陳述いたしましたように、私は、この窪んだ、黒い、理智的な眼をした小柄な老人がベルナールを導師のところへ連れていったこと、ターナーとベルナールがその村で知り合ったこと、ターナーのほうはヘルメットに半袖シャツ、革の半ズボンという植民地ふうの服装をして、肩から大きな緑のブリキ箱を掛けていたこと、などを知ったのでした。しかし二人が知り合ったきっかけも、またベルナールに起った事件についても、全く聞かされておりませんでした。ただ、私は、そのときサトヤム老人が、かなり曖昧な口調で、ターナーがガイドか友人かを殺したこと、ベルナールがターナーを匿《かくま》って、国外への逃亡にも手を貸したこと、などについて話していた点が、後まで気になっていたのであります。

もっともそのときは、老人が噂か何かでターナーのことを知ったので、はっきりした調子で喋ることができないのだろう、ぐらいに思っていたのであります。

裁判長殿、ならびに陪審員の皆さん。

以前には、この程度のことしか話さなかった老人が、なぜいまになってターナーを震えあがらせるような証言をはじめたのか——私はそう思って一ことも発せず、まじまじと彼を見つめていたのであります。

「どうか、皆さま。司厨係にすぎぬ老人がこんなところに姿を現わして、役割不相応な発言をしておりますのを、お許しいただきたいのでございます。もし私がここにくる時機を待って、ようやく出て参りました理由をわかっていただければ、皆さまも私の非常識な振舞いを納得して下さることと存じます。私はごく少数の方々に、ターナー様がベルナール様とインドでお会いになったことや、ベルナール様と私自身との関係など、お話し申しあげました。しかし実は、そのときお話ししたことが私の知っておりましたすべてでした。これからお話し申しあげますことは、一切、私が〈大いなる眞書《グローセル・ミツタータ》〉号に乗りこんでから——それもずっと後になってから知ることができたものなのです。皆さま、どうかお驚きにならないで頂きたいのでございますが、私が、こうした事柄を知り得たのは、あの、殺された哀れなアンドレからなのでございます」

叫びとも呻《うめ》きともつかぬ声が私たちの間から立ちのぼりました。私は身体ががくがく震えてくるのが感じられました。船は激しく右に傾き、そしてまた左に傾いてゆきました。波のごうごう鳴る音が私たちの声を押しつぶしていました。

「恐れ入りますが、もうしばらく私の話をお聞き下さいませ。私がベルナール様にお願いして本船の司厨係に採用していただいたのも、実は、私に、この、もう一人の男——ターナー様と一緒にいた、もう一人のインド人のことについて、詳細に調べてみたい、という気持があったからでございます。そして偶然のことでしたが、水夫となってアンドレが〈大いなる眞書《グローセル・ミツタータ》〉号に乗り組んでいるのを知ったのでございます。もちろん当初、私は、アンドレと私の弟の関係を知りませんでした……そうです、その男は……その、もう一人のインド人は……私の弟でございました」

私たちは思わず顔を見合わせて、茫然とした気持でおりました。船が激しく揺れているのでなければ、何人かが驚きのあまり老人のところまで飛び出していっただろうと思います。

「私の弟ナンダ……申し忘れましたが、ナンダは熱帯の珍しい蝶の採集者をして生計をたてておりました……このナンダの助手をしておりましたのが、何と、アンドレの兄ジャックだったのでございます。私は、偶然の機会にそれを知るまでは、アンドレを皆さまと同様に、アルジェリア人とフランス人の混血と思っておりましたが、そうではございません。彼はジャックと同じくフランス人とインド人の混血でございました。私は、アンドレにヒンディー語で呼びかけたとき、当然のことのように振り向いたので、彼がインド人であることを知ったのでございます」

私たちは誰も口を開きませんでした。ターナーは腕をテーブルにつき、顔をしかめて老人のほうを見つめておりました。波の音は老人の嗄れた、柔かい声を押しつぶそうと吼えたけっていましたが、私たちは一ことも洩らすまいと耳を傾けておりました。

「皆さま。アンドレは私にジャックがターナー様に殺されたと告げたのでございます。『爺さん、兄はね、ターナーの奴に殺られちまったんだよ。それは確かなんだ。なぜってね、兄貴は、ターナーがインドで相棒の採集人を殺ったところを森かげから見ていたんだ。兄貴はそれをターナーの奴に勘付かれたのさ。でも、兄貴がターナーに殺られた直接の証拠はないんだよ。おれはね、兄貴の敵を討つためにこの船に乗りこんだんだ。その証拠さえあれば、敵を討つことができるからね』これがアンドレが私に洩らした言葉でした」

いま思い出しても、あれほど悪夢を見ているように思った瞬間はありませんでした。押しつけるような息苦しい気圧、むんむんする暑さ、汗にべとつく湿気、ごうごう荒れ狂う波、絶えず襲ってくる衝撃、前後左右に気が違ったように揺れ動く船、その中で暗い電燈の下に彫刻のように蹲ったまま、身動きもしなかった乗組仲間《クルー》たち――それはいまもまざまざと眼の前に浮び上がってくる情景なのであります。

「皆さま」サトヤム老人は言葉をつづけました。「ナンダの死の原因は不明でした。殺されたらしいという噂でしたが、その証人はどこにもおりませんでした。私は、熱帯蝶の採集者としてナンダと一緒に旅行していたターナー様に近づけば、その時の真相がわかるのではないか、と、そう考えていたのでございます。しかしターナー様からは何らはっきりした証拠を摑むことはできませんでした。それどころか、ターナー様は、インドに関しては極端に何も仰《おつしや》るまいとなさいました。ですから、私がアンドレの話を聞いたとき、どんなに驚き、かつ喜んだか、理解いただけると存じます。そうです、私はこれこそ神の摂理と思いました。熱帯蝶採集人ナンダはターナー様に殺されたのでございます。そしてそれを助手のジャックが目撃していたのでございます。私にとってこれ以上の確かな証拠は必要ございません。私は、暴風雨が終って一落着きしたら、それをベルナール様に申しあげるつもりでおりました。もちろん私は直接、ターナー様に復讐を加えたい、などという気は毛頭ございません。ただ弟ナンダが殺されたことに対する正当な報いは受けていただきたい――そう考えておりました。ところが、その確実な証言のできるアンドレが突然殺されてしまったのでございます。皆さま。私があの事件をどんな気持で受けとったか、お察しいただければ、と思います。皆さまがたが犯人を捜しあぐねて、とうとうフランソワ様に罪が被《かぶ》せられたのを知りましたとき、私は、ナンダが殺されたのにも、これに似た事情があったのではないか、と考えたのでございます。と申しますのも、ナンダは死ぬ前、手紙で熱帯蝶の珍種を捕獲したことを私に伝えていたからでございます。『兄さん、この蝶一匹で五千ドルも手に入るんだよ』とナンダは書いておりました。ですから、ナンダの手もとからその熱帯蝶の珍種が消えておりましたので、私は、相棒だったターナー様が、それを盗る目的で直接手を下したのだ、と考えていたのでございます。しかし先ほどから、ここで皆さまの遣りとりを拝聴しておりますと、ターナー様は、ただ、熱帯蝶のためだけではなく、実は、もう一つ、ベルナール様に殺人の罪をなすりつけるために、ナンダを殺したのだ、ということが、はっきりして参りました。ベルナール様はずっとこの殺人のことを悩んでおられました。そのことは、お傍《そば》におります私が、よく存じております。ところが、私はアンドレと話しているうち、助手のジャックが、ナンダから、ベルナール様が何もしなかったことを聞いていたのを、知ったのでございます。ジャックはよくアンドレにその事件のことを話したそうでございます。そしてナンダが小屋に入ったとき、白人が小屋の入口で気を失っていた、と言っていたというのでございます。つまりベルナール様は死んだ若い弟子にはまったく触っておられなかったのでございます。『そりゃ、あの血の海を見れば、おれだって、部屋に入る前に、気を失ったろうな』とナンダも言っていたそうでございます」

サトヤム老人はちょっと言葉を切り、肩で息をつきました。嗄れた、柔かな声は、波の音のなかでも、よく聞きとれました。

「この事実を知らされた私は、どうしてベルナール様が、あの男を殺したと信じておられるのか、実は、不思議でなりませんでした。私は、このことも、早くベルナール様へ申しあげようと、そう考えていたのでございます。そこへ、さきほどのターナー様の発言でございました。私は、なぜ、ありもしないことを、ベルナール様になすりつけているのか、と考えました。皆さまもご存じの通り、ベルナール様はお優しい方でございます。他人を責めるようなことはなさいません。いいえ、すべてのことを許そうとなさいます。すべては〈よきこと〉だとお考えになっておられます。おそらくターナー様がなさったことも、後で、お知りになって、その上で、ターナー様がヨーロッパへ戻られるのに手をお貸しになったのだと存じます。私は、そこで、ふと思い当ることがございました。もしベルナール様が若い苦行僧を殺したと思っておられるとしたら、動機はどうであれ、罪の意識にお悩みになるのは当然です。しかもそれは直接手を下したかどうか、曖昧なままです。それを判定したのはターナー様です。ターナー様はベルナール様の良心の裁き手のような恰好で、ベルナール様の上に君臨なさっているのです。いいえ、あの事件を曖昧にしておき、あくまでベルナール様が直接手をお下しになったと思わせておく限り、ターナー様はベルナール様を支配なさっているようなものです。でも、そのためには、もう一人の証人に死んで貰わなければなりません。この男が高価な熱帯蝶を持っているとすれば、それは二重の意味で、十分抹殺するに価することでございました。私は、ベルナール様のお話を聞いておりまして、はじめて、この事情がのみこめたのでございます。ベルナール様、あなた様はご自分で手を下してはいらっしゃらないのでございます。私は、あなた様が、ターナー様にあんなふうに思い込まされていたことを知っておりましたら、もっと早く、アンドレの話をお耳に入れるべきでございました。すくなくとも、そうすれば、アンドレを救ってやることができたかもしれません。アンドレがこれだけのことを証言すれば、熱帯蝶採集人ナンダの死の原因も、その殺害者も、ジャックの殺害も、すべて明白になりえたのでございます。でも、ターナー様は私がアンドレからこうした一切を聞いていたことをご存じありませんでした。いや、知っていれば、私も、いまごろ、こんなところに出てきて、皆さまに、真実をお話しできなかったでございましょう。でも、私は、アンドレの身替りに皆さまにお話しすることができました。これでアンドレの可哀そうな魂も浮ばれることでございましょう。これ以後のことは、ベルナール様、あなた様に一切をおまかせいたします」

サトヤム老人の言葉が終った直後の、不気味な沈黙をどう言い表わせばよいでしょう。波のごうごうと吼えたける音、船腹《ウエール》にぶつかる重い衝撃音、ぎしぎし軋みながら、身もだえするように左右に傾く船体、石になったような乗組仲間《クルー》全員の黒ずんだ蹲る姿――それは、まるで永劫《えいごう》の罰を受けて荒海に追放された地獄の人々を見ているような感じでした。何か言おうにも、あまりのことに言葉も何も思いつかないのでした。

もちろん私たちの眼はターナーに向けられていました。ただベルナールだけは、両手で頭を抱えこむようにしてテーブルに坐り、顔を伏せていました。

「ベルナール、君は何か言わなければいけない」最初の驚きが通りすぎたとき、船医《ドクター》クルツが、灰色の、皺の多い、角ばった顔を、ベルナールのほうに向けて、無理に押し出すような口調で言いました。「サトヤム老人の証言を君はどう考えているんだね?」

「ああ、諸君」ベルナールはよろよろと立ち上がり、船の動揺に堪えるように、しばらくテーブルを摑んでいました。「サトヤム老人の話を(えーむ)ぼくはどう考えるべきなのか、まだ、よくわからないんだ。(えーむ)おそらくぼくらはターナー君から(えーむ)その言い分を聞くべきじゃないだろうか。(えーむ)アンドレの思い違いがないとも言えないから……」

「冗談じゃない」黒人ケインが猛烈な勢いでベルナールに食ってかかりました。「これで一切がわかったんだ。これですべての謎はとけたんだ。〈大いなる眞晝《グローセル・ミッターク》〉号の船内にもやもや漂っていた偽善臭が、いま、老人の言葉で吹き払われたんだ。ベルナール、君だって、もう、何一つ躊う必要はない。君は潔白なんだ」

「君は（えーむ）誤解しているよ。ケイン。ぼくははじめから（えーむ）潔白だと信じている し、ターナー君の鼻息をうかがって生きていたことは（えーむ）一度だってないんだ」

「それなら、なぜターナーに断乎《だんこ》とした処置をとろうとしないんだ？」

黒人ケインはいまにもターナーに躍りかかりそうに見えました。女性たちも、何人かがベルナールの決断をうながすようなことを口々に叫びました。暗くてよくわかりませんでしたが、それはマリアやナタリーだったように思います。

「ともかく（えーむ）ターナー君、君に異論があれば、どうか正確に君の主張を述べてくれ給え」

ベルナールは灰色がかった青い、悩ましげな眼を大きく開けました。彼の髯面が暗い電気の下で重々しい旧約の預言者のように見えました。

「ぼくは、あまりのことに、もうこのまま黙って、君たちと袂を分とうと思ったよ」ターナーは額の汗でべとついた栗色の髪を掻きあげると、潤んで幾分突き出た灰色の眼でぎょろりと私たちを眺めました。「君たちはいったいこのインドの好人物の老人の、長い航海のために錯乱しはじめた幻想を信じたいと思うのか。それとも、まだ思考力も働いている君たちの乗組仲間《クルー》の一人の言葉を信じたいと思うのか——どちらを取りたいと思うんだね。ぼくは誹謗《ひぼう》なら黙って聞き流す主義だ。非難なら笑ってやりすごす。面罵《めんば》されても、元来、ぼくは怒らない質《たち》だ。しかしこのインドの老人の錯乱は、本人が本気で信じているだけに、始末がわるいな。いちばん困るのは、老人の話し方だ。老人は本気で信じているから、いかにも本当のように話す。かりにぼくを誹謗するなり、非難するなりの意志があれば、老人の言葉に誇張も入る。嘘らしさも入る。だが、あんな喋り方をすれば、誰だって信じるほかないじゃないか。ぼく自身だって、危うく信じそうになったくらいだ」ターナーは赤茶の口髭を神経質にこすりながら短く笑声をたててみせました。「君たちが、うっとりとして、あの幻想物語に聞き入っていたのは、そりゃ当然のことだ。そのことをぼくはとやかく言う積りはない。しかしその結果、老人の妄想を本当のことと信じたように見えることは、ぼくを、何とも言えず、がっかりさせた。いかに、それがまことしやかに話されようと、そこに妄想的要素がちりばめられていることぐらい、君たちにだってわかって貰えそうだがね。これは長い航海の孤独と、この暴風雨の恐怖が生みだした妄想なんだ。もちろん直接の刺戟はアンドレの死だ。それは疲れきった老人にはあまりにも強烈な衝撃だった。その衝撃がつぎつぎに病的な映像をつくりだしてゆくんだ。君たちだって老人の説明があまり整合しすぎていると思うにちがいない。だが、過剰な整合は明らかに病的なものだ。それに、ぼくが、ベルナールに君臨しようなんてことを考えられるかね? それも、恐喝犯人のように殺人現場を見たといって脅しているというわけか。つい今、ベルナールも言ったじゃないか。彼は、ぼくなんかに脅される男じゃない。よしんば彼が、殺人を憶えていたとしても（残念ながら憶えていないんだが）彼はそんなことにびくつく男じゃない。ぼくだってそんなことはよく知っている。だから、ぼくは、ただ事実をありのままベルナールに話していたにすぎない」

「それじゃ、サトヤム老人の弟の死はどうなんだ？　この熱帯蝶の採集者ナンダの殺害はどうなんだ？　これにはれっきとした証人がいたんだ。それを知って君はその証人を消した。それだけじゃない。君は、その事実を勘付かれたと知って、証人の弟まで殺害した……」

黒人ケインは白い歯をむきだし、握りしめた拳《こぶし》で激しくテーブルを叩きながら叫びました。船が、段階的に、ずしん――ずしん――ずしん、と、ふるえながら、滑り落ちてゆき、私たちは床に投げ出されそうになりました。

「だから、繰り返して言っているじゃないか」身体の平衡を取りもどすと、ターナーは苦笑いを頬に刻んで言いました。「君たちは、老人の言うことがあまり整合しすぎているとは思わないかね？　だいいちぼくがどうして熱帯蝶の採集人なんかとインドを歩き廻らなければならないんだね？　ぼくの専門は動物生態学だ。ぼくがロンドン大学へ提出する論文のために世界中の密林や僻地《へきち》を歩きまわっていることは、誰よりもベルナールが知っている。どうか、ベルナール、それが正しいことを諸君に話してくれ給え」

「ああ、ターナー君の言葉は（えーむ）本当だ。たしかに前にもターナー君はそう言っていた」

「どうかね、諸君」ターナーは勝ち誇ったように叫びました。「これで君たちも孤独な老人の描いたのが妄想であることがはっきりわかっただろう。妄想の特徴は、一見精緻《せいち》に首尾一貫しているが、それを現実の事実と照応してみると、全く無意味で、でたらめだ、という点にある。この一つをとってみても、妄想の特徴は歴然としている」

「しかしベルナール様」サトヤム老人の嗄れた声は震えていました。「私はターナー様の言葉を完全に理解できたとは存じませんが、アンドレが死ぬ前に、この船で、熱帯蝶の標本を見たと洩らしておりました。あの哀れな少年は『爺さん、おれは動かぬ証拠を見つけたよ。これでナンダの敵も討てるよ』と、そう言っておりました。この船に熱帯蝶があるとすれば、それは誰が持っているのでございましょうか」

私たちはざわざわと騒ぎたてました。波の音も船体の軋りも私たちの耳には入りませんでした。

「ターナー、これでも君はしらを切るつもりかね？」

エリー・フランクが温厚な、緬羊のような顔を前へ突きだしました。

「君たちはまた何を騒ぎだすんだね？」ターナーは顎へ手をやって、灰色のぎょろ眼でエリーを見かえして言いました。「熱帯蝶を見たと言ったというアンドレは、もうこの世にはいないんだぜ。アンドレがそんなものを見たことがなくても、熱帯蝶とぼくを結びつけようという妄想者の頭には、自然と、アンドレが熱帯蝶を見たという映像がこびりつくんだ。ますます病的な正確さを見せているじゃないか。これは立派な妄想の徴候だよ」

「ターナー」突然、私の左に立っていたフランソワ・ルクーが叫びました。「君も最後のあがきはやめたほうがいい。誠実な老人を瘋癲《ふうてん》扱いにして、それで君の非行の一切が正しいものとしてぼくらの眼に映ると思うのか？　君もそれほど焼きがまわったのかね？」

「これは驚いたご挨拶だな」ターナーも負けずに嘲笑の口調で言い返しました。「君のような裏切り者に、ぼくのしていることを非行だと言われる覚えはない。それとも、隠しに隠した君の非行を親愛なるベルナールに知らせて、〈大いなる眞晝《グローセル・ミッターク》〉号のロマンティックな大航海を大いに笑おうというのかね？　おそらく君の秘密を聞けば、そこにいる熱血漢のケイン君も、君をただですますわけにゆくまい。いや、わがベルナールが人間の信頼を根底から失ってゆくのじゃないかと恐れるね」

「フランソワ。それはいったい何のことだ？」黒人ケインは、まるでターナーのわなにかかったかのように、顔色を変えて叫びました。「君に、まだ秘密があるのか？　まさか例の……」

「いいえ、ケイン、違うわ」

私は耳を一瞬疑いました。それは、こうした席ではほとんど発言したことのないモニク・ファビアンの声だったからでした。ターナーがフランソワの秘密のことを匂わせたとき、私は、ちらと、嫌な予感が走ったのです。「ひょっとしたら、それは、彼がモニクと秘密結婚をしていた事実を指すのではあるまいか。あれほどフランソワが否認していたにもかかわらず、やはり本当に秘密結婚をしていて、この追いつめられた状況のなかで、それはすべて告白されるのではなかろうか」——と、私は考えたのでした。

私たちがモニクを見つめると、彼女はテーブルを掴みながら立ち上がりました。

「それは違うのよ。フランソワにはどんな秘密もないわ。ターナーが思わせぶりに言ったことは、一切、起らなかったのよ。それはフランソワに限っては起らなかったのよ。だからフランソワはベルナールを裏切ることなんて、ないのよ」

「とうとう夫婦そろって自己弁護を始めましたね」ターナーは柱に身体を支えて立っていました。「君たちが秘密結婚していたことを、ここでいま、乗組仲間《クルー》全員と、とくに船長ベルナールに告白したらどうだね」

ターナーは嘲笑しているつもりだったのでしょうが、さすがに歯がむき出され、頬がひきつれていました。

「ベルナール、信じて下さるわね? ターナーの言ったようなことは何一つ起らなかったのよ」モニク・ファビアンの顔には哀願の表情が浮んでいました。「私は、ベルナール、あなたがスウォンを崇拝しているのを見て、もう私を愛して下さらないのだと思ったのね。私たちは子供の頃からの友だちで、それ以上ではないのだ、と本当に思ったのよ。私はあなたを尊敬していました。いいえ、心から愛していました。本当にあなたが好きでした。でも、あなたが私のほうを向いて下さらないのなら、もうどうすることもできません。ちょうどその頃、フランソワもあなたのことで苦しんでいたの。フランソワは自分が何をやっても、結局はあなたがやることをそっくりなぞっているんだって……そう考えていたのよ。(フランソワ、私の説明が間違っていたら直して頂戴)私には、フランソワの苦しみがよくわかったわ。彼がベルナールを夢中で尊敬すればするほど、だんだんベルナールから離れていったことも。私はフランソワがあの頃『人間にはすべてが許されている。道徳や慣習に従うのは人間の弱さのためだ。もし人間の魂が孤独に耐え、鷲のように高みに飛翔《ひしょう》できるのだったら、すべて欲するようになすべきなのだ。その為したことが彼の掟となり基準となるのだ』と私に話したことを憶えています。インドから帰ってきたベルナールは〈無一物主義〉を唱えていました。それはすべてを放棄することだったけれど、フランソワは、それを見て、結局は彼の自由を目ざす〈行為〉も〈無一物主義〉の裏返しであると思うようになったのよ。なぜって、フランソワがすべては許されると思ったのは、価値意識の一切を棄てたことよ。それは一種の〈価値〉の無一物主義だったのね。フランソワは、自分がベルナールの反対であろうとしても、結局は、いつもその影法師だ、と思いはじめたのよ。そしてそういう自分に真っ向から嚙みついてやろうと考えたの。当時、フランソワは、私が当然ベルナールと結婚すると思っていたのね。私だってながいことそう思いつづけていたんですから。そこでフランソワは、ベルナールと正反対のことであって、同時に自分にも反逆することは、私をベルナールから奪いとって、結婚することだ、と思いこんだのね。そのうち、ベルナールから自由になれなかったフランソワは、そうした反逆を試みても、いつかベルナールの逆の写し絵になるのではないか、と恐れはじめたのね。私は、いまでも、フランソワが蒼い顔をして、オーヴァーの襟を立てて、がたがた震えながら、私に結婚を申し出たときのことをよく憶えているわ。『フランソワ、熱があるみたいじゃないの』私がそう言うと、フランソワは歯をがちがちいわせていたのよ。『いや、熱なんかないさ。熱はないけれど、ぼくが今までの自分を越えようとしているから、哀れな身体が大恐慌をおこしているんだろう』『自分を越えるってどういうこと？』『ぼくが君と結婚しようということさ』フランソワはそう言ったとき、すでに、いまにも倒れそうだったわ。フランソワがベルナールに叛《そむ》こうとしていたのは本当だけれど、それは、フランソワの全人格を化学変化でも起して変えるような具合だったのね。でも、それだけでは、フランソワには、ただベルナールの逆を真似しているように思えたのよ。『ぼくは君に秘密結婚を申し込みたいんだ。ぼくらは、あくまでベルナールに反逆して結婚する。しかしただ結婚したんでは、例によってベルナールの写し絵になってしまう。だから結婚はするが、その瞬間、ぼくらは何でもなくなるのだ。そうだ、結婚した瞬間に、赤の他人になるんだ。モニク、ぼくには、それ以外にベルナールの影の下から出ることはできないんだよ。ぼくはベルナールに反逆する。が、反逆は、その瞬間、それもまた反逆される。一挙に二重の反逆が行われ、ぼくはベルナールの影の国から自由になるんだ』私がこの申込みを受けたのは、ベルナールに絶望していたからなのよ。私たちは森の奥の、例の城館のそばの小さな教会で、誰ひとり立会人なしで、秘密の結婚式をあげました。ルイ神父が一人で、私たちの式をやってくれて……。ね、ベルナール、ここから、フランソワと私は別々の道を歩きだすのよ。ルイ神父が私たちを結び合わそうとしたとき、ひどい熱を出していたフランソワは、急に気を失って神父の腕の中に倒れたの。ルイ神父は式は終っていないから、結婚は成立していない、というし、私は、もう二度と、こんな辛い儀式をやるのはたまらなかったので、大急ぎで、気を失っているフランソワの唇に口づけをすると、教会を逃げだしたわけなの。神父は驚いて私に『それじゃ、フランソワはまだ結婚していないのに、あなただけが結婚している、という奇妙なことになりますよ』と、後から、大声で叫んでいたのよ。でも、ベルナール、私も、危うく倒れそうだったの。森の奥を匐《は》うようにして逃げてきたわ。ながいこと、このことは、フランソワも知らなかったのよ、本当に。フランソワは私と秘密結婚をしたと信じきっていたの。でも、結婚したのは私だけなの。フランソワは最後まであなたを裏切ってなんかいないのよ。ターナーがいくら脅しても、フランソワは誰とも結婚していないわ。だから、マリア、あなたはフランソワと結婚できるわ」

私は、マリア・カザローネがフランソワのほうへ駆け寄るのを見ていました。ターナーはわざと平気な様子を粧《よそお》っていたのでしょうか、半長靴《ブーツ》に突っ込んであった鞭《むち》を引きぬくと、その先で顎を支えるような様子をしていました。マリアがフランソワの胸に顔を埋めて泣いているあいだ、黒人ケインは歯をむき出し、腹を立てたように、モニクに食ってかかっていました。

「だが、なんだって、前には、フランソワはマリアを拒んでいたんだ?」

「それは、秘密結婚をしたと信じていたからよ」モニクは顔を伏せるようにして答えました。

「私は、フランソワが、そのことで、ターナーにそれとなく圧力を加えられているのを知るまでは黙っていたのよ。もっと後になって、フランソワがベルナールにそんなことを告白しようと思ったとき――それはフランソワが本当にベルナールから自由になったことを意味するはずですから――そのとき、フランソワが結婚をしておらず、身が潔白であることを知れば、喜びも二重になるし、自由は内側からも外側からも保障されることになる――私はそう考えたのよ。だから、ずっと黙っていたわ。でも、これ以上黙っていれば、フランソワは、ただそのことのために、ベルナールを助けることができないかもしれない、と思ったのよ。別にターナーの脅しなどは何でもないけれど、フランソワが純粋な動機で動こうと思っても、裏切ったという気持があれば、それをひそかに償おうとしているのじゃないか、って、自分で思ってしまうわ。そんな思いが、かえって、肝心なとき、フランソワの考えを歪めはしないか、と考えたの。そうしたらベルナールの大航海も台なしになるわけね。それでニューギニアを出てから間もなく、すべてをフランソワに話したの。でも、私は結婚した女であることには変りがないのよ。ルイ神父が言ったように。でも、ベルナール、私は、十分罰を受けているわ。私は、あるひとを愛しているのに、そのひとを受け入れることができないのよ。この航海が私にとってどんな辛い試練であるか、あなたならわかって下さるわね……」

私は涙ぐんでいるモニクのそばに駆け寄ると、その肩を固く抱きしめました。船の動揺が私たちを一方の壁に投げだそうとしましたが、私はテーブルを掴んでモニクの身体を支えました。

「モニク、もうすべては終ったんだよ。君の結婚はフランソワの結婚同様、いま、この瞬間に無効になってしまったんだ。なぜって、それは黙って秘密にされている間だけ、存在しつづける結婚であるからだよ。それは夢幻劇に似ている。ね？　結婚をしたと君が信じ、そこに結婚を思い描いているからこそ、それは実在したんだ。ところが、夢幻劇を見ながら『これは夢幻劇だ』と叫ぶ人は、すでに夢幻劇の中に生きてはいない。夢幻劇の外に出ているからこそ、そう叫べたんだ。君もそれと同じなんだ。いまのいままで、結婚は生々しい現実として生きていた。夢幻劇に見入る観客が森や妖精たちや夜の魔王を現実として生きているようにね。だが、君は、その結婚をみんなの前にさらけだしたんだ。小屋の中の夢幻劇の舞台にいきなり現実の太陽の光を導き入れたんだ。言葉を現実と信じることで成り立っていた世界は、その瞬間に崩れさる。森の奥の君の結婚劇も、いま、この世に引き出されて、夢となり煙となって消えてしまったんだ。モニク、君はながいこと眠っていたんだよ。さ、もういいんだ、君は眼を覚ました。もう何も君を縛るものはない。君は自由なんだ」

私の言葉も何度かごうごう唸る波の音と、船体をがくがく揺らす衝撃に中断されましたし、船が傾くたびにモニクの柔かな身体が甘い痺《しび》れとなって私に押しつけられるのを感じました。モニクのなかで、何か歓喜のようなもの、震えのようなものが、脹《ふく》らんでくるのを、私は身体を通して感じることができました。

「まったく君たち〈大いなる眞晝《グローセル・ミッターク》〉号の乗組仲間《クルー》諸君はメロドラマの愛好者だな」ターナーは鞭でぴしぴしと自分の片手を打ちながら言いました。「この忌わしい秘密結婚の実態を考えもせず、森の奥の夢幻劇と言ってすませているとはね。いや、その上涙に暮れた新しい二組の恋人たちの誕生か。どうも、ぼくのように、一時に物の両面を見てしまう人間には、こうしたメロドラマの甘さにはついてゆけない。もう互いに猿芝居はやめたいものだね。それにいくら漂蹰《ライイング・ツー》しているといっても、全員が食堂で議論をはじめてからそろそろ一時間にはなるんじゃないかね。いったいこんなことで船は大丈夫なのかい？」

「とうとうフランソワの口も封じられなかったようだな、ターナー」黒人ケインは相変らず歯をむきだして、食ってかかるような調子で叫びました。「つまりは逃げだすより手はないというところかね？」

「冗談じゃない」ターナーは鞭の先で汗ばんだ額に垂れた栗色の髪を掻きあげるような恰好をしました。「ぼくは何一つ証拠を出されたわけじゃない。すべて老人の妄想やら、ヒステリックな女性がたのロマンティックな幻想やらのおかげで、まるで、ぼく一人が非行の一切を背負わなければならぬみたいだ。もうこんな冗談はやめてほしいね、ベルナール。ぼくらは部屋《キャビン》に戻るべきじゃないだろうか。すくなくとも、ぼくはごめんだ。ぼくは解散を要求するよ」

「ベルナール様。手続きのことはわかりませんが、ターナー様が熱帯蝶を持っていることは証拠になりませんでしょうか？」

サトヤム老人はターナーの身体をさえぎるように食堂の入口に立ちはだかって叫びました。

「そりゃ、熱帯蝶が始末される前に発見されれば、それが何より、あんたの弟さんを殺害した当人である証拠になる。いったいアンドレが見たという熱帯蝶はどこにあるんだね」

船医《ドクター》クルツは灰色の、皺の多い、顎のがっしりした顔をサトヤム老人のほうに向け、老人を励ますように言いました。

「私はアンドレに熱帯蝶があるという話だけを聞いたんでございます。アンドレはそれを見たと言っておりました」

「ああ、ぼくはこんな連中とはつき合い切れないな」

ターナーはテーブルを鞭で叩きつけると、腰をあげました。

「逃げるのか？」

黒人ケインがその腕をつかみました。

「逃げる？　無実のぼくが、なんで逃げる必要があるんだね？　この集会は、つき合いかねるので、自分の部屋《キャビン》に戻ってゆくだけさ」

「熱帯蝶を君が持っているのを、アンドレが見ているのに、それでも、君は無実だと言うのか？」

船医《ドクター》クルツが鋭い声で言いました。

「君まで、老人が勝手につくりあげた寝言を信じるのかね？　いい加減にしてくれないか？　ぼくは熱帯蝶の採集には何のかかわりもない」

「でも、あなたは私に一攫千金の話をしたじゃありませんか。一匹五千ドルもする熱帯蝶を仕入れることができれば、船がル・アーヴルに入港した途端、たちどころに、大へんなお金が転がりこむわけね」

マリア・カザローネの浅黒い端正な顔は、憎悪に歪んでいました。その声も震えているように聞えました。

「ぼくが君にそんなことを言わなければならぬ羽目に追いこんだのは、いったい、どこの誰なんだね？　ぼくはロンドンに戻れば、こんどは多少の投資がある。だが、もちろん一攫千金は君の心を何とか摑んでおきたいという、いじらしいぼくの最後の努力だったわけだ」

「いいえ、アンドレは熱帯蝶をたしかに見たと言っていたのでございます」

サトヤム老人は追いすがるように叫びました。

「君の言いがかりは少々くどいね。インド人は執拗だというが、君も、君の民族の悪癖の所有者だ。それほど言いたてるのなら、まず、そのわけのわからぬ熱帯蝶とやらを見せて貰いたいものだね。一切はそれからだ。ぼくはもう部屋《キャビン》に引きとらせて貰う。これ以上、半狂人の相手はごめんだからな」

「ターナー君、君を一人で部屋《キャビン》に戻らせるわけにゆかない」フランソワは明るい青い眼の上に顰《しか》めるような皺を寄せて、突き放すように言いました。「君には証拠湮滅《いんめつ》のおそれがあるからね」

「とうとうインドの老人の病気は集団的に発生したらしいな。君も秘密結婚をまぬがれたと思っているが、ぼくらに大切なのは、たまたま出来《しゅったい》した結果じゃなくて、その意志だ。とすれば、君はいまさらベルナールへの忠義面をしても無意味なのじゃないかね？　君はベルナールを憎んでいる。なぜそうはっきり言わないのだね？　そう言えば、君のその鬱屈した気持も晴れるはずだ」

私はフランソワの一撃がターナーを床に叩きつけるのではないか、と思いました。しかしフランソワは両手を後に廻し、白くなるほど固く握りしめておりました。

「ともかく君たちが、ありもしない熱帯蝶について、これ以上騒ぐのだったら、ぼくは無意味と認めて部屋《キャビン》へ引きあげる。証拠湮滅が心配なら、誰でもいい、ぼくの部屋《キャビン》にくればいい。逃げも隠れもしない」

ターナーは栗色の髪を掻きあげ、短い反った鼻をぐっと上へ向け、胸を張り、鞭で、その胸を二、三度叩きました。そして私たちに軽く一揖《いちゆう》すると、まわれ右をして、食堂から出てゆこうとしました。

そのとき突然、私の腕を振りほどくようにしてモニク・ファビアンが叫びました。

「あれだわ、きっと。そうよ、ベルナール、熱帯蝶はあるのよ。フランソワ。ターナーを部屋《キャビン》に帰させないで。熱帯蝶はあるのよ」

モニクは私の腕を摑んで、激しくゆすぶりました。

「熱帯蝶の隠し場所を私たちは見たのよ」

「ぼくらが……？」私はモニクの燃えるような眼を見つめました。

「ええ、いつか見た紀行文の叢書《そうしよ》……ほら、中身が刳《く》りぬかれていた……」

「老人の隣りの小部屋の……？」

「そうよ。あの中身はどうして刳りぬかれていたの？　あれは熱帯蝶を隠すためじゃないかしら？」

私はターナーの顔を反射的に眺めました。灰色のぎょろ眼には一種の不安が浮んでいたと思います。しかし先端の反った鼻を上に向けて、私たちにそらとぼけて見せました。一ことも発しませんでした。

「それに間違いございません」サトヤム老人が震える声で言いました。「弟のナンダもよくそうやって税関の眼を盗んでいたようでございます。前に、そんな話を聞いたことを憶えております」

「やめたまえ、君たち」ターナーは私たちを止めるように両手を拡げました。「そんなものはありはしない。いや、この老人の妄想なんだ……」

そのときでした。物凄い衝撃が、私たちの頭上から、がくん――がくん――がくん――と一定の激しいリズムで響いてきました。それは重い波の衝撃とは違って、鋭く、骨の髄にじかに響いてくる巨大な木槌《きづち》か何かで船を擲りつけているような震動音でした。

「救命艇の固定索具《グライプ》が切れたんじゃないか」

船医《ドクター》クルツが叫びました。

「こんなところにぐずぐずしているときじゃないぜ」ターナーが鞭を投げすてると叫びました。

「救命艇《てい》がぶつかっているんだったら、間もなく、船のどてっ腹に穴があいてしまうぜ」

ターナーは食堂を飛び出してゆきました。すぐ後から黒人ケインが走りました。もちろんフランソワもエリーもベルナールも私も昇降口《ハッチ》へ殺到しました。船医《ドクター》クルツは無線室に戻ったようでした。

裁判長殿、ならびに陪審員の皆さん。

私たちが食堂で集会を開いていた時間は、ほんの三十分そこそこであったろうと思います。それでも、私が甲板に出ると、黄いろい合羽の上に痛いような雨が斜めに降りそそぎ、海は煮えたぎっておりました。風は船首《ステム》から気が狂ったように吹きまくり、身体をくの字に折って、風にむかって頭をさげていないと、立っていることもできませんでした。

船体に響いていたのは、クルツが言ったように右舷の救命艇の吊綱滑車《フォール・ブロック》が波に叩かれて外れ、片吊《かたづ》りになったまま、船の動揺のたびに、舷側へ激しくぶつかっている音でした。

「こいつを吊りあげるのは無理だ」

フランソワが風のなかでそう叫ぶのが聞えました。救命艇を覆っていた覆布《ターポーリン》はとっくの昔に吹きとんでいて、支台から斜めに外れ落ちた白い艇尾が甲板から舷側へ、舷側から甲板へと、振りまわされていました。

フランソワとエリーが手斧《ちような》で、片吊りしている吊綱《フオール》を切りつづけました。波が何度も二人の身体を洗うように襲いかかり、私は、その度に息をのむ思いをしたのであります。

身もだえする海面は泡でほとんど真っ白に見えました。斜めに拡がる巨大な波の帯が、突然、まるで生命を持った動物のように、ぐんぐんと脹れあがり、一面の無数の泡や、亀裂や、波頭や、うねりを、眼よりも高く持ちあげていって、それをいきなり、中天から、舷側めがけて、一斉に投げつけてくるのでした。激しい雨が断続して甲板を走りぬけていました。風のごうごう唸る音は、波と波のぶつかる音、波が船にぶつかる音と一つになって、物狂おしい轟音《ごうおん》となって耳もとで鳴りつづけていました。

船はそれでも三人の水夫が必死で舵《ラダー》を風上にとりつづけていたので、横波をくらうのからは免れていました。左右の揺れはかなり大きかったのですが、船室《キヤビン》で感じるほど大きくはありませんでした。

空は灰色の雲が低く垂れていて、さらにその下に、黒く紫色を帯びた雲が、もの凄い勢いで走りぬけていました。

しばらくすると、救命艇の吊綱《フオール》が切られ、白い艇身は、軽いゴムボールか何かのように、二、三度、甲板の上を転がり、大きく弧を描いて、舷側から、波の上に落ちてゆきました。しかし私たちが救命艇を見たのはその一瞬だけで、次の瞬間には、もう別の波が盛りあがり、渦を巻いて、救命艇を呑みこみました。私が、再び波間に浮ぶ白い救命艇の艇身を見たとき、それはもう船から三十米も遠ざかっていました。

操舵当直にはフランソワとエリーが当ることになり、私はベルナールと並んで昇降口《ハッチ》を下りました。

そのとき、私は昇降口《ハッチ》の階段を下りた狭い廊下の隅に、黒人ケインが手にスパナを握ったまま、壁に倚《よ》りかかるようにして立っているのを見たのです。

「どうしたんだ、ケイン」

私は彼の手からスパナを取りました。かじかんでいたためか、私はケインの指を一本一本開いてゆかなければなりませんでした。さっき救命艇を切り落すとき、ケインは滑車《ブロック》をはめようとして、スパナを取りだしたに違いありません。しかし私は夢中になって救命艇を支えている綱《ロープ》をベルナールと一緒に引っ張っていたので、黒人ケインがどこにいたのか、記憶にまるで残っていませんでした。

「いいんだ。もう終ったから……」

ケインは手をのろのろ動かしてそう言いました。廊下の隅には暗い電気が一つついていただけだったので、外の明るさに慣れた眼には、ほとんど暗闇に近く感じられました。

私はスパナを摑みましたが、変にぬるぬるするとは感じたものの、それはケインの手の汗だと思って気にもとめず、道具箱を開けて、そこへ投げこんでおきました。

「もうすこし船首《ステム》から（えーむ）油を流したらどうだろうか」

ベルナールが私に近づいてきて訊ねました。

「でも、現在の状態じゃプーピングの心配はなさそうじゃないか。さっき海錨《シーアンカー》を流しているケーブルは確認しておいた。あれは大丈夫だ」

プーピングとは激浪が後甲板を襲うことですが、もちろんこれで最も恐しいのは、人命が失われることとともに、操舵《そうだ》装置が破壊されることでした。万一そんなことにでもなれば、船は横腹《ウエール》をまともに波にさらすことになり、一挙に横倒し《ビームエンド》になる可能性も強くなるわけです。舵《ラダー》は、帆なし《ベア・ポール》の状態では、唯一の武器だったのです。

「しかし相当船尾《スターン》が（えーむ）波に持ちあげられている。舵《かじ》効果がまったくなくなっているんだ。救命艇《てい》をやられたのも（えーむ）そんなとき、船首《ステム》がふれて、横波をくったんじゃないかと思うんだ。とにかく（えーむ）油を流しつづけたほうがいいんじゃないか、と思うね。クルツもさっき油を流してみて効果があると言っていたし……」

私はベルナールの言葉に従いました。サトヤム老人が汲《く》みだす油を幾つか孔をあけた四角い緑の罐に入れ、それを船首《ステム》に固定して、そこから波の上に点々と落してゆくのです。ナタリーやマリアやモニクが昇降口《ハッチ》の下まで運んでくる油容器を私とベルナールとが持ちあげて、それを緑の罐の中にそそぎ入れました。

罐の孔から点々と油が落ちてゆくと、油膜が一瞬のうちに青銀色に拡がり、赤や黄や緑の雲形の縞模様で揺れながら、一種平坦なうねりに変ります。しかしそれもすぐ、のしかかってくる別の激浪に押しのけられ、水面に浮ぶ銀色の薄い光の絨毯となって遠ざかってゆきます。すると、次の瞬間には緑の罐から滴り落ちた油が、波の上に新たな油膜を拡げ、こうして波と油膜との果しない戦いがつづいてゆくのでした。

「君、どこで怪我をしたんだ？（えーむ）血だらけじゃないか」

ベルナールが私の手を見て叫びました。見ると、右手にべっとり血がついているのでした。

私は手に触ってみました。怪我をしている様子はありません。

「大丈夫なようだよ。痛みはまったくないんだ」

私は手を甲板の板になすりつけて血を拭いながら言いました。

「どこかで（えーむ）つけてきたんだな」ベルナールはごうごう吹きつける風に合羽のフードを後に飛ばされ、髪をくしゃくしゃに乱して叫びました。「誰かが怪我をしたに違いない」

フランソワとエリーは黄いろい合羽をかぶり舵輪《ステヤリング・ホイール》にかじりついていました。船は波に乗りあげ、船首《ステム》を高くそらし、それから一挙に波の谷底めがけて突っ込んでゆき、波の壁を突きぬけてゆくのでした。波の壁は船首《ステム》から滝になって崩れ落ち、前甲板から奔流が泡を飛ばして私たちの足を洗って走りぬけました。横波が舷側を越えて甲板へ雪崩《なだ》れこむこともしばしばでした。

帆を失った前檣《フオアマスト》と主檣《メインマスト》が前後左右に揺れ動き、途中で切れた支索《ステイ》が風のなかで糸のように舞い狂っておりました。

私たちはフランソワからとめられるまで油を流しつづけていました。しかし効力がはっきり現われないのと、操舵当直の体力を温存させておく目的とで、ベルナールと私は昇降口《ハッチ》を降りました。

裁判長殿、ならびに陪審員の皆さん。

私がそのとき突然、ついさっき黒人ケインからスパナを受けとったことを思いだしたのは、まったくの偶然とはいえ、やはりそこに何か摂理のようなものを感じざるを得ないのであります。私は、半信半疑の気持で、さっきスパナをしまった道具箱の蓋を開けました。

やはり予想したとおりでした。道具箱の中に置かれたスパナには血がべっとり付いていました。私がケインの手の汗だと思ったのは、この血だったのです。私は一瞬、戸惑いましたが、すぐベルナールの部屋《キャビン》にスパナを持ってゆきました。

「このせいだったんだ」私は手すり《ハンドレール》にすがりつくようにして立ちながら、血まみれのスパナをベルナールに示しました。「ケインが持っていたんだ。ぼくが受けとって、道具箱にしまったんだがね」

ベルナールの髪は逆立っているように見えました。金褐色の髯に囲まれた顔が、みるみる真《ま》っ蒼《さお》になってゆくのに気がつきました。灰青色の眼は、いまにも飛び出しそうに、大きく見開かれておりました。

「君、まさか（えーむ）ケインが……」

ベルナールは唇をふるわせて、そうつぶやきました。その瞬間、がくん――がくん――という衝撃とともに、船体が左に傾き、ベルナールはベッドの端から、前のめりに投げ出されました。私は壁に押しつけられ、手足が吸いついたように動きませんでした。ベルナールは膝《ひざ》をすりむいただけで、大した怪我はありませんでした。

彼は片手で机の端に摑まりながら、のろのろと立ち上がると、もう一度、私と血まみれのスパナを半々に見つめ、問いかけるような眼をしました。

「とにかく調べてみよう」私は身体がいやな予感でぶるぶる震えるような気がしました。「とにかく、ケインが怪我をしているかもしれないから」

私はベルナールと廊下の両側の個室《キャビン》を見てゆきました。どの部屋《キャビン》も寝具は片づき、戸棚の鍵はかけられ、テーブルの上にも何一つのっていませんでした。

ターナーの部屋《キャビン》にもケインの部屋《キャビン》にも誰も見当りませんでした。水夫部屋で三人の水夫が折重なるようにして眠りこけていました。肥ったギイの右腕がベッドの外に垂れていて、その腕に彫った錨《いかり》の刺青《いれずみ》が妙になまなましい感じでした。

ちょうど水夫たちの部屋《キャビン》から戻って、船尾《スターン》に近い食堂兼図書室へ行こうとすると、例の、サトヤム老人の隣りの小部屋からナタリーが金髪をふり乱して出てくるのに会いました。

「何をしているんだね？（えーむ）こんなところで」

ベルナールは口をあけたまま、しばらくナタリーのほうを見ていました。

「紀行文の叢書《そうしょ》が見つかったのよ。その残りがここにあるかもしれないというので、見にきたのよ」

ナタリーはぐったりした様子で手すり《ハンドレール》を摑んでいました。額には汗が噴きあがって、眉の下の、窪《くぼ》んだ、青い眼のまわりが黒ずんで皺《しわ》が細かく寄っているように見えました。

「叢書はどこで見つかったんだい？」

私が訊ねました。

「それが、驚いたことには、機関室の天井の裏の網棚になったところに並べてあったんですって」

「よく見つけたね」

「サトヤムが見つけたのよ、もちろん」ナタリーは青い、宝石のような眼で、私を見返しました。「ディーゼル機関はこわれているから、もうあそこへ入りこむ人などいないわけでしょう。それで、あそこへ隠したんだと思うわ」

「ターナーの奴め」私は歯ぎしりをして言いました。「きっと、奴がディーゼル機関をこわしたのかもしれないな。紀行文叢書の隠し場所をつくるんでね。巧妙な計画だな。いや、巧妙すぎると思うな。君はどう思う？」

「とにかく、食堂へターナー君を（えーむ）呼んできてくれ給え」ベルナールは両足を踏んばって船が傾くのに平衡をとっておりました。「そこで、さっきのことをはっきりさせよう。サトヤム老人にも（えーむ）すぐ来るように言い給え。上の二人も（えーむ）呼ばなければならないな」

「さ、どうだろうか」私は水夫部屋のほうを顎で指しながら言いました。「あの三人は朝からずっと操舵当直に立っていたんだ。まだ寝かしておかないと、これから先、交替を頼むわけにゆかないぜ」

「それは（えーむ）その通りだ」ベルナールは金褐色の髯面を少し俯《うつむ》けるようにして言いました。「こちらのほうは（えーむ）では、クルッとぼくとで立ち会って調べよう。君はとりあえず（えーむ）ケインが怪我していないかどうか、見てきてくれ給え」

「ナタリー、君はケインを見なかったかい？」

私は金髪を掻きあげていたナタリーにそう訊ねました。

「さあ、気がつかなかったわ。甲板じゃなかったの？」

「いや、上にはいないのさ」

私は血まみれのスパナを持って船のなかをあちこち捜して廻りましたが、黒人ケインどころか、ターナーも見当らないのであります。

裁判長殿、ならびに陪審員の皆さん。

私が前に申しました嫌な予感が、この頃から急に濃くなってきたのでした。船のなかはもう一昼夜ちかく密閉状態でしたから、空気も汚れ、暑く、むしむしして、手すり《ハンドレール》も壁もべとついておりました。おまけに電圧のさがった室内燈が赤茶けてぼんやりついているだけで、まるで囚人船のような感じでした。船首《ステム》のがらんとした部屋《キャビン》や倉庫《ホールド》を見てまわっていると、すさまじい波の衝撃や、ぎしぎし船体の軋る音のために、まるで滝壺にでも坐らされたような感じでした。天井や壁がいまにも突き破られ、どっと海水が流れこんでくるような気までして、膝ががくがく震えました。

私が食堂に入ってゆくと、テーブルを囲んで、何人かの黒い影が茫然とした様子で立っているのが見えました。その背後から私がのぞきこむと、テーブルには間違いなく、いつかモニクと見た革装の北アフリカの地誌、紀行文の叢書が並んでいるのでした。ただあのときと違っていたのは、前には本のまん中が刳《く》りぬかれ空虚《から》のままでしたが、こんどは、その一冊に三匹、ないし四匹の熱帯蝶が、見事に標本用台紙にパラフィン紙をかけられて、重ねてしまわれていることでした。

　私は熱帯蝶のことはよく知りません。しかしそのときサトヤム老人が叢書を開くたびに、その刳りぬいた凹みから出てくる蝶の美しさには眼を見張ったものでした。

　いまでもその何匹かは、ありありと眼に残っております。たとえばサトヤム老人が震える手で持っていた一匹は、黒いあげは蝶でしたが、もちろん私などがふだん見る黒あげはとは、形も色もまるで違うのです。大きさは、まず私の見ていたものの倍はあったでしょうか。前翅《ぜんし》を大きく拡げた感じでは十五糎《センチ》から二十糎近くもあったような気がします。色も、黒の部分よりは青緑色のきらきらした鱗粉《りんぷん》状に輝いた部分が多く、黒い翅脈が、まるで焼絵硝子《ステンド・グラス》窓の粗網状の筋目のようにその青緑を際立てているのでした。

　別の一匹は何とも言えぬ濃い美しい緑のなかに細かい黒い網目が散っていて、ちょうどマネの絵に出てくる女が黒いショールを頭からかぶっているように、かすかに赤褐色の気配のうかがえる黒い木の葉状の帯模様が、まっすぐ両手を拡げるような形で前翅の先へのびておりました。その鮮かな明るい緑の中には、森の木洩れ日のように、黒い斑点《はんてん》にまじって、濃い橙色の斑点が散っているのです。いったいどんな意匠家がこんな見事な、瀟洒《しょうしゃ》な図案を考えることができたのでしょうか。

もう一匹いまも忘れられないのは、ただ単純に黒い地に、後翅だけ白扇を拡げたような粋《いき》な渋い模様を持った、大柄の蝶でした。身体も後半が、後翅の白とお揃いに、やはり白くなっていて、その白と黒の兼ね合いが、まるで江戸の頃の（これは今から二百五十年も前のことですが）日本の有名な画家の底光りのするような、沈鬱な華麗さとでもいうべき感じを思わせるのでした。

私がそうやってぼんやり突っ立っていると、テーブルの向う側にいたマリア・カザローネが私を見て叫びました。

「あなた、いったいどうしたの？　人でも殺してきたの？　そんな血まみれのスパナを持って……」

私ははっとして顔をあげました。そしてそこにいたベルナールと思わず顔を見合わせたのでした。

「さっきこれをケインが持っていたんだ。いましがた、これが血だらけなのに気がついて、奴さん、怪我をしてるんじゃないかと思って捜し廻っているところさ」

「ケインを捜しているの？」

「ああ、怪我でもしていると大変だからね」

「とんでもないわ。ぴんぴんしていたわ。もっとも何だか、眼がぎらぎら光って、熱があるみたいだったけど……」

「で、ケインはいまどこにいるの？」

「部屋《キャビン》にいなかった？」マリアが顔をあげたまま言いました。

「ああ、個室《キャビン》も船首《ステム》の倉庫《ホールド》も司厨《しちゅう》室も見たけれど、誰もいなかった」

「じゃ、下の倉庫《ホールド》かしら？」

「下の倉庫《ホールド》？」私が鸚鵡《おうむ》返《がえ》しに言いました。

「ええ、機関室に入る手前の……」マリアが眉をひそめて言いました。

「なんでそんなところに？」私は追いかけるように訊きました。

「なんでだか、私はよく知らないけれど、あそこに、私に見せるものがあるから、来るように、って言われたのよ」マリアは肩をすくめて見せました。

「ケインがそう言ったのか？」私はケインとフランソワの対話を突然思いだして、叫びました。

「ええ、そうよ」マリアは私の剣幕に驚いたような表情をしました。

「フランソワのことは言わなかった？」

「何だか言ってたわ。フランソワが機関室に忘れたもので、私に渡したい何かがあるんですって。私ね、こんな暴風雨の最中に、何もすぐ取りにゆくことはないでしょ、と言ってやったのよ」

「で、ケインは？」

「すぐ来るように、って言い張ったの」

「君はゆかなかったわけだね」

「もちろんよ。でも、スウォンがいってくれているわ」

「スウォンが君のかわりに？」

「ええ、いってあげるって言ったから」

「いつだい？」

「十五分ぐらい前……」

私は何か鋭い鉤《かぎ》状の爪で喉をいきなり摑まれたような感じがしました。

「ベルナール、ちょっと外へ出てくれないか」

私はそう叫ぶと、食堂の外へベルナールを連れだしました。そして前にケインがフランソワに言っていた話——つまり、ターナーの婚約者《フィアンセ》としてのマリア・カザローネを犯すと言っていたケインの目論見を、ベルナールに掻いつまんで話したのであります。

「まさか、と思うがね」私は付け加えて言いました。「このスパナは、マリアがいま何気なく言ったように、ケインがターナーを殺っちまった兇器じゃないかって気がするんだ。なんだか、だんだんそんな気がしてくる。さっきからターナーの姿も見えないしね。もっとも二人とも、どこか隅に引っこんでいるのかもしれない。ターナーは熱帯蝶が見つかったことを知って、しばらく身を隠しているのかもしれないが、こんな船のなかだし、逃げるにしたって、少々変だと思わないかね。妙な口実でマリアを誘いだしたのも、ケインはターナーに復讐するためじゃないだろうか」

ベルナールは手すり《ハンドレール》にかじりつきながら、しばらく足を踏ん張って、考えこんでいました。眉と眉の間の皺が深く刻まれているのがわかりました。波のごうごういう音のなかに船が頭からのめりこんでそのまま海の底に沈んでゆくような感じでした。

「しかし（えーむ）何だって……何だって……スウォンは（えーむ）マリアのかわりに……出かけたんだろう……？」

ベルナールは不安そうな眼を私に向けました。

「ひょっとしたら――まさかと思うが――スウォンはこのことを知っているんじゃないだろうか？」

私は不安の念が胸に重くのしかかってくるのを感じて、ふっと、溜息をつくようにそう言いました。

「このことって?」

暗い電燈のかげになっているベルナールの顔は、頬と鼻の先が光っているだけで、眼も髯も黒ずんでいてよく見えませんでした。

「このことって、つまり、ケインがマリアを犯そうとしていること、さ」

「じゃ、なんで(えーむ)出かけたんだ?」

「だから——彼女は——ケインに——犯されに——出かけたんだ——身がわりに」

「なぜスウォンが(えーむ)そんなことをする必要が(えーむ)あるんだ?」

「よくわからない。でも、ぼくはスウォンがケインを救おうとして、身がわりになったんじゃないか——そんな気がする」

私たちは、どちらからともなく、廊下を手すり《ハンドレール》を伝って歩きだしていました。

「どうしてそのことが(えーむ)ケインを救うことになるんだ?」

ベルナールの声はふるえていました。

「おそらくスウォンは、ケインが善意からこの復讐をやろうとしていることを知っているんだ」私は歩きながら胸をかすめた推測を口にしました。「ケインはフランソワを熱狂的に尊敬しているのだ。だから、マリアを犯そうというのも、ひたすらフランソワを崇拝するあまりのことだ。しかし一切が明らかとなった現在、マリアはフランソワの正真正銘の恋人になった。ただケインの頭のなかにできあがった図式は、だからといって、すぐ変えることができないんだ。そこでケインはターナーの婚約者《フイアンセ》としてのマリアを犯そうとするんだ。ケインにとっては〈殺す〉ことと〈犯す〉ことによって、はじめて彼の信仰する権威が無傷のまま、光を回復するんだ。だから、ケインはきっとターナーを殺《や》ったにちがいない。そしてマリアをも〈犯す〉んだ。だがね、もしマリアを〈犯す〉と、ケインの善意は、突然、フランソワの恋人を瀆《けが》すことになり、悪意へと転落する。だから、ケインの精神的儀式としての〈犯す〉ことを彼に許しながら、同時に悪意にそれが転落することを防ぐには、彼女がマリアを装い、ケインにマリアと思わせて〈犯させる〉以外に方法はないんだ」

「いけない」ベルナールは呻きました。「ケイン、そんなことは許されないんだ……」

私はそのときベルナールが早口に言ったことを最後まで聞きとれませんでした。

私たちは船底《ボトム》の倉庫《ホールド》に降りる垂直階段の上の艙口《ハッチ》まで来ていました。私たちは艙口《ハッチ》を開き、懐中電燈《トーチ》を照らしながら叫びました。

「ケイン、どこにいるんだ?」

私はベルナールのあとから階段をずり落ちるようにして降りてゆきました。

そこは波の音が工場の騒音のように鳴りひびく途方もない共鳴箱の中なのでした。ごうごういう音、がくん——がくん——がくんと段をつけてぶつかってくる衝撃、水圧に耐えかねた船腹《ウエール》の不気味な軋み、空気が水に吸われるごぼごぼいう音、うわーん、うわーんと反響する音が、気が違ったように渦を巻いていて、私がベルナールに叫ぶ言葉も、ベルナールが私に言う言葉も、まるで聞えないのでした。

私は懐中電燈《トーチ》の光の輪を倉庫《ホールド》の隅々まで向けましたが、浸水が、膝のあたりまで、ざあざあと音をたてて左右に流れ騒ぐ、がらんとした空間には何一つ残っているものがなかったのでした。運び忘れた野菜の木箱が一つ、その泥水のような海水の上に浮いているだけだったのです。

私はベルナールとともに機関室の扉を開けました。そこは床から一米ほどの高さで鋼鉄網の狭い歩廊状の足場がめぐらしてあって、ディーゼル機関の点検修理に便利なように設備されておりました。鋼鉄製の梯子《はしご》とか、棚とか、天井にある鋼鉄網とかが、それぞれ機関室の機能に応じて、細かく設計されていて、木材や、麻綱や、カンヴァス・セールなどに見慣れた眼には、機関室の油の臭いや、重い硬質な金属の構造感はひどく異質な印象を与えました。

本来なら、この激浪のなかでフル回転しているはずの機関は、黒い鉄塊に戻って、ごうごうと荒れ狂う怒濤《どとう》に包まれて、冷たく沈黙していました。

私は小さな垂直階段をのぼって、網状になった狭い歩廊に立ち、懐中電燈《トーチ》を前へ向けました。

私はベルナールがあげた叫びを聞いたように思いましたが、あの轟音のなかでは、そんな気がしただけであったのかもしれません。

光の輪のなかに、何か黒ずんだ塊りが見えました。私が最初見たのは、くの字に曲げられた足でした。それから歩廊の上に倒れているケインの身体と、横坐りになり、背を後の手すり《ハンドレール》に凭《もた》せかけているスウォンの姿が眼に入りました。

最初の印象では、春の野にピクニックに出かけた若い男女が、食事のあと、物憂い幸福な思いに満たされていたら、こんな恰好をするだろうか、といったような具合に見えました。黒人ケインは眼をつぶって、身体を前にこごませるようにして、頭をスウォンの膝にのせていました。スウォンも眼をつぶり、頭をそらせるようにしていました。黒い長い髪が解けて肩の先まで届いていて、ひどく老けた感じの女に見えました。

私はすぐスウォンの閉じた眼から涙が溢れているのに気がつきました。彼女の胸もとは明らかに、無理に引き裂かれたあとを示していましたが、スウォンの姿から受ける感じは、暴行などがあったという暗い残忍なものではなく、いつもの東洋風の、甘い香りを放つ繊細な花弁に似た優雅な雰囲気が漂っておりました。髪が解けていたので、いつもより、落着いた、母性的な感じが濃かったことは事実でした。

「スウォン、大丈夫かい?」

私は二人を光の輪で捉えながら叫びました。スウォンはかすかに首を縦に振りました。

「ケインはどうしたの？」

スウォンはこんどはかすかに首を横に振りました。私は驚いて膝をつくと、ケインの肩を揺すぶりました。

「ケイン、どうしたんだ？　しっかりするんだ」

しかしその身体は私の手に何の反応も伝えてきませんでした。それどころか、その首はスウォンの膝からずり落ちると、がっくりと鋼鉄網の床に転がったのでした。

スウォンの膝は夥しい血で真っ赤でした。ケインの右の顳顬《こめかみ》に拳銃で撃った孔が開いていて、血はそこからなお幾すじもの縞をつくって溢れていたのでした。

裁判長殿、ならびに陪審員の皆さん。

ベルナールも私もこの突然の出来事をどう理解していいかわかりませんでした。いいえ、一切が過ぎさった今になっても、それは本当は何であったのか、なお、よくわかりかねるのであります。

私たちは、ケインの屍体を食堂に運び、当直のフランソワとエリーを呼んで、全員集会を開いたとき（もちろんターナーの姿はとうとうそれっきり永遠に見ることができなかったわけですが）スウォン・スワナから黒人ケインが自殺するまでの一部始終を聞いたのであります。

彼女の言葉によれば、やはり私が推測した通り、彼女はマリア・カザローネのガウンを頭からかぶって、指定された場所まで出かけたというのでした。

「どうか信じて頂きたいんですが、私は、ケインをからかおうなどという気持は露ほども持っていませんでした。いいえ、それどころか、私は、ケインの善意を救う道は、これしかないと考えたんです。はじめケインは私をマリアと信じ込んでいたようでした。私はケインが私の胸をやぶき、前を引き裂いたのを憶えています。でも、あんな大決心にもかかわらず、私はほとんど気を失いかけていました。ただ顔だけは見られたくもなかったし、万一、見られたら、死んだほうがましだったでしょう。私はマリアのガウンを頭からかぶって、ケインがそれを取ろうとするのを必死で拒みました。私は顔は見てくれるな、と小声で言いました。声が曇っていたので、ケインはあくまでマリアと信じていたようでした。でも、私の肌は東洋人の肌で、マリアの肌はイタリア人の肌です。ケインは私の胸を露にしたとき、それに気がついたようでした。それからは、私がどんなにガウンにしがみつこうと、向うも必死になってそれを剝ぎ取ろうとします。そして最後に力つきて、私はガウンをはぎとられました。一瞬、ケインは茫然として私を見つめていました。『何ということだ、君はスウォンじゃないか。これはどうしたっていうんだ?』ケインはそう叫んで、頭を掻きむしるような恰好をしました。『どうしてガウンを取ったりなんかするんです?』私は胸に手を当てて言いました。『君はマリアではないじゃないか? ぼくはただ肉慾に駆られて女を犯すんじゃない。ターナーの女を犯し、潰すことが必要なんだ』『だってターナーの女などもう地上にはいないじゃありませんか』『いや、マリアはターナーの女だった。その女は潰されなければならないんだ』『マリアはフランソワの恋人よ。それなのに、なぜターナーの女なの?』『現実はどうであれ〈ターナーの女〉という映像が潰される必要があるんだ』『それじゃ〈ターナーの女〉という絵を潰せばいいわけじゃないの』『いや、マリアがそれを担っている以上、マリアがそれを引き受けなければならないんだ』『いいえ、あなたにとって〈ターナーの女〉と信じられれば、それはマリアであっても、私であっても、いいわけじゃありませんか。いまも、あなたはマリアが〈ターナーの女〉だったから、マリアを犯すので、現実のマリアは問題ではないと言ったわ。犯されるのは〈ターナーの女〉のほうで、現実のマリアじゃない。もしそうだったら、それはスウォンだっていいわけよ。スウォンという姿が現われたら、あなたの中の〈ターナーの女〉が消えるんだったら、あくまで私をガウンに包んで、マリアとして——それも現実のマリアではなく〈ターナーの女〉として犯すべきだったんだわ。なぜ私からガウンをとったの? なぜ〈ターナーの女〉を自分で消し去るようなことをするの?』ケインはながいこと私を見つめていました。それは本当にながいことでした。『スウォン、君は、ぼくが〈ターナーの女〉のような影絵を、この世の現実と思いこんで行動していたと思っているのかい』ケインは突然そう訊ねました。『そうは思わないわ。でも、あなたが〈ターナーの女〉を犯そうと思うことは善であっても、現実のマリアを犯すことは悪になるわ。そんなとき、架空の〈ターナーの女〉を実在だと信じさせることは、あなたに対する真面目な、真剣な行為《はたらき》だと思うわ』『じゃ、ぼくはターナーを叩き殺して海に投げこんだが、あれは〈ターナー〉という架空の影絵を叩き殺したんだろうか。〈ターナー〉を殺すことは善だが、現実のターナーを殺すことは悪になる、ということもあるんだろうか』『ケイン、私にはそんなこと、わからないわ。ベルナールかフランソワに訊かなくちゃいけないわ。あの二人なら、しっかりした答えを与えてくれるわ』『いや、スウォン、ぼくはフランソワに教わったんだよ。ぼくらが働きかけるのは影絵のほうじゃなく、現実に対してだってことをね。君はいま〈ターナーの女〉を実在にすることは真剣な行為だと言ったね。それを君はぼくのために無償の気持でやってくれた。しかしそれだって、君のほうは、ぼくが〈ターナーの女〉と信じているものが、本当はそうじゃないってことを知っていたわけだ。としたら、もし全知の神がいて、ぼくが殺した〈ターナー〉が本当は〈ターナー〉なんかではなく、〈他のターナー〉だった、ということを知っていたら、ぼくはどうすればいいだろう？　ぼくはただ〈ターナー〉と信じたものを殺したにすぎないんだろうか？　スウォン、ぼくは頭が割れるように痛むよ。でも、もう少し喋らせてくれ。かりに、だよ、ぼくが〈ターナーの女〉と信じたのがスウォンだったように、〈ターナー〉と信じたのが〈他のターナー〉だったら、ぼくは、ただ善と思って、悪しか果さなかったことになる。ね、スウォン、そんなはずはない。そんなことはあってはならない。絶対に、だ。スウォン、ぼくは頭が割れるように痛い。でも、考えなくちゃいけない。ぼくは〈ターナー〉を殺した。〈ターナー〉は罰せられるべき男だからだ。だから、ぼくの殺した〈ターナー〉は、まさしく〈ターナー〉であって、〈他のターナー〉なんかであり得ないことを、スウォン、ぼくは証明しなければならないんだよ。そうだ、ぼくは頭が痛むけれど、証明しなければならない。ぼくがこれと信じたものはこれ、あれと信じたものはあれ、でなければならないんだ。ぼくは、スウォン、いま、全知の神の前でも、それが正しいことを証明するよ。つまり、ぼくが〈ぼく〉と信じたものは〈ぼく〉なんだってことによってね。〈ぼく〉は〈他のぼく〉なんかではない。もし〈ぼく〉が〈ぼく〉であって、〈他のぼく〉なんか存在しないと証明できれば、ぼくが信じたこれはこれ、あれはあれ、であり、〈ターナー〉は〈ターナー〉なんだ。そしてぼくの善と信じたことは、あくまで善なんだ。ね、スウォン、ぼくは頭が割れそうだよ。でも、いま〈ぼく〉が〈ぼく〉であることを証明するよ。それがすべての善の始まりだからね』私はそのときまだケインが何をするつもりか、まったく見当もつきませんでした。『スウォン、ぼくはいまから〈ぼく〉が〈ぼく〉であることを証明してみせるよ。いいかい。それがこの世の善の始まりだからだ。ぼくが信じた〈ぼく〉は〈ぼく〉の上でも下でもない。いや〈ぼく〉は〈ぼく〉そのものなんだ』ケインは立ち上がると、柵《さく》に手をかけて、しばらく後向きになっていました。こちらを振り向いたとき、ケインの手に拳銃がありました。私は『ケイン、やめて。そんなこと、ばかげているわ』と叫びました。でもケインはかすかに笑って言いました。『スウォン、君に善意があるなら、いま、善が始まろうとするのを、君はとめたりできないはずだよ。いいかい。ぼくが信じた〈ぼく〉はここにいる。これが〈ぼく〉だ。この〈ぼく〉に、いま、ぼくは死滅を命じる。〈ぼく〉が死んで、その〈他のぼく〉が存在しなかったら、〈ぼく〉はまさしく〈ぼく〉だったわけだ。さ、これからそれを証明する。〈ぼく〉は〈ぼく〉だったのか、それとも〈他のぼく〉であったのか』それはあっという間の出来事でした。ケインは顳顬に拳銃をあて、引き金をひきました。音は重く反響しましたが、波の音にすぐ消されてしまいました」

私たちはほとんど声もなくスウォンの話を聞いていました。ナタリーはテーブルの上に突っ伏して泣いていました。ぐったりした、肥り気味の肩がときどき嗚咽で痙攣《けいれん》するのがわかりました。

「どうか、乗組仲間《クルー》諸君（えーむ）聞いてくれ給え」ベルナールが髯面のなかで何度も口をあけたり閉じたりした揚句、ようやく喋りだしました。「ぼくは、この大航海のさなかに（えーむ）このような沈痛な出来事にぶつかろうとは思わなかった。しかし（えーむ）いまは、その一切を打ち切ろう。そして甲板や無電室や排水ポンプ室に戻って、（えーむ）この颶風を乗りきるんだ。フィジーの気象台の発表では（えーむ）午後おそくには、この海域から颶風が立ち去るだろうと言っている。あと（えーむ）六、七時間の頑張りだ。さ、ぼくらは、内と外の困難に出会った現在《いま》（えーむ）〈大いなる眞晝《グローセル・ミッターク》〉の下に立っているのかもしれないんだ」

　私はすぐ上甲板に出てゆきました。もうこれ以上、薄暗い食堂にとどまっていることはできなかったからです。それにベルナールが言った言葉が、いかにも身に沁みて感じられました。といいますのも、私が〈眞晝の鷲《わし》の飛翔《ひしよう》〉を求めて航海していたのは、何も、どこか遠くの青空を求めているのではなく、現にいま、自分の前を刻々に溢れ流れている時間《とき》の意味を変えることであるのが、何故か、鋭く、幕を切り裂くようにして直覚されたからでした。

　私は左右によろめきながら、昇降口《ハッチ》まで駆けてゆくと、黄いろい合羽《かっぱ》を着て、垂直階段をよじのぼりました。

　上甲板は前よりも波をかぶっていました。風が刻々にまわるのに、操舵が効果的にできず、横波を強く受けるためでした。黒ずんだ雲が泡立つ雪原のような海の上を走りつづけていました。雨は降ったり、やんだりしました。降りだすと、あたりが灰色に霞《かす》んで、天が私たちを威嚇しているような、すさまじい息苦しさで海面を包みこむのでした。

　無数の波が湧きたち、盛り上がり、渦を巻き、崩れ落ちていました。もはや波というより、何か別種の、途方もない、巨大な獣たちの群のような感じでした。舷側の向うに盛り上がる波の壁は、無数の泡の筋と、風の皺を刻んだ、ねばっこい脇腹を、眼よりも高く引きのばし、のびきったところで、白い波がしらを砕きながら、一挙に、舷側を目がけて、垂直に雪崩れてくるのでした。

一つの波の壁が過ぎると、すぐ次の波が、大きくうねりながら、胸の奥が冷たくなるような巨大な脹らみとなって、船に襲いかかるのでした。

私は一時舵輪《ステヤリング・ホイール》を握っていた水夫マルセルとギイを交替させ、ベルナールと操舵当直に立ちました。風の方向を示すための布切れが支索《ステイ》に縛ってありましたが、それはまるで奔流を遡ってゆく魚のように、水平に、ひたすらに、はたはたと風に吹き流されておりました。

「凄《すご》いけれども、これが本当の航海だって気がするね」私は舵輪《ステヤリング・ホイール》に波の揺れ動く圧力を感じながら、風のほうを見てそう言いました。口をあくと、もの凄い向い風なので、息苦しいような感じでした。「君がさっき言った言葉が忘れられない。困難に会っている現在《いま》、〈大いなる眞晝《グローセル・ミッターク》〉に出会っているという考えには、ぼくも賛成だな。ぼくは、なぜだか、今この瞬間しかない、という実感がある。あんな不幸な事件があった直後なのに、ぼくは、今この瞬間が、あまり充たされているので叫びだしそうな気持だよ」

私の気持には誇張はなかったと思います。私は予備舵取り滑車《レリービング・テークル》を取りつけた舵輪《ステヤリング・ホイール》にかじりつきながら、本当にそう思っていたのです。

「ぼくもね（えーむ）まったく同じ気持なんだ」ベルナールは時どき金褐色の髯にかかる波を

手で拭いながら、前を向いたまま言いました。「一方でターナーやケインの死んだことを考えると（えーむ）どんなに声をあげて泣いても足りないほど悲しいくせに、もう一方では、そんな自分と別のところで（えーむ）新しい力が漲《みなぎ》っているのを感じるんだ。きっと両方とも本当なんだろう」

「同感だね」私は痛いように叩きつけてくる波しぶきから、顔をそらせて言いました。「ぼくは不思議とターナーのことも憎めない。なぜだろう?」

「おそらく彼は（えーむ）生きることのために生きた人間だからだろう」ベルナールは風のほうを睨んで言いました。「ターナーには反省などというものはなかった。彼は（えーむ）まるで走るために走っている人のように生きていた。昔からそうだった。生きるためなら（えーむ）彼は何でもやった。この〈生きる〉というのが、ターナーの〈善〉だった。ぼくは（えーむ）本当は彼の、この純粋な野獣のような〈生きる〉に魅了された時期が（えーむ）あったんだ。彼はロンドンのひどい貧民街に生れた。子供のとき（えーむ）彼は裸足《はだし》で暮したと言っていた。だが、ターナーは（えーむ）〈生きる〉ことが、他のあらゆることに較べて、絶対的に〈善〉だと信じていた。それは（えーむ）裸足の子供が自分の感覚を通して摑んだ哲学だった。彼は靴磨きをやり、新聞配達をやり、給仕をやり、店員をやり、外交販売をやり（えーむ）その他あらゆる雑役をやったが、どんなときにも（えーむ）胸を張っていた。誰も彼をけなすことも、軽蔑《けいべつ》することもできなかった。〈生きる〉ことは、たとえ何をしようと（えーむ）彼にとって最高の〈善〉だったからだ。ぼくは彼に会ったとき、この、悪びれたところのない、不敵な（えーむ）面魂《つらだましい》に惹かれたんだ。ぼくは、インドの瓢箪《ひょうたん》の棚の多い村で、ターナーに、〈生きる〉ことは、それだけで〈誇るに足ること〉だと話したんだ。人間が何の職業であり（えーむ）どんな状態であるかはぼくらには問題じゃなくて、問題は〈生きる〉ことに熱中しているか、どうか、だ、とぼくは話したんだ」

〈大いなる眞晝《グローセル・ミッターク》〉号は波の壁に船首《ステム》を突っ込んでいったので、前甲板は飛びはねる奔流に覆われ、その波しぶきが後甲板まで流れてきました。耳もとで鳴る風の唸りと、波のごうごう吼えたける音のために、ベルナールの声は、時どき聞えないこともありましたが、彼はそんなことにお構いなく、自分の前を見つめて喋りつづけました。

「ぼくは（えーむ）ターナーの〈生きる〉が刻々に善悪を越えてゆくのを見て、まるで（えーむ）フランケンシュタインを前にしているような気持になった。例の殺人もそのあとで（えーむ）起ったんだ。しかしターナーの〈生きる〉には、何か純粋な、無動機な、ひたすらなところがあった。ぼくは（えーむ）〈生きる〉ことが絶対的に〈善〉であるなら、それは当然、善悪を越えてゆくはずだと思った。ターナーは（えーむ）いわばぼくの考えの必然的な結果だった。〈生きる〉ことを絶対の〈善〉とすれば（えーむ）ターナー的な怪物が生れてくる――ぼくはこの航海のあいだ、ずっとそのことを考えつづけたんだ」

私はベルナールが髯面のなかで大きく眼を見開くのを見ていました。船は波の谷間に入り、左右に揺れ、また波の山に乗りあげてゆきました。風が主檣《メインマスト》にごうごうと鳴りつづけました。

「ぼくがパリでケインに会ったとき（えーむ）彼は極端な菜食主義者だった。彼は（えーむ）この大地に近いものとだけ関係を結び、他の一切を切りすてるのが〈善〉だと信じていた。彼にとって〈よきもの〉とは（えーむ）大気と、水と、火と、土だった。それ以外は、すべてこれらの結合であり、二次的、三次的な、複雑化したものに（えーむ）すぎないと言っていた。ケインはこの単純な〈よきもの〉だけで生きようと（えーむ）考えていたのだ。ケインは大気、水、火、土以外の〈この世〉は拒んで受け入れなかった。ただそれらの一次的な、単純な組合わせとして考えられるもの（えーむ）たとえば野菜のようなものを、受け入れていた。ケインの世界は（えーむ）ひどく狭かった。まるで小さな小屋のようだったが、しかし（えーむ）それは〈善〉だけで出来あがっている小屋だった。そのうちぼくはターナーの善悪を越えた世界からケインの〈善〉だけの世界に自分が投げ返されるのを感じた。ぼく自身、しばらくケインのように菜食主義者で（えーむ）いた時期があるんだ」

私はベルナールの話を聞きながら、このターナーとケインの間で起った事件は、ベルナールのなかの二つの極が、一瞬に接触し、青白く放電して消えたのと同じではないか、と思ったのでした。

「ぼくは、しかし〔えーむ〕ケインの拒む世界をも受け入れることができた。〈この世〉すべてが〔えーむ〕ぼくには好ましかった。といってターナーのように熱中して〈生きる〉のであれば、〔えーむ〕それですべてが許されるとも思えなかった。その頃の〔えーむ〕ぼくの仕事は、〈善〉をケイン的〈小屋〉から〈この世〉全体に拡げてゆくことだった。同時に〔えーむ〕ターナー的に熱中して〈生きる〉ことから、その善悪を越える無秩序、無感覚の要素を切りすてることだった。〈この世〉が〔えーむ〕真に〈善〉であり、〈よきもの〉であるためには、自分はもちろん、何もかも棄てさることだ、と、ぼくは、あの瓢箪の棚の多いインドの村で考えていた。〈青空〉も〈窓を濡らす雨〉も〈季節〉も〈人々の声〉も、ただ〈この世〉が好きな人にだけ〈甘美なもの〉となって現われる、と〔えーむ〕そう考えたんだ。〈この世〉が好きになる――それがケインに欠けていたんだ。ケインの好きだったのは〈善〉だった。大気と水と火と土だった。ある意味で〔えーむ〕ターナーにも〈この世〉が好きになることが欠けていたんだ。彼は〈生きる〉ことに熱中はしていた。だが〔えーむ〕彼が好きなのは熱中して〈生きる〉こと、つまり何か目的をつくり、それを果してゆくことだった。もしターナーが〈この世〉が大好きだったら、善悪を越えてただ〈生きる〉ことに夢中になればいい、という考え方は〔えーむ〕しなかったろう。〈生きる〉ことは、ただ生きるために生きるのじゃなく、

〈この世〉が好きだという、その〈好き〉に合わせてゆくことだと（えーむ）思えただろうからさ」

「君が前に最後の一点が明らかになれば〈永遠の眞晝〉がくると言ったのは、そのことかい？」

私は舵輪《ステヤリング・ホイール》にかじりつき、波の圧力がそれをぐいぐい押しやるのと戦っていました。激しい雨が横なぐりに頰を打ちました。

「そうだ、ぼくはね、サトヤム老人の証言までは、インドで（えーむ）導師の弟子の死に手を貸したと思っていたんだ」ベルナールは眉と眉の間に深い皺を刻んでいました。「もちろんぼくはいわゆる殺人を犯したのではない。同門の男を苦しみから解放するために彼を殺そうと思ったのだ。だから、ぼくはあくまで潔白であるとは信じていた。しかし動機はどうであれ人を殺したという事実は存在する。それからいかに自由だと自分では思っても、果してぼくは、完全にそれから自由になっているかどうか——それには自信が持てなかったのだ。ひょっとして、無意識のうちに、そのことにこだわって、そのために（えーむ）ターナーが善悪をこえて〈生きる〉のを許しているのではないか——これはながい間の、ぼくの疑惑だった。だから（えーむ）フランソワが秘密結婚を告白しようとしていたように、ぼくもこの殺人を告白しようと思っていたんだ。告白を終れば、（えーむ）ぼくは、殺人を恐れたからターナーを許しているのではなく、ターナーもまた〈この世〉の存在の一つだから（えーむ）好きなのだということがはっきりすると思えたんだ」

「で、君は、あんな事件があった後で、何か変ったかい？」

私は舵輪《ステヤリング・ホイール》を支えながらベルナールの顔を見ました。波と雨で、金褐色の髯が濡れていました。柔和な、皺に囲まれた、灰青色の眼が驚いたときのように大きく見開かれていました。

「ターナーもケインも含めて（えーむ）あらゆる存在《もの》はそこに在るがままで〈いい〉んだ。〈この世〉はそのままで〈よきもの〉なんだ」ベルナールは手で顔の滴を拭いました。「ぼくはいま、この瞬間、晴れやかな気持で〈大好きな地上〉を両腕で抱きしめているのを感じる。そうなんだ、ぼくは（えーむ）殺人を恐れてターナーを受け入れていたんじゃない。〈地上〉はターナーやケインを包みこむほど（えーむ）それほど巨大で複雑で生命的なんだ。だからこそ、ぼくらはあらゆる悲劇や不幸にもかかわらず（えーむ）最後には〈永遠の眞晝〉に達することができるんだ」

「モニク・ファビアンについてはどうなんだ？」

「モニクは（えーむ）君を愛している」ベルナールは私のほうを向いてうなずきました。「ぼくはそのことを心から（えーむ）歓喜をもって、受けいれられる」

「苦しむことはないかね？」

「ないと思う。あったとしても（えーむ）それも〈この世〉の素晴しさの一つだ。ぼくはそれを受け入れたい」

「じゃ、君にとっては〈死〉も『歓喜をもって』受け入れられるわけだね？」

「〈この世〉が好きだということは〈えーむ〉一瞬一瞬に生命が燃焼しているということなんだ。そして一瞬一瞬に〈えーむ〉生命が燃えるとは、もはや〈未来〉を恃《たの》まないということだ。〈未来〉を恃まないとは〈えーむ〉すでに〈時〉がないということだ。〈時〉がないというのは、〈永遠〉がぼくらを〈えーむ〉包んでいるということだ。〈永遠〉に達した人間は〈えーむ〉もう〈死〉を恐れる理由はない。〈死〉は歓喜をもって同意されている以上、この〈永遠〉に従わされているからなんだ」

私はそのときベルナールの波しぶきに濡れた髯面を見ながら、突然、激しい興奮を覚えました。それは、叫びたいような、悦ばしい、快活な気分に近いものでした。

「ベルナール、ぼくらはこの暴風雨のなかで、いまこそ〈眞晝の歓喜〉に達しているんだ。ぼくらは一切の〈所有・非所有〉を越えて〈全存在〉を〈よし〉と感じるんだ。この暴風雨さえ〈よきもの〉なんだ。たとえこいつにぼくらが呑みこまれたとしてもだ」

ベルナールは濡れた髯面をかすかに微笑させました。それから舵輪《ステヤリング・ホイール》を握った私の右手の上に、彼は左手を置き、強くそれを握りました。

ちょうどそのとき昇降口《ハッチ》の鉄扉をあけて、エリーが駆けのぼってきました。

「ベルナール、右舷から浸水が始まった」エリーの声はうわずっていました。「さっき救命艇がぶつかっていた箇所がやられたらしいんだ」

ベルナールはすぐ水夫のマルセルとギイと鼠のアランに操舵を命じました。

浸水は、食堂を出て個室《キャビン》の並ぶ廊下に出る右舷よりの倉庫《ホールド》と棚の壁面から始まっていたのでした。波のぶつかるごとに、相当の海水がどくどくと流れこんでくるのでした。私たちはナタリーやマリアが引き裂く布地を船材の隙間に詰め込みました。船首《ステム》の倉庫《ホールド》から手動ポンプが運ばれ、フランソワとエリー、ベルナールと私、クルツとサトヤム老人、という組合わせでポンプを動かしました。

水夫マルセルが水平線に晴れ間が見えると報告にきたのは、もう正午に近い時間だったでしょうか。私たちはポンプの手を休めて、上甲板に上がりました。

風は相変らず物凄い勢いで吹き募っておりましたし、黒ずんだ波は、泡を飛ばして、なお牡《お》牛《うし》のように船首《ステム》のほうから襲いかかり、波頭がもだえ、のたうち、砕けていましたが、空は明るみ、マルセルのいうように水平線の遠くに、僅かでしたが、青空が、遠い別世界のように覗《のぞ》いていました。

私たちは誰からともなく、歓声をあげ、手を叩きました。

「あと二時間もすれば颶風も乗りきれる」

エリーは温厚な、緬羊《めんよう》のような顔を突き出してそう言いました。

「いや、もっとかかるだろう」

船医《ドクター》クルツは灰色の、皺の多い、四角い顔を青空のほうに向けて言いました。

私は、そのときベルナールがゆっくり右舷の救命艇《ボート・ブロック》の吊台のそばに歩いてゆくのを見ていました。もちろん彼は生命綱《ライフライン》を辿《たど》り、足を踏んばりながら、風に逆らって歩いていたのです。浸水箇所の上までゆくと、彼は、右手で生命綱《ライフライン》を確かめるように二、三度揺すぶりました。それから舷側の、浸水箇所の状況を見ようとして身をかがめたのであります。

私はいまも、私たちが誰ひとりとして、そのとき〈大いなる眞晝《グローセル・ミッターク》〉号に迫っていた波の壁に気づかなかったのは、あの別世界のような青空のせいだったような気がします。

私がそれに気づいて声をあげたとき、半透明のガラス状をした、泡の縞で白く網目をかけたような、巨大な波の壁は、もう眼の前に崩れかかっていたのでした。

「ベルナール、波だ」

私はそう叫んだような気がします。

しかし次の瞬間には波の壁は一挙に雪崩れこみ、泡立つ奔流となって甲板を走りました。波は、生命綱《ライフライン》や繋柱《ボラード》や索具《リギン》を洗って、甲板を流れる水面に小さな水脈の筋目をつけながら足早に引いてゆきました。

私ははっとして舷側を見つめました。

ベルナールがいません。

そうです——そこにはベルナールの姿が見当らないのです。

私たちはすぐ救命具を取りに走りました。しかしのたうつ波のあいだにもベルナールらしい姿は見えません。

私たちは声をかぎりにベルナールの名前を呼びました。

もちろん返事があるはずもなく、それでベルナールが船に戻ってくるというわけでもありませんでした。

船医《ドクター》クルツは私たちに舷側に近づいてはいけない、と叫びました。

「ベルナールはもう戻れないのだ。君たちは自分を守らなければならないんだ」

彼の叫びは風に引きちぎられて飛び去りました。おそらくモニク・ファビアンはその声を聞かなかったかもしれません。聞いたとしても、その意味を理解できなかったのでしょう。

彼女はベルナールの名前を呼び、身体をのりだすようにして、波の遠くを眼で捜していました。咄嗟《とっさ》のことで、彼女も生命綱《ライフライン》に鉤《フック》をかけておくのを、一瞬、忘れていたのでした。

「モニク、安全鉤《フック》を」

私はそう叫びました。しかしそのときは次の波が舷側を襲い、モニクの身体が斜めになって押し流されるのが見えました。

「モニク」

私は奔流のような波に逆らって走ろうとしました。しかし私自身があっという間に、激しい流れに足をとられて、身体が宙に浮き、ずるずると川に流されるように甲板を滑ってゆきました。

私が生命綱《ライフライン》を摑んで立ちあがったとき、フランソワが救命具をつけて、舷側から波に向って飛び込もうとしているところでした。

私は何か叫びましたが――自分で何を言ったか憶《おぼ》えておりません――もうフランソワの姿は見えず、エリーとクルツが握る救命具を縛った綱が、ずるずると海中へ引き伸ばされているのが眼に入っただけでした。

一度か二度、私はフランソワが途方もないうねりの斜面を必死で泳いでいる姿を見ました。しかしそれは泳いでいるというより、木片が波と波の間に、翻弄《ほんろう》され、呑みこまれ、もみ砕かれているように見えたのです。

もちろんモニクの姿は、人形のように、俯《うつぶ》せになって、波の背に乗せられて高く持ち上げられたのを一瞬見ただけで、二度と、私たちの眼には入りませんでした。

「フランソワを引きあげて」マリア・カザローネがクルツの手から綱《ロープ》をもぎとると、泣き喚くように叫びました。「フランソワを死なせないで」

救命具に結んだ綱《ロープ》はかなり長く伸びていました。しかしこの波の壁に隔てられては、いかに水泳の名手でも、モニクを助けることなどはできない相談でした。私はエリーのそばに走ってゆくと「早く綱《ロープ》を引くんだ」と叫びました。私たちは必死になって綱《ロープ》をたぐりました。

しかし綱《ロープ》はばかに手応えがありませんでした。いくらたぐっても、綱《ロープ》はまったく重さを失っていて、ただずるずると引き上げられてくるだけでした。

私は盛り上がる波の向うに眼をこらしました。

「フランソワ――フランソワ――フランソワ」

マリア・カザローネの悲痛な声が聞えていました。波の壁が崩れ落ち、私たちは一瞬綱《ロープ》をたぐる手を止めました。しかし波がすぎるとすぐ、綱《ロープ》をたぐりつづけました。

「綱《ロープ》が……」

しばらくしてエリーが呻《うめ》くように叫びました。ちょうど綱《ロープ》の端が舷側を上がって来るところでした。

私たちは思わず息を呑んで綱《ロープ》をたぐる手をとめてしまいました。いや、もう綱《ロープ》など引きあげる必要はなかったのです。なぜならそのとき、私たちは、綱《ロープ》が途中から引きちぎられでもしたかのようにぷっつり切れているのを見たからでした。

終章　短いエピローグ

……and she had about her the worn, weary air of ships coming from the far ends of the world……

——Conrad.《**Typhoon**》——

裁判長殿、ならびに陪審員の皆さん。
以上がブリガンティン型帆船〈大いなる眞晝《グローセル・ミッターク》〉号で起った事件の一切であります。私たちは颶風のあと、なお数日にわたり、その海域を漂流して、不幸な三人の姿を捜し求めましたが、ついに見出すことはできませんでした。
その後に起った〈大いなる眞晝《グローセル・ミッターク》〉号の五十日にわたる航海については、さきほど陳述したマリア・カザローネ、水夫マルセルの証言で十分であると信じます。それは航海というより漂流でした。大暴風雨が終って二週間ほどたって、船医《ドクター》クルツが突然、熱病に冒され、十日ほどで死にました。（クルツの最後の言葉は次のようでした。「いいかい、おれが死んだら、おれの書いたノートは、しっかりおれの身体に縛りつけて、身体ごと、海の底に沈めるんだぜ。おれなしには、あのノートは役に立たないのだ。役に立たぬどころか、悪意のあるものになるおそれもある」私たちがクルツのノートを海に葬ったのは彼の遺言があったからなのです。）浸水がひどく、無電装置をまったく駄目にしたのも、私たちが漂流しなければならない原因でした。

エリーや水夫たちと残った帆《セール》を張りましたが、船足はますます鈍くなり、浸水箇所は拡がる一方でした。

私たちは南へ流されていることがわかりました。熱帯の海の碧青《へきせい》の輝きも、濃い青空も失われてゆき、連日、雲の多い、偏西風の、波の荒い海に変っていました。

食糧はサトヤム老人の配慮で、かなり確保されておりましたし、浸水の被害も最小限度に食いとめておりましたが、それでも、ほぼ予備の半分は腐らせる羽目になったのでした。

最後に近い航海で、数学者のエリー・フランクが足に深い傷を負い、それが原因で死んだことも、さきの証言にあった通りであります。（エリー・フランクが最後に言った言葉も、いかにも彼らしい美しいものでした。彼はこう言いました。「聞えるかい？　宇宙に階音が満ちている。星が音をたてて鳴っているんだ。まるで冷たいガラスの触れ合うような音だ。澄んでいる。宇宙が鳴っているのを君は聞いているかい？」彼はそう言い終ると、息が絶えたのでした。）

私たちが貴国の商船に発見されたのは、こうした漂流を五十日あまり続けた後であります。私たちは商船パナマ号に曳航《えいこう》され、一週間の船旅をいたしました。この詳細についてもマルセルが陳述した通りであります。

ある朝――ちょうど一カ月前のことです――私が眼を覚まして舷窓《スカットル》から外を見ると、青い影絵となって長い陸地が見えました。私は甲板に飛びだし、近づいてくる陸地を――ニューギニア以来眼にしなかった陸地を、食い入るように眺めました。この陸地に着くまで私たちは五十日にあまる航海をつづけたわけですが、それはほとんど永劫《えいごう》の時間のように長かったと思われました。大暴風雨のさなかの出来事を見てきた私は、別人になっていたのではないか――そんな気もいたしました。

港に入るまでは、それからなお三、四時間かかったでしょうか。緑の美しい木々に覆われた山々が、湾入した青い入江を囲んでおりました。山の斜面には赤屋根に白壁のヴィラが点々と連なっておりました。

やがて白い建物の密集する美しい都会が海辺に見えて参りました。大勢の人々が、入江を往き来する船から、〈大いなる眞晝《グローセル・ミッターク》〉号を見て手を振っていました。帆《セール》も破れ、斜めに傾いたままの船は、戦場から傷ついて引き上げてくる戦士にも似ていました。

町々の白い建物から、一段と高く、教会の塔が建っていました。もう真昼に近い太陽は紺《こん》青《じょう》の空で強い光を放っていました。一羽の灰色の鷲が私たちの頭上高くゆっくりと輪を描いて飛んでいました。

私は自分が打ちひしがれたような気持になるのに辛うじて耐えておりました。

そのとき、都会《まち》のほうから教会の鐘が鳴るのが聞えました。私ははっとして眼をあげました。傍《かたわ》らに商船パナマ号から乗り組んでくれていた若い航海士が眼を細めて都会《まち》のほうを見ていました。

「ちょっとお訊ねしますが、これは何という都会でしょうか?」

私は彼にそう訊ねました。

「ここですか?」航海士は浅黒い顔をほころばせて答えました。「ここは天国の谷《バルパライソ》ですよ」

「天国の谷《バルパライソ》?」私は驚いて訊ねました。

「ええ、バルパライソです」

私はふとベルナールの声を聞いたように思いました。ベルナールだったら、こんな冗談を言いそうに思えたからでした。

しかしもうベルナールだけではなく、笑顔の美しいフランソワ・ルクーも、懐しいモニク・ファビアンもいないのです。いいえ、ケインもターナーも船医《ドクター》クルツも、エリー・フランクもすでにこの世の人ではないのです。そのときになって私は漂流以来はじめて悲哀と慟哭《どうこく》が胸を突きあげてくるのを感じました。そしてふと黒人ケインがよく日没になると歌っていたあの歌が聞えてくるように思えたのでした。

歌っておくれ、俺《おいら》にさ
行っちまった若者《やっ》の歌
ほい、あの若者は俺だった？
胸高鳴らして船出した
海越え空の向うにさ
以前《むかし》あった全部《すべて》をさ
俺《おいら》におくれ、もう一度
きらきら光る太陽を
輝く眼《まなこ》、熱い胸

行っちまった若者を

歌っておくれ、俺《おいら》にさ
行っちまった若者《やつ》の歌
ほい、あの若者は俺だった?
胸高鳴らして船出した
海越え空の向うにさ

逆まく波と微風《そよかぜ》と
島々、海原、太陽《ひ》と雨と
みんな素敵なものだった
みんな俺《おいら》のものだった
そいつが消えちまったのさ
　そいつが消えちまったのさ*

もちろんそんな歌は聞えるわけはなく、ただ空の高みを鷲が飛んでいるのが見えるだけでした。鷲はながいこと私たちの上を旋回し、やがて緑の山々の向うに姿を消しました。そしてその空虚な空に教会の鐘だけが、私たちが港に着くまで、ひたすら鳴りつづけていたのであります。

＊R.L.Stevenson.《Songs of Travel》XLIVより

P+D BOOKS ラインアップ

居酒屋兆治　山口 瞳　●高倉健主演映画原作。居酒屋に集う人間愛憎劇

血族　山口 瞳　●亡き母が隠し続けた私の「出生秘密」

家族　山口 瞳　●父の実像を凝視する『血族』の続編的長編

江分利満氏の優雅で華麗な生活 《江分利満氏》ベストセレクション　山口 瞳　●〝昭和サラリーマン〟を描いた名作アンソロジー

江戸散歩（上）　三遊亭圓生　●落語家の〝心のふるさと〟江戸を圓生が語る

江戸散歩（下）　三遊亭圓生　●意気と芸を重んじる町・江戸を圓生が散歩

P+D BOOKS ラインアップ

浮世に言い忘れたこと　三遊亭圓生　●昭和の名人が語る、落語版「花伝書」

噺のまくら　三遊亭圓生　●「まくら(短い話)」の名手圓生が送る65篇

山中鹿之助　松本清張　●松本清張、幻の作品が初単行本化!

白と黒の革命　松本清張　●ホメイニ革命直後　緊迫のテヘランを描く

詩城の旅びと　松本清張　●南仏を舞台に愛と復讐の交錯を描く

風の息(上)　松本清張　●日航機「もく星号」墜落の謎を追う問題作

P+D BOOKS ラインアップ

風の息（中）	松本清張	〝特ダネ〟カメラマンが語る墜落事故の惨状
風の息（下）	松本清張	「もく星号」事故解明のキーマンに迫る！
象の白い脚	松本清張	インドシナ麻薬取引の〝黒い霧〟に迫る力作
記憶の断片	宮尾登美子	作家生活の機微や日常を綴った珠玉の随筆集
幼児狩り・蟹	河野多恵子	芥川賞受賞作「蟹」など初期短篇6作収録
ウホッホ探険隊	干刈あがた	離婚を機に始まる家族の優しく切ない物語

P+D BOOKS ラインアップ

海市　福永武彦
●親友の妻に溺れる画家の退廃と絶望を描く

風土　福永武彦
●芸術家の苦悩を描いた著者の処女長編作

夜の三部作　福永武彦
●人間の〝暗黒意識〟を主題に描く三部作

夢見る少年の昼と夜　福永武彦
●〝ロマネスクな短篇〟14作を収録

加田伶太郎 作品集　福永武彦
●福永武彦〝加田伶太郎名〟珠玉の探偵小説集

廃市　福永武彦
●退廃的な田舎町で過ごす青年のひと夏を描く

P+D BOOKS ラインアップ

罪喰い　赤江 瀑　●〝夢幻が彷徨い時空を超える〟初期代表短編集

春喪祭　赤江 瀑　●長谷寺に咲く牡丹の香りと〝妖かしの世界〟

おバカさん　遠藤周作　●純なナポレオンの末裔が珍事を巻き起こす

宿敵 上巻　遠藤周作　●加藤清正と小西行長　相容れぬ同士の死闘

宿敵 下巻　遠藤周作　●無益な戦。秀吉に面従腹背で臨む行長

銃と十字架　遠藤周作　●初めて司祭となった日本人の生涯を描く

P+D BOOKS ラインアップ

ヘチマくん	遠藤周作	● 太閤秀吉の末裔が巻き込まれた事件とは？
決戦の時（上）	遠藤周作	● 知られざる織田信長「若き日の戦いと恋情」
決戦の時（下）	遠藤周作	● 天運を味方に〝天下布武〟へ突き進む信長
フランスの大学生	遠藤周作	● 仏留学生活を若々しい感受性で描いた処女作品
快楽（上）	武田泰淳	● 若き仏教僧の懊悩を描いた筆者の自伝的巨編
快楽（下）	武田泰淳	● 教団活動と左翼運動の境界に身をおく主人公

P+D BOOKS ラインアップ

残りの雪（上） 立原正秋 ● 古都鎌倉に美しく燃え上がる宿命的な愛

残りの雪（下） 立原正秋 ● 里子と坂西の愛欲の日々が終焉に近づく

剣ケ崎・白い罌粟 立原正秋 ● 直木賞受賞作含む、立原正秋の代表的短編集

サド復活 澁澤龍彦 ● サド的明晰性につらぬかれたエッセイ集

マルジナリア 澁澤龍彦 ● 欄外の余白（マルジナリア）鏤刻の小宇宙

玩物草紙 澁澤龍彦 ● 物と観念が交錯するアラベスクの世界

P+D BOOKS ラインアップ

都心ノ病院ニテ幻覚ヲ見タルコト　澁澤龍彦　●澁澤龍彦が最後に描いた〝偏愛の世界〟随筆集

秋夜　水上勉　●闇に押し込めた過去が露わに…凛烈な私小説

五番町夕霧楼　水上勉　●映画化もされた不朽の名作がここに甦る！

やややのはなし　吉行淳之介　●軽妙洒脱に綴った、晩年の短文随筆集

焰の中　吉行淳之介　●青春＝戦時下だった吉行の半自伝的小説

男と女の子　吉行淳之介　●吉行文学の真骨頂、繊細な男の心模様を描く

P+D BOOKS ラインアップ

虫喰仙次	色川武大	●戦後最後の「無頼派」、色川武大の傑作短篇集
小説 阿佐田哲也	色川武大	●虚実入り交じる「阿佐田哲也」の素顔に迫る
遠い旅・川のある下町の話	川端康成	●川端康成の珠玉の「青春小説」二編が甦る！
親友	川端康成	●川端文学「幻の少女小説」60年ぶりに復刊！
廻廊にて	辻邦生	●女流画家の生涯を通じ〝魂の内奥〟の旅を描く
夏の砦	辻邦生	●北欧で消息を絶った日本人女性の過去とは…

P+D BOOKS ラインアップ

人喰い	笹沢左保	●心中現場から、何故か一人だけ姿を消した姉
天を突く石像	笹沢左保	●汚職と政治が巡る渾身の社会派ミステリー
剣士燃え尽きて死す	笹沢左保	●青年剣士・沖田総司の数奇な一生を描く
上海の螢・審判	武田泰淳	●戦中戦後の上海を描いた傑作二編が甦る!
死者におくる花束はない	結城昌治	●日本ハードボイルド小説先駆者の初期作品
親鸞 1 叡山の巻	丹羽文雄	●浄土真宗の創始者・親鸞。苦難の生涯を描く

P+D BOOKS ラインアップ

親鸞2　法難の巻（上）　丹羽文雄　●人間として生きるため妻をめとる親鸞

親鸞3　法難の巻（下）　丹羽文雄　●法然との出会い……そして越後への配流

親鸞4　越後・東国の巻（上）　丹羽文雄　●雪に閉ざされた越後で結ばれる親鸞と筑前

親鸞5　越後・東国の巻（下）　丹羽文雄　●教えを広めるため東国に旅立つ親鸞

親鸞6　善鸞の巻（上）　丹羽文雄　●東国へ善鸞を名代として下向させる親鸞

親鸞7　善鸞の巻（下）　丹羽文雄　●善鸞と絶縁した親鸞に、静かな終焉が訪れる

（お断り）

本書は1979年に新潮社より発刊された文庫を底本としております。
あきらかに間違いと思われるものについては訂正いたしましたが、
基本的には底本にしたがっております。
また、底本にある人種・身分・職業・身体等に関する表現で、現在からみれば、
不当、不適切と思われる箇所がありますが、著者に差別的意図のないこと、
時代背景と作品価値とを鑑み、著者が故人でもあるため、原文のままにしております。

辻 邦生（つじ くにお）
1925年（大正14年）9月24日―1999年（平成11年）7月29日、享年73。東京都出身。1995年『西行花伝』で第31回谷崎潤一郎賞受賞。代表作に『安土往還記』『背教徒ユリアヌス』など。

眞晝の海への旅

2017年7月16日　初版第1刷発行

著者　辻　邦生
発行人　林　正人
発行所　株式会社　小学館
〒101-8001
東京都千代田区一ツ橋2-3-1
電話　編集　03-3230-9355
販売　03-5281-3555
印刷所　昭和図書株式会社
製本所　昭和図書株式会社
装丁　おおうちおさむ（ナノナノグラフィックス）

ISBN978-4-09-352309-7

P+D BOOKS